Die Prophezeiung von Tandoran
Band 2
Gefäß des Lichts

Mehr vom Autor unter
www.boedeker.de

Die Prophezeiung von Tandoran
Band 2
Gefäß des Lichts

Peter Bödeker

 **Die Karte von Tandoran** - lesbar mit jedem QR-Code-Scanner.

Bibliografische Information der Deutschen Nationalbibliothek:
Die Deutsche Nationalbibliothek verzeichnet diese Publikation in
der Deutschen Nationalbibliografie; detaillierte bibliografische
Daten sind im Internet über http://dnb.dnb.de abrufbar.

© 2014 Peter Bödeker

Herstellung und Verlag: BoD
Books on Demand, Norderstedt

ISBN: 978-3-73473-200-3

Inhalt

1. *Aritanien* 7
   - 1.1 Der Flug der Ingadi 7
   - 1.2 Bei den Andari 18
   - 1.3 Kyvor 42
2. *Die zweite Prüfung* 46
   - 2.1 Der Baum des Lebens 46
   - 2.2 Prüfung mit Hindernissen 61
   - 2.3 Der Schlangenkampf 68
3. *Tod auf Saranam* 95
   - 3.1 Dwando 95
   - 3.2 Das Flugschiff-Wagnis 101
   - 3.3 Burg Saranam 118
   - 3.4 Glück und Leid 146
4. *Kriegsvorbereitungen* 153
   - 4.1 Beratungen 153
   - 4.2 Die Wege trennen sich 162
   - 4.3 Angriffspläne 166
5. *Die Wüstenstadt* 170
   - 5.1 Ankunft in Wirundu 170
   - 5.2 Angriff auf Dwando 177
   - 5.3 Das Buch der Verzweiflung 184
6. *Die dritte Prüfung* 196
   - 6.1 Der Ruf der Richterin 196
   - 6.2 Tal der Einsamkeit 201
7. *Die vierte Prüfung* 222
   - 7.1 Shambala 222
   - 7.2 Nachtreise 241
   - 7.3 Verrat 256
8. *Kampf um Rikania* 274
   - 8.1 Verführung 274
   - 8.2 Verhandlungen 287
9. *Ungeahnte Möglichkeiten* 304
   - 9.1 Die Entscheidung 304
   - 9.2 Das Gefäß des Lichts 322

Epilog 327

1. Aritanien

Ritambharâ tatra prajnâ
Das Wissen aus diesem Zustand ist absolute Wahrheit.
Patanjali, Yoga-Sutren, Teil 1, Sutre 48

1.1   Der Flug der Ingadi

„*D*as sind hoffnungsvolle Neuigkeiten", fasste Ratsmeister Diestelbart die Erläuterungen von Allando zusammen. Doch seine Worte wurden von einem fragenden Hochziehen seiner weißen Augenbrauen begleitet. Seine schon im Normalzustand runzlige Stirn entartete zu einem Faltenmeer. Aber das konnte man ihm mit 222 Jahren wohl zugestehen.

Meister Allando war sich selbst nicht sicher, wie er die letzten Nachrichten von Callum bewerten sollte. Sie hatten tatsächlich die erste Aufgabe der vier Rätselkarten gelöst, waren in Kontakt mit den Ingadi getreten und bekamen sogar die Hilfe des alten Volkes. Nicht zu vergessen Eruslan, die sagenumwobenste Waffe auf Tandoran, baumelte nun an Jasons Hüfte. Doch das rätselhafte Gefäß des Lichts war nirgends aufgetaucht, auch die Ingadi hatten keine Vorstellung davon. War das alles nun ein großer Fortschritt oder hatte es überhaupt nichts zu bedeuten?

Nachdenklich blickte er in die Runde. Die Müdigkeit hatte sich tief in die Gesichter der Mitglieder des Lichtrates gegraben. Ihre Kriegsvorbereitungen waren in vollem Gange und die bedrohlichen Botschaften aus den Nordlanden wurden nicht besser. Hinzu kamen die Probleme mit der Nahrungsversorgung. Dann mussten die Limarten für ihre Aufgaben im Krieg vorbereitet, ausgerüstet und auf die Reise zur nördlichsten Stadt der Südlande, Dwando, geschickt werden. Auch der Lichtrat würde bald abreisen.

Allandos Blick fiel auf die Bilder ehemaliger Meister des Lichtrates an der Wand. Wie klein erschienen deren Herausforderungen im Vergleich zu den jetzigen Sorgen von Hunger und Krieg. Er wünschte sich, nicht zum ersten Mal, in eine frühere Zeit zurück.

Mandratan war erkennbar besser gerüstet als beim ersten Angriff auf die Südlande vor 14 Jahren und würde sich nicht wieder so leicht überrumpeln lassen. Mehr als einmal war Allando schweißgebadet erwacht, als er von den Armeen der Nordlande mit ihren riesigen Sarkoten geträumt hatte. Und seine Kollegen im Rat wussten es ebenfalls: Der Lichtrat würde nicht lebend davonkommen, wenn der dunkle Kaiser den Sieg davontrug. Die übrigen Limarten wahrscheinlich auch nicht. Vielleicht klammerten sich deshalb alle im Raum an die Prophezeiung und damit an Jason Lazar.

Nur Ratsmeister Magole trug ein verkniffenes Gesicht. Verständlich, bei seinen Rückenschmerzen. Als Allando ihn vorhin aus seiner Kammer abholte, kniete der Ratskollege auf dem Teppich vor seinem Bett. Auf Allandos Nachfrage, was er dort tue, hatte Magole nur etwas von Rückenbeschwerden gemurmelt und sich dann sofort mit auf den Weg begeben. Vielleicht war der Ratsmeister an Schmerzen gewohnt, Allando wusste, dass er bei jedem Wetterwechsel an Hüftschmerzen litt. Und Magole war schon früher schwer krank gewesen.

Ratsmeisterin Ruben sprach in die Stille: „Jetzt müssten sie in der Luft sein. Getragen von den Ingadi ... wenn mir das einer meiner Weissager-Siddhis vor zwei Wochen verkündet hätte ... er wäre glatt wieder in der Grundausbildung gelandet." Sie war als Lehrerin des Weges des Wissens auch für die Limarten verantwortlich, welche Bilder aus der Zukunft empfingen.

„Irren gehört zum Leben", ergänzte Diestelbart. „Weiß du noch, Orman", wendete er sich an Allando, „als ich behauptete, wir würden nie mit dem Volomer fliegen können, viel zu unberechenbar und so? Und dann musste ich auf dem Jungfernflug dabei sein. Ich hatte gar nicht gewusst, was alles so aus meinem Magen rauskommen kann." Er rieb mit der Hand über die Tischplatte. „Ja, ja, sag niemals nie. Genau wie bei unserem Besuch in Ruen ..."

Allando klopfte lächelnd mit seinem Stab auf den hölzernen Boden. Sofort verstummte Diestelbart und winkte ab: „Entschuldigt. Alte Leute kommen gerne ins Erzählen. Wir waren bei der Prophezeiung."

Ratsmeisterin Tradan murmelte trocken: „Eine Aufgabe von vieren - das ist noch nicht viel."

„Meint ihr, wir sollen sie zurückrufen?", fragte Meister Magole. „Das Schwert Eruslan an der Hüfte des Menschen der zwei Welten - das könnte unseren Soldaten neuen Mut verleihen."

Alle stimmten sofort dagegen, sogar die pessimistische Ratsmeisterin Tradan tadelte: „Jason ist unsere größte Chance. Wir dürfen nicht vorzeitig aufgeben."

Magole wirkte beleidigt und lehnte sich zurück. Allando wunderte sich ebenfalls über diesen unsinnigen Vorschlag. Er schaute auf Ratsmeister Faibanus. Dieser war wie gewohnt wortkarg. Allando sprach ihn an: „Ihr seid so still - was meint Ihr zu der Situation?"

Der muskulöse Meister überlegte einen Moment und antwortete dann: „Erst war ich sehr hoffnungsvoll aufgrund der guten Neuigkeiten, aber Meisterin Tradan hat schon recht - nur eine von vier. Die Zeit bis zum Angriff des dunklen Kaisers wird knapp. Heute Morgen sind 100 der besten Kämpfer unter den Limarten aufgebrochen. Auch wir müssen bald los. Wie soll es Jason noch schaffen? Aber auch ich bin für ein Weitermachen."

Nickend dankte Allando dem Lehrer der Körperübungen. Die Suche nach dem Gefäß des Lichts würde also weitergehen. Eigentlich war ihre Sitzung jetzt beendet. Doch eines interessierte ihn noch: „Meisterin Ruben, seid Ihr mit der Schutzkonstruktion für die Flugmaschinen weitergekommen?"

Die Angesprochene richtete sich im Stuhl auf und wackelte unschlüssig mit dem Kopf.

„Wir testen, aber es wird noch dauern."

Allando sah, dass Faibanus und Diestelbart sich angrinsten. Wahrscheinlich kamen ihnen die Fehlschläge der Ratsmeisterin in den Sinn. Zum Beispiel die Leiterze für die Limarenergie - die hatten so manchen Brand ausgelöst - oder die Erfindung eines schnelleren Fluganbetriebes. Der Jungfernflug landete mitten im Speisesaal der Schule der tausend Lichter. Auch Allando musste ein Schmunzeln unterdrücken. Es wäre auch nicht fair gewesen. Ruben hatte mindestens so viele gelungene Erfindungen vorzuweisen wie ... nun ja, nicht ganz so gelungene. Allerdings waren Fehler bei den Flugmaschinen aller Erfahrung nach tödlich. Und Allando wollte nicht in einer Todesfalle sitzen.

„Bitte bemüht euch nach Kräften! Eine funktionierende Schutzkonstruktion wäre eine große Hilfe", munterte er sie auf. Denn eines wussten alle im Raum - die Flugschiffe des dunklen Kaisers wurden nicht von den Flugechsen angegriffen.

※※※

Serzel näherte sich zögernd Aran, der mit einem Fernrohr zur Ringstadt blickte. „Sir, die Männer sind sehr besorgt. Wir haben einen Ingadi getötet und befinden uns nahe ihrer Versammlung. Sie fragen an, wie lange wir hier noch ausharren werden."

Aran reagierte zunächst gar nicht. Ungerührt hielt er das Zentrum der Ingadiversammlung im Auge, in dem Jason und seine drei Gefährten erschienen waren. Aran empfand ebenfalls Furcht. Aber weniger wegen der Bedrohung durch die Ingadi, sondern vielmehr vor der Reaktion des dunklen Kaisers. Er hatte gestern Abend einen stechenden Schmerz verspürt, als er gerade noch gesehen hatte, wie sich der klapprige Ingadi in den Flug ihrer Pfeile geworfen hatte. Die drei Ingadiverfolger waren in der zerklüfteten Berglandschaft dank der Fähigkeiten von Serzel und ihrer hohen Geschwindigkeit schnell abgehängt – ihr Vorsprung war hinreichend groß gewesen. Doch er hatte Mandratan dan Wadust noch nicht von seinem Versagen berichtet. Stattdessen hatte er in der Morgendämmerung den Befehl zum Anflug auf diesen ausreichend weit entfernten Beobachtungsposten erteilt.

Natürlich hatte er den Unwillen der Männer bemerkt. Serzels ängstliche Anfrage ärgerte ihn dennoch. Zorn stieg in ihm auf.

Wie konnten sie es wagen, seine Anweisungen infrage zu stellen? Die Soldaten hatten sich der Mission unterzuordnen.

Sein Blick fiel auf Sorin, den jüngsten unter den Männern, gerade 18 Jahre alt geworden. Ein ausgezeichneter Schütze, aber er hatte seine Fähigkeiten bisher nur an toten Objekten unter Beweis gestellt. Nun hatte zum ersten Mal getötet. Aran dachte an seinen ersten Todesschuss. Drei, zwei, eins, er sah den Gegner fallen, das war es. Er hatte sich schuldig gefühlt, etwas nie wieder Gutzumachendes getan zu haben. Später war es zur Routine geworden, die Gefühle blieben einfach weg. Genauso tot wie der jeweilige Feind.

„Sag ihnen, dass wir hier so lange ausharren, bis unser Auftrag erfüllt ist. Wenn jemand zurückfliegen möchte, teile ihm mit, dass er seine Feigheit vor dem Kriegsgericht auf Saranam verantworten muss."

Serzels Gesichtsausdruck verhärtete sich. Er hatte sich offenkundig eine andere Antwort erhofft. Doch er kannte die Schrecken des Soldatentribunals. Auf Befehlsverweigerung gab es nur eine Strafe: den Tod. Mit einer leichten Verbeugung kehrte er zu den schweigsamen Männern zurück.

Aran nahm seine Beobachtung wieder auf. Er musste nicht lange warten. Nach einer halben Stunde sah er fünf Ingadi mit Menschen im Schlepptau aufsteigen. Sie flogen in Richtung Norden. Aran trat zu den wartenden Männern.

Er befahl: „Es geht los. Wir verfolgen die Ingadi in sicherer Entfernung. Serzel, halte die Maschine knapp über dem Wald. Sie dürfen uns auf keinen Fall entdecken."

※※※

Jason wurde von einem gigantischen Glücksgefühl durchströmt. Er hing an einem Ledergeschirr unter dem Bauch von Fraitan. Auch seine Beine waren an die des Ingadi geschnallt. Vor der Brust und an den Unterschenkeln trug er Matten aus Volomer. Diese sorgten für Auftrieb und erleichterten den Ingadi das Tragen der Menschen. Das alte Volk brachte so seinem Nachwuchs das Fliegen bei. Von der Länge der Körper her waren die Menschen mit Ingadikindern vergleichbar, von daher waren keine größeren Anpassungen notwendig gewesen.

Jason sog die vorbeibrausende Luft tief in seine Lungen ein. Hier oben tobte ein heftiger Wind, der durch das enorme Tempo des Ingadi noch gesteigert wurde. Jason wurde von den Elementen hin und her geschüttelt. Die Geschwindigkeit gab ihm das Gefühl unbändiger Kraft. Es erinnerte ihn an Ritte im schnellsten Galopp, nur dreimal so beeindruckend.

Fraitan schien seine Freude zu spüren. „Gefällt es dir?", wollte er wissen.

„Ich kann gar nicht sagen, wie sehr. Ihr Ingadi seid gesegnet, dass ihr euch durch die Lüfte bewegen könnt. Wenn ich ein Ingadi wäre, würde ich den ganzen Tag nur am Himmel fliegen!"

Fraitan prustete einmal, sagte aber nichts weiter. Stattdessen legte er sich übermütig in eine Kurve und flog einen Zickzack-Kurs. Als er Jasons begeistertes Aufheulen vernahm, schien er zufrieden: „Da geht noch was. Möchtest du ein bisschen Nervenkitzel?"

„Action ist mein zweiter Name. Mich kriegst du nicht klein", tönte Jason.

Statt einer Antwort beugte sich Fraitan nach vorne und zog die kraftvollen Flügel an. Sie sackten ab und schossen wie eine Rakete in Richtung Boden. Jasons Atem setzte aus. Mit aller Kraft umklammerte er die Riemen und krallte seine Fingerspitzen in das Leder. Knapp vor den Baumkronen krümmte Fraitan den Hals nach oben und entfaltete seine Schwingen. Jasons Magen rutschte durch die Gedärme nach unten. Mit tosender Geschwindigkeit rasten sie über die Gipfel der Bäume. Jason konnte hören, wie die Füße des Ingadi über die Blätter fegten.

„Genug Nervenkitzel!", brüllte Jason lachend aus. „Das macht mein Magen nicht mit." Zufrieden grumpfend nahm Fraitan wieder die normale Flughöhe ein. Er musste sich missbilligende Blicke von Odemir und Derent gefallen lassen, die aber keinen Kommentar abgaben.

Ihr Flug wurde ruhiger, der Wind lies nach. Jason genoss den Blick auf die beeindruckende Natur von Tandoran. Immer wieder stachen Riesenbäume aus dem dichten Wald hervor. Jason schätzte deren Höhe auf mehrere hundert Meter. An diesen Bäumen erkannte er am deutlichsten, was das Limar auf Tandoran vermochte.

Schon nach kurzer Zeit gelangten sie an die Küste und bogen nach Westen ab. Jason schauderte beim Anblick der aufgepeitschten Wellen des Meeres. Er fühlte sich zutiefst erleichtert, dort unten nicht wieder per Schiff unterwegs sein zu müssen.

Als sie den Kontinent der Südlande erreichten, überquerten sie Felder und ausgedehnte Ebenen, die von rotem Sand geprägt wurden. In der Ferne sah Jason die fliegenden Dörfer. Sie lagen wie Inseln der Luft auf großflächigen Felsbrocken. Er schaute zu Nickala hinüber, die am Bauch von Odemir hing. Dort lag ihre Heimat. Zwischen dem Gestein der fliegenden Felsen wuchs das Volomer, das den Menschen auf Tandoran so wertvolle Dienste leistete. Nicht weit entfernt davon warf ein pulsierender Vulkan glühende Lavamassen hervor. Wenn sie Zeit gehabt hätten, wäre er gerne näher herangeflogen.

Hin und wieder sah Jason eine Menschenansiedlung. Die Ingadi achteten darauf, ihnen nicht zu nahe zu kommen.

Schließlich erreichten sie den Dschungel von Aritanien. Die fünf Ingadi gingen in einen Sinkflug über und landeten auf einer breiten Lichtung. Aufmerksam sogen sie die Luft in ihre Nasen. Odemir sagte: „Die Luft ist rein. Es ist kein Mensch oder größeres Tier in der Nähe."

Etwas schwerfällig befreite sich Jason aus dem Ledergeschirr. Es war dort oben doch recht kühl geworden und seine Muskeln waren von der klammernden Haltung versteift. Er machte einige vorsichtige Schritte und schaute sich dabei um. Seine Freunde dehnten und streckten sich ebenfalls.

„Das war schnell." Er grinste Fraitan von unten an.

„Gemächlich." Fraitan grinste zurück. „Nächstes Mal, wenn die Aufpasser nicht dabei sind, zeig ich dir, was wirkliches Tempo ist." Er zwinkerte mit seinem rechten Auge.

Odemir räusperte sich und blickte seinen Prinzen ermahnend an. „Wir müssen zurück."

Fraitan wandte seinen umherschauenden Blick zu Jason. „Ich habe es versprochen. Aber wisse, Jason: Ich hätte dir gerne mehr geholfen. Nun bleibt mir nur, euch viel Glück zu wünschen. Vielleicht sehen wir uns bald wieder."

Jason trat an den Ingadi und wollte ihn am liebsten umarmen.

Fraitan forderte: „Halt deine Hand vor mich hin."

Jason blickte verblüfft zu Callum, hob aber gehorsam den Arm. Blitzschnell ritzte Fraitan mit seiner Fingerspitze in Jasons Handfläche. Blut tropfte in das feuchte Gras.

Jason verzog vor Schmerz das Gesicht, wartete aber ab, was Fraitan im Sinn haben möge. Seine blutende Hand hielt er tapfer vor sich gestreckt.

Fraitan drückte mit zwei Fingern auf die Wunde und schloss die Augen. „Ich spüre dich, Jason Lazar. Ab jetzt sind wir miteinander verbunden. Wenn du in tiefer Not bist, rufe in deinem Inneren nach mir. So es mir möglich ist, werde ich dir zu Hilfe kommen."

Nach diesen Worten zog er das Ledergeschirr vor seiner Brust fester und die Riemen am Bein zusammen. Mit einem knappen Nicken verabschiedete er sich von den anderen Menschen. Seine Artgenossen taten es ihm gleich und dann erhoben sich die Ingadi zum Himmel und verschwanden in Richtung Osten.

Jason blickte ihnen verdattert hinterher. Verblüfft betrachtete er seine Handfläche. Die Wunde hatte sich schon wieder geschlossen, nur eine kleine Narbe war zurückgeblieben.

Callum setzte sich den Rucksack auf den Rücken und schaute zur Sonne hinauf. „Ich schlage vor, wir gehen da entlang." Er zeigte in Richtung Nordosten. „Dort liegt das Zentrum von Aritanien. Wir wissen nicht, wo sich der Baum des Lebens befindet und müssen hoffen, auf Bewohner des Waldes zu treffen, um nähere Hinweise zu erhalten. Sie nennen sich Andari. Gibt es andere Vorschläge?"

Shalyna und Jason zuckten beide zeitgleich mit den Achseln. Nickala und Rhodon nickten. Also würden sie so vorgehen. Jason zog seinen Rucksack fester und überprüfte den Sitz von Eruslan an seiner Seite. Das Schwert war ungewöhnlich leicht und würde keine schwere Last bedeuten. Jason zweifelte, dass diese Waffe ihnen groß weiterhelfen würde. Er wollte aber keine Chance ungenutzt verstreichen lassen.

Callum übernahm die Vorhut und suchte sich einen Weg durch die grüne Wand. Er fand einen Pfad, der von Tieren genutzt wurde. Sie mussten hintereinandergehen, Jason bildete die Nachhut. Er ging gerne hinter Shalyna. Ihr Anblick erfreute ihn stets aufs Neue und weckte seine Kräfte. Auch wenn er mit dem Schmerz der Sehnsucht durchwebt war.

Der Dschungel von Aritanien war kein stiller Wald. Eher ein Rockkonzert. Von allen Seiten zirpte, schrie, brüllte, blökte, grunzte, trillerte oder quakte es. Sie liefen in flachem, feuchtem Gras, das von gelben und blauen Blumen durchsetzt war. Um sie herum erhob sich die in allen Bereichen des Grüns schillernde Dschungelwand aus Bäumen, Lianen, breitblättrigen Pflanzen und allerlei Gestrüpp. Hin und wieder erkannte Jason einen Schatten zwischen den Blättern hindurchhuschen.

Arglos saßen auf den äußeren Zweigen Vögel in allen Farben, die man sich nur vorzustellen vermag. Jason sah einen sattgelben Papagei mit langen Federn und einem tiefroten Schnabel. Einen kleineren, völlig grünen Artgenossen, der neugierig den Kopf in ihre Richtung reckte, einen grauen Vogel mit Bart, der ständig den Kopf nach vorne und hinten neigte nebst weiteren Kuriositäten. Die Luft stand vor Feuchtigkeit, schon nach wenigen Schritten spürte Jason, wie der Schweiß an seinen Seiten hinunterlief.

Sie kamen gut voran. Ab und an musste Jason nach vorne und mit Hilfe von Eruslan einen Weg freischlagen. Aber sie fanden jederzeit Pfade, die teilweise so breit verliefen, dass sie zu zweit nebeneinander gehen konnten.

Bereits nach kurzer Zeit schwammen alle in ihren eigenen Körperausdünstungen. Am meisten hatte Rhodon zu leiden. Seine schwere Lederkluft war nicht für Dschungelexpeditionen gedacht. Dafür wurde Jason von Scharen von Mücken umschwärmt, die immer wieder blutgierig auf ihn herabstießen. Neidisch blickte er auf seine Begleiter, die wesentlich weniger belästigt wurden.

Nach drei Stunden rasteten sie auf einem alten Baumriesen, der erst vor Kurzem umgestürzt zu sein schien. Sie stillten ihren Hunger an Früchten, die sie unterwegs gepflückt hatten. Diese besaßen eine hellgelbe Schale mit schwarzen Streifen und waren so groß wie Kokosnüsse. Unter der Schale fand sich saftiges Fruchtfleisch. Jason schmeckte es köstlich. Er spürte unmittelbar, wie ihn frische Kräfte durchflossen.

„Grandafrüchte", erläuterte Callum. „Sie wachsen nur hier in Aritanien und stellen das wichtigste Handelsgut der Dschungelbewohner dar. Die Bewohner dieses Waldes sind friedliebend und leben sehr zurückgezogen. Mich wundert ..."

In diesem Moment trat ein Dutzend speerbewehrter Männer auf die Lichtung. Sie hatten sich angeschlichen und umkreisten die fünf Gefährten. Die Dschungelbewohner trugen lederne, weiß gegerbte Hosen mit Fransen an den Seiten. Ihre nackten Oberkörper waren von geschwungenen Tätowierungen gezeichnet, welche die natürliche Hautmaserung der Tandorianer harmonisch ergänzten. Um den Hals hatten sie eng anliegende Ketten, die mit roten und beigefarbenen Gliedern verziert waren. Die gleichen Farben besaßen ihre Rundbögen samt Köcher, welche sie auf dem Rücken beförderten. Ihre langen Haare wurden mit Stirnbändern im Zaum gehalten.

Jason sprang auf und legte seine Hand auf Eruslan. Rhodon trat schützend an seine Seite. Doch Callum hielt Jason beruhigend die Hand auf die Schulter und wendete sich an den Mann, der direkt vor ihnen stand und sie mit unbewegtem Gesichtsausdruck musterte. Er war groß und überragte Callum um mehr als einen Kopf. An seinem Hals zogen sich flammenartige Tätowierungen empor.

„Ehrenwerte Andari", begann Callum, „wir sind Limarten aus der Stadt Sapienta. Dort seht ihr Shalyna, Jason, Nickala, Rhodon und mein Name ist Callum." Er wirkte irritiert von dem zur Säule erstarrten Dschungelbewohner, sprach aber rasch weiter: „Wir suchen den Baum des Lebens. Könnt ihr ..."

Bei den letzten Worten zuckten alle Krieger zusammen und richteten ihre Speere auf die Gefährten. Der Anführer des Trupps verzerrte sein Gesicht. Callum trat verwundert einen Schritt zurück und hob seine Hände, um bei Gefahr ein Schutzschild weben zu können.

„Was ... was habe ich gesagt?", fragte er und schaute verdattert auf ihre Bedroher. Jason stellte sich vor Shalyna.

„Legt an", befahl der Führer der Truppe und in übermenschlicher Geschwindigkeit zeigten 12 Pfeile auf die eng aneinandergepresst dastehenden Freunde. Callum blickte verunsichert auf die Krieger. „Würdet ihr mir bitte erklären, was das hier soll? Warum bedroht ihr uns?"

„Ruhe. Kommt ihr auch, um den Baum des Lebens dem Ende zuzutreiben? Der Vater des Waldes hat prophezeit, dass Fremde ihn bedrohen würden. Und nun stirbt er. Ihr seid unsere Gefangenen, der Stammesführer soll entscheiden, was mit euch geschieht." Er hob den Kopf und winkte drei seiner Stammesgefährten herbei. „Maruk, Galan, Treide - fesselt sie."

Unsicher traten die drei vor. „Aber Merlan, es sind Limarten. Wir sollten sie sofort töten. Fesseln nützen nicht viel bei ihnen."

Mit strengem Blick starrte Merlan auf seinen jüngeren Stammesbruder. „Wir töten niemanden ohne Urteil, Maruk. Auch keine Angreifer des heiligen Baumes." Er wendete sich wieder zu den fünf Gefährten. „Doch wähnt euch nicht in Sicherheit. Eine falsche Bewegung und ihr seid des Todes. So schnell können euch eure Luftschilde nicht schützen." Entschieden bedeutete er den drei jüngeren Kriegern weiterzumachen.

Rhodon wehrte sich gegen die Fesselung und zog seinen Hammer. Sofort traten zwei Bogenschützen vor und zielten auf seinen Hals.

„Rhodon, bitte. Ich bin sicher, es handelt sich um ein Missverständnis, das wir später aufklären können", sagte Callum eindringlich.

Mit einem abschätzigen Schulterzucken hielt der Zwerg den Andari die Hände hin. Jason verstand die Zusammenhänge nicht. Offenkundig war der Baum des Lebens irgendwie geschädigt worden. Aber wieso sollte jemand das tun?

Samskâra-sâkshâtkaranât pûrva-jâtijnânam
Durch die Wahrnehmung von Samskaras entsteht das Wissen
über frühere Leben.
Patanjali, Yoga-Sutren, Teil 3, Sutre 18

1.2   Bei den Andari

Die Andari trieben sie im Eiltempo vor sich her. Es ging über Pfade, welche die fünf nie ohne Hilfe entdeckt hätten. Auf umgestürzten Baumstämmen überwanden sie tiefe Schluchten. An Abhängen mussten sie sich einfach fallen lassen und rutschten an übermannsgroßen Blättern mehr oder weniger elegant zu Boden.

Je weiter sie in den Dschungel eindrangen, umso mehr Tiere bemerkte Jason. Insbesondere die hellgrünen, gut drei Meter langen Schlangen behagten ihm gar nicht. Sie schienen die Dschungelbewohner aber nicht weiter zu beunruhigen, genauso wenig wie die Herden von riesigen Prosauten - heimische Bewohner dieser Zone von überaus friedlicher Natur, wie ihm Callum zuraunte. Jason blickte skeptisch auf die zwei weißen Überaugenhörner, die vor dem rund umlaufenden Nackenschild hervorragten. Die dicken, gut zwei Mann in der Höhe messenden Tiere waren die Ruhe selbst, in der Bewegung träge. Sie ästen teilnahmslos an herabhängenden Blättern.

Einmal kam Jason ins Stolpern und näherte sich damit ruckartig einer kleinen Prosautenherde. Umgehend sprangen alle Tiere in blitzartiger Geschwindigkeit zu einem Kreis und hielten ihre Hörner drohend gesenkt. Dabei brüllten und zischten sie in eindeutiger Drohgebärde. Jason wurde sofort von den Dschungelbewohnern auf den Pfad zurückgezogen.

Auf der anderen Seite gab es Bewohner des Dschungels, um welche die Einheimischen einen weiten Bogen machten. Zum Beispiel umrundeten sie in respektvollem Abstand einen kleinen, tiefblauen Frosch mit schwarzen Punkten. Einige Andari richteten sogar ihre Speere in seine Richtung.

Ein anderes Mal lag eine feuerfarbene Schlange zusammengerollt auf ihrem Pfad. Die schwarzen Muster um die Augen erzeugten den Eindruck eines Lächelns. Aber dieser Eindruck täuschte. Der vorderste Andari stoppte derart abrupt, dass die drei Nachfolgenden ineinander liefen. Sofort wurde sich mehrere Meter zurückgezogen und dann gewendet. Jason war direkt froh, in Gefangenschaft geraten zu sein. Er wäre dem Frosch bestimmt nicht ausgewichen, auch die Schlange sah ihm nicht sonderlich gefährlich aus.

So beschützt konnte er sich den Schönheiten Aritaniens zuwenden. Und derer gab es viele. Sie kamen an einem Wasserfall vorbei, der sich aus einer kreisrunden Öffnung im Felsen gut hundert Meter in die Tiefe stürzte. Beim Aufprall entstanden derartige Mengen an Gischt, dass die umliegenden Felsen in dichten Nebel gehüllt dalagen. Am oberen Ende der Nebelwand bildeten sich Sonnenreflektierungen in allen Farben des Regenbogens. Das Sprühwasser reichte bis zu ihrem Weg und sorgte für eine willkommene Abkühlung. Jason bemerkte einen schwarzen Gorilla im oberen Blattwerk eines buschigen Baumes, der das Wasser von den Blättern in seinen Mund laufen ließ.

Doch der vitale, vor pulsierendem Leben nur so strotzende Eindruck der Lebendigkeit wurde immer öfter durch abgestorbene Baumriesen gestört. Wenn überhaupt trugen diese nur noch welke Blätter. Es schien so, als seien alle diese kranken Bäume zur selben Zeit eingegangen. Oder als ob der Herbst für diese Kolosse vorzeitig eingetreten sei. Dabei herrschte hier Frühsommer.

Kurze Zeit später drangen menschliche Stimmen durch die Geräusche des Dschungels. Die Andari beschleunigten ihre Schritte. Bei Jason setzte ein mulmiges Gefühl ein. Nun würde über sie entschieden werden. Er hoffte, dass sich alles aufklären würde.

Jason trat als Erster der fünf Gefährten durch einen Vorhang aus feingliedrigen Lianen. Es öffnete sich ihm der Blick auf ein Dorf aus ungefähr fünfzig Rundhütten. Die Gebäude bestanden aus Bambusstäben und wurden von einem reetartigen Strohdach vor Regen geschützt. Die Hütten gruppierten sich um einen zentralen Platz in der Mitte, von dem mehrere Wege sternförmig nach außen in den Dschungel führten. Kein Zaun schützte das Dorf, überall liefen Kinder, Frauen und Männer umher.

Zwischen den Hütten ragten Bäume heraus, in deren stabilen Ästen Wohnungen, Terrassen und Spielgelegenheiten eingebaut waren. Jason sah Kinder von Liane zu Liane schweben, bestaunte klimpernde Windspiele und wunderte sich über die filigranen Glasdächer bei einigen der Baumhäuser. Mehrere Dorfbewohner lümmelten sich in bequemen Hängematten, zwei Jungen fuhren soeben über eine Seilbahn von einem Baum zum nächsten.

Merlan leitete die Gefangenen direkt auf eine größere Hütte am Rande des Mittelplatzes zu. Jason schaute sich aufmerksam um. Sie wurden von einer Schar Kinder umringt, die neugierig zu den fünf Gefährten aufblickten. Galan und Treide verwiesen die Kleinen barsch auf Abstand. Die Sprösslinge der Andari wurden noch nicht von Tätowierungen verziert, aber auf ihnen zeichneten sich schon die typischen tandorianischen Hautmaserungen ab. In Verbindung mit der bronzefarbenen Haut, den glänzenden, schwarzen Augen und den sehnigen Körpern versprühten sie Kraft und pure Lebensfreude.

Die Frauen der Andari hielten respektvoll Distanz, zeigten sich aber nicht weniger neugierig. Offenen Blickes schauten sie auf die fünf Ankömmlinge. Jason bemühte sich, nicht allzu unhöflich zurückzustarren, doch das fiel ihm schwer. Die Andarinnen waren ausgesprochen attraktive Vertreterinnen von Tandoran. Die meisten trugen Röcke aus einzelnen Stoffstreifen, die in bunten Farben kombiniert waren. Jason sah völlig weiße Röcke, schwarz-rote, grün gemusterte, perlenverzierte und gürtelbesetzte Varianten. Auch sie besaßen Tätowierungen auf dem Körper, im Gegensatz zu den Männern jedoch mehrfarbig. Am häufigsten sah man dunkelrote und unterschiedlichste Grüntöne. Ihre Haare zeigten geflochtene Muster aus weitläufigen Knoten bis hin zu gerasterten Strähnen. Steine, Bänder, bunte Tücher, kleine Muscheln, feingliedrige Ketten und goldene Broschen verzierten die meist schwarze Haartracht. Unterstützt wurde der exotische Eindruck noch durch die schlangenartig verschlungenen Ringe auf Unter- und Oberarmen.

Selbst die ältesten Damen des Stammes trugen farbenfreudige Kleider. Jason gefiel das viel besser als die gräuliche Einheitstracht, die er von den Älteren zu Hause kannte. Seine Oma bildete mit ihren Jeans und farbigen Blusen schon eine extravagante Ausnahme. Hier hätte ihr Outfit als blass gegolten. Allerdings schauten die älteren Andarinnen im Gegensatz zu den jüngeren ablehnend, vielleicht sogar hasserfüllt. Jason konnte den Unterschied bei all den Falten nicht ausmachen.

Als sie vor der großen Hütte angekommen waren, stoppte der Trupp. Die Krieger umringten die fünf Gefährten und hielten wieder ihre Bögen auf sie gerichtet. Eine Schar Neugieriger versammelte sich um sie. Merlan trat vor und rief in Richtung des von zwei Baumstämmen gestützten Einganges: „Vater, wir haben fünf Limarten gefangen genommen. Sie wollen zum Baum des Lebens."

Ein älterer Andari von imposanter Gestalt kam aus der Hütte. Das Getuschel der Versammlung verstarb. Auf seinem breiten Brustkorb zeichnete sich ein Baum ab, dessen Wurzeln in der Gegend um den Bauchnabel hin ausliefen. Seine Stirn wurde von einem verzierten, hölzernen Stirnband geschmückt, das spitz auf seinem Nasenrücken mündete. Er baute sich vor den fünf Gefährten auf und verschränkte die muskulösen Arme vor der Brust.

Nach einem kurzen Moment des schweigenden Anstarrens sprach er mit befehlsgewohnter Stimme: „Limarten, seid ihr zurückgekommen, um euer Werk zu vollenden? Da habt ihr euch wohl vertan. Wir wissen, was euch hierher führt. Und seid versichert, wir fallen auf keine eurer Lügen herein."

Mittlerweile hatten sich über hundert Stammesmitglieder eingefunden. Als sie hörten, dass der Baum des Lebens bedroht werde, erhoben sie einen Stimmgesang: „Stürzt sie vom Felsen. Stürzt sie vom Felsen."

Auf einmal war Jason sich nicht mehr so sicher, dass sie hier ungeschoren davonkommen würden.

ॐॐॐ

Vurup ging in seiner Wachkammer auf und ab. Immer wieder brach er ohne Anlass in Schweiß aus. Angst pochte in seiner Seele.

Doch er hätte nicht anders handeln können.

Lange hatte er die Qualen des eingesperrten Kaiserbruders mit anschauen müssen. Die jahrelange Folter, die minderwertige Nahrung und die seelischen Grausamkeiten hatte Vurup noch verdrängen können. Das Leben war nun mal nicht gerecht und mancher bekam halt einen größeren Teil des Leides aufgebürdet - daran konnte er nichts ändern. Oder hatte sich jemand um ihn gekümmert, als sein Vater ihn jahrein, jahraus prügelte? Weggeschaut hatten sie, wenn er wieder mit neuen blutigen Streifen im Gesicht aus dem Haus kam.

Neidisch hatte er damals andere Familien beäugt, deren Väter mit ihren Kindern spielten. Er schwor sich als Jugendlicher, sollte er mit seinem Aussehen jemals eine Frau finden, er würde ein besserer Vater sein. Zum Glück war sein Alter früh abgekratzt, ab da besserte sich sein Leben. Er war zwar für immer gezeichnet und nach der Lehre des Mansils ein minderwertiges Geschöpf. Dennoch hatte er seine bessere Hälfte gefunden und mit ihr zwei wohlgeratene Söhne groß gezogen ...

Für ihn war jetzt eine Grenze überschritten. Über zehn Jahre Vater und Sohn zu trennen, den Jungen des eigenen Bruders zu jagen und dieses Unrecht dem Vater in dessen Zelle genüsslich darzubieten. Vurup schauderte es bei der Vorstellung, dass ihm Gleiches wiederfahren würde. Er konnte an den verzweifelten Augen des Vaters von Jason Lazar ablesen, welche Pein er durchleiden musste.

Obwohl ... ohne seinen eigenen Sohn hätte er wohl immer noch klaglos seinen Dienst verrichtet. Dessen Worte hatten es an Eindeutigkeit nicht missen lassen: „Wenn du ihm nicht hilfst, bist du nicht mehr mein Vater", hatte Darwian unmissverständlich klargestellt.

Vurup hatte vor Monaten herausgefunden, dass sein Sohn Darwian für die Südlande spionierte. Es musste an seiner verstorbenen Mutter liegen. Eskalda hatte einfach ein zu großes Herz gehabt. Das musste sich ja auf die Kinder übertragen. Vurup zelebrierte jeden Abend so etwas Ähnliches wie ein Gebet, dass Darwian nicht enttarnt werden würde. Auch wenn er nicht so recht wusste, an wen er seine Bitten richten sollte.

Vurup schimpfte mit sich, dass er das Gespräch mit seinem Sohn gesucht hatte und von dem geheimen Gefangenen des dunklen Kaisers berichtet hatte, obwohl ihm hierfür der Tod angedroht worden war. Es hätte ihm doch klar sein müssen, dass Darwian sofort eine Idee einfallen würde, wie Ethan dan Wadust geholfen werden könnte. Eine gefährliche Idee übrigens, aber immerhin würde die Hilfe von Vurup vermutlich nicht bewiesen werden können.

Erst hatte er sich geweigert. Zu oft hatte er Gegner des dunklen Kaisers grausam hingerichtet gesehen. Doch Darwian blieb stur, verwies darauf, dass der Krieg unmittelbar bevorstand und wahrscheinlich keiner Zeit für eingehende Untersuchungen finden würde. Vurup war nicht ganz überzeugt, aber als Darwian ihm vorhielt, er solle sich doch mal vorstellen, wenn er dort liegen und der dunkle Kaiser seinen Sohn jagen würde ... und Eskalda hätte es ebenso gewollt ... und ob er nicht einmal im Leben Tapferkeit beweisen wolle ... da musste er klein beigeben. Noch immer schauderte ihn bei dem Gedanken an seine Tat.

Nun ja, es war getan und nicht rückgängig zu machen. Vurup konnte seitdem nicht mehr ruhig schlafen. Immer wieder träumte er von seinem Vater, wie der ihn schlug, wie er auf einmal die Handpyramide des dunklen Kaisers trug und damit auf ihn einschlug ... Zum Glück wachte er stets neben dem Bild von Eskalda auf, der großen Liebe seines Lebens. Er glaubte daran, dass sie im Jenseits auf ihn wartete. Ansonsten wäre er wohl längst zum Kaiser gelaufen und hätte um Gnade für seine unbesonnene Tat gewinselt.

Hier auf der Wache vermisste er allerdings die Zuversicht seines Sohnes. Manchmal wurde ihm ganz übel vor Furcht, er konnte nicht mehr still sitzen. Hoffentlich würde nicht rauskommen, dass er dem Gefangenen geholfen hatte ...

ॐॐॐ

Ethan ruhte sich auf seiner Liege aus. Noch immer nahm er das Gefühl von Hoffnung in sich wahr. Seit 10 Jahren kannte er dieses Empfinden nicht mehr.

Er hatte mal einen Spruch auf der Erde gehört. „Hoffnung ist wie Zucker im Tee, auch wenn sie klein ist, versüßt sie alles." Jetzt konnte er das spüren. Er bemerkte auf einmal die Sonnenstrahlen, die durch die kleine Luke für ein paar Stunden in seine Zelle einfielen. Er war erwacht, ohne in eine tiefe Kümmernis zu verfallen. Das Atmen fiel ihm leichter, die Schmerzen im Körper waren mühelos zu ertragen.

Heute Nacht würde er es wagen. Seit sieben Tagen trug er nun das Halsbandimitat. Ausgerechnet Vurup. Nie hätte er gedacht, dass von dem verschüchterten Wärter je ein Verrat am Kaiser ausgehen würde. Sie hatten nicht weiter darüber gesprochen. Vurup hatte nur gemurmelt: „Findet Euren Sohn vor dem Monster", und ihm dabei das Halsbandimitat umgelegt.

Auch das Prickeln von Limarenergie war ihm völlig fremd geworden. Eine Woche hatte er nun Zeit gehabt, sich zu regenerieren. Er fühlte sich so kraftvoll wie nie seit seiner Gefangennahme.

Ethan konnte nicht testen, wie stark er im Ernstfall sein würde. Aber zur Flucht würde es genügen. Er konnte ohne Probleme die Schlösser seiner Ketten knacken und schaffte es sogar, seine Steinpritsche mittels Limar anzuheben. Mehr wollte er nicht ausprobieren, es würde schon reichen. Es musste einfach.

Die Zeit bis zur Nacht verfloss langsam. Quälend langsam. Er zappelte immer wieder mit seinem Bein, mehr Bewegung war aufgrund der Ketten nicht möglich. Nie hätte er gedacht, dass sich die Stunden mehr in die Länge ziehen konnten als zu seiner sonstigen Gefangenenzeit. Aber jetzt, kurz vor der Flucht, wurden die Minuten zu Bergen der Zeit. Aufregung ließ ihn schwer atmen. Immer wieder ging er in Gedanken seinen Fluchtplan durch. Ihm kam zugute, dass er in dieser Burg aufgewachsen war. Bis zu seinem siebzehnten Lebensjahr hatte er hier gelebt, dann war er heimlich geflohen. Vor seiner Mutter, die grausam die Fäden in der Hand hielt, seinem Vater, der alles geschehen ließ und vor dem Bruder, der es genoss, Untergebene zu quälen.

Endlich legte sich Dunkelheit über das Fenster. Mit aller Disziplin zwang sich Ethan, noch einige Stunden zu warten, bis völlige Stille in der Burg eingekehrt war. Er hatte sein Glück kaum fassen können, als er sah, dass Baldon heute Nacht Wache im Zellentrakt hatte. Sein Schnarchen war immer so laut, dass Ethan einige Monate gebraucht hatte, um dabei einschlafen zu können. Auch heute dröhnte das Nasensägen nach kurzer Zeit durch seine Zelle.

Nach Ethans erstem Fluchtversuch war Baldon für ein paar Tage auch während seiner Schicht in der Zelle aufgetaucht. Unerwartet. Doch dieses Engagement stellte er rasch ein und kehrte zu seiner üblichen Ruhe-Routine zurück. Wie auch heute. Man hörte es deutlich.

Jetzt war es soweit. Mit einer leichten Konzentration auf das Limar ließ Ethan die Schlösser seiner Ketten aufschnappen. Er fühlte sich unglaublich stark. Endlich war er einmal im Vorteil und verfügte wieder über seine Kräfte.

Auf Zehenspitzen schlich er zur Tür. Vorsichtig tastete er mit seinem Limar nach dem Schloss der Kerkertür. Es war alt und rostig, quietschte bei jedem Öffnen. Das musste er unbedingt vermeiden. Ganz behutsam drehte er mit sanftem Limarstrom die Schlossverriegelung. Offenkundig war er aus der Übung. Er hätte die Verriegelung in die Zange nehmen müssen. So schnappte der Bolzen nach Überwindung eines Widerstandes zurück und öffnete das Schloss mit einem lauten Knacken.

Ethan verharrte regungslos. Er lauschte in die Stille. Das Schnarchen von Baldon verstummte. Ethans Herz begann zu rasen. Hektisch schlich er zu seiner Steinpritsche zurück und verweilte dort lauschend. Nach bangen Sekunden setzten die wohlvertrauten Schlafgeräusche wieder ein und Ethan konnte weitermachen. Behutsam öffnete er die hölzerne Zellentür.

Baldon hatte seinen Hut über das Gesicht gezogen, die Füße auf den kleinen Wärtertisch gelegt und seinen Stuhl leicht an die Wand gekippt. So schien er eine halbwegs angenehme Schlafposition gefunden zu haben. Ethan fragte sich, warum er in all den Jahren nie während des Schlafes umgekippt war. So leise wie möglich pirschte er sich an dem hohlwangigen Wärter vorbei.

Diesmal hatte sich Ethan einen anderen Weg für seine Flucht ausgewählt. Rasch schlich er durch den Wärterraum, welcher im Zentrum von acht im Ring angeordneten Zellen lag. Alle anderen Hafträume standen leer, dieser Trakt wurde nur für die gefährlichsten Gegner genutzt. Und Mandratan pflegte solche Feinde normalerweise nicht am Leben zu lassen. Daher wurden die Kerker jeweils nur kurz benötigt. Bei Ethan machte er aber zwölf Jahre lang eine Ausnahme. *Bruderliebe* ...

Der Raum mündete in einem von schmutzigen Leuchtsteinen erhellten Gang mit abgerundeter Decke. Vorsichtig öffnete Ethan die Tür am Ende des Ganges und spähte in den dahinterliegenden Aufgang. Niemand war zu sehen. Ethan meinte, weiter oben den Schatten eines Soldaten wahrzunehmen, kümmerte sich aber nicht weiter darum. Dort wollte er nicht hinauf.

Auch den rechten Weg streifte er nur mit einem kurzen Blick. Mit einem mulmigen Gefühl dachte er an den letzten Fluchtversuch, konzentrierte sich jedoch sofort wieder auf seinen Plan. Statt den direkten Weg nach oben zu nehmen, ging er geradeaus und blieb in den verwinkelten Gängen des Kellers der Burg.

Die nächste verschlossene Tür knackte Ethan schon wesentlich lautloser. Dahinter herrschte völlige Dunkelheit. Er tastete rechts um die Ecke und fand, was er suchte. Eine Fackel mit einem Leuchtstein. Ein kurzer Energiehauch ließ den darin eingebauten Stein erstrahlen. Er war richtig. Der Lagerraum war mit zahlreichen Fässern, Säcken und Kisten gefüllt. Lange Gänge enthielten Regale mit eingemachten Früchten und Gläser voller Gemüse. Hier war das Vorratslager der Burg untergebracht. Ethan schlug der vertraute kalte, modrige Lagergeruch entgegen.

Er ging eine breite Treppe hinunter. Der Vorratskeller war bestimmt acht Meter hoch, entsprechend tief lag sein Boden. Als Kinder hatten sie hier unten zwischen den ganzen Vorräten Verstecken gespielt. Es war gruselig gewesen, da damals nur vereinzelt schwache Leuchtsteine in den Fußboden eingelassen waren und lediglich eine schummrige Helligkeit erzeugten. Ethan wagte es nicht, diese zu aktivieren, sondern schritt mit der Steinfackel in der Hand auf direktem Weg zur gegenüberliegenden Wand. Zwischendurch hielt er kurz an und stopfte sich gierig eingemachte Kirschen in den Mund. Er aß fast das gesamte Glas leer und trank am Ende noch einen Großteil des Kirschwassers. Ethan bemerkte, wie sehr sich sein Körper nach nahrhaften Speisen sehnte. Wohlig aufstoßend wischte er sich mit dem Handrücken über den Mund. Schon wieder fühlte er sich ein wenig stärker.

Am Ende der Halle angelangt ließ Ethan die Fackel heller erstrahlen. Er fand an der Decke, was er suchte. Den Lastenaufzug, der direkt hinter den Ställen endete. Ethan sah sich nach einer Leiter oder einem Strick um, wurde aber nicht fündig. Seufzend blickte er auf die eisenbeschlagenen Holzkisten, die überall umherstanden.

Er musste leise sein. Jedes Geräusch in dieser saalartigen Lagerhalle wurde hallend verstärkt. Ethan richtete seine Handflächen auf eine Kiste und ließ sie sanft bis an die Wand unter der Lastenaufzugsöffnung schweben. Bis auf ein verhaltenes Klacken war kein Laut zu vernehmen. Ethan war zufrieden, auch wenn er merkte, dass das Hinüberhieven ihn viel Limar kostete.

Nach und nach baute er aus den umherstehenden Behältnissen eine Treppe, die bis zur Kellerdecke unter der Lastenaufzugsklappe reichte. Ethan verbrauchte fast seine ganze Limarenergie bei dem Bauwerk, da die Kisten mit Kartoffeln gefüllt und entsprechend schwer waren. Trotzdem betrachtete er befriedigt seine selbst gebaute Fluchttreppe.

Vorsichtig erklomm er den Kistenaufgang und lauschte an der Klappe in der Decke. Warme Luft strömte durch die Ritzen zwischen den Brettern. Zaghaft öffnete er die Luke ein Stück. Wie erwartet kam er im Pferdestall der Burg hoch. Der flackernde Schein von Feuern im Hof huschte über die weiß gekalkten Wände. Er horchte. Hufgetrappel. Ein Pferdeschnauben. Leichtes Gemurmel von Wachsoldaten im Hof. Der Wind in den durchlässigen Schindeln des Daches.

Die Luft schien rein.

Ethan stieß die Klappe weiter auf und lehnte sie behutsam gegen die Mauer. Er stemmte sich rauf und sah sich um. Eine lange Reihe mit gegenüberliegenden Boxen durchzog die Stallung, welche in schummriger Düsternis lag.

Er ging durch den Stall und hörte ein bekanntes Wiehern. Frasan! Er sah sein altes Pferd erwartungsvoll aus einer der Boxen schauen. Er eilte zu ihm und hielt ihm die Hand vor die Nüstern. Das ehemals tiefschwarze Fell glänzte nicht mehr so hell wie früher. Aber es schien ihm gut zu gehen. Ethan legte seine Stirn an den Kopf des Pferdes und atmete tief den so vertrauten Geruch ein. Es brach ihm das Herz, dass er Frasan stehen lassen musste.

Da hörte er hinter sich ein Geräusch. Die Stalltür wurde geöffnet, das Licht des Vorraumes strahlte auf ihn. Ein alter Mann trat durch die Tür. Ethan blickte sich gehetzt um, doch es war zu spät. Der Alte starrte ihn an.

Ethan hob kampfbereit die Hände. Noch verfügte er über genügend Limar. Kampflos würde er sich nicht ergeben.

Indes ... was bedeutete das? Der Alte beachtete ihn gar nicht, sondern tastete stattdessen die Boxen entlang bis zu einem Stock. „Da bist du!" Er nahm sich den Stab, drehte sich um und ging den Blindenstock vor sich schwenkend wieder hinaus. Die Stalltür verschloss er sorgsam im Rausgehen.

Ethan fiel ausatmend gegen die Box von Frasan. Nur langsam beruhigte sich sein wild klopfendes Herz. „Glück gehabt, mein Großer. Doch nun heißt es Lebewohl sagen. Wenn es mir irgendwie möglich sein wird, hol ich dich raus."

Er küsste das Pferd zum Abschied auf die Stirn, eilte ans gegenüberliegende Ende des Stalles und schlüpfte in die Sattelkammer. *Wie gut, das hier alles wie früher ist.* Er erklomm eine Leiter und wand sich zwischen Zaumzeugen, Steigbügeln, Halteleinen und Aufstiegriemen in die hintere Ecke. Die Dunkelheit behinderte ihn. Hätte er bloß die Steinfackel mitgenommen.

Doch nach kurzem Umhertasten fand er, wonach er suchte: die Ausstiegsluke auf die Mauer. Er öffnete sie und blickte hinaus. Soweit er es beurteilen konnte, war alles ruhig. Er zog den Kopf wieder rein, band im Halbdunkel aus den Zaumzeugen ein langes Seil und rollte es um seinen rechten Unterarm. Mit ihm würde er sich von der Mauer in die Freiheit abseilen können.

Dann stieg er aus der Luke nach oben aufs Dach. Eisensprossen führten auf einen der Außentürme hinauf. Sie waren angelegt worden, damit die Soldaten schnell aus dem Stall zur Burgwacht gelangen konnten. Die Leiter schien seit Jahrzehnten nicht mehr benutzt. Ethan war als Kind hier hochgeklettert, wenn er seine Ruhe haben wollte.

Die Sprossen mündeten auf eine schmale Plattform rund um den Turm, dicht unter dem Ausguck. So leise wie möglich presste sich Ethan an die Turmwand und lauschte.

„Hast du was von dem Fleisch abbekommen?"

„Pah, wieder nur dürre Suppe. Wie lang sollen wir noch schmachten?"

„Ich hab gehört, es geht bald los. In den Südlanden sind die Lager voll."

Stille. Ethan beruhigte krampfhaft seinen vom Aufstieg angestrengten Atem. Die Wachen durften ihn nicht entdecken.

„Meinst du, es wird ein Blitzkrieg, wie sie immer sagen? Ohne Verluste auf unserer Seite?"

„Auf jeden Fall. Du hast doch die Ungetüme gesehen. Da kann keiner was gegen ausrichten."

Die zweite Wache atmete tief durch und sprach dann weiter: „Ich bin mir nicht so sicher. Mich zermürbt dieses sinnlose Warten hier auf der Burg. Wenn es doch endlich losginge, dann haben wir wenigstens etwas zu tun."

„Da musst du nicht mehr lange leiden. Ich hab gehört, ..."

Mehr konnte Ethan nicht hören. Die Wachen schritten auf der Mauer zum nächsten Turm.

So bald schon! Er musste unbedingt Allando erreichen und berichten, was er hier erfuhr. Hoffentlich waren sie in den Südlanden auf den Angriff vorbereitet.

Ethan wollte sich gerade über die Mauer schwingen, da traf ihn von unten ein Limarstoß wie der Tritt eines Pferdes. Seine Knochen knackten im gesamten Körper. Er flog von dem Mauervorsprung und sah aus dem Augenwinkel, wie das Dach des Stalles auf ihn zuraste. Dann wurde es dunkel.

Die Nacht über waren sie in einer Art Zelle aus dürren aber stabilen Bambusästen eingeschlossen gewesen. Nachdem Callum ihre Geschichte vorgetragen hatte, wirkte Stammeshäuptling Gidram nicht mehr ganz so feindselig, die Stimmung gegen die fünf Gefährten besserte sich. Heute sollte der Schamane des Dorfes sie prüfen. Er besaß wohl besondere Befähigungen, Wahrheit von Lüge zu unterscheiden.

Weil sich die Fremden auch in der Nacht ruhig verhalten hatten, fassten die Dorfbewohner Vertrauen. Es war ihnen erlaubt, sich im Dorf bis zur erwarteten Ankunft ihres Schamanen am frühen Nachmittag zu bewegen. Ihre Waffen waren ihnen natürlich abgenommen worden. Zwei Wachen standen jedem zur Seite.

Shalyna hatte sich von Jason, Nickala und Callum zurückgezogen. Die Trennung von den anderen war für sie nötig, weil sie seit Tagen völlig verwirrt war. Rhodon war schon in den ersten Morgenstunden in der Schmiede des Dorfes verschwunden.

Zuerst hatte sie nur Zorn über die Ankunft von Jason empfunden. Sie hatte das damit gerechtfertigt, dass sie nichts von der Prophezeiung hielt, die Konzentration von Allando auf Jason sogar gefährlich fand. Ihr Bruder würde alle Unterstützung benötigen, welche die Schule von Sapienta in der Lage zu geben war. Wenn sich die Kräfte zersplittern, nützt das nur dem dunklen Kaiser.

In Wirklichkeit, so hatte sie sich selbst rasch eingestanden, war sie auch eifersüchtig auf Callums Bemühungen um Jason. Shalyna war seine direkte Schülerin und musste so schnell wie möglich ihre Ausbildung beenden, um ihrem Bruder und ihrer Mutter im Krieg beizustehen. Es würde dem Volk Mut machen, wenn die Tochter der obersten Richterin als voll ausgebildete Limartin an ihrer Seite kämpfte. Durch die Ankunft von Jason wurde das alles gefährdet, auf jeden Fall aber verschoben.

Doch im Laufe der Reise musste sie ihre Meinung ändern. Die Ereignisse in der Ringstadt belegten, dass an der Prophezeiung etwas dran war. Auch wenn keiner einschätzen konnte, wo es hinführen würde. Und Jason ... Jason hatte sich mehr als einmal als tapfer erwiesen. Er gab sein Bestes und versuchte nicht, sich in den Vordergrund zu spielen. Das gefiel ihr. Zunehmend.

Sie stellte sich Jasons Gesicht vor. Sie mochte seine vollen und weich geformten Lippen. Seine Wangenknochen traten deutlich hervor. Er trug keinen Bart, vermutlich, weil sein Bartwuchs so spärlich ausfiel. Shalyna hatte bemerkt, dass er sich nur alle drei Tage rasierte. Aus irgendeinem Grund musste sie darüber kichern.

Sie hatte beobachtet, dass sein Gang etwas Ruhiges hatte. Seine Augen kreisten dabei unentwegt, verharrten kurz bei einem Objekt, was interessant erschien, und blickten sich dann weiter um. Er war immer der Erste, der eine neue Vogelstimme in der Umgebung hörte. Darauf hatte sie ihn angesprochen. Er meinte, sein Umgang mit Pferden hätte ihn diese Achtsamkeit gelehrt. Wegen der Tiere achtete er auch auf seinen Gang. Er wollte sie nicht mit seiner Art des Gehens erschrecken. Darum würde er wohl so träge wirken.

Shalyna hatte ihn beruhigt. Träge würde sie seinen Gang nicht nennen, eher geschmeidig, wie den eines Panthers, die schwarzen Haare passten dazu. Sie hatte öfters miterlebt, wie schnell Jason reagieren konnte. Wie ein Tier schien er jederzeit lossprinten zu können.

Ihr war durchaus aufgefallen, dass sich Jason in ihrer Gegenwart veränderte. Seine Hände fingerten dann unruhig an etwas herum, es wirkte, als finde er nicht die richtigen Worte und manchmal fing er sogar an zu stottern. Anders war es, wenn sie sprach. Dann versenkte sich sein Dackelblick in ihre Augen und sie hatte sich dabei schon mehrfach beim Anhalten des Atems erwischt.

Shalyna kannte diese nervösen Reaktionen von ihren Mitschülern. Sie gab nicht viel darauf. Als junge Frau mit einem akzeptablen Äußeren gesegnet verwirrte sie mehr als ein Männerherz, auch wenn sie sich extra unvorteilhaft anzog. An Angeboten hatte es ihr nie gemangelt, doch sie hatte die Zuneigungen bisher nie erwidert. Wenn wieder einmal jemand den näheren Kontakt zu ihr suchte, hatte sie immer hingespürt, ob sich etwas in ihr regte. Sie fand zwar einige attraktiv, nur ihr Herz konnte keiner gewinnen. Bis jetzt.

Vielleicht lag es an ihrer einsamen Erziehung. Sie hatte ständig Privatunterricht erhalten, in der Geschichte von Tandoran, Staatskunde, Kampfstrategien. Schon früh erkannte sie ihre Liebe zu der Arbeit mit Kindern und der Forschung mit den Elementarsteinen. Mit Freude wäre sie Lehrerin geworden und haderte mit ihrem Schicksal, der Nachfolge ihrer Mutter als oberste Richterin. Wieso musste auch ihr Bruder den Heerführer spielen, er war doch auch für den Posten geeignet? Aber er musste ja sofort Marlinda heiraten. Somit blieb eigentlich nur noch sie für die Nachfolge übrig.

So sah Shalyna ihre Zukunft eher von Pflicht erfüllt, an der Seite des Sohnes von irgendeinem Distriktfürsten der Südlande. So gebot es die Tradition des Richterhauses. Damit der Kontakt zu den politischen Kräften gewahrt bleibt - ihre Mutter druckste an diesem Punkt immer rum. Irgendetwas Langweiliges halt. Wie dankbar war sie gewesen, als Allando ihr den Unterricht der kleinen Schüler angeboten hatte. Sie war darin aufgegangen, hatte sich glücklich gefühlt.

Und dann kam Jason. Es war für sie völlig neu, dass ein männliches Wesen ihre Gefühle so sehr in Aufruhr versetzte. Sie merkte, wie sie ständig seine Nähe suchte, ihre Blicke immer wieder auf ihm ruhten. Als ob eine magische Anziehungskraft von ihm ausging. Es war ihr mittlerweile vertraut, wenn sie ein ums andere Mal bemerkte, wie sie ihr Haar richtete oder sich in eine vorteilhafte Positur brachte, wenn Jason in der Nähe war.

Dabei war es völlig unmöglich, dass sie beide zusammen kamen. Jason musste zurück zur Erde, wenn die Goldwasservorräte aufgebraucht waren. Und sie konnte ihn noch nicht einmal berühren, irgendetwas schien sie voneinander abzustoßen. Vielleicht harmonierten ihre jeweiligen Kräfte nicht miteinander. Ganz zu schweigen davon, dass ihre Mutter diese Verbindung nie tolerieren würde. Ihr gesamtes Leben wurde Shalyna von ihr zur Nachfolge erzogen, sie hatte Shalyna seit ihrem neunten Lebensjahr eingeprägt, ihre Gefühle für die Jungen im Zaum zu halten. Wichtig sei ein mit Verstand ausgesuchter Gemahl, die Liebe komme von selbst. Shalyna bezweifelte das zunehmend. Aber sie würde nach ihrer Rückkehr aus der Limartenschule den Söhnen der Verwalter des Reiches vorgestellt werden und dürfe sich daraus einen aussuchen. So war es immer gewesen und es war ein Baustein des friedlichen Zusammenlebens in den Südlanden. Wenn es denn nach dem Krieg noch ein Morgen gäbe.

Doch sie war machtlos gegenüber ihren Gefühlen. Selbst jetzt, wo sie fortlaufend Gefahren ausgesetzt waren, ein Krieg drohte, ihre Gedanken kreisen ständig um Jason. Ununterbrochen fragte sie sich, was er von ihr hielt, wie er was meinte, warum er jetzt so guckte ...

Es musste ihr gelingen, sich zusammenzureißen. Bald war Jason weg und es bestand keine Möglichkeit, dass sie zusammenblieben. Sie wollte sein Herz nicht brechen. Als er gestern so ängstlich auf den Anführer des Dschungelvolkes schaute, hatte sie einen tiefen Stich in der Brust gespürt. Über ihr Schicksal hatte sie sich in diesem Moment gar keine Gedanken gemacht, sie wollte nur, dass Jason nicht länger Furcht empfand. Das hatte sie so noch nie erlebt.

Dennoch. Es war unmöglich. Sie durfte ihm keine Hoffnung machen. Ihr wurde übel.

Shalyna zwang sich dazu, sich auf das Dorftreiben zu konzentrieren. Ihre Aufmerksamkeit richtete sich auf die umherspielenden Kinder. Schon bei ihrer Ankunft war ihr aufgefallen, dass sie alle völlig unbefangen und angstfrei wirkten. Jetzt, nachdem ihre erste Neugier den Fremden gegenüber befriedigt war, spielten sie um sie herum, als wäre nichts gewesen.

Ihr Blick fiel auf einen kleinen Jungen, der ein Mädchen an der Hand hielt und ihr im Gehen eine Geschichte erzählte. Sofort spürte sie wieder einen Stich im Herzen.

„Du magst Kinder?", fragte eine junge Andarin. Sie saß vor einem der Rundbauten und rührte Brei in einer Schüssel.

Shalyna ging zu ihr rüber und setzte sich neben sie auf die Holzbank. „Ja. Am liebsten würde ich später als Lehrerin mit Kindern arbeiten. Doch ich weiß nicht, ob ich jemals selbst welche bekommen werde."

Die Frau lachte laut los und stellte sich als Magdia vor. Sie trug eine Kette aus dunkelgrünen Steinen, die eng an der Haut anlagen.

„Weißt du, bei uns ist das nicht so wichtig, ob eine Frau selbst Kinder hat oder nicht. Der gesamte Stamm zieht sie gemeinsam groß. Abwechselnd lehrt jeder sie, was ihre späteren Aufgaben sein werden. Die Kinder können wählen, wo sie zu Mittag essen oder wo sie schlafen möchten."

Davon hatte Shalyna noch nicht gehört. Sie stellte sich vor, wie das in den Städten zugehen würde, wenn man dieses Modell dort anwenden dürfte. Kopfschüttelnd brach sie den Versuch ab. Das konnte nur bei einem solch kleinen Stamm funktionieren.

„Bei uns würde das nicht klappen. Da bemühen sich die Eltern, ihren eigenen Kindern das Bestmögliche zukommen zu lassen. Die ganze Erziehung kreist darum, dem eigenen Nachwuchs die optimalen Startvoraussetzungen ins Leben zu schaffen."

Magdia schaute sie lächelnd an und sagte: „Ich verrate dir noch etwas. Bei den meisten Kindern von uns weiß man gar nicht so genau, wer der Vater ist. Bei einigen erkennt man es, aber bei den meisten ..."

Shalyna starrte sie mit offenem Mund an. Sie merkte, wie ihr die Röte ins Gesicht stieg.

Wieder musste Magdia lauthals loslachen. „Ja, ja, ihr Städter. Ihr seid immer eifersüchtig, sobald sich euer Partner einer anderen zuwendet." Ihre Stimme wurde leiser. „Bei uns, Shalyna, wählen die Frauen, wen sie sich in ihr Nachtlager holen. Da machen wir keine große Geschichte draus. Und ...", sie rückte näher an Shalyna, „der Vorteil ist, dass unsere Männer stets bemüht um uns sind. Wenn einer unhöflich ist, schläft er allein." Sie zwinkerte Shalyna grinsend zu.

Shalyna dachte darüber nach. Das klang ganz plausibel - aber bei ihr konnte sie sich das nicht vorstellen. Sie träumte, schon seit sie zurückdenken konnte, von einem Traummann, mit dem sie ihr ganzes Leben verbringen würde.

„Für mich wäre das nichts. Aber das hat wohl mit der Erziehung zu tun. Vielleicht würde ich es anders sehen, wenn ich bei euch aufgewachsen wäre."

„Och, bei uns gibt es auch längere Verbindungen, aber dass ein Mann und eine Frau ... ihr ganzes Leben, nur sich ... das ist eine seltene Ausnahme."

Shalyna meinte da so etwas wie Sehnsucht herauszuhören, aber möglicherweise bildete sie sich das auch nur ein. Ihr kam ein anderer Gedanke: wie frei das Leben sein konnte und wie sehr ihr eigenes in vorgezeichneten Bahnen verlief. Nachdenklich zog sie ihre Knie zur Brust.

Sie schaute in die Augen einiger Männer und Frauen, die lachend und erzählend beieinanderstanden. Vielleicht liegt das Glück doch eher in dieser Freiheit hier. Jasons Bild tauchte in ihrem Geist auf und ihr Herz zog sich sehnsuchtsvoll zusammen. Wären sie beide im Dschungel von Aritanien geboren ... Auf einmal überkam sie ein Gefühl der Harmonie mit den Dschungelbewohnern. Dieses Leben schien entspannt, ohne Zweifel, ohne Krieg, ohne Regeln.

Shalyna drehte sich zur Seite. Magdia betrachtete sie aufmerksam.

„Ich ahne, was in deinem Kopf vorgeht, Shalyna. Es geht vielen so, die das erste Mal bei uns sind. Einige Reisende wollten für immer hier bleiben. Doch die allermeisten sehnen sich nach dem ersten Winter in ihre Stadt zurück. Auch kommen sie mit der Eifersucht nicht klar. Wollen eigenen Besitz haben. Nur die wenigsten verweilen. Es geht wohl nur, wenn man bei uns geboren wurde und nichts anderes kennt."

Dankbar schaute Shalyna zu der jungen Dschungelbewohnerin, die ihre Arbeit beendete. „Ich geh jetzt kochen. Schau, die suchen einen Spielführer. Wenn du magst, kannst du es sein." Sie zeigte auf eine Gruppe von Kindern, die auf im Kreis angeordneten Baumstümpfen saß. Dann erhob sie sich und ging in das Innere der Hütte.

Unsicher trat Shalyna vor und fragte: „Braucht ihr noch jemanden, der mitspielt?"

Ein kleines Mädchen kam auf sie zu. „Du musst aber die Ansagerin sein."

Shalyna schritt in die Mitte des Kreises. „Gern, wenn ihr mir sagt, was ich tun soll."

ॐॐॐ

Jason war enttäuscht, als sich Shalyna zurückzog. Er wäre gerne mit ihr zusammen gewesen. Ihr ganzes Gebaren war rätselhaft für ihn. Mochte sie ihn nun oder nicht? Wieso verhielt sie sich so distanziert. Lag es an dem merkwürdigen Grund, den sie ihm nicht hatte nennen wollen? Vielleicht hätte er mehr Zeit mit weiblichen Wesen verbringen müssen, um ihr schwankendes Verhalten richtig deuten zu können.

Ob er Nickala mal fragen sollte? Die Luftbeschwörerin plauderte am Haus gegenüber mit der Mutter von zwei Jungen, die sich ihnen als Sartena vorgestellt hatte. Nick war gleich zu ihr rübergegangen. Die beiden hielten ihre Hände um voluminöse Becher mit einem dampfenden Getränk.

Jason blickte auf das Gewächs neben ihm. Dessen Blüten bestanden aus roten Knospen mit einer schwarzen Perle in der Mitte. Er beugte sich runter und strich über die haarigen Blätter. Seit 47 Tagen war er jetzt auf Tandoran ...

Er empfand Sehnsucht nach Shalyna, obwohl sie sich nur wenige Hütten entfernt befand. Es war, als öffne sich ein Abgrund zwischen ihnen, als ob er sie verlieren würde. Nur mit Mühe konnte er sich auf seine Umgebung konzentrieren. Immer tauchte Shalyna in seinen Gedanken auf.

Am schlimmsten war das Aufwachen am Morgen. In seinen Träumen waren sie ein Paar, er gestand ihr seine Liebe und sie freute sich von Herzen. Ganz selbstverständlich erlebten sie diese Reise in seinen Träumen gemeinsam, meist wandelten sie eng umschlungen. Der seligen Stimmung beim Erwachen folgte dann die bedrückende Ernüchterung. Manchmal war Jason danach einige Stunden lang regelrecht verzweifelt. So war es auch heute nach dem Wachwerden in der Zelle gewesen.

Er wurde in seinem Grübeln unterbrochen als Merlan auf Callum und ihn zutrat. „Wenn ihr mögt, könnt ihr der Wiederkehr-Feier beiwohnen."

„Der was?" Callum zog bei seiner Frage die Augenbrauen hoch.

„Im Laufe des Vormittags werden die Vidai zurückerwartet. So nennen wir unsere Jungen, die ein Jahr lang nicht mit ihrer Mutter sprechen durften. Die letzten zwei Monate dieses Jahres müssen sie alleine im Dschungel überleben. Ihre Mütter warten schon alle auf dem großen Platz."

Gespannt eilten Jason und Callum hinter Merlan her. Auf dem offenen Gelände vor dem Dorf waren ungefähr zehn Frauen versammelt, die sich leise unterhielten und andauernd in Richtung Busch blickten. Von dort waren aber nur das Geschrei von Vögeln und hin und wieder ein Knacken von Ästen zu vernehmen. In einem Baum am Rand der Lichtung bewegten sich die Blätter eines Astes auf und ab, doch Jason konnte kein Tier ausmachen, das dieses Gezitter verursachte. Mit der Hand wischte er sich den Schweiß von der Stirn. Die Luft war schwülwarm. Merlan hielt Jason und Callum zurück und lud sie ein, sich auf eine Bank an der Rückseite eines Hauses zu setzen.

Sofort wurde Merlan von einer Schar von Kindern umringt. „Lass uns Wolf spielen. Ja Wolf. Wolf, Wolf ..." Eine Vielzahl von Kinderstimmen bedrängte den Häuptlingssohn.

„Jetzt nicht. Nachher", versuchte er sie abzuwimmeln.

„Wann ist nachher?"
„Wenn die Vidai angekommen und begrüßt sind."
„Warum nicht jetzt?" Ein Mädchen mit lockiger Löwenmähne schien sich nicht geschlagen geben zu wollen.
„Weil ich mich gerade unterhalte. Schluss jetzt, oder wir spielen erst morgen wieder."
Das zog. Ein Junge schlug vor, sie könnten die Zeit mit Verstecken überbrücken. Sofort stoben sie kreischend davon.
Callum grinste ihnen hinterher. „Was ist dieses ‚Wolf' für ein Spiel?"
Merlan hob in einer Geste der Hilflosigkeit die Hände. Aber er lächelte, als er antwortete: „Einige Mütter beschweren sich schon. Ich sei zu laut, würde zu schreckliche Grimassen schneiden. Aber die Kinder lieben das. Sie bauen sich mit Stöcken abgegrenzte Bereiche, ihre Höhlen. Ich bin der Wolf und kann nicht in diese Höhlen hinein. Aber die Kinder wechseln die Höhlen. Und dann kann ich sie fangen. Ich laufe dabei brüllend hinter ihnen her. Eher wie ein Bär als ein Wolf. Das ist der Nervenkitzel."
Sein Gesicht nahm einen verlegenen Ausdruck an. „Aber ich scheine es manchmal wirklich zu übertreiben. Die kleine Loulou hat sich letzte Woche vor Angst in die Hosen gemacht, als ich sie jagte."
„Oha, das war bestimmt peinlich für sie", meinte Callum.
„Peinlich? Eher peinlich für mich. Jeden Tag wie ein Verrückter brüllend und hüpfend durchs Dorf zu jagen. Loulou wollte sofort wieder dabei sein. Kinder mögen das, dieses Prickeln von Gefahr. Na ja", er blickte zu einem knackenden Geräusch im Wald, „ich will mich in Zukunft ein bisschen zurückhalten."
Seine Stimme wurde nachdenklicher: „Unser Leben im Dschungel ist voller Risiken. Insbesondere, wenn man alleine unterwegs ist. Es ist nicht selbstverständlich, dass alle Vidai zurückkehren. Entsprechend nervös und ängstlich sind die Mütter."
Jason fragte: „Warum macht ihr dann diese Prüfung?"
Er freute sich, dass Merlan sich wesentlich freundlicher als bei ihrer ersten Zusammenkunft zeigte. Er mochte diesen kinderlieben Andari. Merlan schien ihnen mehr und mehr zu vertrauen.
„Die Zeit als Vidai dient dazu, ihren Mut und den Glauben an die eigenen Fähigkeiten zu stärken. Sie ist ein Einschnitt in unser Leben vom Kind zum Mann. Daher das Verbot, mit der Mutter

zu reden. Unsere Mütter neigen am ehesten dazu, uns als kleines Kind zu behandeln. Nach der Zeit des Schweigens sehen sie ihre Söhne als neue Menschen. Als Mann. Du kommst von einer anderen Welt. Kennt ihr solche Prüfungen zum Erwachsenwerden nicht?"

Jason überlegte kurz. „Nicht wirklich. Bei uns gilt man mit dem 18. Lebensjahr als erwachsen, es gibt aber keine speziellen Prüfungen. Eine Zeremonie gibt es eigentlich nur bei den Religionen, aber das ist alles recht harmlos."

Merlan zuckte mit den Schultern. „Die Zeit als Vidai ist hart. Aber unsere Jungen lernen, ohne ihre Mutter auszukommen. Und die letzten Monate isoliert im Wald erfahren sie, dass sie auch alleine bestehen können." Merlan blickte in den Himmel, dessen Blau nur durch vereinzelte goldweiße Wolken durchbrochen wurde. Seine Lippen bildeten eine flache Gerade. Er dachte wohl an seine zwei Monate zurück.

„Du kommst als anderer Mensch aus dem Wald. Selbstständiger. Das Leben ängstigt dich weniger. Es ist eine sinnvolle Tradition", meinte er zusammenfassend.

„Hmm. Gehen denn alle Jungen freiwillig in diese Prüfung?", fragte Jason.

Merlan hob einen Holzstab auf und richtete ihn auf den Wald. „Wir Andari existieren als Teil des Dschungels. Der Geist des Waldes durchwebt unser Wesen. Aber der Wald verlangt von uns Stärke, um überleben zu können. Darum stellt sich diese Frage gar nicht, die Zeit als Vidai ist Teil des Erwachsenwerdens." Er lenkte seinen Stock auf den Boden und zeichnete die Umrisse eines Baumes. „Aber der Wald ist auch gütig. Sein Organismus wird getragen vom Baum des Lebens. Er erhält und verteilt die Energien im gesamten Dschungel. Darum ist es ja auch so schrecklich, dass er verletzt wurde. Unser Stammesschamane ist gerade dabei herauszufinden, wie wir dem Baum helfen können. Aber sein Verfall schreitet immer weiter voran, wir sehen es an den alten Baumriesen, die um uns herum eingehen. Verstehst du nun, warum wir so hart mit potenziellen Feinden des Lebensbaumes umgehen müssen?"

Jason nickte. Das leuchtete ihm ein. Merlan hatte ihnen gestern noch erläutert, dass vor einigen Monaten schon einmal Besucher nach dem Baum des Lebens gefragt hatten. Sie gaben sich als Forscher aus. Die Andari zeigten ihnen den Weg und ließen sie leichtsinnigerweise alleine. Sie haben die Fremden danach nicht mehr gesehen, aber der Baum des Lebens wurde seitdem laufend schwächer. Diesen Fehler würden sie auf keinen Fall wiederholen. Callum beteuerte, dass diese Fremden niemals aus Sapienta stammen würden. Er vermutete eine Teufelei des dunklen Kaisers dahinter. Beleg war für ihn, dass die lügenden Eindringlinge mit Flugschiffen anreisten. Nur die Nordländer konnten noch Flugschiffe nutzen.

Jason blickte wieder auf die in kleinen Gruppen beieinanderstehenden Frauen und konnte nun ihre Gefühle nachvollziehen. Da tauchte eine Frage in ihm auf: „Und wo sind die Väter der Jungen? Warum steht hier kein Mann?"

Merlan lachte kurz los. „Die Zeit der Wiederkehr ist den Müttern vorbehalten. Außerdem wissen wir von den meisten Jungen gar nicht, wer der Vater ist." Merlan erklärte dem erstaunten Jason den lockeren Umgang mit der Sexualität bei den Andari. „Aber wenn du genau hinschaust, siehst du, dass sich nicht alle daran halten." Merlan wies auf ein Fenster, hinter dem der Schatten eines Menschen zu erkennen war. Einige andere lehnten scheinbar teilnahmslos an den Wänden der Häuser, zurückgezogen im Halbdunkel der überstehenden Dächer.

„Nun ja, bei vielen Jungen erkennt man natürlich schon, wer der Vater ist. Ich bin eindeutig der Sohn von Gidram, unserem Stammesführer. Aber ich betrachte auch andere Männer unserer Gemeinschaft als meine Väter, da sie viel Zeit mit mir in meiner Kindheit verbracht haben und mich gemeinsam unterrichteten. Ich fühle Dankbarkeit und Verbundenheit ihnen gegenüber. Und ich werde es den Kindern meines Stammes zurückgeben."

Jason dachte über diese völlig fremde Form des Zusammenlebens nach. Sie schien ihm viel geborgener und ... menschlicher als die Form der begrenzten Familie, die er kannte. Er überlegte, wie es wäre, in diesem Stamm zu leben. Könnte er ohne Eifersucht lieben? Ohne diesen Wunsch, seine Kinder sein Eigen zu nennen? Er wusste es nicht.

Die Frauen brachen in Jubel aus. Jason blickte zum Wald und sah, wie die ersten jungen Männer aus dem Wald traten. Die Vidai schienen sich irgendwo gesammelt zu haben und kehrten nun geschlossen als Gruppe zurück. Die Mütter stürmten auf die Rückkehrer zu und schlossen sie weinend in die Arme. Weinend vor Glück.

Doch dann fiel ihm eine ältere Frau mit lockigen roten Haaren und einer gestreiften Schürze über ihrem Andarikleid auf. Sie äugte immer wieder vom Waldrand zu den zurückgekehrten Jungen. Da trat einer der Vidai vor sie und legte ihr die Hand auf die Schulter. Er schüttelte traurig den Kopf. Schluchzend brach die Frau zusammen und wurde sofort von den anderen Müttern umringt.

Merlan stand auf und deutete Callum und Jason, ihm zu folgen. „Kommt. Margen scheint es nicht geschafft zu haben. Lassen wir die Frauen alleine in ihrer Trauer. Ich muss zu meinem Vater und ihm von der Tragödie erzählen. Heute wird es kein Fest geben, sondern eine Totenmesse."

ॐॐॐ

In bedrückter Stimmung folgten Callum und Jason dem breiten Rücken des Häuptlingssohnes. Heute würde wohl auch kein Wolf-Spiel mehr stattfinden. Als Jason noch einmal zurückschaute, sah er, wie die übrigen Frauen tröstend die Mutter des verlorenen Sohnes umringten. Es hatte doch Vorteile, solche Prüfungen nicht durchmachen zu müssen, dachte er und eilte hinter Callum her.

Auf dem Dorfplatz bog Merlan zur Hütte des Stammesoberhauptes ab. Callum und Jason standen unschlüssig herum. Da erblickten sie Shalyna, die im Zentrum eines Kreises von Kindern umhertanzte und immer wieder eine Obstsorte ausrief. Bei jeder Ansage wechselten die Kinder blitzschnell ihre Plätze, doch da jeweils ein Sitz fehlte, gab es pro Runde einen Verlierer. Shalynas Gesicht strahlte Freude und Begeisterung aus. Sie genoss offenkundig das Spiel mit den Andarikindern.

Die lachende und strahlende Shalyna füllte seinen ganzen Brustraum mit einer Welle von Zuneigung. Am liebsten würde er rüberlaufen und sie in die Arme schließen. Es war ein wunderbares Gefühl, das genaue Gegenteil der schmerzhaften Sehnsucht, die ihn überkam, wenn sie getrennt waren.

Plötzlich bemerkte er, wie Callum ihn sorgenvoll anschaute. Er fühlte sich ein wenig ertappt und zog fragend die Augenbrauen nach oben. Callum schaute nach unten und sagte: „Jason, ich glaube, ich muss dich über etwas in Kenntnis setzen." Er lächelte

Jason bitter zu. „Wir halten es eigentlich geheim, zu ihrem eigenen Schutz ... aber vielleicht ist jetzt der Zeitpunkt gekommen." Er atmete tief durch und fuhr fort: „Shalyna ist die Tochter der obersten Richterin und offizielle Nachfolgerin der Herrscherin der Südlande. Sie wird sich einen Mann unter den Söhnen der Distriktverwalter suchen müssen, so verlangt es eine jahrhundertealte Tradition. Ich sehe da in letzter Zeit etwas in deinen Blicken ihr gegenüber, was mir Sorgen bereitet." Traurig schaute er Jason ins Gesicht.

Jason spürte, wie ihm das Blut in die Wangen schoss und blickte verlegen zu Boden. Er wusste nicht, was er sagen sollte. Shalyna war also so etwas wie eine Königstochter. Da konnte er nicht mithalten. Ein Fels setzte sich auf seine Brust und ein Abgrund der Verzweiflung tat sich in ihm auf, wie er es noch nie erlebt hatte. Warum hatte er nie nach ihrem Nachnamen gefragt? Unfähig zu sprechen ließ er sich auf eine Bank nieder.

Callum platzierte sich neben ihn und legte ihm mitfühlend einen Arm um die Schulter. Einige Minuten schwiegen sie zusammen. Jason fühlte sich schrecklich. Um ihn herum tollten die Kinder, Shalyna lachte und er empfand sein ganzes Leben auf einmal als völlig wertlos. Wie von Ferne drangen die Worte von Callum an sein Ohr. „Es ist nicht wie bei deinem Vater und deiner Mutter, Jason. Selbst wenn Shalyna es wollte und selbst wenn wir neue Goldwasservorräte herstellen könnten, die ihr ein Dasein auf der Erde ermöglichten - sie darf es nicht. Ihre gesamte Kindheit ist sie als Nachfolgerin erzogen worden. Die Südlande brauchen, gerade jetzt in diesen schlimmen Zeiten, ein Symbol der Zuverlässigkeit, der Tradition, der Sicherheit. Und Shalyna weiß das." Traurig blickte er zu dem mit hängenden Schultern starr auf einen kleinen Stein starrenden Jason. Er schien zu hadern, ob er weitererzählen sollte. „Shalyna mag dich bestimmt und sie will dir gewiss jeden Schmerz ersparen. Von daher wird sie sich stets distanziert verhalten müssen."

Jason brachte nur ein leichtes Nicken zustande. Er wollte jetzt allein sein. Doch noch immer konnte er nicht sprechen. Er erhob sich, legte eine Hand auf Callums Schulter und lächelte gequält. „Ich gehe ein paar Schritte. Bin bald wieder da."

Mühsam setzte er ein Bein vor das andere und umrundete eine Ecke. Wie in Trance wandelte er durch das Dorf, nahm seine Umgebung nicht wahr. In seinem Geist tauchten die Traumbilder auf. Er lachend mit Shalyna in den Armen, beim Essen im Sonnenuntergang, alleine am Strand. Er erreichte das Ende des Dorfes und ging einfach weiter in den Dschungel. Auf einem umgestürzten Baumstamm ließ er sich nieder. Ein Schluchzen schüttelte ihn, dann brachen die Tränendämme. Erst leicht, dann immer heftiger weinte er. Betrauerte seine Liebe, blödsinnig schalt er sich, seine Fantasien, die in den letzten Wochen jeden Tag stärker sein Leben durchdrungen hatten. Als die Tränen versiegten, fühlte er sich innerlich völlig leer. Hohl. Unfähig sich zu rühren verharrte er auf dem Stamm.

Er wusste nicht, wie lange er so versteinert dasaß. Irgendwann drangen Stimmen an sein Ohr. Callum rief ihn. Wie ferngesteuert erhob er sich und schlich zum Dorf zurück. Sorgenvoll schaute Callum ihm entgegen. „Es gibt Mittagessen. Alles o.k. bei dir?"

Jason nuschelte etwas davon, dass es schon ginge, und folgte Callum in eine Hütte. Hölzerne Schalen mit dampfenden Inhalten standen auf einem länglichen Tisch. Shalyna saß bereits dort, mit zwei kleinen Mädchen herumalbernd. Als Jason die Hütte betrat, blickte sie auf. Jason sah es nur aus den Augenwinkeln. Er setzte sich an das andere Ende des Tisches und tat sich schweigend auf. Dankbar, dass alle um ihn herum sich unterhielten und keine Notiz von ihm nahmen.

Pravritty-âloka-nyâsât sûkshma-vyavahita-viprakrishta-jnânam

Indem man Samyama auf Licht richtet, erhält man intuitives Wissen über das Verborgene.

Patanjali, Yoga-Sutren, Teil 3, Sutre 26

1.3 Kyvor

Nach dem Essen fühlte sich Jason gefasster. Die breiige Kost war äußerst wohlschmeckend gewesen und hatte sich mildernd über seine Verzweiflung gelegt. Doch noch immer konnte er Shalyna nicht in die Augen schauen.

Merlan trat ein und lächelte der Hausherrin strahlend zu. Dann wendete er sich an Jason. „Du sollst zu Kyvor kommen. Er erwartet dich in seiner Hütte. Nimm die Prophezeiungstafeln mit."

Jason stand auf und holte die Tafeln aus seinem Rucksack. Er war froh, die Essensrunde verlassen zu können. Callum erhob sich ebenfalls. Merlan ergänzte: „Allein."

Auf dem Weg zur Hütte des Schamanen gab ihm Merlan einige Erläuterungen: „Kyvor ist der Älteste von uns Andari. In seiner Kindheit wurde er auserwählt, der Schamane vom Baum des Lebens zu sein. Er hat eine Nacht unter dem Baum verbracht und ist seitdem blind. Wie alle Schamanen des Baumes vor ihm. Dafür kann der Baum durch ihn sprechen. Und Kyvor sieht die Energien des Waldes, der Tiere und der Menschen. Er hat sein Schicksal nie beklagt, seinem Urteil vertrauen wir."

Als sie die Hütte des Dorfpriesters betraten, erhoben sich zwei Frauen, die gemeinsam mit dem Alten gegessen hatten. Sie verließen schweigend den Raum. Kyvor saß mit gekreuzten Beinen auf einem Fell und richtete sein Gesicht auf die Ankömmlinge. Jason erschrak, als er die weißen Pupillen des Alten erblickte. Sie bildeten einen scharfen Kontrast zur dunklen Haut. Blitzartige Tätowierungen zierten seine Wangen und endeten unmittelbar an seinen Augenhöhlen.

In der linken Ecke des Raumes lag die Schlafstätte des Alten. Sie bestand aus schwarzbraunen Pelzen und einer Reihe von hellgrauen Kissen, die mit Motiven von Bäumen und Tieren bestickt waren. Neben dem Bett befand sich eine Kiste, die vermutlich das Bettzeug aufnahm. Direkt daneben stand eine Schale mit Sand, in der Räucherstäbchen in unterschiedlichen Längen ihre Düfte mit faserartigen Dämpfen in die Luft entließen. Jason erinnerte der Raum an das Zelt einer Wahrsagerin.

„Setz dich, Junge", forderte ihn Kyvor auf und wies auf ein Sitzkissen. Seine Mimik war unergründlich. Jason verbeugte sich knapp und begab sich auf den ihm zugewiesenen Platz. *Wieso verbeuge ich mich eigentlich. Ich könnte ihm auch einfach die Zunge rausstrecken.* Merlan verließ auf ein Winken von Kyvor die Hütte und postierte sich neben dem Eingang.

Einen Moment verharrte der blinde Alte schweigend. Dann sprach er: „Mir wurde berichtet, dass ihr die Rätsel einer Prophezeiung lösen wollt und dass der Baum des Lebens eine Rolle dabei spielen soll. Ich komme gerade vom Baum des Lebens, für uns heißt er ‚Vater des Waldes'. Meine Hoffnung war, von ihm zu erfahren, weshalb so viele Baumriesen in unserem Wald sterben und warum es ihm selbst so schlecht geht, wer damit zu tun hätte und ob wir etwas dagegen tun könnten. Aber er hat nicht zu mir gesprochen." Seine Lider senkten sich. „Der Lebensbaum lässt sich nicht zwingen. Ich werde es an einem anderen Tag erneut versuchen, genau wie die Schamanen aus den übrigen Dörfern. Doch genug von mir. Bitte erzähle mir in deinen Worten, was es mit dieser Prophezeiung auf sich hat."

Jason schilderte ihm seine Geschichte von dem überstürzten Aufbruch auf der Erde, der Blume der Prüfung und ihren Erlebnissen der bisherigen Reise. Er fasste sich kurz, die Ereignisse mit der fleischfressenden Pflanze und den Teidora erwähnte er gar nicht.

Kyvor hielt die ganze Zeit über seine Augen geschlossen und den Kopf leicht nach unten geneigt. Als Jason mit seinem Bericht geendet hatte, blieb er noch einen Moment in dieser Haltung. Dann hob er seine runzlige Hand und sagte: „Lass uns einander berühren."

Jason hob verwirrt seine rechte Hand und legte seine innere Handfläche auf die des Alten. Seine Wirbelsäule begann zu kribbeln. Er spürte einen wohlwollenden, starken Geist und ... einen Anflug von Trauer.

Kyvor zog seine Hand zurück und flüsterte: „Bitte gebe mir die Karte, auf welcher der Baum eingezeichnet ist."

Jason kramte aus dem Rucksack die zweite Rätseltafel hervor und reichte sie dem Schamanen. Mit den Fingerspitzen befühlte der Alte Vorder- und Rückseite. Dann legte er die Tafel neben sich. Sein Gesicht nahm einen traurigen Ausdruck an, als er das Wort an Jason richtete: „Mein Junge, ich erkenne, dass du die Wahrheit sprichst. Du bist ein Mensch voller Güte und festem Charakter. Ihr werdet von uns keine Bestrafung befürchten müssen."

Jason atmete erleichtert auf. Nur die Traurigkeit blieb.

„Im Gegenteil, wir werden alles tun, um dir bei der Lösung der Prüfung behilflich zu sein. Denn auch ich spüre das Böse, welches dem Land durch den dunklen Kaiser droht." Kyvor öffnete seine Lider und blickte Jason mit seinen weißen Pupillen direkt in die Augen. „Soweit die guten Nachrichten, die ich dir geben kann."

Jason hielt die Luft an. Was mochte da jetzt kommen? War die Aufgabe vielleicht nicht zu lösen? Waren sie zu spät dran? Gab es unüberwindbare Hürden?

Kyvor atmete seufzend aus und wies dann mit dem Finger auf den Raum neben sich, wo er die Tafel abgelegt hatte. Mit leiser Stimme erläuterte er: „Die Prüfung auf der zweiten Karte liegt darin, eine Nacht beim Baum des Lebens zu verbringen. So wird es auch von jedem Schamanen der Stämme von Aritanien verlangt. Eine uralte Tradition unter den Völkern des Dschungels von Aritanien. Der See auf der Karte steht für die Herausforderung, deinen Geist in dauerhafter Stille zu halten, sodass sich dein Selbst in deinem Geist spiegeln kann. Nur wer diese Prüfung besteht, wird vom Baum angenommen. Nur einem starken Menschen gelingt diese Aufgabe, viele haben sich in Wahnideen verfangen, verloren nach dieser Nacht am Baum ihre Fähigkeit, Gefühle zu empfinden. Sie darben als seelenlose Figuren durch den Rest ihrer Tage."

Der Alte schwieg einen Moment. Jason starrte ihn gespannt an. „Am Ende, wenn du die Prüfung bestehst, belohnt dich der Lebensbaum, indem er dir das Rätsel der Tafel löst. So deute ich die Karte."

Jason atmete aus. Verrückt würde er also werden, wenn er seinen Geist nicht zur Ruhe bringt. Aber das schien ihm machbar, schließlich trainierte er seit seiner Kindheit seinen Geist zu beruhigen und war daher für die Aufgabe gerüstet. Er wollte gerade zu einer Antwort ansetzen, als der Alte seine Hand hob. „Überstehst du diese Prüfung, nimmt dir der Lebensbaum am Ende das Augenlicht. So war es bisher immer bei denen, die nicht mit verwirrtem Verstand zurückkamen."

Jason verlor blitzartig jede Zuversicht. Gelähmt vor Angst starrte er auf den blinden Alten. Seine Kinnlade klappte herunter, aber ihm fiel nichts ein, was er dazu sagen konnte.

„Du musst dich nicht jetzt entscheiden, mein Junge. Denke darüber nach, spüre in dich hinein und entschließe dich dann. Die Zeit scheint zu drängen, doch überlege gut. So oder so - du wirst ein anderer sein, wenn du die Nacht beim Baum überstanden hast."

2. Die zweite Prüfung

Prâtibhâd vâ sarvam
Durch Intuition ist alles Wissen erfahrbar.
Patanjali, Yoga-Sutren, Teil 3, Sutre 34

2.1 Der Baum des Lebens

Hämmernde Kopfschmerzen waren das Erste, was er registrierte. Noch lag alles im Nebel. Je klarer Ethan wurde, umso mehr Schmerz gesellte sich dazu. Sein Rücken, der rechte Knöchel und das linke Handgelenk entpuppten sich als die stärksten Quellen der Qual. Er hielt die Augen geschlossen und versuchte, sich möglichst nicht zu bewegen.

Dann traf ihn ein Schlag gegen das Bein. „Wach auf. Der Kaiser will mit dir sprechen." Die Stimme von Baldon.

Unter Mühe öffnete Ethan ein Auge und eine Welle des Kummers überflutete ihn. Er sah die verhassten Wände seiner Zelle. Spürte die Ketten um seine Arme. Und ein schweres Band um seinen Hals.

Er drehte den Kopf leicht nach links und sah seinen Bruder, Baldon und zwei Soldaten im Raum.

„Wer hat dir bei deiner Flucht geholfen?" Der dunkle Kaiser fasste mit der rechten Hand um Ethans Hals und schnitt ihm die Luft ab. Langsam drückte Mandratan dan Wadust zu. „Wer?"

Ethan konnte nur röcheln. Der Druck um seine Kehle wurde gelockert.

„Sprich."

Ethan hustete und murmelte: „Schmor in der Hölle."

Sofort traf ihn ein Limarstoß wie eine Keule. Wellen des Schmerzes durchfluteten seinen Körper und ließen ihn aufbäumend erzittern. Kurz vor der Ohnmacht ebbte die Qual ab.

Der dunkle Kaiser richtete sich auf. „Du wirst es mir schon noch verraten, Ethan. Dessen sei dir sicher. Wenn ich dich jetzt töte, wäre das eine viel zu milde Strafe. Erhole dich ein paar Tage und freue dich auf dein Stelldichein mit Rastan. Er kann es kaum erwarten."

Rastan, der Schläger. Mandratan wollte ihn also wieder der Folter unterziehen. Ethan konnte ein Stöhnen nicht unterdrücken.

„Bis dahin haben wir deine Ketten verstärkt und zwei Soldaten werden rund um die Uhr vor deiner Zelle Wache stehen. Dein Halsbändchen besteht nun aus Sinith, freunde dich damit an, du wirst es bis ins Grab tragen."

Der dunkle Kaiser wendete sich lachend zum Ausgang. An der Tür drehte er sich noch einmal um, ein schadenfrohes Grinsen auf dem Gesicht. „Das möchte ich dir nicht vorenthalten. Weißt du, warum Baldon so schnell dein Verschwinden bemerkt hat? Du schnarchst, dass die Wände dröhnen. Baldon hatte sich so sehr daran gewöhnt, dass er unwillkürlich gespürt haben musste, dass etwas nicht stimmt, als du weg warst. So kann es gehen." Laut, fast hysterisch grölend verließ er den Raum. Baldon schritt mit gesenktem Haupt hinterher. Er wusste wohl, dass ihm ebenfalls noch eine Strafe bevorstand.

Ohrenbetäubend fiel die Tür ins Schloss. Ethan war allein mit seinen Schmerzen und seiner Verzweiflung. Er war nicht in der Lage, einen klaren Gedanken zu fassen. Einzelne Gedankensplitter von Jason und Franka wechselten mit Bildern vom gefolterten Vurup, Schreckensszenarien des Krieges, der sterbenden Richterin.

Da trat eine neue Idee in seinen Geist und breitete sich darin aus. Er musste den dunklen Kaiser töten. Seinen Bruder. Für Jason. Für Franka. Für die Menschen auf Tandoran. Ethan wusste nicht, wie er das bewerkstelligen sollte. Aber daran konnte er sich festhalten. Das hielt ihn an der Oberfläche aus Kummer und

Leid. Er ahnte: Wenn er noch tiefer in diesen Ozean abglitt, würde er nicht wieder auftauchen.

ॐॐॐ

Jason hatte seinen Freunden in knappen Worten die Deutung der zweiten Rätselkarte erzählt. Auch von der Gefahr, dass er als seelenlose Puppe aus der Prüfung hervorgehen könnte, sprach er. Dass er alternativ blind werden würde, behielt er für sich.

Selbst so war das Entsetzen bei allen groß genug. Rhodon stöhnte: „Verdammich. Gibt es denn keinen anderen Weg?"

Shalyna traten Tränen in die Augen. Sie legte sanft einen Arm auf seine Schulter, immer bemüht, seiner Haut nicht zu nahe zu kommen. „Das darfst du nicht tun, Jason. Wir müssen einen anderen Weg finden."

Noch vor einigen Stunden hätte sich Jason ob dieses Zeichens der Zuneigung über alle Maßen gefreut. Jetzt verstärkte es nur seinen Schmerz, wusste er doch, dass er nie mit ihr zusammen sein könnte. Der Verlust dieser Hoffnung nahm ihm fast seinen ganzen Mut. Um sich abzulenken, schaute er auf Callum.

Dieser betrachtete ihn nachdenklich. „Ich weiß nicht. Die Zeit drängt und die Deutungen des Alten scheinen plausibel. Und dass die Erfüllung der Prophezeiung nicht ungefährlich sein würde, war uns allen bekannt. Ich erinnere daran, dass die Blume der Prüfung diese Aufgaben für Jason gestellt hat. Darum, vermute ich, wirst auch nur du sie lösen können, Jason." Er schwieg einen Moment und flüsterte dann: „Aber du magst gleichwohl scheitern."

Jason wand seinen Blick von ihm ab und blickte auf die träge wogenden Blätter des Dschungels um sie herum. Ein sanfter Wind ließ die obersten Äste der Bäume kaum merklich schwanken. Es war eine milde Stimmung, nur hin und wieder hörte er einen Vogel kreischen oder ein Kind im Spiel auflachen.

Doch die friedliche Aura drang nicht zu ihm durch. Er dachte, dass ihm sein ganzes Leben entglitt. Alles, worauf er gehofft hatte. Zuerst zertrat Callum das zarte Pflänzchen seiner Hoffnung, mit Shalyna zusammenzukommen. Und nun musste er noch zwischen Blindheit und dem Scheitern bei der Bewältigung der Prophezeiung wählen. Die mögliche Verrücktheit zog er gar nicht in Betracht.

Das war alles so hoffnungslos. Selbst wenn er die Nacht überstand, würde er mit weißen, toten Augen wie Kyvor durchs Leben gehen. Vater und Mutter waren tot, er würde blind zu seiner Oma zurückkehren. Und sobald sie gestorben wäre, würde er ganz alleine sein. Er atmete schwer aus und bemerkte, wie sich seine vier Gefährten völlig ruhig verhielten. Sie wollten ihn nicht bei seiner Entscheidung beeinflussen. Wenn sie wüssten ... Nickala schaute mit ihren großen schwarzen Augen immer wieder zu ihm herüber.

Shalyna. Was wäre mit ihr, wenn er die Aufgabe ablehnen würde? Natürlich, die Südlande würden kämpfen, aber soweit er gehört hatte, standen die militärischen Chancen schlecht, gelinde gesagt. Auch wenn er es nie so deutlich aussprach, die Hoffnungen von Meister Allando klammerten sich unübersehbar an die Prophezeiung. Und damit an ihn.

Wieder seufzte er laut hörbar aus und fragte sich, was seine Gefährten wohl von ihm gerade denken mochten. Aber er konnte seine Traurigkeit nicht besser beherrschen.

Wenn also der Krieg verloren ging, würde Shalyna als Tochter der obersten Richterin wahrscheinlich sterben. Jason wog andere Möglichkeiten für sie ab, aber der dunkle Kaiser würde niemals so eine Gefahr für seine Macht am Leben lassen. Also ... also musste er für sie kämpfen.

Dieser Gedanke legte sich über seine Verzagtheit, ließ sein Herz schneller schlagen. Für Shalyna würde er kämpfen. Und damit für die Menschen auf Tandoran. Das war etwas, für das es sich lohnte, zu leiden. Eines wurde ihm klar: Nie würde er sich verzeihen können, wenn er es nicht wenigstens versucht hätte. Jason schloss die Augen und fühlte in sich hinein. Nein, die Verzweiflung über sein Schicksal war noch vorhanden. Aber jetzt spürte er auch wieder Kraft. Genug, um den Weg weiterzugehen.

Er drehte sich zu seinen wartenden Freunden um und sagte: „Ich werde es tun."

Sie erzählten Merlan von dem Entschluss. Traurig, aber auch respektvoll verharrte sein Blick auf Jason. Wahrscheinlich wusste er, dass Jason die Nacht beim Baum so oder so nicht heil überstehen würde. „Komm, Kyvor wird weitere Anweisungen für dich haben."

Merlan legte den Arm um Jason und betrat mit ihm die Hütte des Schamanen. Die anderen bat er draußen zu warten, da die Riten des Lebensbaumes geheim waren. Noch nie hatte jemand außerhalb der Stämme davon erfahren. Und so sollte es auch bleiben, zum Schutz des Baumes.

Kyvor blickte lächelnd auf, als beide in den Raum kamen. Merlan nickte Jason einmal zu und ließ sich dann in einer Ecke nieder. Jason wollte gerade ansetzen, seinen Entschluss zu verkünden, da stoppte ihn die erhobene Hand des Alten. „Deine Entscheidung ist sehr mutig, Jason. Und ich kann deine Beweggründe vor mir sehen. Sie sind edel und uneigennützig. Darum werde ich dich alles lehren, was ich dir für diese Prüfung mitgeben kann. Setz dich."

Jason hockte sich verdattert auf das Sitzkissen des Alten gegenüber. *Konnte Kyvor Gedanken lesen? Woher wusste er, warum er sich zum Weitermachen entschlossen hatte?*

„Ich sehe andere Dinge als Menschen mit normalen Augen. Der Lebensbaum schenkt uns Schamanen diese Gabe, damit wir unser Volk beraten können. Vielleicht wirst auch du sie erhalten, ich kann es nicht sagen. Noch nie hat ein Mensch, der kein Andari ist, die Nacht beim Baum verbracht. Jedenfalls haben wir nie davon gehört."

Der Alte fasste hinter sich und zündete sich eine weiße Pfeife an, deren Schaft so lang wie eine Flöte war. Auf dem Holz waren fein gemusterte Blätter zu erkennen. Schweigend paffte er einige Züge und verteilte den erdig duftenden Rauch im Raum.

„Wie ich schon sagte, besteht die Prüfung des Baumes darin, deinen Geist in tiefer Ruhe zu halten. Wenn die Gedanken stillstehen, kann die Seele hervorkommen. Diese Seele prüft der Lebensbaum." Der Alte schwieg einen Moment und ließ die Worte auf Jason wirken.

„Mache dich beim Baum völlig leer, du hast viel Wissen, aber dein Verstand taugt nicht für die letzten Fragen. Wie groß ist das Universum, was war vor der Zeit, was ist die erste Ursache? Der Verstand ist ein großartiger Helfer, versagt aber bei den Geheimnissen des Daseins. Im Gegenteil, er kann manche Wege der Erkenntnis versperren. Nutze ihn weise, dort, wo es von Vorteil ist." Kyvor machte eine Pause und drückte mit einem kleinen Holzstab den Tabak im Pfeifenkopf zusammen. Jason sah, dass seine Fingerspitzen grau vom Rauch waren.

„Die Grenzen des Verstandes werden durch die Versenkung in der Stille überschritten. Dabei sind die Ergebnisse nicht vorhersehbar. Du weißt bereits, dass deine Gedanken ständig versuchen, deine Aufmerksamkeit von der Stille abzulenken. Gibst du ihnen nach, werden dich beim Baum Bilder verführen, die dich unaufhaltsam in den Wahnsinn ziehen. Du würdest am Morgen nicht mehr zwischen Trug und Realität unterscheiden können, dein Zugang in die Welt der Gefühle wäre dir auf immer versperrt."

Für einen Moment meinte Jason, tiefe Sorge auf seinem Gesicht zu erkennen. Doch so schnell er gekommen war, verschwand dieser Ausdruck wieder. Kyvor legte die Pfeife zur Seite, umfasste beide Hände von Jason und hielt sie eisern umschlossen.

Jason entspannte sich. Shalynas Bild tauchte in ihm auf, entschieden verdrängte er es und konzentrierte sich auf die Hände des Alten. Sie waren warm, schwer und rau. Heimat ging von dieser Berührung aus, Jason durchflutete ein Gefühl der Vertrautheit und des Geborgenseins, wie er es aus früher Kindheit erinnerte.

Kyvor kam mit seinen blinden Augen ganz nah an sein Gesicht. Jason vernahm den Rauchgeruch, der von dem Alten ausging und noch etwas anderes, Uraltes, Beständiges. Es war, als ob der Duft vom Ursprung des Lebens ihn umfloss.

„Was auch immer in deinem Geist in der Nacht beim Baum auftaucht, schenke ihm keine Beachtung. Trenne deine Beobachtung vom Erleben, hinter der Gedankenwelt wartet dein wahres Selbst. Bedenke: Du hast die Macht darüber, was in deinem Inneren geschieht. Versetze dich innerlich in völlige Stille, dann kannst du aus dieser Stille die Zukunft gestalten. Das ersehne ich für dich."

Jason wagte kaum zu atmen, als der Alte geendet hatte. Er spürte, er hatte ein wertvolles Geschenk erhalten. Dankbar blickte er Kyvor in die kalten Augen.

Dieser beugte sich wieder zurück und ließ Jasons Hände los. „Mehr kann ich dir nicht helfen. Ihr brecht morgen in aller Frühe auf, heute ist es zu spät. Deine Freunde und Männer aus unserem Volk werden euch zum Baum begleiten. Ich wünsche dir alles Gute, mein Segen und meine Gedanken sind bei euch."

Mit diesen Worten nickte er Merlan zu, der sich erhob und den sich wie betäubt fühlenden Jason aus der Hütte in die beginnende Dämmerung geleitete.

☙☙☙

Der nächste Morgen offenbarte sich durch zarten Raureif, den Jason beim Erwachen auf seinem Gesicht fühlte. Als er sich in der Gästehütte noch einmal umdrehte, lief ihm ein Wassertropfen in die Spalte seiner Lippen. Er hörte flüsterndes Gemurmel vor dem Eingang und klappte seine Augenlider auf. Sofort legte sich ein Ziehen über seine Brust, als er daran dachte, dass dies der letzte Tagesanbruch sein könnte, bei dem er nach dem Öffnen der Augen etwas sah.

Jason setzte sich auf die Kante des Bettes und blickte zu Boden. Seine Gedanken kreisten um die Prüfung, den Lebensbaum, Versagen, Gelingen, mögliche Offenbarungen des Baumes, den Verlust seines Augenlichtes, … Shalyna. So oder so würde es schlecht für ihn ausgehen. Ihm wurde übel. *Ich brauche Gesellschaft. Dieses Kreisen im Kopf macht mich noch wahnsinnig. Wenn Seron nur hier wäre. Ihm hätte er sich anvertraut.*

Er trat vor die Hütte und sah dichte Nebelschwaden über dem Dschungel liegen. Viele der höheren Bäume verschwanden komplett im Nebel. Von der gelben Sonne war nur ein rötliches Glimmen im Osten erkennbar. Er atmete tief ein und versuchte die klare, feuchte Luft zu genießen. Es gelang ihm nicht.

Rhodon saß bereits vor der Hütte und schrieb in sein Büchlein. Jason schlenderte zu ihm rüber. Der Kleturer legte sein Schreibzeug zur Seite und schaute ihn nachdenklich an. Vorsichtig sagte er: „Ich hatte gestern das Gefühl, dass du etwas vor uns verbirgst, Junge."

Jason atmete gequält aus. Er fasste einen Entschluss: „Das Verrücktwerden ist nicht das einzige Risiko, Rhodon. Wenn ich dem entgehe, bin ich so blind wie der Schamane. Die Prüfung hätte ich dann bestanden, aber nicht wirklich gewonnen." Er verzog das Gesicht zu einem mühsamen Grinsen.

Jetzt stöhnte auch Rhodon auf. „Puh, das ...", begann er und vergrub sein Gesicht in den Händen. „Ich mein ...", er brach wieder ab und schüttelte den Kopf.

Schweigend saßen sie eine Weile beisammen.

„Weißt du, Junge, wenn wir nichts riskieren, können wir auch nichts gewinnen. Die Frage dabei ist, wofür wir kämpfen. Kennst du dein Wofür, Jason?"

Da konnte Jason nicht mehr an sich halten. Im Flüsterton - um das Dorf nicht zu wecken - offenbarte er Rhodon sein Herz und erzählte ihm alles über seine Gefühle für Shalyna, warum er gestern beschlossen hatte, für sie diese Bürde auf sich zu nehmen.

Rhodon schenkte ihm ein warmherziges Lächeln, das durch die Runzeln in seinem Gesicht etwas Tröstliches erhielt. „Weißt du, Jason, echte Liebe ist es, wenn man selbstlos ..."

Der zwergengroße Mensch verstummte, weil Callum aus der Hütte trat und sich herzhaft streckte. Er kam zu ihnen herüber und fragte nach kurzer Musterung von Jason: „Na, Jason, sind dir über Nacht Zweifel gekommen?"

Jason schüttelte den Kopf, starrte aber weiter auf die Erde vor ihm. Rhodon ergänzte: „Wir sprachen gerade von Shalyna, du hast ihn ja gestern aufgeklärt."

Callum setzte sich neben Jason und legte eine Hand auf dessen Oberschenkel. „Es war Shalynas Wunsch, dass es so lange geheim bleibt. Sie will einfach ein möglichst normales Leben führen. Aber natürlich wurde sie besonders beschützt, einige der Soldaten, die uns begleitet hatten, wussten Bescheid." Er hob seine Hand von Jasons Bein und griff nach einem Stock. „Ich habe über deine Schmerzen bei der Berührung von Shalyna nachgedacht. Als Tochter der obersten Richterin besitzt sie die Fähigkeit, die Gedanken anderer Menschen zu lesen, wenn sie diese berührt. Ein Siddhi, welches bisher nur in der Familie der obersten Richter beobachtet wurde. Es drückt sich durch eine Krone auf ihrer Stirn aus. Wahrscheinlich empfindest du schon bei der Annäherung an sie diese Schmerzen, weil eure Kräfte sich irgendwie abstoßen." Mitfühlend schaute er prüfend, wie seine Worte bei Jason ankamen. „Es soll einfach nicht sein", ergänzte er.

„Aber ...", setzte Jason an, „vielleicht gibt es andere Wege, die man probieren könnte."

Callums Gesichtsausdruck wurde ernst: „Sie muss als oberste Richterin einen Distriktverwalter heiraten. Sie hat ihr Schicksal akzeptiert. Würdest du ihr Leben zerreißen wollen, Jason? Oder meinst du es ernst?"

Zornig fuhr Rhodon dazwischen: „Du sagst immer nur, was nicht geht, Bücherwurm. Wie willst du ihm Ratschläge geben? Meinst du, ich seh nicht, wie du ständig Nickala anstarrst? Und was hast du erreicht? Nichts. Such doch mal zur Abwechslung selber nach einer Lösung, statt immer nur über Probleme zu lamentieren ..."

Da explodierte Callum förmlich: „Du ... du machst mich immer nur fertig, merkst du das eigentlich?"

Rhodon starrte ihn erstaunt an. Da kam Merlan um die Ecke.

„Guten Morgen! Ihr weckt ja das ganze Dorf." Er begrüßte Jason mit einem leichten Klaps auf den Rücken und schaute ihn prüfend an. „Wie fühlst du dich?"

Jason bemühte sich um ein Lächeln. „Ich will gar nicht zu viel drüber nachdenken, sonst lande ich immer wieder bei einem schlechten Ergebnis."

Merlan hockte sich nieder und band seinen schlichten Rucksack zu. „Wenn du die Nacht beim Baum überstehst und nicht in den Wahnsinn verfällst, wirst du automatisch ein Andari sein. Ein Mitglied unseres Volkes, vom Baum geadelt. Und die Frauen legen sich gerne zu den Männern, die diese Prüfung überstanden haben." Schief grinsend schaute er zu Jason hoch. „Vielleicht muntert dich das ein wenig auf."

„Oh." Jason wusste nichts dazu zu sagen. „Das war mir nicht bekannt." Er spürte in sich hinein. Doch, er ein Andari, der Gedanke hatte tatsächlich etwas Tröstliches. Doch das mit den Frauen zog momentan nicht. „Ich werde nicht bei euch leben können. Ich muss zurück zur Erde, sonst sterbe ich."

Merlan blickte wieder zu seinem Sack herunter und justierte die Verschlussbänder. Er schien verlegen. „Tut mir leid, daran habe ich nicht gedacht."

Dann richtete er sich auf. Sechs weitere Krieger standen auf dem Dorfplatz und legten letzte Hand an ihr Reisegepäck. „Du kannst deine restlichen Gefährten wecken gehen. Wir sind aufbruchbereit."

ॐॐॐ

Ihr Weg führte sie mitten durch den Dschungel. Nachdem sie die fünfte Riesenwurzel überklettern mussten, wusste Jason, warum die Andari nicht auf Pferden reisten. Hier wäre kein Ross durchgekommen. Schon nach einer halben Stunde klebten die Hemden voller Schweiß auf ihrer Haut. Den sieben Andari schien die schwüle Luft nichts auszumachen. Sicher, nahezu grazil, bewegten sie sich mit kraftvollen Schritten im Dickicht des Waldes.

Ganz anders Rhodon. Wegen seiner kurzen Beine kletterte er mehr durch den Wald als dass er lief. Sein Bart wirkte auf das Ungeziefer geradezu magisch anziehend. Ständig schüttelte er ihn aus oder juckte sich am Hals. Das schwere Kettenhemd tat ein Übriges zu seiner schlechten Laune. Echsi hatte sich in die Tiefen seiner Kleidung zurückgezogen.

Jason war froh, dass sein Kettenschutz dagegen federleicht war. Er dachte über seine bisherigen Beziehungen nach. Diese hatten immer nur einige Wochen gehalten, irgendwie waren die Mädels mit seiner verschlossenen Art nicht klargekommen. Erst war ihnen dieser schweigsame Junge geheimnisvoll erschienen, doch dann hatten sie es als Ablehnung empfunden. Nach dem Tod von Ben war überhaupt nichts mehr gelaufen.

Shalyna knuffte ihn auf die Schulter. „Na, worüber denkst du nach?"

Jason spürte ein schmerzhaftes Zerren an der Stelle, wo sie ihn geboxt hatte. Trotz des Hemdes dazwischen. „Ach, die Prüfung macht mir zu schaffen. Und du? Oder hast du genug damit zu tun, die Mücken abzuwehren?"

Die Tochter der obersten Richterin schlug mit einem Stock einen Farn beiseite. „Weißt du, wenn ich das Leben der Andari so sehe, komme ich ins Grübeln. Sie leben so anders als wir. Irgendwie freier. Verführerisch freier." Sie lächelte ihm kurz zu und fuhr fort: „Und dann dieser Krieg, er bedroht auch ihr Leben. Vielleicht wird Mandratan sie zwingen, in die Städte zu ziehen, um sie besser unter Kontrolle zu haben."

Jason betrachtete sie von der Seite. Ihre Fingernägel, die den Stock umklammert hielten, waren grob geschnitten. „Ich weiß übrigens Bescheid. Du musst das Stirntuch nicht mehr tragen."

Verwundert blickte Shalyna ihn an. Dann zuckte sie mit den Schultern und zog mit einer fließenden Handbewegung das Stirnband ab. Jason sah zum ersten Mal die geschwungene, beigefarbene Krone in der Mitte ihrer Stirn, die mit der drum herumliegenden Haut verschmolz. Ihre langen, goldbraun gewellten Haare bildeten einen prächtigen Rahmen für die Krone.

„Und, was sagst du?" Sie schaute unsicher zu ihm auf.

„Sieht cool aus. Wie ist es, Gedanken lesen zu können?"

Shalyna winkte ab. „Ich hab das erst zweimal getestet. Bei meiner Mutter und meinem Bruder. Es ist irgendwie, als zerbreche man ein Geheimnis. Gleichzeitig fühlst du dich dem anderen unglaublich nahe. Ich würde das ja mal bei dir probieren, aber du jaulst ja immer gleich auf."

Jetzt boxte Jason sie auf die Schulter, zog seine Faust sicherheitshalber blitzschnell zurück.

Shalyna kam mit erhobener Hand drohend auf ihn zu. „Bitte um Vergebung oder ich ..."

Sie verstummte und blickte nach vorne. Vor ihnen öffnete sich der Wald und endete abrupt an einer Schlucht. Auf der gegenüberliegenden Seite fiel das Land leicht ab. Jason sah fasziniert auf weißgoldene Wolkenschwaden, die über dem endlosen Wald dahinglitten. Er gewahrte, wie er wehmütig jede Aussicht in sich aufsaugte und abspeicherte. Noch nie war ihm die Welt so sehenswert erschienen, jeder Anblick so unglaublich vielfältig und interessant. Selbst dieses Meer aus morgendlichem Nebel.

Merlan steuerte den Rand der Schlucht an und kletterte einige Felsen hinunter. Jason folgte ihm und sah eine Hängebrücke, die zur gegenüberliegenden Flanke des Abgrundes führte. Sie bestand aus verwitterten Bohlen, die an dicken Tauen befestigt waren. Auf beiden Seiten gab es Führungsseile. Einer nach dem anderen trat auf die Brücke hinaus und verschwand nach wenigen Metern in einer dichten Suppe aus Wolkennebel.

Drüben angekommen fiel das Gelände ab. Der Weg schlängelte sich am Ufer eines von kleinen Wellen aufgekräuselten Sees entlang. An der gegenüberliegenden Uferseite erkämpfte sich die gelbe Sonne mühevoll ihre Herrschaft über die Wolken. Das dunkle Geäst der Uferbäume gab den Blick auf Bergketten frei, die sich hinter dem See erstreckten.

Die ganze Zeit über wies Merlan die fünf Gefährten auf kleinere Gefahren hin, der Weg führte weiterhin durch dichten

Dschungel voll quirligen Getiers. Jason fiel auf, dass sie immer häufiger auf Baumriesen stießen. Sie machten im Gegensatz zu ihrem ersten Marsch durch den Urwald einen gesünderen Eindruck. Aber auch hier konnten die Gefährten abgestorbene Äste, heruntergefallene Zweige und lichte Stellen im Blattwerk erkennen.

„Igitt!", kreischte Nickala und sprang zu Seite. Auf dem Boden schlängelte sich eine Vielzahl von schleimigen Tausendfüßlern. Callum grinste und zeigte auf einen Baumstamm. Dort saß seelenruhig die dickste Ratte, die Jason je gesehen hatte, und nagte an einem Stück Rinde. Dabei schien sie interessiert den Menschen bei ihrer Wanderung durch den Urwald zuzuschauen. So wie man als Einheimischer Touristen beobachtet.

„Sehr witzig", entgegnete Nickala und wählte ihren Weg so, dass sie möglichst viel Abstand zu der Ratte einhielt.

Zur Mittagsstunde passierten sie eine Tempelanlage, die fast vollständig vom Busch überwuchert wurde. Merlan deutete auf die Bauten und erklärte: „Das Volk, das diese Weihestätten errichtet hat, starb vor langer Zeit aus. Sie waren weit fortgeschritten und durchzogen den Dschungel mit riesigen Steinbauten und Kanälen, auf denen sie Wasser über große Entfernungen transportierten. Dabei sollen sie mehrere der Baumriesen abgebrannt haben, weil sie den Kanälen im Weg standen." Merlan blickte im Vorbeigehen an einem dieser Riesen empor.

„Als Folge davon versagte ihnen der Lebensbaum seine Unterstützung. Daraufhin überlebte ihr Volk nicht mehr lange im Dschungel. Die Letzten von ihnen haben den Wald verlassen und sind in die Städte der Menschen gezogen. So berichten es unsere Überlieferungen." Er wies mit seinem Speer in Richtung Westen. „Es ist nun nicht mehr weit, in einer Stunde haben wir den Baum des Lebens erreicht."

Der Waldboden wurde fortwährend lichter. Dafür sorgten die immer größeren und breiteren Bäume, deren dichtes Blätterdach nur noch einen kurzen Bewuchs am Boden zuließ. Jason konnte kaum mehr die Spitzen der Waldriesen erkennen. Würziger Waldgeruch mit dem Aroma dunkler Erde prägte die Luft. Auch die Geräuschkulisse des Waldes änderte sich. Es wurde leiser, friedfertiger. Der Kampf des Lebens schien in der Nähe des Lebensbaumes in Schweigen zu münden.

Dieser Eindruck wurde unterstützt von äsenden Prosautenherden, die hier deutlich weniger nervös wirkten als bei ihrer ersten Begegnung. Doch sicherheitshalber hielt Jason trotzdem einen weiten Abstand zu ihnen, auch wenn er vom Anblick dieser urzeitlichen Tiere fasziniert war. Einen Anblick, den er vielleicht zum letzten Mal genießen konnte.

Ohne Vorankündigung öffnete sich vor ihnen eine weitläufige Lichtung und Jason sah ihn zum ersten Mal: den Baum des Lebens.

Unvermittelt blieb er stehen und starrte mit offenem Mund in den Himmel. Sie waren noch einige Kilometer vom Baum entfernt, doch schon jetzt überragte er in seiner gewaltigen Größe alles, was Jason je gesehen hatte, selbst hier auf Tandoran. Bisher konnte Jason nur die Krone des Baumes bestaunen. Der erste Gedanke, der ihm in den Kopf schoss, war: Warum lebt das Dorf nicht einfach in seinen Zweigen, wenn sie ihn so verehren. Platz genug wäre vorhanden. Soweit er es von hier erkennen konnte, bildete der Baum ein Gewusel aus unzähligen Ästen, Lianen und Blattwerk in unterschiedlichsten Formen aus. Einige der Blätter mussten so groß wie ein Haus sein.

Merlan blickte lächelnd zu ihm hinüber. „Der erste Anblick ist stets imposant. Bleibt bei euren Gefühlen, wenn wir uns dem Baum nähern. Für jeden bedeutet es etwas anderes, vor die Seele des Waldes zu treten."

Schweigend gingen sie weiter. Immer wieder blitzte zwischen den Kronen der Baum des Lebens hervor. Jason sah an einigen Stellen Vogelschwärme um den Baum kreisen. Vielleicht lebten sie dort oben. Der weitläufige Baumkörper bot Platz für eine Vielzahl von Lebewesen.

Und dann standen sie vor dem Stamm, zumindest in dessen Nähe. Denn der Baum wurzelte auf einem mannshohen Plateau.

„Wir gehen nur bis hierhin", erläuterte Merlan. „Dort hinauf klettern nur die Schamanen, welche sich der Prüfung durch den Baum unterziehen oder seinen Rat suchen."

Die Blicke der fünf Gefährten ruhten auf dem gewaltigen Gebilde aus Holz und Grün. Der Baum schien in sich alle existierenden Baumarten zu tragen. Unterschiedlichste Blattformen, Äste von schneeweiß bis rabenschwarz und dazwischen immer wieder Vorhänge aus Lianen. Der Baum tummelte vor Leben. Jason sah Gorillas zwischen den Blättern friedlich mümmeln,

Papageien umherfliegen und sogar ein bärenartiges Tier auf einem der straßenbreiten Seitenäste liegen. Er fühlte sich in der Nähe des Baumes ungewohnt lebendig und wurde von einem zuversichtlichen Frieden erfüllt. Den Lebewesen im Geäst schien es ähnlich zu gehen.

Merlan stupste ihn an und wies mit seinem Finger auf Bereiche, in denen die Blätter ein helles Grau angenommen hatten. Zeichen des Zerfalls. „Schau, überall liegen herabgefallene Blätter herum. Irgendetwas geschieht mit dem Baum, doch die Schamanen finden keinen Zugang zu ihm. Der Baum spricht nicht mit ihnen. Alle sind in großer Sorge. Und ..." Merlan blickte mit ernster Miene zu Jason, „... wir wissen nicht, wie sich die Krankheit des Baumes auf die Prüfung auswirkt."

※※※

„Irgendwo hier muss es sein." Serzel stand neben Aran und wanderte mit seinem Blick über das Dach des Dschungels. Er schien die Ungeduld seines Anführers zu spüren, seine Finger fuhren auf der Reling des Flugschiffes hin und her.

Sie hatten zwei volle Tage für die Reparatur des Flugschiffes benötigt. Ein Flugsegel hatte sich losgerissen und sie zur Notlandung gezwungen.

Erst hatten sie befürchtet, die Spur zu Jason komplett verloren zu haben. Doch dann waren die fünf Ingadi kurze Zeit nach ihrer Bruchlandung alleine über sie zurückgeflogen. Also konnte die Stelle, wo sie die fünf Gefährten abgesetzt hatten, nicht weit entfernt liegen.

„Dort." Aran wies mit dem Finger auf eine Lichtung. Serzel eilte zur Steuerung zurück und lenkte das Schiff in die Richtung in die Aran zeigte. Über der Lichtung ließ Serzel das Flugschiff in der Luft schweben und blickte hinunter. Aran beugte sich gewagt nach vorne und sagte: „Hier ist es."

Auf dem Boden konnten sie das platt gedrückte Gras der Ingadilandung erkennen. Eine größere Gruppe von Menschen hatte deutliche Spuren im Grund hinterlassen.

Nach der Landung sprang Aran sofort aus dem Fahrgastkorb und musterte die Lichtung. Er sendete zwei Soldaten aus, die sich auf Spurensuche begeben sollten. Schon nach kurzer Zeit meldeten sie Erfolg und wiesen in Richtung Osten. Der ältere von ihnen, Garven, sagte: „Dort hinten führt ein Tierpfad entlang, auf dem unübersehbar die frischen Fußabdrücke von fünf Menschen zu erkennen sind. Die Spuren sind ungefähr zwei Tage alt."

Aran nickte Garven knapp zu und blickte zum Urwald. Ein Gewirr aus Bäumen und Pflanzen lag wie eine Wand vor ihnen, doch Aran war zuversichtlich. Seine Fährtenleser gehörten zu den Besten in der Armee. Er würde Jason finden. Und hier würden ihn keine Ingadi beschützen.

**Duhkha-daurmanasyângamejayatva-shvâsa-prashvâsâ
vikshepa-sahabhuvah**
Geistiges Leiden, Verzweiflung, Nervosität und unregelmäßiges
Atmen sind die Auswirkungen eines verwirrten Geistes.
Patanjali, Yoga-Sutren, Teil 1, Sutre 31

2.2 Prüfung mit Hindernissen

*D*ie orangefarbene Sonne senkte sich auf die Berge im Westen hinab. Jason stand vor Shalyna und unterhielt sich mit ihr über ihre Ausbildung als Tochter der obersten Richterin von Tandoran. Aber er hörte nur mit halbem Ohr hin, zuhören konnte er morgen auch noch. Vielmehr saugte er jede Einzelheit ihres Antlitzes in sich auf und versuchte, alles für die Ewigkeit zu speichern. Viel zu lange, wie er meinte, verweilte er auf dem orangfarbenen Schimmer der untergehenden Sonne in ihren Haaren, die in Wellen bis zum Bauchnabel herabfielen. Nur kurz schaute er ihr in die tiefschwarzen Augen, die noch immer diesen rätselhaften Ausdruck trugen. Während er nebenher den Schilderungen ihrer Reisen, die sie als Kind mit ihrer Mutter unternommen hatte, lauschte, glitt sein Blick ihr Gesicht und den Hals entlang. Hatte sie ihre Fingernägel in Sapienta lackiert gehabt? Er erinnerte sich nicht und würde es vielleicht nie mehr sehen.

„Es ist Zeit." Merlan war herangetreten und blickte Jason ernst an. „Wenn die Sonne hinter den Bergen verschwunden ist, musst du an deinem Platz sitzen."

Jason nickte. Shalyna hielt die Luft an. Ihre Pupillen begannen, feucht zu schimmern. Mit einem Seufzen hob sie eine Hand. „Du wirst es schaffen. Ich warte hier auf dich."

Jason erwiderte ihren Gruß mit zusammengepressten Lippen. Er wollte sie berühren, die Weichheit ihrer Haut nur einmal entlanggleiten. Doch er durfte sich auf keinen Fall schwächen. Sein Goldwasservorrat betrug nur noch anderthalb Flaschen, er hatte sich heute schon eine Extraportion genehmigt, um die Nacht besser zu überstehen.

Schweigend wendete er sich von ihr ab und ging zu den übrigen Gefährten. Diese umarmten ihn. „Wird schon schiefgehen", flachste Rhodon und gab Jason einen Klaps auf die Schulter.

Merlan hatte ihm am Nachmittag den genauen Platz der Prüfung gezeigt. Er befand sich in der Mitte des Baumes unterhalb einer der riesigen, weit ausragenden Wurzeln. Es war praktisch eine kleine Höhle mit eingebauter Sitzgelegenheit. Kein Tier fand sich dort oben, der Baum des Lebens sorgte dafür, dass dieser Bereich völlig abgeschirmt blieb.

Kurz vor dem Plateau stoppte Merlan. „Weiter darf ich nicht gehen. Die besten Wünsche meines Volkes begleiten dich. Ich werde heute Abend zum Baum beten und ihn bitten, dich sicher durch die Aufgabe zu geleiten." Er zeigte mit zwei Fingern ostwärts. „Wenn der erste Sonnenstrahl sich über den Wald erhebt, ist die Prüfung beendet. Wir werden dich hier erwarten." Nach diesen Worten drehte er sich um und verschwand in Richtung ihres Lagerplatzes.

Jason schaute hinter Merlan her, bis er ihn nicht mehr sah, und wendete sich dann dem Eingang der Wurzelhöhle zu. Angst schwappte über seinen Geist und legte sich drückend auf seine Brust. Das Atmen fiel ihm zunehmend schwerer. Er fühlte sich einsam. Allein.

Sein Blick glitt über seine Arme und Beine. Trotz des Dämmerlichts war deutlich zu erkennen, dass seine Haut dunkler geworden war und seine Muskeln in sanften Schwüngen hervortraten. Tandoran veränderte seinen Körper auf ansehnliche Weise. *Hoffentlich kann ich es morgen auch noch sehen.*

Jason ließ das Bild von Shalyna in seinem Kopf entstehen. Er hatte sich ihr bisher nie so nah gefühlt wie heute Abend. *Für dich und dein Volk.* Jason trat in die Höhle ein und setzte sich auf den vorgesehenen Platz. Es war ein einfacher Wurzelausläufer, der dicht über dem Boden eine Sitzmulde ausbildete. Jason kreuzte seine Beine und blickte zum letzten Mal in die dunkler werdende Umgebung. Dann schloss er die Augen.

ॐॐॐ

Der Trupp lagerte auf einer Lichtung in sicherem Abstand zum Dorf. Die Männer verzehrten ein karges Abendbrot aus Früchten und Wasser. Ein Feuer hatte Aran ihnen verboten. Zu nahe waren sie den Ureinwohnern.

Aran pirschte mit Markan, seinem Späher, nach vorne. Langsam, jedes Knacken vermeidend, äugten sie durch dichtes Blattwerk auf das abendliche Treiben des Dorfes.

„Konntest du den Erdling entdecken?"

„Nein, obwohl ich einmal um das ganze Dorf geschlichen bin. Die äußeren Hütten verhindern, dass wir sehen, was im Zentrum passiert. Er könnte auch in einem der Baumhäuser stecken."

Aran beobachtete noch eine Weile die friedliche Stimmung in den erleuchteten Häusern der Andari. „Egal. Garven ist sich sicher, dass die Spuren hier enden. Wir warten ab. Irgendwann taucht er auf."

ॐॐॐ

Schon nach wenigen Minuten ahnte Jason, dass er bei der Prüfung versagen würde. Immer wieder schoss die Furcht in Wellen durch seinen Körper, zehrte an Mut und Entschlusskraft. Was wäre, wenn er im Morgengrauen verrückt und blind aus der Höhle kriecht? Was, wenn sich die ganze Geschichte mit der Prophezeiung als Irrtum herausstellt? Und er saß hier wie ein Schaf, das mit eigenem Willen zur Schlachtbank fährt. Noch konnte er aufstehen und gehen. Er könnte mit seinen bescheidenen Limarkräften die Streitmacht der Südlande unterstützen. Wenigstens ein ehrlicher Kampf, nicht diese unsicheren Rätsel.

Das Bild von Shalyna gab ihm Halt. Sie würde zu Recht enttäuscht sein. Oder würde sie es verstehen? Vielleicht, wenn er ihr von der möglichen Blindheit erzählen würde. Dafür würde sie Verständnis aufbringen.

Und Callum? Was würde er sagen? Jason konnte es nicht abschätzen.

Doch wie würde er sich selbst bewerten, falls er aufgab? Konnte er so weiterleben? In dem Wissen, es nie versucht zu haben? Er beschloss, erst einmal zu bleiben und begann, sein Mantra zu wiederholen. Er ließ es immer leiser klingen, machte längere Pausen zwischen den einzelnen Wiederholungen. Wohl eine Stunde saß er so und erkannte endlich die ersten Früchte. Die Furcht war nur noch ein schwerer Mantel, der auf ihn niederdrückte. Er kam langsam in die vertraute Stille des Geistes, nach und nach trat alles in den Hintergrund. Vereinzelt drang das

Gezirpe eines Vogels in sein Bewusstsein, doch auch diese Störungen nahm er einfach nur wahr, ohne seine Konzentration zu verlieren.

Die Ruhe währte nur kurz. Grauenvolle Bilder tauchten in ihm auf. Sie stammten aus seinen Erinnerungen. Seine Mutter, aufgebahrt in einem Sarg. Seine Oma, die er vielleicht nie mehr wiedersehen würde. Und plötzlich Feuer, überall Flammen. Mit aller Willenskraft kehrte er zu seinem Mantra zurück und konzentrierte sich völlig auf dessen inneren Klang. Langsam wurde es wieder erträglicher, Trauer und Furcht lösten sich auf und wichen einem starren Zustand der Leere.

Und in dieser Leere nahm er zart eine Art Dumpfheit wahr. Eine Todesstarrheit, die nur hin und wieder von einem Hauch an Energie, an Leben durchbrochen wurde. Mit diesen sanften Wellen an träger Lebenskraft erschienen Bilder von mordenden Soldaten, Bränden, herabstürzenden Flugschiffen und Wolken an schwarzen Geschossen. Eine Frau, die von einem Krieger hinter sich her in eine Hütte gezogen wurde. Kinder, die schreiend vor Feuer und Pfeilen flohen.

Jason wollte den Bildern entfliehen. Sein Geist suchte nach Möglichkeiten, den Schrecken auszuweichen. Da trat eine Stimme in sein Bewusstsein:

Was auch immer in deinem Geist in der Nacht beim Baum auftaucht, schenke ihm keine Beachtung. Trenne deine Beobachtung vom Erleben, hinter der Gedankenwelt wartet dein wahres Selbst. Bedenke: Du hast die Macht darüber, was in deinem Inneren geschieht. Versetze dich innerlich in völlige Stille, dann kannst du aus dieser Stille die Zukunft gestalten. Das ersehne ich für dich.

Die Worte von Kyvor erschienen wie aus dem Nichts. Sie schenkten ihm frische Kraft und neuen Mut, den Weg weiterzugehen. Er führte seinen Geist zurück in die Ruhe, betrachtete die Gedanken mit Abstand, lenkte sein Bewusstsein zur Tiefe.

Abermals beruhigte sich sein Herz. Die Schreckensbilder waren nun wie Wolken, die in seinem Kopf entlangglitten und im Dunkel verschwanden. Nach und nach wurden sie weniger. Sie machten erneut der Atmosphäre an Dumpfheit Platz. Wie eine erstickende Decke schien sie Jason einzuhüllen und sich unendlich zu erstrecken. Doch auch das nahm er gelassen wahr, zeigte keine Abneigung, konzentrierte sich ganz auf die innere Stille.

Gleichzeitig öffnete er sich zögerlich den aufkommenden Empfindungen.

Mit voller Wucht traf ihn ein Gefühl des nahen Todes. Nicht seines Todes, sondern von etwas unfassbar Großen um ihn herum. Er hielt die Stille und blieb offen für weitere Botschaften. Ein Bild tauchte auf, von einem Ast, der ihn aus der Höhle drängt.

„Weiche! ... wir sterben ..." Die Worte krochen grollend, abgehackt, unterhalb seines Bewusstseins hervor und verklangen, als ob sie in der Erde versanken. Der Tonfall erinnerte ihn an brechendes Holz. Jason erschrak, sein Herzschlag beschleunigte sich. Sofort überfiel ihn wieder diese dumpfe Starre. Bilder von bedrohlichen Kampfsauriern, die auf die Mauern einer Stadt zustampften, drangen auf ihn ein.

Von Neuem rief er sich zur Teilnahmslosigkeit, zur reinen Beobachtung. Nach einiger Zeit verblassten die Furcht einflößenden Erscheinungen und er fühlte nur noch die Anwesenheit dieser Trägheit.

Er hatte eine Idee. Vielleicht konnte er selbst für eine bessere Atmosphäre sorgen? Sanft ließ er ein Gefühl der Zuversicht aus sich herausfließen.

Die Reaktion kam prompt. Das matte Gespinst der Lethargie um ihn herum wurde von neuen Szenen durchbrochen. Diese Darstellungen waren anders, sie kamen nicht aus seinem Geist, sondern erschienen wie eine Mitteilung. Erst unscharf, zunehmend deutlicher werdend sah Jason eine Schlange, die sich um riesige Wurzeln schloss, immer wieder von ihnen abbiss. Die Bilder wechselten sich mit Gefühlen der Krankheit, eines wahren Todeskampfes ab.

Mit aller Willenskraft hielt er seine Furcht zurück. Er vermutete, dass der Baum des Lebens ihm diese Botschaften sendete. Sie erreichten ihn nur in tiefer Geistesstille und Gelassenheit. Er durfte sich von ihnen nicht verwirren lassen, musste völlig distanziert bleiben.

Die Szenen wurden schärfer. Jason erkannte nun, dass es sich um eine wahrhaft riesige Schlange handelte, die zwischen einem Wald aus Wurzeln entlangglitt und immer wieder Teile daraus herausbiss. Sollte das die Wurzel vom Baum des Lebens sein? Die monströse Schlange besaß ein kalt starrendes Auge in der Mitte des Kopfes. Ihr Körper schien von einem dichten Pelz aus langen, schwarzen Haaren umgeben.

Jason formulierte im Geist eine Frage: „Wirst du von dieser Schlange angegriffen?" Gleich darauf führte er seinen Geist zurück in die Stille und lauschte.

Erst geschah nichts. Die Bilder von der Schlange verschwanden. Doch dann erklang abermals ganz leise, geschwächt und mit Mühe hervorgestoßen die an brechendes Holz erinnernde Stimme: „... noch nie ... verstehe dich ..."

Eine Welle des Schmerzes und völliger Kraftlosigkeit begleitete die rumpelnden Worte. Unter der Schwäche gewahrte Jason ein uraltes Bewusstsein von ergreifender Gegenwart. Er nahm innerhalb dieses kranken Wesens Ströme einer Lebendigkeit wahr, die er so noch nie empfunden hatte. Als ob der Baum das Leben selbst wäre. Doch die Bewusstseinsströme wurden immer wieder von Mattheit überzogen. *Wie ein Fiebertraum*, kam es ihm in den Sinn.

Er formulierte im Geist eine neue Frage und sendete sie diesem ihm nicht fassbaren Organismus: „Kann ich dir helfen?" Dann kehrte er in die Stille zurück.

Zunächst nahm er nur wieder diese abwechselnden Wellen aus überschwerer Krankheit mit aufblitzenden Lebensfunken wahr. Ein Ruck ging durch die überwältigende Präsenz. Diesmal ertönten die Worte klarer in seinem Geist: „Schlange ... auslöschen ... Tod", sprach es zu ihm, dann wurde die Stimme im Kopf immer leiser: „Gift ... Wurzeln. Welt ... stirbt." Stille.

Jason wollte mehr wissen, wieso stirbt die Welt? Was war die Ursache? Er öffnete sich für neue Botschaften, doch seine Energie zur Konzentration fiel ab. Müdigkeitswellen glitten über ihn hinweg. Mit aller Kraft verharrte er in körperlicher und geistiger Bewegungslosigkeit. Er empfing nur noch diese allgegenwärtige Mattigkeit.

In diesem Moment traf der erste Sonnenstrahl in sein Auge und ließ die allgewaltige Präsenz verschwinden. Jason spürte es an seinem befreiten Geist, dass der Kontakt abgebrochen war. Als ob jemand eine Glocke der Schwäche von ihm gezogen hätte.

Langsam öffnete er die Augen. Sein Herzschlag setzte aus, als er zunächst nur milchiges Weiß sah und die Lider aus Schmerz sofort wieder verschließen musste. Doch dann senkte er seinen

Blick auf den dunklen Boden und erblickte die braune Erde unter sich.

> **Pratyayasya para-chitta-jnânam**
> Indem man Samyama auf den Geist eines anderen wendet, erlangt man das Wissen über die geistigen Vorstellungen des anderen.
> *Patanjali, Yoga-Sutren, Teil 3, Sutre 19*

2.3 Der Schlangenkampf

Shalyna kam ihm mit wehenden Haaren entgegengelaufen. Kurz vor ihm bremste sie ab und musterte ihn mit unsicherem Blick. „Weiß du, wer ich bin?"

Jason blickte sie verständnislos an: „Wozu diese Frage, wo der Himmel voller Vögel erstrahlt." Dabei setzte er ein harmloses, dümmlich wirkendes Grinsen auf und schaute scheinbar höchst interessiert in den morgendlichen Himmel.

Shalynas Gesicht wandelte zu ernster Miene. „Oh Jason, sag, dass du mich erkennst." Bittend starrte sie ihn an. Die anderen eilten ebenfalls herbei. Er hatte Rhodon noch nie so ungewiss schauen sehen.

Da konnte er sein Lachen nicht mehr unterdrücken und Shalyna trat ihm wütend auf den Fuß. Jason erinnerte sich nicht, sich jemals so gut gefühlt zu haben. Merlan fiel ihm um den Hals. In diesem Moment erschienen die übrigen Andari auf der Anhöhe und zeigten ihm, wie sehr sie sich über seine gesunde Rückkehr freuten.

Merlan unterbrach die auf Jason einprasselnden Fragen von Callum und Shalyna: „Lasst uns erst einmal frühstücken. Dabei kannst du berichten."

Gemeinsam gingen sie zum Lagerplatz der Gruppe und nahmen ein köstliches Mahl aus verschiedenen Früchten ein, welche die Andari in der Umgebung gesammelt hatten.

Dann wurde Jason ernst. Er schilderte die Bilder und Eindrücke der Nacht, seine Verzweiflung und seine Ängste. Shalyna hatte sich dicht neben ihn gesetzt. Als er mit den fiebrigen Äußerungen des Lebensbaumes geendet hatte, sagte er nachdenklich: „Ich vermute, dies war keine normale Prüfung des Baumes. Er schien mir ... krank. Und das habt ihr ja auch bereits festgestellt."

Merlan nickte bestätigend und ergänzte: „Doch dass der Baum direkt zu einem gesprochen hat, mit einer echten Stimme, davon habe ich noch nie gehört. Ich glaube, dass er sich in großer Not befindet."

Callum bestätigte: „Das scheint mir auch so. Aber kann das sein? Eine Schlange, die an den Wurzeln des Lebensbaumes nagt? Sie müsste sich ja in diesem Moment unter uns befinden." Alle richteten ihre Blicke auf den Boden, der vom frühmorgendlichen Tau feucht schimmerte.

„Wir müssen es herausfinden." Merlan erhob sich und rief seine Männer zusammen. Aber niemand hatte etwas von einem Zugang zu den Wurzeln des Baumes gehört. „Dann schwärmen wir aus." Merlan sendete die Andari in Zweiergruppen kreisförmig aus, um nach einem Eingang zu suchen, der zu den Wurzeln vom Baum des Lebens führen könnte.

Über Stunden suchten sie den Zugang. Doch als sie sich am späten Vormittag wieder trafen, hatte keiner etwas gefunden. Nur Maruk, der jüngere Bruder von Merlan, berichtete: „In 2000 Schritt fällt das Gelände steil ab, die Schlucht ist bestimmt 100 Mann tief. Die Schluchtwand besteht aus steinigem Fels und bietet Möglichkeiten, hinabzuklettern. Wenn man sich weit hinüberbeugt, kann man in ungefähr 20 Mann Tiefe eine Einhöhlung in der Wand entdecken. Vielleicht führt dort ein Weg in das Innere der Erde zu den Wurzeln."

Merlan wiegte zweifelnd mit dem Kopf hin und her als Maruk ergänzte: „Und wir haben dies hier gefunden." Er hielt einen Beinschutz aus Leder hoch. Soldaten benutzten solche Schutzausrüstung.

Zischend sog Callum die Luft ein und sagte: „Ich bin sicher: Der stammt von einem Krieger des dunklen Kaisers. So würde sich manches erklären. Vielleicht haben sie die Schlange auf die Wurzeln angesetzt, um die Südlande zu schwächen."

Merlan überlegte: „Der Baum des Lebens wirkt auf alle Pflanzen der Südlande. Somit würde der Kaiser an der Kraft des ganzen Landes zehren."

Shalyna nickte nachdenklich und murmelte: „Wir haben es ja befürchtet: Er kann den Willen der Tiere kontrollieren. Die Angriffe auf die Flugmaschinen, die Überfälle der Haie auf die Boote, jetzt dieses Schlangenmonster. Das muss gesteuert sein. Er nutzt die Tiere, um die Südlande vor seinem Krieg auf breiter Front zu schwächen. Oh, er hat wirklich aus seiner ersten Niederlage gelernt ..."

Callum schaute sie grimmig an. „Doch die Frage bleibt: Woher nimmt er die Macht dazu und vor allem: Wie macht er es?"

„Irgendeine Teufelei", sagte Rhodon, „ein Missbrauch der Lebensenergie. Ich traue ihm alles zu."

„Jedenfalls", unterbrach Merlan die beiden, „ist das bisher unsere beste Spur. Wir sollten ihr nachgehen."

Geführt von Maruk brach die Truppe auf und versammelte sich am Rande der Schlucht. An den senkrecht abfallenden Wänden liefen Makaken entlang – Tausendfüßler, die selbst an steilsten Abhängen wie Spinnen herumklettern können. Sie sammeln Eier aus Vogelnestern. Die Tiere waren so groß wie Hunde und griffen auch schon mal Menschen an, wenn sie als Gruppe auftraten.

„Um die kümmern wir uns!", sagte Nickala mit einem Nicken zu Shalyna. Probehalber blies sie eine Makake von der Wand ab. Sie musste dafür aber fast einen Orkan entfesseln, so stark klammerte sich der haarige Tausendfüßler an den Fels.

„Jetzt den", sagte Shalyna und wies auf ein tiefbraunes Exemplar, „ich helfe dir." Sie sendete einen schmalen Feuerstrahl unter die Makake, die daraufhin aufgebracht hin und her tänzelte. Nickala konnte sie mit einem schwachen Windhauch nach unten blasen.

Sie sagte: „So klappt es, ihr könnt runtergehen."

Von den umstehenden Bäumen wurden Lianen gesammelt und mit geübten Handgriffen von den Andari zu langen Seilen verbunden. Maruk bot sich für die gefährliche Aufgabe an, hinabzusteigen. Merlan stimmte widerstrebend zu.

Während sich Maruk die Lianen um den Bauch wickelte und mit einem Seil vor dem Abrutschen sicherte, redete Merlan auf Maruk ein: „Du schaust erst einmal nur. Sei bitte äußerst vorsichtig. Versuche, keine Geräusche zu machen. Wenn dort unten wirklich eine Schlange ihr Unwesen treibt, darf sie dich nicht entdecken. Schlangen reagieren auf Bewegung, du musst also ganz langsam gehen. Meist sind sie fast taub, dafür riechen sie umso besser. Wenn du etwas herausfindest, komm sofort wieder zurück."

Maruk grinste ihn nur an: „Ist ja gut, großer Bruder. Ist mir alles bekannt. Ich möchte nicht im Bauch einer Riesenschlange enden. Ich schau kurz nach und bin wieder da. Wahrscheinlich ist da ohnehin nichts." Mit diesen Worten begab er sich an den Rand des Abgrundes und gab den Seilhaltern das Zeichen, dass er bereit sei.

Callum drückte Maruk noch eine Steinfackel in die Hände und ermahnte ihn ebenfalls, sein Leben nicht zu riskieren. Maruk zwinkerte nur, steckte die Fackel an seinen Gürtel neben das riesige Messer und begann mit dem Abstieg. Auf Merlans Stirn bildeten sich Schweißperlen.

Als Maruk das Plateau erreicht hatte, rief er nach oben: „Da geht's tatsächlich ins Innere. Und hier sind auch Speere und eine Art Bohle." Er band das Seil los und sicherte die Liane mit dem Holzbrett. „Ich geh jetzt rein."

Die Andari und die fünf Gefährten warteten am Rande der Schlucht. Jason tat Merlan leid, der nervös im Kreis umherging. Schon nach fünf Minuten stöhnte er: „Wo bleibt er bloß? Ich hätte ihn nicht allein gehen lassen dürfen."

Da musste ihm Jason zustimmen. Er jedenfalls hätte sich nur höchst ungern als Einziger in das Innere der Erde getraut. Jedoch vermutete er, dass die Andari generell aus härterem Holz geschnitzt waren.

Nickala und Shalyna hielten weiterhin den Bereich über und um den Eingang von den quirligen Tausendfüßlern frei. Beide hatten offenkundig Spaß an ihrer Aufgabe.

Nach weiteren fünf Minuten hielt Merlan es nicht mehr aus. Er ordnete an, dass weitere Lianen geholt werden sollten, um einen zweiten Mann herabzulassen. Doch als die Andari gerade ausschwärmen wollten, ertönte es von der Plattform zischend: „Holt mich hoch."

Sofort stürzte Merlan an den Rand. Er sah, dass Maruk sich die Liane bereits um den Bauch gebunden hatte, und gab den anderen das Zeichen, seinen Bruder hochzuziehen.

Nervenaufreibend langsam zogen sie Maruk die Felswand empor, der Stein für Stein nach oben kletterte.

Kaum war er auf der Plattform angekommen schloss ihn Merlan in die Arme. „Verrückter Kerl. Was hast du gesehen?"

Maruk schaute ihn grinsend an. Er konnte nicht verbergen, dass er ungeheuer stolz auf seine Leistung war. Doch er wurde rasch ernst: „Dort drinnen findet sich ein wahres Labyrinth an Gängen. Und nach einigen Metern beginnen die Wurzeln, sie durchstoßen die Decke und setzen sich in dem Untergrund fort. Nach gut 100 Schritten verbreitert sich der Gang immer weiter, und mündet dann in einen riesigen Höhlenraum. Ein unterirdischer Fluss fließt durch diese Höhle. Von den Wänden geht eine trübe Helligkeit aus. Irgendwer hat an mehreren Stellen Leuchtfackeln zurückgelassen, die noch schwach glimmen. Gewaltige Wurzelgebilde sprießen aus der Decke und in der Mitte der Höhle habe ich einen gigantischen Stamm gesehen. Breiter als drei Hütten. Und an diesem nagt dieses Untier. Sie ist so lang, dass sie den Stamm mehrfach umschließen kann, und hat tatsächlich nur ein Auge. Ich bin froh, dass sie mich nicht bemerkt hat. Gegen dieses Riesenvieh sind wir machtlos."

„Also doch." Das Entsetzen auf Merlans Gesicht war greifbar. „Der Baum des Lebens wird angegriffen."

„Auf Befehl des dunklen Kaisers", ergänzte Callum mit finsterer Miene.

„Andari, willkommen im Krieg", brummte Rhodon.

„Und was machen wir jetzt?", wollte Shalyna wissen. „Wir müssen die Schlange töten. Aber wie sollen wir das schaffen, wenn sie so riesig ist?"

Merlan sagte: „Wir könnten Hilfe aus dem Dorf holen und sie mit all unseren Männern angreifen."

Rhodon und Maruk schüttelten gleichzeitig den Kopf. Der Kleturer überließ Maruk das Wort: „Das kostet uns mindestens zwei Tage. Und mir scheint, die Schlange braucht nicht mehr lange, um die Hauptwurzel endgültig durchzutrennen."

Rhodon nickte: „Der Baum ist offenkundig dem Tode nahe. Wir müssen schnell handeln."

Merlan hatte seine Zweifel: „Wie sollen wir solch ein Monstrum töten? Du sagst, Maruk, dort unten ist es eng und dunkel. Und ich denke nicht, dass wir mit unseren Speeren einen nennenswerten Schaden bei der Schlange anrichten können."

„Wozu haben wir denn unsere Limarten mitgenommen?", fragte Rhodon mit spöttischem Unterton. „Jetzt könnt ihr mal zeigen, was in euch steckt."

Callum schaute ihn verärgert an und zog seine Unterlippe mit den Zähnen ein. Er haderte: „Ich weiß nicht. Die Schlange ist riesengroß, da werden wir mit unseren Limarkräften nicht viel ausrichten können. Selbst wenn wir die Schlange so fixieren könnten, dass Shalyna sie mit Feuer übergießt, bleibt es lebensgefährlich. Dort unten ist es eng und das Monster kann uns einfach alle erschlagen, wenn es in die verkehrte Richtung zuckt."

„Aber wir haben dies hier." Jason tippte auf Eruslan an seiner Seite.

„Dein Dreizackmesser? Was willst du damit machen? Der Riesenschlange in den Schwanz piken?", fragte Maruk ohne Hoffnung.

Callum widersprach: „Ein besonderes Schwert, Maruk. Es handelt sich um Eruslan, den Ingadiretter. Es ist nach der Lösung der ersten Aufgabe auf einem Sockel erschienen. Vielleicht soll es genau hierzu dienen. Vielleicht ist das seine Bestimmung in der Prophezeiung."

Jason konzentrierte sich auf das Schwert und die Klinge fuhr auf beachtliche Länge aus. Eruslan schimmerte dunkelblau. Er sagte: „Es ist voll aufgeladen."

Alle starrten das trotz der edlen Verzierungen so unscheinbare Kampfschwert an. Nach einigen Momenten sagte Maruk: „Wenn überhaupt, musst du der Schlange das Schwert mitten durchs Auge in den Kopf rammen, um sie zu töten. Aber wie willst du so nahe an sie herankommen?"

„Ich habe eine Idee." Jason blickte nachdenklich über die Schlucht. „Doch sie ist auch nicht ungefährlich. Wir könnten ..."

ॐॐॐ

Der ganze Plan kam ihm überstürzt vor. Aber sie hatten ja auch keine Zeit gehabt. Der Baum starb und mit ihm der Dschungel. Jason zog sich die letzten Zentimeter auf den Felsvorsprung und zeigte nach unten, dass er bereit sei.

Die meisten Andari, Callum, Rhodon und Jason waren zuvor in den Höhleneingang hinab geklettert. Shalyna und Nickala kümmerten sich wie zuvor um die Makaken, und zwei Andari blieben oben bei den herabhängenden Lianen. Sie würden schließlich wieder hochgezogen werden müssen.

Der Plan sah vor, dass die mit nach unten gekommenen Andari samt Rhodon die Riesenschlange aufschrecken und in Richtung Höhlenausgang locken. Callum sollte direkt an Jasons Lauerposition die Schlange mit einem Limarschild stoppen. Sobald die Schlange unter Jason zum Stillstand käme, würde er mit dem Schwert hinabstoßen und Eruslan sein Werk vollenden lassen. Callum sollte seine ganze Kraft in diese Barriere stecken, sie musste ja nur wenige Sekunden halten.

Der Plan hatte zahlreiche Schwachstellen. Wenn Jason die Schlange nicht erwischen würde, säßen die Andari am Ausgang zur Schlucht in der Falle. Außerdem wusste keiner, wie schnell die Schlange kriechen kann. Und ob sie sich überhaupt rauslocken ließe. Würde das Schild von Callum stark genug sein?

Etwas anderes war ihnen nicht eingefallen. Und die Andari waren bereit, für den Baum des Lebens den Tod zu riskieren. Der Baum nährte den Dschungel um sie herum, war mit allem Leben im Dschungel von Aritanien verbunden. Starb er, würde ihre Heimat vergehen.

Und Jason wollte gar nicht darüber nachdenken, was passieren würde, wenn er vorbeispringen oder die Schlange nach ihm schnappen würde. Es musste einfach gelingen.

Jason robbte an den Rand des Felsüberhangs, der in zwei Meter Höhe in den Höhlengang hineinragte. Callum platzierte sich unter ihm. Sie blickten sich an, beide nickten. Merlan gab seinen Männern ein Zeichen. Gemeinsam verschwanden sie in die grünlich-trübe Dunkelheit und waren nach der Umrundung einer leichten Biegung nicht mehr zu sehen. Jason wartete. Mit hervortretenden Fingerknöcheln klammerte sich seine rechte Hand an Eruslan. Mit allen Sinnen lauschte er in die Richtung, in der die Krieger verschwunden waren. Auch Callum starrte mit erhobenen Armen in die Tiefe des Höhlenganges. Um seine Hände lag ein bläuliches Schimmern.

Sie mussten nicht lange warten. Doch nur Rhodon kam zurück.

„Die Schlange reagiert nicht auf uns. Ich habe sogar meinen Hammer nach ihr geworfen. Wir tanzen und poltern, aber sie lässt nicht von der Hauptwurzel ab. Mir scheint", er blickte zu Callum, „wir brauchen dich, Jüngchen. Vielleicht kannst du sie aus sicherer Entfernung mit Limarstößen traktieren und dann hierher zurückeilen?"

Callum blickte fragend zu Jason empor. Dieser zuckte nur mit den Achseln. Zögernd schloss sich der Limart Rhodon an.

Nun hockte Jason ganz alleine im Höhlengang. Mit zusammengekniffenen Augen starrte er in das Halbdunkel vor ihm. Er rückte noch etwas näher an den Rand des Überhangs, um sich besser abstoßen zu können.

ॐॐॐ

Callum behagte die Entwicklung gar nicht. Er würde sich konzentrieren müssen, um ein stabiles Limarschild zu schaffen, das dem Monster zumindest für einen Moment standhielt. Würde genug Zeit bleiben, wenn er zurück zu seiner Position unter Jason gehetzt war?

Rhodon vor ihm war ungewöhnlich still. Normalerweise machte er doch immer seine Sprüche. War die Schlange so beängstigend, dass sogar der stichelnde Zwerg verstummte?

Der Gang wand sich. An einigen Stellen standen Pfützen mit Wasser, die im Schein der kümmerlich leuchtenden Steinfackeln kleine Wellen schlugen. Callum spürte die Vibrationen auch unter seinen Füßen. Kamen sie von der Schlange?

„Leise, gleich sind wir da." Rhodon duckte sich vor ihm. *Als ob das bei dem laufenden Meter nötig wäre*, dachte Callum spöttisch. Der Korridor verbreiterte sich und sie trafen auf die hinter Felsen versteckten Andari.

„Da seid ihr ja endlich", flüsterte Merlan, „die Schlange macht gerade Pause. Sie liegt da im Wasser."

Callum hätte des Hinweises nicht bedurft. Zischend sog er die Luft zwischen den Zähnen ein. Er hatte sich das Untier kleiner erhofft. Der von schwarzem Pelz überzogene Schlangenkörper lag halb in dem unterirdischen Fluss, halb hatte sie sich auf einem Felsplateau zusammengerollt. Die gesamte Höhle war mit Wurzelsträngen durchzogen, in dem in fast völliger Dunkelheit liegenden hinteren Teil erahnte Callum die breite Hauptwurzel vom Baum des Lebens.

„Sie hat sich zur Ruhe begeben. Vielleicht ist das unsere Chance, wenn wir sie jetzt stören", hoffte Maruk.

Callum schaute Merlan unsicher an. Seine Kehle war trotz des feuchten Klimas der Höhle ausgedörrt. „Was soll ich tun?"

„Mach was mit dem Wasser", blaffte Rhodon ihn an, „ärgere sie, sei mal richtig böse."

„Und dann?"

„Rennen, Jüngchen, rennen!", wisperte Rhodon grimmig und machte eine auffordernde Handbewegung.

Wieso flüsterte der kleine Giftzwerg eigentlich, wenn sie die Schlange doch aufschrecken wollten? Callum hätte geschmunzelt, wenn ihn die Angst nicht so sehr in ihren Fängen gehabt hätte.

„Moment", schaltete sich Maruk leise ein, „wir müssen unsere Flucht koordinieren. Callum, du läufst zuerst, damit dir die Zeit bleibt, dein Schild aufzubauen. Wir anderen locken sie dann hinter uns her. Keine Ahnung, wie schnell das Vieh kriecht. Oder ob sie zwischendurch anhält. Müssen wir sehen."

„So machen wir´s." Merlan bedeutete Callum vorzutreten. Die Andari wendeten sich in Richtung der Schlange und hielten ihre Speere nach vorne gerichtet.

Also gut. Callum trat vor und konzentrierte sich auf den unterirdischen Wasserlauf. Er formte einen Strudel unter dem Schlangenkörper. Immer rasanter drehte sich das Wasser um den hinteren, im Fluss liegenden Teil der Schlange herum.

Nichts geschah. Die Masse des Monsters war einfach zu groß. Der Strudel konnte den Schlangenschwanz nicht bewegen. Verzweifelt schaute er zu Merlan hinüber.

Dieser tippte sich an die Stirn. „Auf den Kopf!", schrie er, „mit voller Wucht."

Auch die übrigen Andari machten nun Lärm, indem sie wild grölten und ihre Speere auf die Felswand schlugen. Rhodon hämmerte mit einem Stein auf den Boden und brüllte in Richtung der Schlange. Seinen Hammer hatte er ja schon verloren. Callum wunderte sich, wie laut der Zwerg schreien konnte.

Er lenkte seine Aufmerksamkeit wieder aufs Wasser und ließ den Strudel erneut schneller kreisen. Mit einer gekonnten Verlagerung seiner Kräfte bewirkte er, dass das kreiselnde Flusswasser in einem armdicken Strahl aus dem Flusslauf herausschnellte und mit voller Wucht auf das Auge der Schlange traf.

Es wirkte. Ruckartig entrollte sich die Schlange und richtete sich zu imposanter Höhe auf. Callum musste den Kopf in den Nacken legen, um zu verfolgen, was sie jetzt tat. Kurz verharrte das Untier in seiner erhabenen Position und sprang dann förmlich von ihrem Plateau herunter. Genau in Richtung der lärmenden Eindringlinge.

Callum war wie erstarrt. *Sie ist viel zu schnell. Das schaffen wir nicht.*

„Los!" Rhodon stieß ihn unsanft zum Korridor. „Lauf um dein Leben, Jüngchen. Lauf um dein Leben", schrie er lachend. „Zeig, was du kannst."

Callum drehte sich um und stolperte vorwärts. Der Boden war glitschig.

ॐॐॐ

Jasons Herz pumpte wie wild. Er hockte hier ganz alleine, starrte in den drei Mann hohen Gang vor ihm und wusste nicht, was in der Höhle vor sich ging. *Was dauerte denn da so lange?* Eben hatte er gemeint, lärmende Schreie zu hören. Er wischte sich den Schweiß von der Stirn und umklammerte Eruslan fester. Das Schwert strahlte im Dunkeln der Höhle. Würde es seine Aufgabe erfüllen?

Plötzlich ertönten laute Rufe und Geschrei. Der Lärm wurde immer stärker und schon sah er Callum um die Ecke schießen. Dann geschah alles blitzschnell.

Kurz fragte Jason sich, warum Callum so sprintete. Doch unmittelbar hinter ihm tauchten auch die übrigen Krieger mit derselben Geschwindigkeit auf. Rhodon lief als Letzter. Und sofort dahinter erschien der Kopf eines wahrhaften Monstrums an Schlange. Der Kopf war so breit wie ein Mann und schoss nur wenige Meter hinter dem Kletterer um die Ecke. Da passierte es. Callum strauchelte und fiel hin.

Er kam in einer Felsspalte zum Liegen und wollte sich gleich wieder aufrappeln. Die Übrigen waren weitergestürmt, um die Verfolgungsjagd der Schlange nicht zu stoppen. Da wand sich der Schlangenkörper an Callum vorbei und presste ihn gegen den Fels. Jason konnte ihn nicht mehr sehen.

Das klappt nicht. So kann ich sie nicht treffen. Die Gedanken von Jason überschlugen sich. Doch er musste es versuchen. Er robbte bis direkt an den Rand des Felsvorsprunges und versuchte, die Geschwindigkeit der Schlange abzuschätzen.

Ein weiteres Problem zeigte sich. Die Schlange bewegte sich nicht gleichmäßig vorwärts. Sie zog sich, soweit es der Gang zuließ, zusammen und schoss dann pfeilartig nach vorne. Bei ihrem Vorwärtsschub riss sie überhängende Steine aus der Wand raus. Fieberhaft überlegte Jason, was er tun könne. Das Reptil würde einfach an ihm vorbeischießen.

Schon waren die ersten Andari an seiner Lauerstellung vorbei, immer noch laut lärmend um die Schlange weiterzulocken. Und da geschah etwas, dass seinen Herzschlag aussetzen ließ: Merlan, der als Letzter der Andari lief, und Rhodon blieben gleichzeitig direkt unter dem Felsvorsprung, auf dem Jason zusammengekauert hockte, stehen.

Jason erkannte sofort ihre Absicht. Beide hatten Callum zu Boden gehen sehen und wussten, dass ihr Plan fehlgeschlagen war. Bis zum Abgrund waren es nur wenige Meter. Die Schlange würde die Gruppe einfach hinabstoßen, wenn sie nicht gestoppt würde. Merlan und Rhodon hatten zeitgleich ihr Opfer beschlossen.

Wie konnte er das verhindern? Jasons Gedanken überschlugen sich. Sollte er die Schlange mit einem Luftschild stoppen? Das würde nicht lange halten und dann würde das Monster sie alle töten. Verzweifelt blickte er von der heranrasenden Schlange zu den beiden Männern unter ihm. Welche Möglichkeit gab es noch?

„Das ist mein Kampf, Kleturer", zischte Merlan und trat Rhodon mit voller Wucht gegen die Brust. Der Zwerg flog zurück und landete unter dem Felsvorsprung, auf dem Jason hockte.

Merlan drehte sich um und richtete seinen Speer auf die heranjagende Schlange. Für einen Sekundenbruchteil begegneten sich ihre Blicke. Jasons Augen waren vor Entsetzen weit aufgerissen, der Sohn des Stammeshäuptlings schaute gefasst und ruhig. Dann zuckten die Köpfe von beiden in Richtung Schlange.

Und was tat Merlan? Jason konnte es nicht fassen. Er sang. Ein Schlachtlied. Laut und tief erklangen seine Worte: „Gemeinsam stehen wir zusammen, gemeinsam, bis in den ..."

Das Monstrum bremste tatsächlich unmittelbar vor dem Andari ab. Alles spielte sich wie in Zeitlupe ab. Kurz zögerte die behaarte Schlange und starrte mit ihrem einen Auge auf den Menschenwurm unter sich, dann schnellte der riesige Kopf vorwärts und schnappte nach Merlan.

Jetzt! Jason sprang ab und stieß Eruslan mitten durch das glänzende Auge in das Hirn des Reptils. Das Schwert erglühte in explosiven Strahlen und ließ das ganze Schlangenhaupt bläulich aufleuchten.

Die Schlange ruckte mit dem Kopf nach oben und Jason wurde gegen die Decke aus Fels geschleudert. Für einen Moment verdunkelte sich seine Sicht und Schmerz schoss ihm die Wirbelsäule hinauf. Unsanft landete er auf dem Felsboden. Sein Brustkorb konnte für einige Augenblicke nicht atmen.

Doch sie hatten es geschafft. Sein Blick traf die mehrere Meter entfernt liegende Schlange. Sie zuckte nur noch schlängelnd hin und her und lag schließlich regungslos da. Eruslan ragte mit dem verzierten Knauf aus dem riesigen Auge.

Da sah Jason auf Merlan. Der Andari lag zitternd an der gegenüberliegenden Wand. Seine rechte Seite war völlig aufgerissen und blutete aus zahlreichen Wunden. Unter Schmerzen robbte Jason zum ihm rüber. Rhodon trat zum ihm und starrte entsetzt auf den Andari.

„Merlan. Halt durch. Wir können dich heilen." Unter Aufbietung aller Konzentration sendete Jason heilende Energie in den geschundenen Körper. Aber es gab keine Hoffnung. Er spürte: Etwas Dunkles, Todbringendes breitete sich in Merlans Blutbahn aus.

„Sie ... gebissen. Zu spät ..." Merlan suchte Jasons Augen. Mit einer Hand fasste er ihn am Ärmel. „Rette ... Baum. Sag meinem Vater ... liebe." Dann brach sein Blick.

Jason wollte es nicht wahrhaben. „Nein!", schrie er und pumpte unablässig Limar in den toten Körper.

Die anderen versammelten sich um sie herum. Maruk kauerte sich neben ihn, zog vorsichtig Jasons Hände von Merlans Körper und nahm den toten Bruder in den Arm. Seine Schultern zuckten und Tränen rannen über seine Wange.

Wortlos erhob sich Jason und trat in den Kreis der schweigenden Andari. Allen stand das Entsetzen in den Augen. Sie hatten gewonnen, aber der Sieg hatte einen hohen Preis verlangt.

ॐॐॐ

Sie zogen Merlan nach oben und bauten eine Holzbahre für ihn. Drei Andari, darunter Maruk, hielten die Totenwache. Die anderen waren unten geblieben und hatten gemeinsam die Riesenschlange in die Schlucht gestoßen.

Callum war zerknirscht aus der Höhle herausgekommen. Er rieb sich mit leidendem Gesicht den Hinterkopf. Die Schlange hatte ihn gegen die Felswand geschleudert. Der Aufprall war so stark gewesen, dass er ohnmächtig war. Doch jetzt überwog ein anderer Schmerz. Callum machte sich schwere Vorwürfe, sein Versagen habe zum Tod von Merlan beigetragen.

Shalyna war ebenfalls nach unten gekommen, da im Moment keine Makaken mehr abzuwehren waren. Sie trat zu Jason. „Fast glaube ich, ich muss mir nie mehr Sorgen um dich machen. Du scheinst ja alles zu überstehen."

Jason konnte nur verhalten grinsen, aber es freute ihn, dass Shalyna sich um ihn sorgte.

„Hallo ihr zwei." Callum trat neben sie. Er hatte sich mittlerweile selbst geheilt. Die Beule auf seinem Kopf war kaum mehr zu erkennen. „Kommt mit!", sagte er, „Das müsst ihr sehen."

Er führte Shalyna und Jason tiefer in die Höhle. Jason staunte über die Weite hier unten. Er begutachtete die immer dicker werdenden Wurzelstränge, welche oben von der Decke herabsanken und unten in den Erdboden eintauchten. Selbst unter der Erde war der Baum des Lebens Heimat zahlreicher Lebewesen. Jedenfalls lugten aus vielen Wurzelverästelungen kleine Tiere hervor, die interessiert den ungewohnten Besuch musterten.

„Schaut!" Callum wies auf eine Gruppe von wüstenfuchsartigen Nagern. „Durch sie konnte die Schlange hier unten überleben. Die Wurzeln werden ihr wohl kaum etwas Nahrhaftes geliefert haben."

Shalyna schüttelte angewidert den Kopf. Der Monsterwurm hatte fürchterlich gewütet. Wie haben die Schergen des dunklen Kaisers das riesige Tier bloß hierher gebracht? Und noch rätselhafter: Wie hatten sie von dieser Höhle unter dem Baum des Lebens erfahren?

Je weiter sie kamen, umso verheerender wurden die Schäden an den Wurzeln. Doch ganz hatte die Schlange ihr Werk nicht vollenden können. Zahlreiche Stränge standen unverletzt da und auch die Hauptwurzel schien noch halbwegs intakt. Hoffentlich würde der Lebensbaum das Gift überstehen.

„Wir müssen uns gleich an die Arbeit machen und so viele Wurzeln wie möglich heilen", erläuterte Callum. „Wichtig bei Baumwurzeln ist es, einen freien Zugang für den Nährstofftransport zu schaffen. Führt das Limar diese Kanäle entlang, beseitigt Engpässe, die durch Quetschungen der Schlange entstanden sind und stabilisiert mit eurer Energie die Zellwände. Shalyna, nimm du dir die Wurzeln links vor, Jason du rechts und ich werde mich an der Hauptwurzel versuchen."

Jason wies auf einige Andari, die Felsbrocken am Rand des unterirdischen Wasserlaufes abtrugen. „Und was machen die dort?"

Callum antwortete: „Die Soldaten des dunklen Kaisers scheinen auch den Fluss hier unten von den Wurzeln weggeleitetet zu haben. Sieh", Callum zeigte auf eine trockene Vertiefung, „normalerweise umspült das Wasser die Wurzeln. Man erkennt es an den feuchten Stellen überall. Wenn die Steine dort hinten weg sind, werden die Wurzeln wieder bewässert."

„Wie grausam können Menschen sein." Shalyna schüttelte angewidert den Kopf. „Mit dem Tod vom Baum des Lebens wären Millionen von Bäumen und Pflanzen in Aritanien eingegangen. Die Bewohner der Südlande hätten eine Hungersnot erlitten."

„Alles Kriegstaktik, Shalyna. Krieg ist erbarmungslos." Rhodon war zu ihnen getreten und spuckte in eine Pfütze. „Ich habe mir meine Gedanken gemacht. Im ersten Krieg war der Schlächter zu überhastet vorgegangen und hat eine bittere Klatsche auf sein räudiges Maul bekommen. Dieses Mal will er die Südlande im Vorhinein schwächen. Besonders die Angriffe auf unsere Flugschiffe waren ein Schlag von entscheidender Tragweite. Der komplette Handel zwischen den Städten kam fast zum Erliegen, unsere Truppen können nur noch langsam hin- und hertransportiert werden." Rhodon trat wütend gegen einen Stein. „Er geht diesmal klüger vor und er scheint erfolgreich zu sein. Wenn uns die zweite Aufgabe nicht hierher geführt hätte, wäre der Baum des Lebens in einigen Tagen tot gewesen. Und damit der Kampfesmut der gesamten Südlande geschwächt."

Shalyna starrte ihn entsetzt an. „Meine Mutter muss von diesen Überlegungen erfahren. Wer weiß, was dieser Teufel noch ausbrütet."

Callum nickte. „Stimmt. Aber jetzt lasst uns erst einmal dem Baum helfen."

Gemeinsam machten sie sich an die Arbeit. Callum begleitete zunächst Jason bei den ersten Heilversuchen mit seiner Energie und gab Tipps und Hinweise. „Heilen mit Limar verläuft immer ähnlich. Gehe so wie beim Menschen vor. Zuerst erspürst du die natürlichen Körperströme und dann stärkst du diese mit deinem Limar. Damit verstärkst du die Selbstheilungskräfte." Er hob mahnend den Zeigefinger. „Die Kunst besteht darin, das richtige

Maß an Limar zu finden. Auf keinen Fall darfst du es übertreiben, sonst zerstörst du die Struktur."

Den Nachmittag verbrachten alle damit, so viele Wurzelstränge wie möglich zu heilen. Nickala war zu ihnen gestoßen. Jason kam immer besser in Übung und kannte sich mittlerweile bestens im Aufbau der Baumwurzel aus. Hin und wieder meinte er, die Lebenspräsenz zu spüren, die ihn die letzte Nacht über begleitet hatte. Aber hier unten war sie nur schwach vorhanden. Oder der Baum kam erst in der Dunkelheit so richtig zu Bewusstsein. Das würde auch erklären, warum die Prüfung der Schamanen in der Nacht erfolgen muss.

Am Abend fühlten sie sich ausgesogen und kamen nur mit Mühe die Schluchtwand hinauf. Ermattet ließen sie sich in den Kreis der Andari nieder und aßen schweigend eine Brühe aus gekochten Wurzeln, die pikant gewürzt war. Dazu tranken sie Wasser, das mit einer Frucht vermixt war und die Schärfe auf süße Art milderte.

Maruk rückte zu ihnen. „Dem Vater des Waldes scheint es übrigens schon sichtlich besser zu gehen. Wir haben beobachtet, wie sich Zweige angehoben haben. Der ganze Baum strahlt wieder deutlich mehr Kraft aus. Ich danke euch für eure Hilfe im Namen meines Volkes. Und persönlich möchte ich mich für mein Misstrauen und meine Abneigung entschuldigen, die ich euch entgegengebracht habe."

Callum winkte ab und sagte leise: „In diesen Zeiten ist Argwohn durchaus angebracht, Maruk. Was wir getan haben, war selbstverständlich."

Maruk stocherte mit einem Ast zwischen den Scheiten des kleinen Feuers vor ihm. „Ich danke euch für eure Nachsicht. Aber da ist noch etwas, um das ich dich bitten möchte, Jason. Und ich habe volles Verständnis dafür, wenn du es ablehnst." Er schaute Jason direkt in die Augen. Nickend zeigte ihm Jason, dass er weitersprechen solle.

„Bei uns ist es üblich, dass ein Schamane die Seele des Toten in die Hallen des Friedens geleitet. Doch wir werden frühestens morgen Abend zurück im Dorf sein. Als Ersatz könnte jemand den Baum des Lebens ersuchen, Merlans Seele zu führen. Könntest du dich erneut in die Höhle der Prüfung begeben und den Baum darum bitten?" Maruks Blick verharrte auf dem Boden vor ihm.

„Es ist mir eine Ehre, Maruk. Gerne erfülle ich deine Bitte." Jason wandte sich an Shalyna und Callum. „Ich muss ohnehin noch einmal mit dem Baum sprechen. In der letzten Nacht hat er mir keinerlei Hinweise zur Lösung der zweiten Aufgabe geben können."

Callum nickte bestätigend. Rhodon schaute ihn voller Sorge an. Doch auch er sagte: „Zurück in die Höhle des Löwen, Jungchen."

ॐॐॐ

Jason spürte sofort die Veränderung der Präsenz, als er sich völlig erschöpft auf dem Wurzelteller zur Nacht niederließ. Er hatte zwei Stunden geschlafen und fühlte sich müder als vorher. Vor dem Gang zum Baum hatte er einige Zeit bei Merlan verbracht, der auf einem riesigen Holzstapel am Rande der Schlucht aufgebahrt lag. Um Mitternacht würden sie seinen Leichnam verbrennen. Jason hatte dem Toten irgendetwas Würdevolles sagen wollen. Ihm war aber nichts eingefallen. Am Schluss hatte er ihm einfach versprochen, sein Möglichstes zu tun, die Prophezeiung zu erfüllen. Er war kein talentierter Redner.

Diesmal führte Jason merklich gefasster die Meditationsübungen aus. Zwar kamen in der ersten Zeit der Stille wieder die schrecklichen Bilder aus seiner Vergangenheit mit Ben und der hassverzehrten Grimasse des dunklen Kaisers in ihm hoch. Er überwand diese Schreckensbilder aber erheblich schneller und erreichte den Zustand tiefer Versenkung leichter als am Vortag.

Anders als gestern legte er gleich seine Hände auf die Wurzel des Baumes und ließ seinen Geist in den Baum hineinfließen. Er spürte, dass die Lebenspräsenz des Baumes heute klarer und kräftiger wirkte. Jason stellte alle Sinne auf Empfang.

Doch nichts rührte sich. Gefühlt stundenlang saß er stocksteif und erhielt keine Botschaft vom Baum. Hätte er die Augen nicht ohnehin zugeklappt, spätestens jetzt wäre kein Lid mehr offen. Immer öfter wusste er nicht, ob er noch meditierte oder schon schlief. Doch dann blitzte das Bild des sterbenden Merlans in ihm auf. Sofort war seine Konzentration wieder beim Mantra.

Ihm kam erneut eine Idee. Er erinnerte sich seiner Gefühle, als er sich jede Einzelheit von Shalyna eingeprägt hatte, während sie so dicht beieinanderstanden. Diese Freude ließ er in sich anwachsen und sendete sie dann über seine Hände durch die Wurzel in den Baum. Er lauschte auf eine Antwort.

Zuerst nahm er nur das Pochen von Energieströmen wahr. Dann wurde es deutlicher. Der Baumgeist erwachte. Und wieder sprach er mit seiner abgehackten, wie knackendes Holz klingenden Stimme: „Schön ... Jason ... dank allen ..."

Jason wusste nicht, wie er den Baum anreden sollte, und begann einfach mit seiner Bitte: „Baum des Lebens. Unser Führer Merlan, Sohn des Stammeshäuptlings Gidram, ist heute im Kampf zu Tode gekommen. Wir bitten dich: Führe seine Seele zum Frieden."

Der Baum schwieg eine Weile. Jason schien der Kontakt verloren gegangen zu sein. Er bemühte sich um tiefere Entspannung und völlige innere Ruhe. Nach geraumer Zeit, Jason konnte nicht sagen, wie lange es dauerte, war der Baum zurück.

„Merlan stark ... findet Weg ..."

Ein Rumpeln ging durch die Präsenz des Baumes. Jason fühlte sich an ein Husten erinnert. Dann hörte er wieder die vereinzelten Worte: „Zur Prophezeiung ..."

Jason spürte sofort das Gewicht der Rätseltafel in seinem Schoß.

„... Geist der Ruhe ... Mut ... Prüfung erreicht."

Der Baum schwieg wieder für einige Zeit und Jason bemühte sich, die Aufwallungen der Freude nicht weiter zu beachten und in der Stille zu verharren. Er merkte: Je ruhiger sein Geist war, umso deutlicher nahm der die Stimme des Lebensbaumes wahr. Ein Abgleiten in die Gefühle, ob gute oder schlechte, führte zu einer Störung dieser Verbindung.

„Verwirrter Mensch ... Mandratan ... raubt Leben ... Lichtgefäß keine Waffe ... rettet Tandoran."

Der Lebensbaum schwieg wiederum eine Weile.

„Kommende Aufgaben schwer ... Dunkelheit ... nicht zu erkennen."

Erneut machte der Baum eine Pause. Jason hielt die Stille seines Geistes aufrecht und ließ sein Bewusstsein völlig offen.

Dann fuhr der Baum fort. „Dritte Tafel Stadt in der Wüste ... sucht Buch der ... Verzweiflung ... eilt."

Der Baum des Lebens legte wieder eine Schweigerunde ein. Jason musste sich zwingen, nicht sofort über die Worte des Baumes nachzudenken, sonst wäre er aus seiner Meditation herausgerissen worden. Doch als nach einer gefühlten Ewigkeit keine Antwort kam, wagte er zu fragen: „Werde ich blind sein, wenn ich hier hinaustrete?"

Ein mehrfaches Zucken ging durch die Präsenz des Baumes. Jason spürte durch die Wurzel so etwas wie Amüsement.

„Nein ... nur Waldmenschen erhalten drittes Auge ... du musst sehen ..."

Kurz überließ sich Jason der Welle der Erleichterung, die ihn durchschwappte. Er hatte nun keine Angst mehr, gefühlslos zu werden oder als Wahnsinniger aufzustehen. Doch sobald er Emotionen zeigte, riss der Kontakt zum Baum ab.

Er fasste sich schnell. Jason hatte noch viele Fragen an den Baum: Er wollte wissen, ob der Baum etwas zum Krieg sagen könnte, ob er Chancen für seine Liebe zu Shalyna sah? Ob er irgendwie auf Tandoran leben könne? Wie er sich entscheiden soll?

Aber der Vater des Waldes sagte nur rumpelnd: „Geh nun."

Enttäuscht, aber erleichtert sein Augenlicht nicht zu verlieren, wollte Jason schon anfangen, sich zu strecken. Doch plötzlich spürte er einen Schock durch den Baum gehen, gefolgt von einer Welle der Traurigkeit und zwei Worten: „Dein Vater ..."

Jason setzte der Atem aus. Mit angehaltener Luft lauschte er angestrengt den wie aus weiter Ferne kommenden, abgehackten Worten.

„... bei wirrem Menschen ... Mandratan ... er lebt ... lebt."

„Halt." Jason verstummte abrupt. Aus Versehen hatte er laut gesprochen. Mit aller Macht konzentrierte er sich auf die Ruhe in sich und versuchte den Kontakt zum Baum wiederzubeleben. *Lebte sein Vater wirklich? Wie geht es ihm? Wie komme ich zu ihm? Wie kann ich ihn befreien?* Mit wachsender Verzweiflung formulierte er immer wieder dieselben Fragen in seinem Geist.

Etwas fiel in seinen Schoß. Zutiefst verwirrt öffnete er die Augen. Um ihn herum herrschte tiefe Nacht. Er konnte in der dunklen Höhle nichts erkennen. Vorsichtig griff er nach unten und ertastete ein Stück Holz auf seiner Hose. Es war ganz glatt und kreisrund. Vorne und hinten schienen Öffnungen zu sein.

Jason steckte das Holz in die Tasche und schaute nach oben. Sollte er weiter versuchen, Kontakt zum Baum aufzunehmen? Nein, der Lebensbaum hatte klar gesagt, dass er nun gehen solle.

Und Jason wollte nicht unnötig mit seinem Augenlicht spielen. Den Rest musste er selbst herausbekommen.

Wie in Trance begab er sich zum Lager der Andari. Leise ließ er sich in der Nähe von Shalyna nieder und starrte in die Sterne. Sein Vater lebte. Er musste ihn befreien. Aber wie sollte er das anstellen? Völlig erschöpft fiel er in einen traumdurchzogenen Schlaf.

꙳꙳꙳

Der anbrechende Tag entzog ihm seinen Traum. Gemeinsam war er mit seinem Vater durch einen Wald geritten. Sie hatten gelacht und gelacht und gelacht.

Nach dem Erwachen fühlte sich Jason voller Freude und Energie. Sein Vater lebte. Sie mussten ihn befreien. Er wollte sofort mit Callum einen Schlachtplan ausarbeiten.

Aufgeregt sprang er auf und begab sich zu den Männern hinüber, die bereits wach waren. Unter ihnen stand auch Maruk. Er konnte ihm die freudige Mitteilung machen, dass der Baum sich seines Bruders angenommen hatte. Maruks Augen leuchteten daraufhin feucht. Schweigend blickte er zum Vater des Waldes empor.

Jason wurde ungeduldig. Er war in Gedanken bei seinem Vater. Wenn doch Callum nur aufwachen würde. Er musste ihn fragen, wie man zum dunklen Kaiser gelangt.

In diesem Moment hörte er hinter sich Schritte. Callum und Shalyna eilten auf ihn zu. Rhodon und Nickala gleich dahinter.

Jason sah ein Strahlen in den Augen von Shalyna, die sofort fragte: „Weißt du immer noch, wie ich heiße?"

„Sonnenblume? Mondschein?" Jason konnte gar nicht verhindern, dass sein Gesicht sich in ein Bild der Freude verwandelte.

Callum unterbrach ihr Geplänkel: „Wie war die Nacht beim Baum. Hast du etwas erfahren?"

Jason wurde ernst. „Der dunkle Kaiser entzieht dieser Welt ihre Lebensenergie. Tandoran stirbt, wohl auch ohne Mandratan, jedenfalls habe ich das so verstanden. Leider redet der Baum nur abgehackt, manche Worte sind einfach mehrdeutig." Er zuckte mit den Schultern und fuhr fort: „Was auch immer er damit meint. Aber das Gefäß des Lichts könnte eine Lösung sein, es ist jedoch keine Waffe! Könnte, hätte, wollte. Alles sehr vage. Mehr konnte oder wollte der Baum dazu nicht mitteilen."

Callum schaute ihn nachdenklich an. Seine Stirn zog sich in Falten.

Jason erzählte weiter: „Doch es gibt noch mehr Erfreuliches zu berichten. Der Baum verkündete, dass ich die zweite Prüfung bestanden habe. Als Lohn gab er mir die Erklärung für die dritte Karte. Wir müssen nach Wirundu, das ist doch diese Stadt in der Wüste, oder? Meister Allando hatte sie erwähnt. Dort sollen wir ein Buch der Verzweiflung suchen. Ich vermute, darin finden sich Hinweise zur nächsten Aufgabe."

„Dann lass uns so schnell wie möglich aufbrechen. Mit ausdauernden Pferden können wir in ein paar Tagen da sein!", rief Callum mit frischem Mut. Er stutzte, als er Jasons verhaltene Miene sah. „Oder nicht?"

Jason schüttelte den Kopf. „Der Baum hat mir noch etwas verraten." Alle um ihn herum schauten gespannt. „Mein Vater. Er lebt und er ist bei Mandratan. Vermutlich hält er ihn gefangen. Callum - du warst doch auf seiner Burg Saranam. Ich muss ihn irgendwie befreien."

Schweigen. Callum fand als Erster seine Sprache wieder. „Ethan ist in Saranam inhaftiert? Das ist ja grauenhaft. Das heißt ...", er fasste sich erschrocken mit der Hand an den Mund, „vielleicht ist er seit über 10 Jahren in der Gefangenschaft von Mandratan. Ich kann mir kaum etwas Schlimmeres vorstellen."

Jason nickte entschlossen. „Ich muss ihn da rausholen."

Callum stand auf und ging ein paar Schritte zur Seite. Shalyna und Jason beobachteten ihn abwartend. Schließlich kam er zu ihnen zurück.

„Jason. Ich kann gut verstehen, dass du sofort deinen Vater befreien willst. Doch es ist unmöglich, in Saranam ohne eine Armee einzudringen. Ich war dort. Es ist ein Ort des Grauens und der am besten bewachte Ort der Nordlande. Wenn wir jetzt versuchen würden, deinen Vater zu retten, könnten wir uns auf der Stelle von der nächsten Klippe stürzen. Es liefe aufs Gleiche hinaus." Callum blickte Jason traurig an. „Wenn wir den Krieg gewinnen, werden wir alle Gefangenen aus Saranam erlösen. Wer weiß, wer dort noch alles in den Kerkern dahinvegetiert."

Callum schaute prüfend auf Jason, ob seine Worte angekommen waren. Doch Jasons Gesichtsausdruck glich einer Steinbüste.

„Das Beste", fuhr Callum rasch fort, „was wir für deinen Vater tun können, ist, die Prophezeiung zu erfüllen. Siegen wir, befreien wir damit auch deinen Vater." Fast verzweifelt blickte er zu Jason. Sein Blick suchte nach Anzeichen von Verständnis.

Jason starrte ihn noch einen Moment regungslos an und wendete sich dann Shalyna zu. „Ist das auch deine Meinung?"

Shalyna war unsicher. „Ich weiß es nicht, Jason. Callums Worte haben etwas für sich. Aber wenn ich wüsste, dass mein Vater in einem Keller gefangen gehalten oder gar gefoltert wird, könnte ich mich auf nichts anderes konzentrieren." Sie schaute ihm direkt in die Augen. „Du musst eine Entscheidung treffen. Wie auch immer sie ausfällt, ich werde dir helfen."

„Auf mich kannst du genauso zählen, Jungchen. Meinen Vater würde ich auch nicht bei den Folterknechten des Schlächters im Stich lassen." Grimmig nickte Rhodon ihm zu.

Jason empfand warme Dankbarkeit bei diesen Worten. Er spürte in sich hinein, wie er sich entscheiden solle. Doch dort fand er nur den übermächtigen Wunsch, seinen Vater wiederzusehen.

Kopfschüttelnd wandte er sich an Callum: „Ich habe keine andere Wahl, Callum. Ich muss zuerst meinen Vater befreien. Ich werde mich auf nichts anderes einlassen können, jetzt wo ich weiß, dass er dort in den Kerkern leidet." Unsicher schaute er zu Callum hinüber, der ihn mit zusammengekniffenen Lippen musterte. Da fiel ihm etwas ein. „Eventuell ist das auch die richtige Entscheidung für den Krieg. Mein Vater wird bestimmt wertvolle Informationen für uns haben. Wenn er so viele Jahre auf dieser Burg verbracht hat, wird er einiges wissen."

Callum begann, verhalten zu nicken. Zögerlich sprach er: „Nun gut. Ich kann es noch nicht sehen, aber vielleicht hast du recht. Es stimmt schon, was Shaly sagt: Du bist der Limart aus der Prophezeiung, du musst entscheiden." Er zuckte mit den Schultern. „Dann auf nach Dwando. Das ist die nördlichste Stadt der Südlande. Wenn überhaupt, dann weiß man dort die Lage auf Saranam einzuschätzen. Ich werde mich gleich mit Meister Allando in Verbindung setzen, um das weitere Vorgehen mit ihm abzustimmen."

„Da ist noch etwas", sagte Jason und holte aus seiner Hosentasche die Holzröhre hervor. Er hatte sie vorhin bei Tageslicht näher gemustert. Die glatte Oberfläche enthielt zarte Verzierungen. „Die fiel mir in den Schoß, nachdem der Baum sich zurückgezogen hatte."

Nickala nahm sich das Holz und hielt es sich vor das linke Auge. „Man kann durchgucken."

„Gib mal her", forderte Rhodon, führte die hölzerne Röhre an den Mund und blies kräftig hindurch.

Es ertönte eine kurze Melodie. Die Holzflöte spielte von selbst eine Folge von Klängen. Sanft verhallte der letzte Ton in den Geräuschen des Waldes.

„Eine Flöte mit eingebauter Melodie", sagte Rhodon und musterte die Verzierungen, „vielleicht bietet sie Schutz oder man kann damit ein Tier rufen." Er gab die Flöte Jason zurück.

Callum wurde ungeduldig. „Bewahre sie sorgfältig auf, Jason. Ich vermute, wir werden sie irgendwann gebrauchen können. Genau wie Eruslan. Aber wir sollten jetzt so rasch wie möglich losreiten." Er wendete sich an die Andari: „Maruk, kann uns dein Stamm fünf Pferde zur Verfügung stellen?"

Maruk nickte. „Das ist kein Problem. Jeder Stamm verfügt über eine kleine Herde an Salmazenerpferden. Sie sind ausdauernd und stark. Ich denke, ich kann im Namen meines Vaters sprechen und euch für eure Hilfe bei der Rettung des Baumes die Pferde zusagen."

„Das ist gut. Lasst uns gleich aufbrechen."

Callum zog sich zurück, um ein kurzes Gespräch mit Meister Allando zu führen. Jason fragte sich kurz, warum die Kontaktsteine nur über Tag funktionieren. Er würde Callum danach fragen. Dann holte er sein Schwert und bereitete sich mit den anderen auf den Aufbruch vor.

※※※

Der Rückweg zum Dorf verlief deutlich schweigsamer als der Hinweg. Der Tod von Merlan lastete auf ihrer Stimmung. Wie würde dessen Vater reagieren? Jeder hing seinen Gedanken nach.

Jason unterhielt sich leise mit Callum über Burg Saranam. Callum erläuterte ihm, dass die Festung über doppelte Schutzmauern verfügt und über der Hauptstadt von Mauredon wie ein drohender Schatten in Richtung Südlande starrte. Aber genauere Angaben zur Besatzung der Burg würden sie in Dwando erhalten. Erst dann könnten sie auch entscheiden, ob eine Rettungsaktion Aussicht auf Erfolg haben würde.

Schon lange bevor sie den Rauch sahen, konnten sie ihn riechen. Es war nicht der Rauch eines frischen Feuers, das zum Abendessen lud. Es war ein kalter Rauch. Einer, dessen Feuer mit Wasser gelöscht wurde.

Die Andari tauschten besorgte Blicke aus und beschleunigten ihre Schritte. Nach kurzer Zeit rasten sie über den gewundenen Pfad, übersprangen Wurzelschlaufen und herumliegende Felsblöcke mit weiten Sprüngen.

Über dem Dorf lag weißlicher Dunst. Einige Hütten qualmten noch. Die Bewohner standen in Grüppchen umher und unterhielten sich leise. Maruk wollte sofort zu seinem Vater und ihm vom Tod des Bruders erzählen. Doch zwei kräftige Krieger hielten ihn zurück und führten ihn zu einer älteren Frau.

Jason beobachtete, wie Maruk unter ihren Worten auf die Knie niedersackte. Seine Schultern zuckten auf und nieder. Was war hier passiert?

Die übrigen Andari waren zu ihren Verwandten und Freunden geeilt und ließen sich berichten. Zwei ihrer Reisebegleiter waren in der Hütte von Kyvor verschwunden. Die fünf Gefährten standen alleine auf dem Dorfplatz und mussten sich selbst einen Reim auf das, was sie sahen, machen.

Nickala erblickte die weinende Sartena und eilte zu ihr hinüber. Mitfühlend legte sie ihren Arm um die schluchzende Frau.

Jasons Blick erfasste die Lage. Rund ein Dutzend Hütten waren völlig niedergebrannt. Auf dem freien Platz vor dem Dorf glimmten die Reste mehrerer Feuerbestattungen. Shalyna hielt sich die zur Faust geballte Hand unter die Nase und begann ebenfalls zu weinen. Sie starrte abwechselnd zu den Feuerresten, zu Jason und wieder zurück.

Rhodon beugte sich über die Asche und ließ sie durch seine Hände rieseln. Der Wind trieb die weißen Flocken durch die Luft. Nachdenklich murmelte er: „Alle Völker werden in den Krieg mit einbezogen. Meines auch. Leider auf der falschen Seite."

Callum wollte gerade etwas sagen, da trat der blinde Schamane neben sie. „Kommt mit in meine Hütte."

Jason, Rhodon, Callum und Shalyna folgten ihm. Sie wurden von den übrigen Dorfbewohnern, die ganz mit ihrem Schmerz beschäftigt schienen, nicht beachtet.

Kaum waren sie in der Hütte fragte Jason: „Kyvor, was ist hier geschehen?"

Der blinde Alte sank in den Schneidersitz und wies auf einen Krug mit Wasser. „Nehmt euch erst einmal zu trinken, nach der langen Reise müsst ihr durstig sein."

Nachdem sich die vier eingeschenkt hatten, begann der Alte leise zu sprechen: „Sie kamen in der Nacht. Es waren nicht viele, aber sie überraschten uns im Schlaf. Unsere Krieger schilderten den Anführer als einen muskelbepackten Hünen mit einem riesigen Schwert. Sie ... sie suchten nach dir, Jason." Der tote Blick des Alten richtete sich auf ihn.

„Aran. Das muss Aran gewesen sein. Er verfolgt uns immer noch." Callum schlug mit der Faust auf den Boden. „Konnte er entkommen?"

„Hört erst einmal alles. Gidram hat sich geweigert, etwas zu verraten und stattdessen sogar den Hünen angegriffen. Aran hat unseren Häuptling getötet und sofort den Rückzug befohlen. Sie waren so schnell weg, wie sie gekommen waren. Es dauerte zu lange, bis sich unsere Verteidigung formiert hatte. Da war es zu spät. Sie haben Hütten angezündet und bei ihrer Flucht mehrere von denen, die sich ihnen in den Weg stellten, erschlagen. Wir konnten drei der Soldaten erschießen. In den Feuern kamen zwei Kinder um, Salim und Praban, die Kinder von Sartena." Bei den letzten Worten brach dem Alten die Stimme.

Die vier Gefährten warteten schweigend, bis der Alte sich wieder gefasst hatte. Jason beobachtete, wie sich der Gesichtsausdruck von Kyvor von tiefer Trauer zu eiserner Entschlossenheit wandelte. Mit festem Ton forderte er: „Berichtet. Wie ist es euch beim Vater des Waldes ergangen. Du stehst vor mir Jason und scheinst weder blind noch verrückt. Wie kann das sein?"

Shalyna und Callum starrten Jason mit offenen Mündern an. Er hatte ihnen ja nichts von der Gefahr der Blindheit erzählt. Ohne auf seine Freunde zu achten schilderte Jason in knappen Worten von den Nächten am Baum, dessen Botschaften, seinem gefangenen Vater und dem Kampf mit der Schlange.

„Merlan. Wie schrecklich." Der Alte seufzte schwer. „Doch es ist natürlich ein großer Sieg, dass euch die Rettung des Lebensbaumes geglückt ist. Wir sollten wohl in den nächsten Tagen den Zugang zu den Wurzeln komplett versperren, sodass auf diesem Wege kein Angriff mehr auf den Baum erfolgen kann." Kyvor fasste hinter sich und holte etwas nach vorne. Es handelte sich um eine unterarmlange Axt, deren Griff mäandernd verziert war. Der breite Kopf bestand aus blank poliertem Eisen und eingestanzten Jagdszenen.

„Unser Kriegshammer. Seit Jahrhunderten haben wir ihn nicht mehr hervorholen müssen. Doch der Krieg ist auch bei uns angekommen. Ich werde mich zu den übrigen Stämmen begeben und ihnen die Lage schildern."

Kyvor blickte mit seinen trüben Augen auf Shalyna. „Richtertochter, du kannst deiner Mutter mitteilen, dass die Andari an ihrer Seite kämpfen. Wir können uns nicht länger verstecken und so tun, als ginge uns der dunkle Kaiser nichts an. Der Krieg wurde uns aufgezwungen. Doch wir werden ihn austragen."

Shalyna antwortete: „Ich danke Euch im Namen meiner Mutter für die Unterstützung, edler Kyvor. Callum kann es über die Schule in Sapienta ausrichten lassen. Sie werden jemanden schicken, um die beste Vorgehensweise abzustimmen. Ich denke, es eilt. Der Ausbruch der Schlachten ist nahe."

„Ich danke Euch ebenfalls, edler Kyvor." Callum verbeugte sich knapp. „Doch jetzt können wir uns bei der Heilung der Verwundeten nützlich machen. Morgen früh müssen wir weiter."

Kyvor antwortete: „Habt ebenfalls Dank. Für alles. Jason, darf ich dich bitten, noch einen Moment zu bleiben?"

„Na ... natürlich."

Shalyna, Rhodon und Callum erhoben sich und verließen das Zelt.

Als sie alleine waren, bat Kyvor Jason, ihm ausführlicher von seinen Erlebnissen während der Prüfung zu berichten. Jason erzählte ihm detailliert von seinen Schreckensbildern, dem Gefühl der Lebensintensität des Baumes und dessen Worten zur dritten Aufgabe, der Suche nach dem Buch der Verzweiflung.

„Du konntest ihn hören? Er hat mit einer echten Stimme zu dir gesprochen?"

„Ja. Es war, als erklang sie direkt aus mir heraus. Als entspringe sie meinem Kopf. Ihr Klang erinnerte schon etwas an einen Baum."

„Das habe ich noch von niemandem gehört. Zu uns Schamanen spricht der Baum nur in Bildern und Tönen."

Jason zuckte mit den Schultern. „Ich weiß nicht, warum ich ihn verstehen konnte. Möglicherweise lag es an seiner Krankheit oder an der Prophezeiung."

„Oder an dir. Oder an dir, Jason." Schweigend ruhten die blinden Augen auf ihm. Dann wischte Kyvor mit der Hand durch die Luft. „Egal, vielleicht werden wir es in friedlichen Zeiten gemeinsam herausfinden. Ich habe dich noch wegen eines weiteren Grundes gebeten, länger zu bleiben, Jason. Ich möchte dir ein Geheimnis verraten."

Gespannt schaute Jason zu dem Schamanen. Was kam denn jetzt?

„Im Grunde genommen ist es eine Technik. Sie darf bei uns nur von Schamane zu Schamane weitergereicht werden. Doch du hast deine Eignung durch das Bestehen der Prüfung des Baumes erwiesen. Denn auch hierfür benötigst du die Fähigkeit, deine Gedanken völlig unter Kontrolle zu halten. Und sie wird dir wertvolle Hilfe gegen die Schergen des dunklen Kaisers bieten. Es geht ums ... Unsichtbarwerden."

Jason fiel die Kinnlade herab. „Ihr meint ... komplett verschwinden?"

Kyvor lachte: „Nein, du bist nicht weg. Du kannst dich aber vor dem Erkennen durch andere schützen. Folgendermaßen musst du vorgehen." Dann beugte sich Kyvor ihm zu und flüsterte ihm die Anweisungen ins Ohr.

Als der Schamane geendet hatte, war Jason verblüfft. „So einfach geht das?"

Kyvor hob mahnend den Zeigefinger: „Das ist nicht leicht, Jason. Du wirst es merken. Probiere es aus, du wirst sehen, dass es beileibe nicht einfach ist."

In diesem Moment knackte es leise hinter der Hütte. Kyvor hob die Hand und lauschte gespannt. Er schloss dabei die Augen. Wieder ein Knacken, diesmal weiter entfernt.

„Wir wurden belauscht, Jason. Ich spüre die Aura der Angreifer von heute Nacht. Hol Maruk. Vielleicht erwischen wir ihn noch."

Aran ärgerte sich über das unnütze Wüten im Dorf. Er war kein Unmensch und wollte nur Jason Lazar. Aber dann greift ihn dieser Häuptling sinnlos an. Und drei seiner Männer hatte es auch erwischt. Er fragte sich selbst, warum er in letzter Zeit so oft versagte. Wurde er mit seinen 25 Jahren schon alt?

Doch was sein Kundschafter ihm nun berichtete, lenkte ihn ab.

„Er will also seinen Vater befreien und sucht nach dem Buch der Verzweiflung ... das muss der Kaiser erfahren. Wir müssen sofort zum Flugschiff aufbrechen. Das hast du gut gemacht, Marken." Der Spion lächelte voller Stolz. Aran war bekannt für seinen sparsamen Umgang mit Lob.

Doch er konnte sich nicht lange freuen. Unter wildem Gebrüll fielen die Andari in ihr Lager ein. In vorderster Front warf sich ein Krieger, der ihn an den getöteten Häuptling erinnerte, in den Kampf gegen seine Soldaten. Dieser kämpfte mit hassverzehrtem Gesicht und drosch mit seinem Schwert wie ein Rasender auf die sich verzweifelt verteidigenden Nordlandkrieger ein.

Aran erfasste die Lage sofort. Schon jetzt waren sie in der Unterzahl und es folgten noch mehr Andari aus dem Dschungel.

„Kämpft. Kämpft beim Mansil!", rief er seinen Soldaten zu und wehrte dabei selbst die Angriffe eines Andari ab. Der Dschungelkämpfer hatte sich zu weit vorgewagt und stand alleine gegen den Hünen. Er hatte keine Chance. Aran stieß ihm nach wenigen Parierschlägen sein Schwert bis zum Heft in den Bauch und schubste den Andari achtlos von sich weg. Dann drehte er sich um und flüchtete.

Er rannte so schnell, wie er noch nie in seinem Leben gerannt war. Dabei versuchte er, so genau wie möglich eine Richtung einzuhalten. Immer nach Westen. Weg von dem Stamm der Andari. Raus aus diesem Dschungel.

Erst als es um ihn herum absolut dunkel war, viele Stunden später, blieb er am Rande eines Sees stehen. Erschöpft stillte er seinen Durst und lehnte sich an einen vielstämmigen Baum. Eigentlich müsste er froh sein, bis hierhin überlebt zu haben. Aber wie sollte es weitergehen? Wo war er? Wie kam er zurück in die Nordlande? Sein Kontaktstein war in dem Kampf verloren gegangen. Bevor er über seine Lage nachdenken konnte, schlief er ermattet ein.

Völlig allein in den Tiefen des Dschungels von Aritanien.

3. Tod auf Saranam

Nâbhi-chakre kâya-yûha-jnânam
Durch das Ausführen von Samyama auf das Nabelzentrum erhält der Übende Wissen vom eigenen Körper.
Patanjali, Yoga-Sutren, Teil 3, Sutre 30

3.1 Dwando

Früh am nächsten Morgen war alles zum Aufbruch bereit. Jason hatte mit einem Anflug von Angst festgestellt, dass ihm nur noch für wenige Tage Goldwasser zur Verfügung stand. Aber Callum hatte Allando bereits gebeten, die letzte verbliebene Flasche nach Dwando zu senden. Bis dahin musste er durchhalten.

Von den Gefangenen hatten sie erfahren, dass Aran sie schon seit Sapienta verfolgte. Der Garone, die Pfeile, die Schlange am Baum - alles Machwerk des dunklen Kaisers und seines treuesten Gefolgsmannes. Und nun war Aran auch noch die Flucht geglückt. Mit dem Wissen, dass sie planten, Jasons Vater zu befreien.

Ein kleiner Lichtblick war, dass sie den Kontaktstein von Aran entdeckt hatten. Er konnte also keine Nachricht an Mandratan absenden. Außerdem bestand die Hoffnung, dass Aran die Gefahren des Dschungels nicht alleine überstehen würde. Das Flugschiff hatten sie ebenfalls in Beschlag genommen. Der gefesselte

Serzel konnte ihnen noch erläutern, dass Aran über ein Amulett verfügte, dass sie vor den Angriffen der Flugechsen geschützt habe. Aber dieser Anhänger wurde nicht im Lager der Soldaten gefunden. Dann war Serzel in Ohnmacht gefallen - er hatte sich im Kampf eine tiefe Schnittwunde am Hals zugezogen. Er hatte erst geredet, als sie ihm versprochen hatten, sich um seine Wunden zu kümmern. Ob er am Leben bleiben würde, war noch nicht abzusehen.

Callum hatte mit Maruk besprochen, dass ein Bote der obersten Richterin die gefangenen Soldaten weiterbefragen solle. Sein Eintreffen wurde in einer Woche erwartet.

Kyvor kam zum Abschied an die Seite von Jasons Pferd: „Ich wünsche dir viel Glück, Jason. Wenn du deinen Vater befreit hast, sende ihn zu mir. Wir können ihm mithilfe der Geister die Erinnerung an seine Qualen erleichtern. Er ist uns herzlich willkommen. Du natürlich auch. Denke daran, durch die Prüfung am Baum des Lebens wurdest du einer von uns."

Tränen traten Jason in die Augen bei diesen Worten. Immer wieder musste er an das Schicksal seines Vaters denken. Über zehn Jahre in Gefangenschaft. Seine Befreiung würde gelingen, irgendwie!

Mit zusammengekniffenen Lippen nickte er noch einmal zu Kyvor und Maruk. Dann gab er dem sie begleitenden Andari das Zeichen zum Aufbruch. Er würde sie zum Rand des Dschungels bis zur Straße in den Norden geleiten.

ॐॐॐ

Sechs Tage waren sie unterwegs. Sechs Tage, an denen sie fast ununterbrochen geritten waren. Zweimal hatten sie die Pferde gewechselt. Die Nächte waren auf wenige Stunden Schlaf begrenzt. Jason schätzte, dass sie über 3.000 Kilometer zurückgelegt hatten. Zwar waren sie hauptsächlich auf breit ausgebauten Straßen gereist, aber solch eine Entfernung in dieser kurzen Zeit - das wäre mit Pferden auf der Erde niemals möglich gewesen.

Ihr Weg hatte sie durch Wüsten und Wälder, große Städte und beschauliche Dörfer geführt, vorbei an gepflegten Feldern und kleineren Bergen. Noch war die Stimmung in der Bevölkerung gut. Jason entsann sich an einen Roman über kalifornische Wanderarbeiter in den 30er-Jahren des 20. Jahrhunderts. Er konnte damals nicht glauben, was er dort las. Die Babys der Wanderarbeiter verhungerten, auch wenn nebenan der Tisch bei den Einheimischen reichlich gedeckt war. Aber Herr Gorault, sein Geschichtslehrer, hatte ihm alles bestätigt. Jason erinnerte sich seiner Worte: „Die Decke der Zivilisation umhüllt die eigensüchtigen Triebe, doch sie kann leicht fortgeweht werden. Und dann ist es empfehlenswert, Und dann ist es empfehlenswert, man gehört zu den Starken oder ist weit weg."

Sie hatten auf der Reise fast nicht gesprochen, das hohe Tempo ihres Rittes hatte das verhindert. Viel zu erschöpft waren alle am Abend sofort in tiefen Schlaf gesunken. Jason fühlte sich schmutzig und konnte vor Muskelkater kaum gehen. Er wusste, dass es den anderen, trotz ihrer für Tandoran angepassten Körper, nicht nennenswert besser ging.

Die Gefährten erreichten die gigantische Bergkette der Malandren, an deren Fuß die Stadt Dwando wie eine Ameise wirkte. Jason erkannte bereits von Weitem, dass sich die Stadt für einen Krieg rüstete. Überall an den imposanten Mauern waren Gerüste aufgestellt, auf denen emsig die Mauerabschnitte ausgebessert oder verstärkt wurden. Vor den Toren übten mehrere Bataillone Aufstellungen und Formationen. Auf der anderen Seite waren Hunderte von Zelten zu einem weiten Rondell aufgereiht - die Unterstützungstruppen des Richterreiches für Dwando.

Im Näherkommen erblickte Jason Kampflimarten beim Training. Sie bewarfen sich gegenseitig mit Steinbällen, die dann mit Luftschilden abgewehrt oder umgelenkt wurden. Vereinzelt maßen sich Soldaten im Schwertkampf. Etwas weiter entfernt war ein Schießstand aufgebaut, bei dem immer zeitgleich mehrere Dutzend Bogenschützen ihre Pfeile fliegen lassen konnten. Teilweise stellten sich Limarten in die Flugbahnen der Pfeile, um zu trainieren, schützende Luftschilde um sich herum aufzubauen. Andere Limarbefähigte schleuderten Eiswasser auf Soldatenattrappen.

Schon fern vor der Stadt wurden sie das erste Mal gestoppt und kontrolliert. Doch Allando hatte ihre Ankunft angekündigt, sodass sie ohne Probleme passieren durften.

Dwando machte einen ganz anderen Eindruck als Sapienta. Die Farben der Gebäude waren dunkler, weniger bunt. Die Fenster waren kleiner gehalten, die Formen trutziger.

„Sapienta wirkt ausnehmend ... leichter", sagte Jason zu Shalyna.

„Die Schulstadt liegt im Süden des Kontinents", antwortete sie. „Hier im Norden ist es kühler, die Winter sind wesentlich kälter. Von den Bergen entladen sich heftige Schneestürme, welche die Bewohner für Tage in ihre Häuser einsperren. Am Fuße dieser Berge ist das Leben streng. Aber die Einwohner lieben diese Härte, weil sie eine ganz spezielle Form der Befriedigung verschafft. Einmal Dwando, immer Dwando, heißt es bei ihnen."

Merkwürdig, dachte Jason, *seit Aritanien lächelt sie ständig, wenn sie mit mir spricht*. Er verfiel nach jedem Zeichen der Zuneigung zurück in seine Träume, Shalyna und er, ein Paar, irgendwie zusammen. Darum dauerten ihre Gespräche nur kurz. Sie endeten mit Jasons Schmerz über die Realität. *Sie Richtertochter, du Erdenmensch, der bald weg muss. Vergiss es.* Er hatte auf der Reise mehrfach gedacht, dass sie mit ihm sprechen wollte, sich dann bei seiner traurigen Miene zurückhielt. Vielleicht meinte sie, sein gefangener Vater wäre der Grund. Wenn sie wüsste ... Bei seinem Vater hatte er Hoffnung.

Als sie in die Stadt hineinritten, der Torwärter war von ihrer Ankunft bereits informiert, sah Jason, dass auch in der Stadt viel gewerkelt wurde. Die Einwohner versahen Fenster mit Läden aus Holz und Metall und platzierten große Tonnen voller Wasser an den Hausecken, um im Brandfall schnell löschen zu können. Alle Mienen drückten Entschlossenheit aus.

Ein Soldat stellte sich ihnen in den Weg und verbeugte sich tief. „Callum Debreux, Shalyna al Tandora, Jason Lazar, Nickala nel Daran und Herr Rhodon. Ich soll sie zu General Gasin bringen. Er ist der oberste Befehlshaber der Truppen von Dwando."

Sie folgten dem Krieger durch die engen Gassen bis zum anderen Ende der Stadt. Dort befand sich ein burgähnliches Gebäude, das mit der Stadtmauer verschmolz. Die Wände waren meterdick und bestanden, wie Jason mittlerweile erkannte, fast vollständig aus Sinith. Die obersten Stockwerke ragten weit über die Mauer hinaus und ermöglichten die unbeschränkte Sicht gen Norden.

Sie wurden über mehrere Treppen hinauf in einen lang gestreckten Saal geführt. Jasons Blick fiel zuerst auf die breite Fensterfront, die sich zu den Bergen hin öffnete. Vor ihm lag eine weite, offene Fläche. Der Feind aus den Nordlanden musste diese freie Ebene überqueren, bevor er auf die Stadt traf. In dieser Richtung fanden sich kein Getreide, kein Baum und kein hoher Strauch. Der Bewuchs schien absichtlich kurz gehalten zu werden.

„Richtertochter al Tandora." Ein vollbärtiger Mann in einer mit Orden geschmückten Uniform näherte sich ihnen und hielt während einer leichten Verbeugung die linke Hand auf der Brust. Dabei fiel sein cowboyähnlicher Hut fast von seinem Kopf. Im letzten Moment fixierte er ihn. „Euer Bruder hat uns Truppen gesendet. Er wird in den nächsten Tagen hier eintreffen und die Verteidigung der Stadt leiten."

Jason starrte kurz auf den rechten Armstumpf des Mannes, der in einer runden Metallkugel endete. Jason fragte sich, warum sich jemand solch eine Kugel an den Arm baute. Zum Kämpfen?

„General Gasin." Shalyna erwiderte den Gruß auf tandorianische Weise und stellte die übrigen Gefährten vor.

Gasin begrüßte auch die Begleiter der Tochter der obersten Richterin. „Wir haben bereits den Grund eures Kommens erfahren. Ihr wollt tatsächlich in die Nordlande eindringen und jemanden aus Burg Saranam befreien?"

„Mein Vater wird dort gefangen gehalten", antwortete Jason. „Ethan dan Wadust."

Der General nickte anerkennend. „Ich habe Ethan kennen- und schätzen gelernt. Wir kämpften zeitweise gemeinsam im ersten Krieg gegen die Nordlande. Es erfüllt mein Herz mit Trauer, ihn in der Burg des Schlächters zu wissen."

Dann wurde sein Blick hart. „Aber du musst erfahren, dass eine Passage durch die Berge mit Pferden nicht machbar ist. Der dunkle Kaiser hat seit einem Jahr ein volles Bataillon für die Sicherung der Grenze abgestellt. Sie können mühelos den engen Zugang gegen ein kampferprobtes Heer verteidigen. Eine Befreiung zum jetzigen Zeitpunkt ist unmöglich."

ॐॐॐ

Aran schüttelte sich am ganzen Körper. Als wolle er die Schwäche abschütteln, die ihn seit Tagen immer wieder befiel. Eine gelbgrüne Echse, so lang wie sein Arm, hatte ihn blitzschnell gebissen, als er eine Liane zur Seite drückte und dabei wohl ihren

Schlaf störte. Seitdem wurde er fortwährend von Hitzewellen befallen, die ihn für Stunden geschwächt hielten.

Trotzdem hatte er seinen Weg fortgesetzt. Er hatte ein Boot gefunden, mit dem er zügig weiter in Richtung Norden gekommen war. Als der Fluss sich nach Osten abwendete, war er zunächst zu Fuß weitergeeilt. Dann war er auf einen einsamen Bauernhof gestoßen, wo er sich mit Proviant und einem robusten Ackerpferd versorgt hatte. Die Bauersleute, ein älteres Ehepaar, hatten nicht einmal bemerkt, dass sie beraubt wurden.

Der Gaul war nicht sonderlich schnell, aber ausdauernd. Aran kannte sich nicht gut in den Südlanden aus, darum orientierte er sich am Stand der Sonne. Irgendwann traf er auf die Straße in Richtung Norden und folgte ihr. Zu seinem Glück waren nicht viele Reisende unterwegs. Wenn es möglich war, vermied er ein Zusammentreffen, indem er sich in nahegelegene Wälder zurückzog, sobald er Menschen sah. Oder er nutzte kleinere Parallelwege.

Dennoch kam er zügig voran. Das verdankte er seinem eisernen Willen und dem Ziel, das er verfolgte. Nur als Fürst der Südlande würde Fatina dan Wadust ihn heiraten. Er musste den dunklen Kaiser über die Pläne Jason Lazars informieren, um seine Chancen aufrecht zu erhalten. Ansonsten konnte er seine eigenen Zukunftsträume begraben.

Samtoshâd anuttamah sukha-lâbhah
Aus innerer Zufriedenheit entspringt höchstes Glück.
Patanjali, Yoga-Sutren, Teil 1, Sutre 42

3.2 Das Flugschiff-Wagnis

„Gibt es denn keinen anderen Weg hinüber?", fragte Rhodon frustriert.

„Na ja." General Gasin zeige mit dem Finger auf die Berge. „Ihr könntet natürlich auch versuchen, euch zu Fuß über kleine Pfade in die Nordlande durchzuschlagen."

„Das wäre Wahnsinn", ertönte ein Einwand von hinten.

Jason wendete sich nach rechts und sah in einer Ecke des Raumes eine junge Frau mit langem schwarzem Haar und fast dunkelbrauner Haut sitzen, was ungewöhnlich für diese sonnenarme Gegend war. Ihr Gesicht war groß und kantig geschnitten. Sie erinnerte Jason ein wenig an eine Squaw bei Winnetou, nur dass die Federn im Haar fehlten.

Die „Indianerin" erhob sich und kam durch das Zimmer auf sie zu. „Verzeiht mein Einmischen. Aber der Weg über die Bergpässe ist voller Gefahren und würde mehrere Tage in Anspruch nehmen. Das schafft ihr nur, wenn ihr den Kramedi-Pass nehmt, doch der führt bis in schneebedeckte Höhen. Es wäre ein großer Aufwand nötig, eine solche Expedition zu wagen."

„Und das ist mein Vater nicht wert, oder was wollt ihr damit sagen?" Jason starrte die Schwarzhaarige feindselig an.

Auch General Gasin schaute verwundert zu der jungen Frau und erklärte seufzend: „Darf ich vorstellen: Betlana, Beraterin des Heeresstabes und meine Tochter. Erklär, was du damit meinst, Betlana."

Die Angesprochene ließ sich nicht beirren und sprach ruhig weiter: „Ich sehe im Hinweg nicht das Problem. Doch wie wollt ihr mit dem Gefangenen fliehen? Ihr werdet nicht die Zeit haben, mehrere Tage für den Rückweg zu benötigen. Die Schergen des Kaisers werden euch binnen weniger Stunden wieder einfangen."

Jasons Blick wurde erst milder, dann trübsinnig. „Entschuldigt. Da habe ich euch wohl missverstanden. Also ist es aussichtslos?" Missmutig schaute er auf den Tharidium-Gaphir an seiner Kette.

General Gasin schritt nachdenklich zum Fenster. „Wir könnten natürlich mit dem ganzen Heer angreifen. Aber dabei würden viele Hundert Menschen sterben und wir würden den Krieg beginnen."

„Das würde Mutter niemals zulassen." Shalyna sagte es mehr traurig als bestimmt. Mitfühlend schaute sie zu Jason herüber.

Gasin nickte gedankenversunken. „Ich weiß, wollte es nur erwähnt haben."

„Ich dagegen hätte einen Plan, wie ihr es in wenigen Stunden nach Saranam schaffen könnt. Völlig unbemerkt." Betlana ließ ihre Worte wie Gongschläge in die Stille hineinschallen.

Erst blickte Gasin erfreut zu Betlana. Doch dann wusste er, worauf sie hinauswollte. „Nein Betti." Er schüttelte so energisch den Kopf, dass sein Hut fast hinabfiel. „Das wäre Selbstmord. Das ist keine Alternative."

Jetzt wurde Betlana nachdrücklicher. „Es könnte klappen und du weißt es." Herausfordernd starrte sie Gasin in die Augen.

Nach einem Moment des Schweigens meldete sich Callum: „Ähh, könnte uns bitte jemand aufklären, worin der Plan besteht?" Seine Stimme war etwas undeutlich, da sein Mund voller Glückspastillen war. Er hatte sich in Dwando Nachschub besorgen können.

Gasin schaute noch einen Augenblick Betlana wütend an und sagte dann mit ungläubigem Tonfall: „Flugschiffe. Meine Tochter schlägt vor, in der Nacht über die Berge zu fliegen. Wir haben es in den letzten Wochen immer mal wieder ausgetestet. Nachts entdecken einen die Flugechsen viel seltener, und in den Bergen kam es noch nie zu einem Angriff. Aber trotzdem haben mehrere Piloten ihr Leben verloren."

Gasin zeigte mit dem Zeigefinger auf die Bergkette. „Man muss sich mit den Flugschiffen möglichst die Täler entlang bewegen, um nicht gesehen zu werden. Immer dicht an den Hängen. Doch dort herrschen trügerische Aufwinde, Luftlöcher, weit herausragende Spitzen. Bisher ist jeder Pilot, der sich über das Tridamental hinaus gewagt hat, Opfer einer dieser Gefahren geworden. Wie kommst du bloß darauf, dass es auf einmal klappen sollte, Betlana?"

Alle schauten zu der jungen Frau in hellbrauner Uniform, die aufgeregt ihre Unterlippe mit ihren Zähnen traktierte. „Ihretwegen." Betlana zeigte auf Nickala, die ungerührt weiter auf die

Bergkette blickte. Nachdenklich wickelte sie dabei ihre Haare um die Finger.

„Nickala, traust du dir das zu?", wollte Rhodon wissen.

„Wartet. Da gibt es noch einen Vorteil", beeilte sich Betlana zu sagen. „Wir haben es noch nie im dreifachen Mond probiert, Vater. Heute Nacht scheinen alle Monde mit voller Kraft und der Himmel ist wolkenfrei. Das sind ideale Bedingungen. Und wie gesagt", Betlana grinste, „ich habe Euch in Sapienta bei einem Rennen fliegen sehen, Nickala. Kein anderer Flugführer hatte sein Flugschiff so unter Kontrolle wie Ihr."

Nickala winkte ab und sagte: „Übertreibt nicht. Aber Ihr habt recht, ich habe durch meine Luftkräfte da oben schon Vorteile. Doch hilft uns das nicht, wenn die Flugechsen in Scharen angreifen."

Gasin schwieg. Mit hin- und herwippendem Kopf schaute er Nickala voller Sorge an. „Ich, ... ich würde Euch ungern verlieren. Es ist ein hohes Risiko."

„Ich wäre dabei", murmelte Rhodon in die Stille des Raumes. Nickala blickte ihn unsicher an.

Jason traute sich nicht, etwas zu sagen. Hier musste jeder selbst entscheiden, ob er das Risiko eingehen würde. Wenn er jetzt versuchen würde, Nickala zu überreden, und sie würden abstürzen ...

„Ich bin dagegen", widersprach Callum, „ich habe einmal miterleben müssen, wie ein Flugschiff nach einem Angriff der Flugechsen zu Boden fiel. Zum Glück nur von unten. Aber wir konnten den Insassen nicht mehr helfen."

„Warum mich das wohl nicht wundert, Jüngelchen", geiferte Rhodon mit verächtlichem Ton, „bloß nichts riskieren, man könnt sich ja wehtun."

„Sssscht!", ging Nickala dazwischen, „das ist hauptsächlich meine Entscheidung. Und ich habe mich entschieden." Sie redete nicht weiter und genoss grinsend, dass alle auf sie starrten.

Jason hielt den Atem an. Gleich würde er wissen, ob es eine Chance gab, seinen Vater zu befreien.

„Ich ... würde es gerne probieren."

Jason atmete aus. Er dankte innerlich seiner Freundin von ganzem Herzen.

Nickala fuhr fort: „Eine meiner Trainingsübungen für die Rennen bestand damals darin, in meinem Rennschiff dicht an einer Felswand entlangzugleiten. Ich schaffte es, die Luft unter dem Flugschiff so zu steuern, dass ich das Schiff ganz nah an der Wand halten konnte. Aber dabei war es helllichter Tag - keine Kristallnacht."

Callum starrte Rhodon immer noch wütend an. Dann wendete er sich an die anderen: „Ok, ok, lassen wir das doch erst einmal so stehen. Nehmen wir an, wir könnten uns Burg Saranam nähern. Was wäre damit gewonnen? Besteht eine Chance, Ethan zu befreien?"

„Also", Betlana war nun feurig bei der Sache, „wenn ihr es schafft, Ethan zum Flugschiff zu bringen, und es ist Nacht, könntet ihr direkt den Weg durch den Pass zurück nach Dwando fliegen. Ihr müsst euch dann ja nicht mehr versteckt halten. Und der Pass erlaubt es, sehr schnell zu fliegen. Nacht und schnell - ein guter Schutz vor den Flugechsen."

„Hmmh." Gasin neigte den Kopf und schaute leicht nach oben zur Decke, die, wie Jason jetzt feststellte, von steinernen Ingadiskulpturen umrandet war. „Einen Plan der Burg hätten wir. Und ich könnte einige Überläufer befragen, wo solch ein Gefangener wahrscheinlich untergebracht ist. Dann müsstet ihr noch unbemerkt raus- und reinkommen. Ein Kinderspiel." Verkniffen grinsend blickte Gasin in die Runde.

„Ich habe da noch einen weiteren Trumpf." Jason schaute lächelnd zu Callum hinüber. „Der alte Kyvor hat mir eine Technik gezeigt, mit der ich mich unsichtbar machen kann. Das dürfte das Hineinkommen deutlich erleichtern."

Seine Freunde starrten ihn mit offenen Mündern an. Unsichtbar. Davon hatten sie bisher nichts gehört.

„Und das funktioniert?", fragte Shalyna.

„Nun ja, das werden wir ja sehen. Ich habe es während unseres Rittes nach Dwando bereits einmal getestet und bin sehr nahe an euch vorbeigegangen. Ihr habt nichts bemerkt." Entschlossen blickte Jason ihr direkt in die Augen. „Aber es ist anstrengend, und ob es auch in der Aufregung einer gefährlichen Situation klappt ..." Jason hob seine Schultern. „Ich weiß es nicht."

Wieder schaute Shalyna ihn so traurig an.

„O.k.", sagte Betlana, „ich bereite das Flugschiff vor. Lasst uns so viele Informationen wie möglich einholen und uns am späten Nachmittag noch einmal treffen, um den Plan zu verfeinern. Aber eines dürfte jedem klar sein: Wir werden keine ungefährliche Lösung finden."

※※※

Die Abenddämmerung brach über Dwando ungewohnt früh ein. Ihr Aufbruch war für zwei Stunden vor Mitternacht festgelegt. Sie hatten gemeinsam mit Nickala und einem weiteren Soldaten einen Fluchtplan ersonnen, der ganz auf den Überraschungseffekt und Jasons Unsichtbarkeitszauber setzte. Ihr Plan sah vor, die Burg von Norden her anzufliegen und an der Bergseite der Festung zu landen. Von dort würde niemand einen Angriff vermuten, die Tore auf dieser Seite wurden nur schwach bewacht. Danach hatte Nickala mit Jason zusammen einen Probeflug über das Flugplatzgelände gemacht. Es war eine mulmige Erfahrung für ihn gewesen. Er durfte sogar einmal ans Steuer. Die Lenkung des Schiffs war gar nicht so schwer.

Der zusätzliche Krieger, welcher sich bereitgefunden hatte, sie zu begleiten, war ein ehemaliger Nordländer namens Drivan. Er kannte sich in Burg Saranam bestens aus. Sie würden sich über verwinkelte Gänge in in dem Gemäuer zu den tiefer gelegenen Zellen pirschen müssen. Falls sie auf Wachposten stießen, müssten die Limarten diese schnell und geräuschlos zum Schweigen bringen.

Shalyna würde nicht mitkommen. Wenn sie in Gefangenschaft gerieten, wäre die Tochter der obersten Richterin ein zu großes Pfand für Mandratan. Er konnte mit ihr die oberste Richterin erpressen. Vielleicht würde er sie auch nur töten, um den Kampfesmut der Südlande zu schwächen. Shalyna hatte bald ihren Widerstand gegen diese einstimmige Entscheidung aufgegeben.

Soweit also ihr hoffnungsfroher Plan. Jason hatte sich soeben auf seine Besucherkammer zurückgezogen, um noch ein wenig Schlaf zu tanken. Aber er war zu aufgeregt. Immer wieder dachte er an die Burg, ihre Gefahren und seinen Vater. Sein Blick fiel auf die volle Flasche mit Goldwasser, die in seinem Regal stand. Die letzte. *Wenigstens fit werde ich sein.* Aber ihr Plan war gewagt, vieles konnte schief gehen. Jason fand einfach keine Ruhe.

Da klopfte es leise an der Tür. Jasons Kopf ruckte herum: „Herein."

Es war Shalyna, sie hatte sich umgezogen und trug eine orange gemusterte Hose und ein eng geschnittenes Top, das kurz über dem roten Diamanten in ihrem Bauchnabel endete. Jason Herz pochte sofort schneller. Doch dann setzte unmittelbar wieder seine Traurigkeit darüber ein.

„Was willst du?", fragte er schroff.

„Stör ich? Ich wollte noch einmal mit dir reden, bevor ihr aufbrecht."

„Nein, du störst natürlich nicht. Setz dich doch."

Jason wies auf einen kleinen Tisch am Fenster. Er hatte auf der Stuhllehne gesessen und nahm nun auch ganz normal auf der Sitzfläche Platz. Shalyna setzte sich ihm gegenüber und schenkte sich ein Glas Wasser ein.

Einen Moment schwiegen sich beide an. Das leicht abgedunkelte Licht ließ die Maserungen ihrer Haut miteinander verschmelzen. *Wenn es noch ein bisschen dunkler wäre, könnte sie glatt als Marokkanerin durchgehen.*

Shalyna blickte auf die grob geschliffenen Dielen des Fußbodens. Ihre rechte Hand umschloss die Finger der linken. „Nickala hat per Kontaktstein mit Isut Schluss gemacht. Und ich habe das Callum erzählt."

Jason zog seine Augenbrauen nach oben. „Oha, das dürfte ihn freuen."

Shalyna wackelte mit dem Kopf hin und her und sagte mit Reue in der Stimme: „Nick weiß nicht, dass ich es Callum verraten habe. Aber du siehst die beiden doch - schlawenzeln den ganzen Tag umeinander herum und keiner sagt was zum anderen."

Jason musste lachen. „Na, jetzt ist Callum am Zug. Ich hoffe, er traut sich auf sie zuzugehen."

Shalyna nickte. Beide schwiegen. Jason guckte auf seinen Wecker. Es war kurz vor Aufbruch. Sollte er noch etwas sagen?

„Weißt du, Jason", begann Shalyna, „ich habe viel nachgedacht in den letzten Wochen. Über mein zukünftiges Leben und", Shalyna hob ihren Blick und schaute Jason in die Augen, „... über dich. Und mich." Schnell blickte sie wieder runter.

Jasons Herz raste wie ein Schlagzeugsolo. Was würde sie ihm denn jetzt erzählen? Dass es nichts mit ihnen werden könne, da sie eine Richtertochter sei und ihren Traditionen gehorchen müsse. Aber das wusste er doch längst.

„Shalyna, Callum hat mir doch alles erzählt. Ich weiß, dass du ..."

„Nein, warte", unterbrach ihn Shalyna. „Hör mir erst zu. Weißt du, in den ersten Wochen habe ich mich ganz schön über dich geärgert." Sie lächelte ihn verschmitzt an. „Ich konnte nicht einsehen, wie ein Mensch von der Erde hier auf Tandoran einen Krieg entscheiden sollte. Obendrein hat sich Callum auch noch so intensiv um dich gekümmert, dass meine Ausbildung verzögert wurde. Ich habe meine Mutter jahrelang überredet, mich nach Sapienta zu lassen. Und dann trat diese Verzögerung durch dich ein. Alles drehte sich nur noch um dich. Und ich musste doch fertig werden, mein Bruder Garvaron verlangte nach mir." Kurz nahm ihre Miene einen ernsten Ausdruck an.

„Glaube mir, Jason, ich hadere ohnehin schon mit meinem Schicksal. Ich möchte gar nicht oberste Richterin werden. Ich liebe es, mit Kindern zu arbeiten, zu forschen, ihnen das Lernen zu erleichtern. Ich habe das für mich akzeptiert, widerwillig. Garvaron ist schließlich schon mit Marlinda verheiratet." Sie presste ihre Lippen zusammen und schaute Jason wieder an.

Dieser nickte nur und fragte sich immer noch, worauf sie hinaus wollte.

„Na ja, und dann kam da noch diese Verzögerung durch dich. Ich fand das ungerecht und habe dich das auch spüren lassen."

Jetzt blickte Jason nach unten. Was ... was hatte er denn erhofft? Es lief also nur auf eine Entschuldigungsrede hinaus. Er fühlte sich traurig, allein und voller Schmerz. Jason konnte nicht verhindern, dass ihm ein tiefer Seufzer entwich. Flüsternd sagte er: „Lass gut sein, Shalyna. Es ist in Ordnung. Die Zeiten ..."

„Nun lass mich doch endlich mal ausreden. Es ist ohnehin schon schwer genug." Shalyna boxte ihn sanft auf die Schulter und rückte dann ihren Stuhl näher an seinen. Zurück blieb ein Kribbeln im Schultergelenk.

Shalyna schaute aus dem Fenster und überlegte sich ihre nächsten Worte. „Die letzten Wochen haben einiges bei mir durcheinandergewirbelt. Ich ... ich habe dich beobachtet. Wie du anderen hilfst. Wie wenig du prahlst." Shalyna blickte nun starr auf die Wasserflasche und knetete dabei unablässig ihre Hände.

„Weißt du, die Zeiten, die wir miteinander verbracht haben ... ich war noch nie so glücklich. Ich war noch nie so besorgt um jemanden. Manchmal fühle ich einfach: Es ist so gut, dass es dich gibt. Morgens, wenn ich aufwache, denke ich als Erstes an dich, es schmerzt, wenn wir getrennt sind, jetzt bin ich fast wahnsinnig vor Angst um dich. Ich träume von dir. Ich ..."

Jason starrte sie unbewegt an, unfähig zu atmen oder gar zu sprechen.

Shalyna drehte ihren Kopf und schaute ihn mit feuchten Augen an. Strahlend sagte sie: „Mit einem Mal wurde mir klar: Ich rege mich über Callum auf und war selbst nicht besser. Jason, ich ... ich bin total verliebt in dich!"

ॐॐॐ

Sie glitten geräuschlos durch die milde Spätsommernacht. Mit Wehmut und unbändiger Freude erinnerte er sich an die letzten Minuten mit ihr. Wie gerne hatte er Shalyna berühren wollen, wie schwer hatte er sich von ihr getrennt. Am Ende hatten sie sich geschworen, dass sie einen gemeinsamen Weg finden werden. Wenn sie denn den kommenden Krieg überleben würden.

Er glitt durch eine Aura unbändiger Freude. Unter Anstrengung konzentrierte er sich auf seine Umgebung. Es war das erste Mal, dass Jason mit einem Flugschiff reiste. Die Technik war ebenso simpel wie genial. Ein dünnes Gewebe namens Volomer war der Schlüssel für den Flug. Die fünf Mann langen Tragflächen bestanden aus schlanken Sinithstreben, welche diesen feinen, abstoßend auf die Schwerkraft wirkenden Stoff spannten. Sie erinnerten Jason an Insektenflügel. Die Tandorianer gewannen das Material aus den fliegenden Felsen, die im Südosten der Südlande eine bizarre Himmelslandschaft bildeten - die Inseln der Lüfte mit den fliegenden Dörfern, die Jason während des Ritts auf den Ingadi aus der Ferne gesehen hatte. Die Flügel waren um 360° drehbar und konnten nach rechts und links geschwenkt werden. Zum Start wurden sie von ihrer senkrechten Position in die Horizontale gestellt und das Flugschiff hob vom Boden ab. Um Vortrieb zu erhalten, musste man die Flügel mit dem Volomer-Gewebe nur ein wenig nach vorne drehen, schon schob die abstoßende Kraft des Volomers das Flugschiff voran. Ebenso einfach konnte man die Richtung verändern. Ein geübter Flugführer schaffte es, das Flugschiff völlig regungslos in der Luft zu halten, sogar Rückwärtsfliegen war möglich.

Doch die dünnen Flügel aus Volomer machten das Flugschiff auch anfällig. Bei Hagel oder heftigem Regen mussten die Flügel geschützt werden. Und für die fliegenden Echsen unter dem Willen des dunklen Kaisers war es ein Leichtes, tiefe Löcher in das Material zu reißen. Es war zu zahlreichen Abstürzen gekommen, bevor man einsah, dass man die Flugschiffe nicht mehr benutzen konnte.

Damit war auch ein Großteil des Handels in den Südlanden zusammengebrochen. Die Flugschiffe waren immer größer und ausgefeilter geworden und hatten schwere Lasten über weite Strecken befördert. Die ganze Wirtschaft von Tandoran hatte sich daraufhin umgestellt. Jede Region konnte sich nun darauf spezialisieren, was sie am besten beherrschte. In wasserarmen Bezirken musste zum Beispiel kein mühsamer Ackerbau mehr betrieben werden, da die Lebensmittel aus anderen Landesteilen mit einem Anbauüberschuss herangeflogen worden waren. In den Dürrelanden hatte man sich im Laufe der Jahre auf Kunst oder den Abbau von Gesteinen konzentriert.

Nach dem Wegfall der Transportmöglichkeit durch die Flugschiffe musste jede Gegend wieder selbst ihre Nahrung anbauen. Einige Landstriche mussten aufgegeben werden, starben völlig aus.

Jason fühlte sich an den Flug mit den Ingadi erinnert. Geräuschlos überflogen sie die weite Ebene, die Dwando von den Malandren trennte. Sie ließen Argans Wächter weit im Westen liegen und passierten über einer einsamen Landschaft die ersten Hügelausläufer.

Er dachte an die letzten Worte von Shalyna: „Ich wünsche mir so sehr, dass es einen Gott gibt, der dich beschützt, Jason. Dass du sicher zu mir zurückkehrst." Dann hatte sie eines ihrer Lederarmbänder abgenommen, es ihm vorsichtig um sein rechtes Handgelenk gebunden und war schweigend verschwunden. Sanft streichelte Jason nun über das Leder. Immer noch erfüllte ihn dieses völlige Glücksgefühl. Callum hatte ihn bereits auf sein Dauergrinsen angesprochen. Statt einer Antwort hatte Jason ihn an der Schulter berührt und ihn an seinen Gefühlen teilhaben lassen. Nachdenklich, mit einer Spur Sorge im Blick, hatte sich Callum abgewendet.

„Ab jetzt kann es gefährlich werden." Nickala zischte die Worte hoch konzentriert heraus. Jason umklammerte die Reling des

Transportkorbes fester, Callum, Rhodon und Drivan taten es ihm gleich.

Jason blickte auf den mitgereisten Ex-Nordländer. Als übergelaufener Wachmann der Festung Saranam war er die ideale Ergänzung für ihre Mission. Aber als seine Frau und seine beiden kleinen Mädchen zum Abschied hinter dem Flugschiff hergewinkt hatten, überkam Jason ein schlechtes Gewissen. *Hoffentlich wird die Befreiung gut ausgehen.*

Nickala hatte ihnen eingeschärft, dass die Thermik der Berge für ein Flugschiff gefährlich werden konnte, wenn man es nicht rechtzeitig abgefangen bekommt. Darum überflog man früher die Berge in großen Höhen. Doch dort oben lauerten in diesen Zeiten die Flugechsen, deshalb mussten sie den gefahrvollen Weg dicht an den Hängen der Täler wählen. Zum Glück konnte Nickala die heftigsten Auf- und Abbewegungen mit ihren Luftkräften abmildern. Aber ihre Kraft war nicht grenzenlos, sie musste ihr Limar sparsam dosieren.

Und dann ging es los. Mit einem Ruck wurde das Flugschiff nach oben geworfen und neigte sich nach hinten. Jason sah sie schon im Überschlag, da fing Nickala mit einer Drehung der Flügel die Schieflage gekonnt ab und nahm den alten Kurs wieder ein.

Doch Jason konnte sich nur kurz darüber freuen. Die Geschwindigkeit des Flugschiffes stieg mit Erreichen der ersten Berge dramatisch an. Die mondbeschienenen Hänge rasten in atemberaubendem Tempo unter ihnen hinweg.

Callum klammerte sich neben ihn an die Reling. „Es liegt an der Nähe zu den Wänden. Die Abstoßungskraft des Volomer ist hier maximal, darum müssen wir so rasant fliegen."

Nur Rhodon schien die Raserei nichts auszumachen. Stoisch hielt er sein Gesicht in den Wind und sein Bart flatterte wie ein Wimpel am Rücken.

Wieder sackte das Flugschiff abrupt ab und näherte sich rasend schnell dem Boden. Nickala zog das Fluggerät in einem leichten Bogen nach oben, doch diesmal befand sich direkt vor ihnen eine dunkle Wand aus zerklüfteten Felsen. Jason schloss seine Augen, da glitt der Kamm der Bergkuppe unter ihm hindurch. Und erneute stürzte das Flugschiff abwärts.

In Jasons Magen regte sich sein letztes Abendessen und drängte nach oben. Doch er bekam immer mehr Vertrauen in die

Flugkünste von Nickala. Es war nicht zu übersehen, dass sie diese Manöver schon viele Male geübt hatte. Über mehrere Stunden beobachtete Jason fasziniert, wie sie völlig mit den Flügen verschmolzen schien. Bei jeder Luftregung, jedem Hügelkamm, jedem Seitenwind war eine Ausgleichsbewegung von ihr erforderlich. Angespannt, mit Schweiß auf der Stirn, meisterte Nickala diese Aufgabe mit Bravour.

Zur Mitte der Nacht überquerten sie die höchsten Ausläufer der Bergkette. Im Mondlicht bot sich ein berauschender Blick über das Gebirge unter ihnen und die strahlende Sternenwelt von Tandoran über ihnen.

„Das hat uns gerade noch gefehlt." Nickala wies missmutig auf eine schwarze Wolkenfront, die genau in ihrer Flugrichtung lag. Noch war sie weit entfernt, doch schon jetzt erkannte sie Lichtzuckungen in dem drohenden Dunkelgewölk.

„Ein Lichtersturm!", schrie Callum gegen den Flugwind an. „Was machen wir?"

Nickala suchte mit ihren Augen den Himmel ab. „Es ist zu groß. Wir können nicht ausweichen. Wenn keiner widerspricht, werde ich es versuchen, uns dort durchzubringen."

„Nur zu, das wird ein Spaß", tönte Rhodon von vorne.

Callum schaute Jason fragend an. Dieser zuckte nur mit den Schultern. Er konnte die Gefahren nicht einschätzen und würde Nickala vertrauen. Dann blickte Callum auf Drivan. Auch er nickte grimmig. Dabei umfasste er den Anhänger seiner Kette. *Ob da Bilder seiner Familie drin sind?* Jason überkam wieder ein Unbehagen.

Callum gab Nickala mit erhobenem Daumen zu verstehen, dass sie ihrem Vorschlag folgen würden.

„Nun gut." Nickala drehte leicht an den Flügeln, sodass ihr Flugschiff weiter beschleunigte. „Wenigstens sind wir dort vor den Flugechsen sicher, die wagen sich niemals in dieses Unwetter. Dadurch können wir höher fliegen."

Angstvoll starrten nun alle auf die sich rasch nähernde Wolkenfront. Schon mit dem Erreichen der ersten Ausläufer wurden sie bis auf die Haut durchnässt. Der Regen perlte auf den Scheiben ihrer Schutzbrillen und durchweichte ihre Kleidung von einem Augenblick zum anderen.

Dann legten die Blitze los. Zuerst war Jason noch fasziniert von dem Lichterstrahlen um sie herum. Nur einen Moment später zeigte der Sturm seine Macht über das Flugschiff und ließ sie wild hin und her durch die Luft torkeln.

Der Regen auf den Flügeln erschwerte Nickala die Steuerung. Sie konnte nun nicht mehr so schnell reagieren. Immer wieder sackte das Schiff ab oder wurde in eine bedrohliche Seitenlage gekippt. Noch schaffte es ihre Flugführerin, es stets von Neuem gerade auszurichten.

Ein aus dem Nichts kommender Blitz durchschlug den rechten Flügel und riss ein eimergroßes Loch hinein. Das Flugschiff drehte sich um die eigene Achse und ging in einen nahezu senkrechten Sturzflug über. Jason konnte den Boden nicht sehen. Wie viel Platz blieb Nickala zum Abfangen? Mit zusammengekniffenen Augen starrte er nach unten und umklammerte verzweifelt die Reling. Shalyna tauchte in seinem Geist auf. Wieder sah er sie neben sich sitzen. Wieder hörte er sie die lang ersehnten Worte sprechen.

Da unterbrach ein Schrei von Nickala seinen Film: „Ich brauche Hilfe." Jason sah, wie sie sich mit den Füßen an einer Eisenstange abstützte und mit aller Kraft an der Steuerung des Schiffes zerrte.

Bevor er etwas tun konnte, ließ Callum neben ihm die Reling los und flog so auf Nickala zu. Callums Hände ergriffen die Eisenstange neben Nickala. Er stellte seine Füße an die ihren und zog mit ihr zusammen an der Steuerung. Aus purer Anstrengung stieß er einen Schrei aus.

Jasons Kopf ruckte wieder herum. Wieviel Platz hatten Sie noch bis nach unten? Sie durchbrachen gerade die letzten Wolken und der Blick öffnete sich auf den Boden. Mit wahnsinniger Geschwindigkeit näherte sich das Flugschiff dem Aufprall.

Doch die vereinten Bemühungen von Nickala und Callum zeigten Wirkung. Ganz langsam hob das Flugschiff sich vorne an. Jason schloss die Augen und betete, dass es reichen möge. Verzweifelt lehnte er sich mit aller Kraft nach hinten. Mit einem Mal spürte er von Neuem den Regen in seinem Gesicht und riss seine Augenlider auf.

Das Flugschiff war schon fast wieder im horizontalen Vorwärtsflug, da ging ihnen der Platz nach unten aus. Krachend schlug der Boden des Transportkorbes gegen einen aus dem Boden ragenden Felsblock. Ein riesiges Loch tat sich unter ihnen auf und Jasons Beine sackten nach unten. Eisern klammerte er sich an die Reling. Waffen und Proviant fielen heraus und verschwanden in der wirbelnden Schwärze. Zum Glück hatte ihnen Nickala geraten, ihre Rucksäcke aufzubehalten. So war nicht alles verloren gegangen.

Durch den Aufprall war das Flugschiff wieder nach oben geschleudert worden und setzte nun taumelnd seinen Flug fort. Alle hatten sich festhalten können und kauerten auf den Resten des Flugschiffbodens. Callum beschränkte sich darauf, Nickala eine Stütze zu sein und erleichterte ihr dadurch die Arbeit an den Flügeln. Wie lange wohl ihre Kräfte reichen würden?

Noch konnte sie das Flugschiff in der Luft halten, aber der anhaltend prasselnde Regen vergrößerte nach und nach das vom Blitz geschlagene Loch im rechten Flügel. Nickala musste die linke Tragfläche fortlaufend steiler stellen, um die nachlassende Wirkung des anderen Flügels auszugleichen.

So torkelten sie eine gute halbe Stunde in nördliche Richtung weiter. Der Regen hatte aufgehört, doch der getroffene Flügel löste sich in der strömenden Luft immer mehr auf.

Irgendwann musste Nickala ihre Bemühungen einstellen: „Alles aufpassen! Ich gehe runter."

Mit hastig hin- und herruckendem Kopf hielt sie nach einem geeigneten Landeplatz Ausschau. Jason sah, wie sich Drivan und Callum so klein wie möglich machten und ihre Umklammerung der Reling verstärkten.

Dann setzte das Flugschiff auf und raste mit dem Rest des Unterbodens über eine Wiese mit kniehohem Bewuchs. Immer wieder rumste das Flugschiff auf dem Gras auf und verlor jedes Mal an Geschwindigkeit. Da knallte es auf der linken Seite. Der linke Flügel war gegen eine Felszinne gestoßen, der sich mitten auf der Wiese drei Mann hoch aus dem Boden erhob. Die Tragfläche brach wie ein Strohhalm und segelte davon. Doch Jason konnte ihr nicht hinterherschauen. Vor ihnen ragte eine Felswand empor. Sie schossen wie ein Pfeil darauf zu.

༈༈༈

In diesem Moment erblickte Aran in der ersten Morgendämmerung die Mauern von Dwando. Er war wieder einmal fast die ganze Nacht hindurchgeritten und hatte sich nur drei Stunden

Schlaf gegönnt. In seiner Erschöpfung konnte er sich kaum noch im Sattel halten. Über eine Woche hatte er sich nicht rasiert. Die Haut unter dem Bart juckte zum Verrücktwerden. Mit kauendem Unterkiefer überblickte er die Zeltstadt des Heeres, in dem sich das morgendliche Leben regte. Dann hob er den Blick und starrte in die Ferne auf Argans Wächter. Dort musste er hin, dort wäre er in Sicherheit. In Sicherheit allerdings nur, wenn er es schaffen würde, die Befreiung von Ethan zu vereiteln.

Doch zwischen ihm lagen das Heerlager und die Stadt. Er schaute an sich herunter. Seine Kleidung war völlig zerfetzt, seine Fingernägel lang und voller schwarzer Risse. Er musste auf jeden, der ihm begegnete, einen furchterregenden Eindruck machen. So konnte er sich nicht unter die Menschen wagen, er würde auffallen wie ein Garone im Schwimmbad.

Resignierend beschloss er, den Tag abzuwarten und sein Glück in der Nacht zu versuchen. Hoffentlich würde er rechtzeitig auf Saranam eintreffen. Er zog sich in eine Felshöhle zurück und aß seine letzten Vorräte auf. Dann machte er es sich so bequem wie möglich und schlief nach wenigen Sekunden ein.

ॐॐॐ

Am frühen Abend erwachte er von lachenden Stimmen, die von außerhalb der Höhle kamen. Sofort waren alle seine Sinne hellwach. Draußen musste es bereits dunkel sein. Er schlich leise zum Höhlenausgang und sah zwei Soldaten, die direkt vor der Höhle einen kapitalen Hirsch auf eine Trage spannten.

Der größere der beiden Soldaten schnitt mit seinem Messer den Hals des Waldtieres auf. Das dunkle Blut floss in Strömen aus dem Körper.

„Ahh, ich kann gar nicht hinschauen. Das ist ja widerlich", sagte der Kleinere.

„Du bist und bleibst ein Weichei, Civur. Was machst du erst, wenn du in der Schlacht das Blut eines Menschen rausspritzen siehst. Wirst du dann auch weggucken? In diesem Fall hast du hoffentlich deinen Sarg schon gekauft."

„Ich mein ja bloß. Warum musst du ihm unbedingt hier die Gurgel aufschneiden?"

„Willst du den ganzen Schmodder auf dem Hof haben? Das stinkt tagelang."

Aran beschloss zu handeln. Leise zog er sein Schwert und beobachtete die beiden Soldaten. Als sie ihm den Rücken zuwendeten, schlich er nach vorne.

Geräuschlos näherte er sich von hinten und hieb dem Größeren den Schwertknauf gegen den Hinterkopf. Sofort drehte der Nordländer sich und trat dem Zweiten in den Bauch. Bevor dieser einen Schrei von sich geben konnte, setzte er ihm die Schwertspitze an den Hals. Mit aufgerissenen Augen starrte Civur den Hünen an.

„Was weißt du über Jason Lazar?", fragte Aran ihn drohend. Er schob das Schwert ein paar Millimeter nach vorne, sodass es sich langsam in die Haut des Halses eindrückte.

„Was soll ich da wissen?", röchelte der Soldat. „Er kam gestern mit seinen Freunden an. Am Abend sind sie wieder aufgebrochen." Civur blickte ängstlich zu seinem ohnmächtig am Boden liegenden Kameraden.

„Wohin?" Aran drückte das Schwert noch etwas tiefer.

„Ich weiß es wirklich nicht, bitte ..." Civur versuchte sich vom Druck des Schwertes zu befreien, indem er sich nach hinten beugte. Doch Aran hielt ihn eisern an der Uniform fest.

Der Nordländer hatte genug gehört. Mit einer blitzschnellen Bewegung zog er das Schwert zurück und schlug den ängstlichen Civur mit dem Knauf ohnmächtig. Aran schaute sich hastig um. Es schien niemand sonst in der Nähe. Rasch zog er die beiden Soldaten in die Höhle, fesselte und knebelte sie, und bugsierte dann den Kadaver des Hirsches mit hinein. Den größeren der Männer entkleidete er und zog dessen Uniform an. In den Satteltaschen der Pferde fand er eine voluminöse Flasche mit Wasser. So gut es in der Eile möglich war, wusch er sein Gesicht. Mit einem letzten Blick vergewisserte er sich, dass die Ohnmächtigen nicht so schnell aus dem Reich ihrer Träume erwachen würden.

Danach band er eines der Pferde in der Höhle an und schwang sich auf das zweite. Er ritt auf die Hauptstraße. Jetzt begann der gefährlichste Teil seiner Reise.

Betont langsam trabte Aran in der schummrigen Dämmerung auf den ersten Kontrollposten zu. Er bemühte sich, gleichgültig und müde zu schauen. In Wirklichkeit strömte der Schweiß unter seinem Helm. Doch seine Sorge war unbegründet. Von dieser

Seite erwartete niemand eine Gefahr und Soldaten ritten ständig auf der Straße hin und her. Der Wachposten hob nur kurz die Hand zum Gruß und war dann schon wieder im Gespräch mit seinem Kameraden vertieft. Aran dachte, dass so etwas im Heer der Nordlande niemals vorgekommen wäre. Sie rechneten immer mit Feinden und Spionen, jeder Soldat musste eine täglich wechselnde Losung nennen, um ein Lager zu betreten oder zu verlassen.

Seine gesamten Sinne waren in voller Anspannung, als er durch die Truppen des Feindes hindurchritt. Die Straße führte direkt auf das Hauptportal von Dwando zu. Einhundert Schritt vor dem Tor zur Stadt bog er nach Norden ab und tat so, als würde er die Mauern inspizieren. Immer noch waren zahlreiche Arbeiter an den Zinnen der Stadtmauer beschäftigt, obwohl es bereits dunkel war.

Als er am nördlichen Ende der Ummauerung angekommen war, blickte er sich um. Er konnte keine Soldaten erkennen.

Jetzt oder nie. Ruckartig trat Aran dem Pferd in die Flanken, sodass es nahtlos in den Galopp überging. Sie sprangen über einen vorgelagerten Wall hinweg und rasten über die schnurgerade Straße auf Argans Wächter zu.

Hinter ihm ertönte ein Hornsignal. Aran drehte sich im Sattel um und sah, wie von den Mauern aus Pfeile in seine Richtung flogen. Doch er war schon zu weit weg. Die Pfeile versenkten sich in sicherer Entfernung hinter ihm in den Boden. Am Anfang der Straße konnte er ein paar Gestalten ausmachen, die seine Verfolgung aufnahmen. Sie hatten ihm Krieger hinterhergeschickt.

Aran beugte sich nach vorne und trieb das Tier zu größerer Eile an. Er schätzte den Abstand zu Argans Wächter auf gut Tausend Mannlängen. Immer näher kamen die drohend aufragenden Türme der Wächterburg.

Seine Jäger hatten keine Chance. Zu groß war sein Vorsprung. 500 Schritt vor Argans Wächter ließen sie von der Hatz ab und wendeten ihre Pferde. Aran kam unbeschadet zum Haupttor und hämmerte mit seinem Schwert gegen den Türstahl. Lautstark verlangte er, eingelassen zu werden.

Neben dem metallenen Hauptportal öffnete sich eine kleine Holztür. Drei Soldaten traten heraus und richteten ihre Waffen auf ihn. „Was wollt ihr."

„Still, ihr Narren. Ich bin Aran del Mark, Sondergesandter des Kaisers. Bringt mich sofort zum Kommandanten. Wir müssen einen Angriff auf Saranam vereiteln."

> **Kâyâ-rûpa-samyamât tad grâhya-shakti-stambhe chakshuhprakâshasamprayoge ¢ntardhanam**
> Samyama auf den eigenen Körper verhindert, dass ein anderer ihn sieht. Das Licht des eigenen Körpers kommt so mit den Augen des anderen nicht in Kontakt. So entsteht die Kraft der Unsichtbarkeit.
> *Patanjali, Yoga-Sutren, Teil 3, Sutre 21*

3.3 Burg Saranam

Ein halber Tag zuvor, dämmriger Morgen ...

*N*ickala riss brüllend am verbliebenen Flügel. Das Flugschiff holperte und ging in eine kreiselnde Bewegung über. Dadurch bremste der felsige Boden stark ab. Aber es war trotzdem noch zu schnell, mit viel zu hoher Geschwindigkeit rasten sie auf die Felswand zu. Jason kniff die Augen zusammen und stemmte seine Füße gegen die Reste des Kabinenbodens.

Der Aufschlag fühlte sich an, als ob sie auf eine Hüpfkissenburg geprallt wären. Das Flugschiff berührte gar nicht die steinerne Wand, sondern wurde vorher stark abgebremst und flog sogar wieder ein Stück zurück. Jason kannte das Gefühl von seinem Bungee-Sprung vor zwei Jahren. Verdattert blickte er auf Callum.

Der ließ seine linke Hand sinken und sagte: „Ein Luftschild, Jason. Da hättest du auch drauf kommen können. Wozu hast du deine Fähigkeiten?"

Jason nahm den Tadel gelassen, die Freude über den glimpflichen Ausgang überwog. Aber er hätte wirklich nicht wie die Maus vor der Schlange den Aufprall abwarten dürfen. Das nächste Mal würde er cooler bleiben und statt der Angststarre nach einer Lösung suchen.

„Ist schon o.k." Callum sprang über die Reling des Fahrgastkorbes. „Wir haben anstrengende Zeiten hinter uns und du hattest nicht wie ich schon dein ganzes Leben mit den Kräften auf Tandoran zu tun. Aber in Zukunft denke daran. Es kann deinen Kopf retten." Er wendete sich zu Nickala und überschüttete sie mit Lob für ihre fantastische Flugleistung.

Die Befreiungstruppe hatte Glück. Sie waren nicht weit von Burg Saranam abgestürzt. Nach einer halben Stunde Fußmarsch trafen sie auf eine steile Abrisskante, von der aus es schwindelerregend in die Tiefe ging. Unter sich sahen sie vereinzelte morgendliche Lichter der Wohngebäude von Mauren, der unterhalb von Saranam gelegenen Hauptstadt. Direkt davor, praktisch unter ihnen, erhob sich auf einem zehn Meter höher als die Stadt gelegenen Felsplateau die Burg Saranam. Sie lag noch in völliger Schwärze. Die schummrige Dämmerung ließ sie die Mauern nur schattenartig vor dem Hintergrund der sie umgebenden Berge erkennen. Jason fühlte sich an das schwarze Loch erinnert, dass er am See in Keyron bestaunt hatte.

Urplötzlich bewegte sich der Boden unter seinen Füßen. Jason ergriff den Arm von Callum und glitt auf den Felsboden. Sofort war sein Freund über ihm und fragte besorgt: „Was ist los. Bist du müde?"

„Nein ... das ist mehr. Auf einmal drehte sich alles und vor meinen Augen wurde es dunkel. Noch dunkler", sagte er mit einem Blick auf die Burg.

Callum schloss seine Lider und führte die Hände über Jasons Körper.

„Ich kann keine Schäden erkennen. Außer Erschöpfung spüre ich nichts. Das ist nicht gut", meinte er besorgt und legte die Stirn in Falten.

Rhodon hockte sich neben Callum und fragte: „Warum? Würdest du dich freuen, wenn er krank wäre?"

„Ein plötzlicher Schwindelanfall ist das typische Zeichen, dass die Wirkung des Goldwassers nachlässt", dozierte Callum mit besserwisserischer Stimme. Er zeigte mit dem Kinn auf die Flasche an Jasons Gürtel. „So fängt es immer an, auch bei seiner Mutter soll es so gewesen sein. Sie ist dann überstürzt mit Ethan aufgebrochen. Allando hat davon erzählt."

Jason rappelte sich auf. Das entwickelte sich alles nicht gut, aber sein Schwindel war erst mal vorüber. Er wollte an dieses Problem keine weiteren Gedanken verschwenden. Sie konnten ohnehin nichts daran ändern.

So beschlossen die Freunde, den Marsch fortzusetzen. Die Gruppe umrundete Stadt und Burg weitläufig in großer Höhe. Manchmal mussten sie sich aneinander binden, um sich gegenseitig Halt zu geben. Hier oben gab es nirgends Pässe oder Straßen.

Dafür war es aber auch unbewacht. Der dunkle Kaiser schien sich sicher, dass keiner so verrückt wäre, ihn über das Gebirge anzugreifen. Bisher hatte er damit auch recht behalten.

Schließlich stießen sie auf ein Felsplateau, das sich gut zweihundert Schritt über der Ebene von Burg Saranam ausbreitete. Die gelbe Sonne hatte sich über die Gipfel gewagt und sendete ihre Strahlen erhellend auf das Land unter ihnen. Erst jetzt sahen sie die riesige Statue des Begnadeten, die sich nördlich der Festung weit über deren Mauern erhob und über die Stadt Mauren in Richtung Süden ausgerichtet war. Die Statue war von Holzgerüsten umstellt, nur der kahle Kopf blickte oben heraus. Unmittelbar daneben schoss ein Fluss aus den Bergen ins Tal, direkt an den Grenzen der Stadt entlang.

„Schaut." Nickala wies bäuchlings auf ein freies Feld stadtauswärts neben dem Fluss, einen guten Kilometer von der Burg entfernt. Jason kniff die Augen zusammen und konnte eine Reihe von Flugschiffen vor einer großen Halle erkennen.

Callum schob sich an sie ran. „Wenn wir es bis dorthin schaffen, könnten wir eines der Flugschiffe stehlen und fliehen. Kannst du ihre Modelle fliegen?"

Nickala prustete geringschätzig aus. „Was denkt ihr denn. Die Konstruktion ist den Unsrigen gleich. Nur dass ihre nicht von den Flugechsen angegriffen werden."

Jason hörte nicht richtig zu. Er fixierte ein Gebäude, das sich neben dem Fluss auf dem Plateau der Burg befand.

„Sind das Boote?", fragte er.

Drivan antwortete ihm: „Sportboote. Die Soldaten rasen damit den Fluss hinab. Es ist gefährlich und eine beliebte Mutprobe. Jedes Jahr werden Wettfahrten bei einem Turnier abgehalten. Es gibt öfters Tote unter den Teilnehmern, aber die Sieger werden sofort befördert. Und noch wichtiger: Die Mädchen aus Mauren liegen ihnen zu Füßen."

Jason folgte mit seinem Blick dem Fluss, dessen Rauschen bis hier oben zu hören war. Wild schlängelte sich das Wasser den Berg herunter und wurde erst auf Höhe der Stadt ruhiger. Das Flussbett war gesprenkelt mit scharfzackigen Felsspitzen.

„Zu gefährlich", entschied Callum, „das wäre selbstmörderisch. Seht doch nur, wie stark das Wasser gegen die Felsen schlägt. Wir müssen alles daran setzen, unbemerkt zu bleiben.

Besser ist der Weg neben dem Ufer. Er führt direkt bis zum Flugfeld. Ich hoffe nur, Ethan wird laufen können."

Nickala blickte zu den Mauern der Stadt. „O.k. Das ist also der Fluchtplan. Und wie wollen wir reinkommen?"

Drivan wies auf ein kleines Tor auf der Rückseite der Burg. Zwei Soldaten standen rechts und links des Tores. Es schien ein Ausgang für die Bediensteten auf Saranam zu sein, denn in diesem Moment kam eine mit Eimern beladene Eselskarre durch das Tor. Die Soldaten wendeten sich von der anscheinend unappetitlichen Fracht ab und der Karrenführer trottete weiter zum Fluss. Dort schüttete er den Inhalt der Eimer in die Fluten und trabte zurück in die Burg.

„Der Müllausgang", kommentierte Callum, „schwach bewacht, das könnte es sein."

Nickala wollte noch etwas sagen, doch Callum unterbrach sie. „Da muss Jasons neue Technik zum Einsatz kommen. Wir werden uns bis auf 100 Schritt durch die Felsen heranschleichen können. Ab da muss er sich unsichtbar machen und die beiden Wachen ausschalten. Dann rücken wir nach und dringen ein. Direkt hinter dem Tor sollte ein freier Platz sein, wo die Gefangenen ihren Tagesauslauf absolvieren." Callum schaute fragend zu Drivan.

Dieser ergänzte: „Von diesem Platz aus führt eine Treppe hinab in die Verliese. Ich habe dort Dienst geschoben und kenne mich aus. Ich kann uns ohne Probleme zu den Kerkern führen."

Callum nickte. „Alles Übrige muss sich zeigen. Hundertprozentige Sicherheit gibt es nicht, aber der Überraschungseffekt liegt auf unserer Seite. Keiner hat es je gewagt, in Burg Saranam einzudringen. Im Gegenteil, es haben nur immer Menschen versucht, von dort zu fliehen."

Callum drehte sich weg von der Stadt und machte es sich unter einem Felsvorsprung bequem. Die anderen folgten seinem Beispiel und setzten sich neben ihn. „Jetzt können wir nur warten, bis es dunkel wird. Dann wird sich alles entscheiden."

※※※

Sie ließen noch einige Zeit verstreichen, nachdem die Sonne im Osten untergegangen war. Erst wollten sie abwarten, bis das Leben in der Festung zur Ruhe gekommen war. Nur von den Heereslagern am Rande der Stadt klangen noch Geräusche zu ihnen hinauf. Leider schienen die drei Monde auch heute Nacht mit ihrem klaren Licht, sodass es nicht völlig dunkel wurde.

Sie kraxelten einen steilen Abhang hinunter und huschten zwischen einzelnen Felsen so nah wie möglich an die Rückseite der Burg heran. Es waren jetzt noch hundert Schritt bis zu dem kleinen Tor. Eigentlich keine lange Strecke auf der mondbeschienenen Ebene, die sich vor den zwei Wachsoldaten erstreckte.

„Jetzt ist es an dir." Rhodon legte Jason die Hand auf die Schulter und blickte ihn eindringlich an. Er wollte wohl vertrauenserweckend schauen, aber Jason sah die Zweifel in seinem Blick. Auch Callum war die Nervosität anzumerken. Er steckte sich eine Glückspastille nach der nächsten in den Mund.

Jason konnte sie verstehen, und doch musste er jeden Gedanken an ein Scheitern verdrängen. Leise schlich er von den anderen fort und stellte sich hinter den letzten Felsen vor der Ebene. Seine Gefährten blieben absprachegemäß zurück.

Jason rief sich die Worte von Kyvor in Erinnerung. „Jason, du hast bei der Prüfung am Baum bewiesen, dass du deinen Geist völlig zur Ruhe bringen kannst. Wenn du es weiterhin schaffst, diese Stille bei dir zu halten, deine volle Konzentration auf dein eigenes Selbst richtest, wirst du für die Menschen um dich herum unsichtbar sein."

Jason hatte es erst nicht geglaubt, dass es so simpel sein könnte. Trotzdem hatte er es auf ihrer Reise nach Dwando geübt. Am Anfang war es ihm nicht gelungen. Immer wieder waren seine Gedanken oder seine Aufmerksamkeit zu Callum oder Shalyna gewandert, während er an ihnen vorbeiging. Dann hatten sie ihn sofort registriert. Doch einmal, zwei Tage vor ihrer Ankunft, war es geglückt. Er hatte sich einen festen Weg zwischen ihnen hindurch zurechtgelegt, seinen Geist völlig zur Ruhe gebracht und ihn an dem Grund dieser Ruhe verankert. Wie in Trance gab er seinem Körper den Befehl, loszuschreiten. Und war nicht bemerkt worden, obwohl er ganz dicht an Callum vorbeischritt und sogar dessen Blick auf ein Lagerfeuer durchkreuzte.

Nun ja, dachte sich Jason, *das war Spiel. Heute droht uns allen der Tod, wenn ich versage.* Noch einmal gönnte er sich einen Gedanken an Shalyna, an seine Gefährten und an seinen Vater.

Dann drängte er diese Bilder beiseite, indem er für einige Minuten sein Mantra wiederholte. Mittlerweile war er sehr geübt in dieser Technik. Er ließ das Mantra innerlich kontinuierlich leiser erklingen, am Ende fast unhörbar. Und dann spürte er sie wieder, die Stille des Inneren. Wie aus weiter Entfernung öffnete er seinen Blick auf die Strecke vor ihm und richtete sich zu den beiden Wachsoldaten aus. Er umschloss mit seinem Geist sein inneres Selbst und setzte sich langsam in Bewegung.

Jason schritt behutsam. Er hatte kein Zeitgefühl in dieser Stille und wusste nicht, wie lange er schon ging. Der Kontakt zu seinem inneren Selbst stärkte ihn, gab ihm Mut. Sogar als er die beiden Soldaten nur noch fünfzig Schritte von sich entfernt sah, kam kein Angstgefühl in ihm hoch. Sein ganzes Wesen war bei sich selbst.

Allerdings hätte er dem Weg mehr Beachtung widmen sollen. Knackend zerbrach ein Ast unter seinen Füßen. Ruckartig blieb er stehen und hielt mit aller Macht den Kontakt zu seiner inneren Stille. War er entdeckt? Er hörte das Gespräch der Wärter nicht mehr. Mit einem winzigen Rest seines Bewusstseins nahm er wahr, dass die beiden Wachen aufgesprungen waren. Er stellte das Atmen ein.

Hinter ihm ertönte der Ruf einer Wildkatze. Rhodon! Der Kleturer konnte dieses Geräusch perfekt imitieren. Jason konzentrierte sich auf das Einatmen. Alles, nur keine Aufmerksamkeit auf das Außen richten.

Die Unterhaltung der Wärter setzte erneut ein. Sie hatten die Ablenkung geschluckt. Wie in Trance schritt Jason weiter. Ein Fuß vor den anderen. Bis es nicht mehr weiterging.

Es brauchte einen Moment, bis er gewahrte, dass er stehen geblieben war. Er stand unmittelbar vor der Eingangspforte der Burg. Ein Soldat lachte dreckig auf - direkt hinter ihm. Unendlich langsam drehte Jason sich um und blickte auf die Rücken der zwei Nordländer.

Umgehend beschleunigte sich sein Herzschlag. Jason wendete sich dem nächsten Akt zu. Vorsichtig hob er seine beiden Hände und näherte sich mit ihnen den Hälsen der Wächter von hinten. Schweiß bildete sich auf seiner Stirn. Er konzentrierte sich auf das Limar in seinen Fingern. Jetzt musste er schnell sein.

Jeweils eine seiner Handflächen legte sich blitzartig auf den Hals eines Soldaten. Sofort duckten sich die Krieger erschrocken, doch Jason hielt ihre Hälse umklammert. Er suchte den von Callum beschriebenen Punkt der Halsschlagader und drückte diesen mit Limar zu. Ein Wachmann zog noch sein Schwert, da erschlafften beide zugleich.

Jason presste noch eine Zeit lang weiter zu und löste erst dann die Limar-Umklammerung. Da stand auch schon Rhodon neben ihm.

„Wahnsinn", flüsterte er. „Ich würde es nicht für möglich halten, wenn ich es nicht selbst gesehen hätte. Wie aus der Dunkelheit bist du hinter den beiden aufgetaucht."

„Du musst mir unbedingt zeigen, wie das geht", ergänzte Callum. Mit schnellen Handbewegungen öffnete er seinen Rucksack und flößte den ohnmächtigen Soldaten eine Tinktur ein. Diese würde sie für mehrere Stunden im Tiefschlaf halten. Ansonsten wären die Wächter nach wenigen Minuten wieder erwacht. Sie würden nach dem Aufwachen wahrscheinlich glauben, vom Inneren der Burg aus überrumpelt worden zu sein.

Auch Nickala und Drivan huschten herbei. In völliger Stille lauschten alle, ob sie irgendwie bemerkt worden waren. Doch in der Festung blieb es ruhig.

Drivan schob sich nach vorne und öffnete langsam die schwere, mit Eisen beschlagene Pforte. Ein leises Quietschen ertönte. Gestank schlug ihnen entgegen. Rechts standen hölzerne Transportkarren aufgereiht, an der linken Seite Boxen mit Müll. Diese und eine Reihe von Eimern verströmten einen intensiven Unratgeruch. Vereinzelte Leuchtsteine an den Wänden tauchten den Raum in ein düsteres Licht.

Einer nach dem anderen huschte in das Abfalllager. Sie fesselten und knebelten die bewusstlosen Soldaten und legten sie in eine Box voller Mist. Die beiden würden tagelang stinken. Doch das war nach dem Erwachen ihr geringstes Problem.

Drivan war schon an das gegenüberliegende Ende des Lagers geschlichen und zog am Eisenriegel des Tores. Jason eilte zu ihm und half ihm, den schweren Riegel auf den Boden zu legen.

„Dahinter befindet sich der Gefangenenhof", flüsterte Drivan ihm zu.

Als alle herbeigeeilt waren, öffneten sie gemeinsam das hölzerne, etwa zwei Mann hohe Tor.

Vor ihnen erstreckte sich ein gepflasterter Innenhof, der in silbernes Mondlicht getaucht war. Aufmerksam suchten sie die

Wände der umliegenden Mauern und Türme ab. Nirgends war ein Lebenszeichen zu erkennen. Nur von Ferne ertönten Geräusche, die auf das Vorhandensein einer Wachmannschaft hindeuteten. Wahrscheinlich hatten auch sie die Anweisung, sich in der Nacht ruhig zu verhalten.

Einer nach dem anderen huschte über den Platz. Auf der gegenüberliegenden Seite stiegen sie eine Treppe von groben Steinen hinab. Jason fragte sich, wie oft sein Vater in den letzten Jahren diese Stufen gegangen war.

Unten angekommen fanden sie ein weiteres verriegeltes Tor. Doch es war nur von außen verschlossen. Nachdem sie den Riegel leise zur Seite geschoben hatten, ließ es sich widerstandslos öffnen. Niemand rechnete wohl damit, dass jemand vom Hof in die Verliese eindrang.

Vor ihnen erstreckte sich ein gebogener Gang, der ausreichend von Leuchtsteinen erleuchtet war. Mit angespannten Sinnen schlichen sie an der Wand entlang. Nach einigen Abzweigungen hörten sie zum ersten Mal Stimmen. Drivan, der die Vorhut bildete, beugte sich so vorsichtig wie möglich um die Ecke. Nach einem kurzen Moment schnellte er wieder zurück. Er zeigte drei Finger und legte fragend seine Hand auf den Bogen auf seinem Rücken. Die anderen hatten Schwerter gezogen, Rhodon den Hammer. Sie näherten sich einer entscheidenden Phase bei ihrer Rettungsaktion. Ab hier wurde es unkalkulierbar.

Callum schüttelte den Kopf, schob sich an Drivan vorbei und lugte ebenfalls um die Ecke. Er gab den anderen ein abwartendes Zeichen und flüsterte: „Es sind drei, sie spielen Karten. Sie scheinen mir nicht mehr ganz nüchtern. Wir können sie überwinden. Nickala und ich werden sie mit Limar auf den Boden werfen und mit einem Luftschild am Schreien hindern. Dann seid ihr dran und träufelt ihnen das hier ein." Callum reichte Rhodon das Fläschchen mit der Schlaftinktur.

Alle gaben schweigend ihr Einverständnis. Jason ließ Eruslan auf Armeslänge ausfahren. Der bläuliche Schimmer des Schwertes erhellte den Gang. Nickala drängte sich vorbei und schaute vorsichtig um die Kante. Jason tat es ihr nach. Die Männer hockten im Schein einer Kerze am Wachtisch.

Callum flüsterte ihr zu: „Du nimmst den auf der rechten Seite, ich die beiden links. Bist du bereit?" Nickala schob ihre Haare nach hinten und hob ihre Handflächen. Dann nickte sie.

Gleichzeitig liefen Callum und Nickala mit nach vorne gestreckten Armen um die Ecke. Die anderen folgten direkt dahinter. Erschrocken blickten die Wachsoldaten auf und griffen zu ihren Schwertern. Doch in diesem Moment ließen die Limarten ihre Luftschilde auf die Menschen krachen. Die Wärter kippten nach hinten von ihren Stühlen und schlugen polternd auf. Sie schrien nicht, da ihre Köpfe mit gehärteten Luftblöcken am Boden gehalten wurden. Mehr als die Münder zu öffnen, schafften sie nicht.

Drivan und Jason rannten vorbei und legten ihre Klingen auf die Hälse der Wachsoldaten. Callum und Nickala lockerten die Schilde, sodass Rhodon einem nach dem anderen die Schlaftropfen einflößen konnte. Einer wollte die Lippen nicht aufmachen, doch Drivan drückte sein Schwert tiefer auf seinen Hals hinab, bis er seinen Widerstand aufgab. Nach wenigen Sekunden waren die Wärter in seligem Schlaf versunken.

Die Gruppe verhielt sich mucksmäuschenstill und lauschte. Der Lärm der umkippenden Stühle schien nicht bemerkt worden zu sein. Sie ließen einige Minuten angstvoll verstreichen. Nichts rührte sich.

Jason schaute sich um. Mehrere Zellen lagen im Kreis. Aus keiner ertönte ein Geräusch. Da fiel sein Blick auf eine besonders geschützte Tür. Während die übrigen Kerker ganz normale Schlösser besaßen, war diese zusätzlich mit drei Eisenbalken gesichert. Jason deutete auf die Tür und schritt zu den Verschlüssen. Er konzentrierte sich auf die Zylinder im Inneren der Verriegelungen und brachte eines nach dem anderen zum Aufschnappen. Dann hob er gemeinsam mit Rhodon die Balken aus ihren Verankerungen.

So leise wie möglich öffneten sie die Tür. Der Raum dahinter lag in völliger Dunkelheit. Callum nahm eine Steinfackel aus ihrem Köcher und reichte sie Jason. Er gab ihm ein aufmunterndes Zeichen, die Zelle zu betreten.

Mit klopfendem Herzen betrat Jason den engen Kerker. Die Fackel erhellte die verkrusteten Wände. In der Ecke lag eine dürre Gestalt, die gerade erwachte. Ethan drehte seinen Hals in dem schweren Eisenring und murrte schlaftrunken: „Was wollt ihr denn jetzt schon in der Nacht ..."

„Vater, bist du es? Ich bin Jason, wir sind gekommen, um dich hier rauszuholen."

Unsicher schritt Jason nach vorne zum Bett. Die anderen folgten ihm mit einem Meter Abstand.

„Jason?" Die Stimme von Ethan krächzte. „Das kann nicht sein. Was für eine Teufelei ..."

Da erreichte Jason das steinerne Ruhelager und hielt die Fackel dicht an sein Gesicht. „Ich bin es, Vater. Wir sind hier, dich zu befreien. Alles wird gut", beeilte er sich zu ergänzen und betrachtete mit einem Stich in seinem Herzen das ausgemergelte Antlitz seines Vaters. Er hatte nur schwache Erinnerungen an dessen Aussehen gehabt, dennoch erkannte er ihn sofort wieder.

Mit offenem Mund starrte Ethan ihn an. Langsam hob er eine Hand und berührte das Gesicht von Jason. „Jason", murmelte er, „mein Sohn. Bist du es wirklich? Ja doch, du könntest es sein. Du hast die Augen deiner Mutter, ihr schwarzes Haar. Oh, mein Gott." Seine Worte gingen in Schluchzen über. Zitternd umschlang er den Rücken von Jason und weinte hemmungslos.

Die Wärme des Körpers seines Vaters brach auch bei Jason jeden Damm. Er senkte seinen Kopf auf die Schultern von Ethan und ließ seinen Tränen ebenfalls freien Lauf.

Nach einigen Augenblicken spürte er Rhodons Hand auf seinem Arm. „Lass uns aufbrechen. Bisher lief alles gut, doch wir müssen jetzt so schnell wie möglich hier raus." Sanft aber bestimmt zog er Jason von seinem Vater weg.

Callum näherte sich Ethans Gesicht. „Ich bin Callum Debreux, Schüler von Meister Allando. Für Erklärungen ist keine Zeit. Können Sie gehen?"

Ethan schaute ihn einen Moment ungläubig an, blickte dann wieder zu Jason und nickte. „Sicher. Sagt mir, was ich tun soll."

Mit raschen Handgriffen und dem Einsatz von Limar befreiten Jason und Callum Ethan von seinen Fesseln. Mühsam erhob sich der Gefangene und machte ein paar unsichere Schritte. Mehr Mühe bereitete das Sinithhalsband, aber Rhodon bekam es schließlich geknackt.

„Wird es gehen?", fragte Callum.

Ethan stützte sich einen Moment an der Wand ab und sagte: „Es muss." Er blickte in die Runde der übrigen Menschen. „Ich danke euch allen von Herzen, dass ihr die Gefahr auf euch genommen habt, mich hier rauszuholen."

Nickala winkte ab. „Dafür ist später Zeit", flüsterte sie. „Los!"

Eilig verließen sie das muffige Zellenloch und wollten schon den Gang nach draußen nehmen, als Ethan sie aufhielt. „Wir müssen jemanden mitnehmen. Hinter der Gefängniszelle dort liegt Vurup. Er ist eingekerkert, weil er mir geholfen hat."

Unsicher schaute Callum zu Drivan. Dieser zuckte mit den Schultern. Nickala nickte. „Einer wird noch ins Flugschiff passen."

Rasch eilte Callum zu der angegebenen Zelle, knackte deren Schloss und holte Vurup in den Vorraum. Völlig verschlafen blickte der Wächter mit den Striemen im Gesicht in die Runde und konnte nicht glauben, was er sah.

„Wollt ihr mich befreien?", wollte er wissen.

„Willst du mit uns kommen, Vurup? Ein neues Leben in den Südlanden?", fragte Ethan und legte seine Hand auf den Kopf seines ehemaligen Wärters. „Entscheide dich rasch."

Vurup schaute über die Runde. Er nickte vorsichtig. „Mir bleibt keine Wahl. In den Nordlanden bin ich des sicheren Todes."

„Dann kommt." Callum schritt in Richtung des Ausganges. Die anderen wollten sich gerade anschließen, als laute Alarmrufe von oben ertönten.

ॐॐॐ

Einige Minuten zuvor …

Verbissen starrte Aran nach vorne in die Schwärze des Malandrenpasses, dem direkten Weg zu Burg Saranam. Immer wieder fielen ihm vor Müdigkeit die Augen zu, immer wieder trieb er den Flugführer zu höherer Eile an. Doch schneller ging es einfach nicht. Aran war sich sicher, dass Jason heute Nacht den Befreiungsversuch starten würde. Alles hing davon ab, ob er es rechtzeitig nach Saranam schaffen würde. Hätten sie doch Kontaktsteine, die in der Dunkelheit funktionieren. Dann könnte er jetzt ganz entspannt nach Mauren fliegen und sich für die Gefangennahme von Jason feiern lassen. So musste er zittern …

Als die Lichter der Hauptstadt der Nordlande erschienen, beugte sich Aran weit nach vorne. „Lande direkt im Hof der Burg", brüllte er dem Flugführer über den tosenden Fahrtwind zu. Gekonnt flog der Pilot eine Kurve über der Stadt und hielt in voller Fahrt auf die Festung zu. Er setzte zu einem harten Bremsmanöver an und ließ die Maschine unmittelbar über dem dunklen Hof absacken. Als der Passagierkorb zwei Meter über dem Boden schwebte, sprang Aran ab und schrie in Richtung der Wachräume: „Alarm. Eindringlinge in Saranam. Alle Mann zu den Kerkern."

Die Türen der Wachstation schnellten auf und mehrere Soldaten strömten heraus. Einige zerrten im Laufen ihre Schwertgurte fest. Aran stürmte auf einen hochgewachsenen Mann zu, den er als Wachtführer erkannte. Noch im Rennen brüllte er: „Der Gefangene in den unteren Verliesen soll befreit werden. Sofort alle Mann in die Keller. Wir müssen die Eindringlinge aufhalten!"

Der Wachtführer war sein Leben lang im Heer und hielt sich nicht mit unnützen Fragen auf. Er gab knappe Kommandos und stürzte zusammen mit Aran und den übrigen Wachsoldaten auf den Turm zu, der zu den Kellerverliesen führte. Mit seinem ganzen Wesen hoffte Aran, dass sie nicht zu spät kämen.

ॐॐॐ

Entsetzt starrten sich die Befreier an. Ihr Eindringen war bemerkt worden, ihr Plan zunichte. Rhodon fluchte: „Die Geräusche kommen von da, wo wir hergekommen sind. Dahin können wir nicht mehr zurück."

Jason und Callum schauten sich ratlos an. Der Meisterschüler wendete sich an Vurup: „Gibt es noch einen anderen Weg hier raus?"

Fieberhaft überlegte der Wärter. Unsicher setzte er zu einer Antwort an. „Es könnte klappen, aber ..."

„Sprich. Wo lang?", unterbrach ihn Callum rüde.

Vurup straffte sich und deutete auf eine Tür, die wenige Meter hinter ihnen lag. „Dort entlang."

Die schweren Schritte laufender Soldaten ertönten im Gang. Rasch eilten die Gefährten auf die von Vurup gewiesene Tür zu. Als alle hindurch waren, schaute sich Callum hastig um. „Da", er zeigte auf einen mannshohen Schrank, „helft mir." Gemeinsam verkeilten sie den Schrank zwischen Eingang und gegenüberliegender Mauer. Da hörten sie auf der anderen Seite der Wand auch schon die Wächter vorbeilaufen.

„Schnell, hier entlang." Vurup wies auf eine Treppe, die nach oben führte. Einer nach dem anderen preschte die Stufen hinauf. Jason bildete den Abschluss. Mit Sorge hörte er, dass sein Vater vor ihm nur unter lautem Keuchen den Anstieg erklomm. Sie verloren den Anschluss an die übrige Gruppe.

Als sie schließlich die nächste Etage erreichten, vernahm Jason, wie unten gegen die verkeilte Tür geschlagen wurde. Doch vorne hatte Vurup schon ein Tor geöffnet und deutete ihnen, rasch zu folgen. Gebückt liefen sie einen langen Gang entlang. Rechts und links lagen Türen. Jason betete, dass jetzt niemand herauskam.

Zielsicher öffnete Vurup eine weitere Tür und prüfte den dahinterliegenden Raum. Er war frei. Alle eilten herein. Es handelte sich um die Burgküche. Riesige Feuerstellen mit darüberhängenden, ausladenden Schornsteinöffnungen prägten die Kochstube. An der Wand stapelten sich Töpfe und Pfannen in den unterschiedlichsten Ausmaßen. Der Geruch von Fett und Scheuermittel lag in der Luft. Rasch durchquerten sie den großen Küchenraum. Mitten über einem breiten Holztisch hing ein Gemälde von Mandratan, eingerahmt von schimmernden Leuchtsteinen. Im Vorbeilaufen hob Rhodon drohend die Faust zu dem Porträt: „Schlächter, du wirst fallen, das garantiere ich dir!" Am liebsten hätte er wohl seinen Hammer gegen die Visage des dunklen Kaisers geschleudert. Doch das wäre zu laut gewesen.

Vurup befahl, völlige Stille zu bewahren. Ganz vorsichtig öffnete er die Tür einen Spaltbreit und schloss sie gleich wieder. Flüsternd wendete er sich an Callum: „Da ist eine Gruppe von Soldaten. Sie bewachen den Gang zu den Waffenkammern. Sie scheinen alarmiert. Leider müssen wir an ihnen vorbei, um aus der Burg zu kommen."

„Wie viele sind es?", fragte Drivan.

„Ich habe sieben gezählt."

Callum ließ sich an die Wand sinken. „Zu viele. Wir müssen kämpfen. Doch dann sind wir entdeckt." Verzweifelt schaute er in die Runde.

Ehe jemand etwas sagen konnte, zischte Drivan: „Ich werde sie ablenken. Ich gehe nach rechts und werde vor ihnen davonlaufen."

Jason starrte ihn an. „Das ist Wahnsinn, Drivan. Das lasse ich nicht zu. Entweder allen gelingt die Flucht oder keinem."

Drivan packte Jasons Hemd und drängte ihn an die Wand: „Jetzt hör mal zu, Jason. Soll das hier alles umsonst gewesen sein? Ich kenne mich am besten in der Burg und in der Stadt aus. Ich habe dort Freunde. Mit etwas Glück werde ich es schaffen."

Verzweifelt schaute Jason ihn an. Ratlos blickte er zu Callum. Dieser nickte zögernd. „Unsere Chancen steigern sich dadurch erheblich."

Drivan ließ Jason los und wendete sich zur Tür. Er wurde von Nickala aufgehalten. Sie umarmte ihn und flüsterte nur: „Danke."

Gequält lächelnd drückte Drivan sie zur Seite und öffnete leise die Tür. Dann schlängelte er sich hindurch und zog wieder zu.

ॐॐॐ

Hinter der Küchentür blieb Drivan einen Moment stehen. Er dachte an seine beiden Töchter. Würde er sie je wieder zu Bett bringen können? Seine Kehle wurde trocken. Fast wäre er umgekehrt. Aber tat er das hier nicht auch für sie? Damit sie in einem freien Land aufwachsen konnten? Wie in Trance ging er los. Zuerst bemerkten ihn die Soldaten nicht. Sie hatten sich um ein Fenster gedrängt und schauten, was auf dem Hof unter ihnen vorging. Drivan wendete sich nach rechts und schlurfte verhaltenen Schrittes den Gang entlang. Da erklang in seinem Rücken eine Stimme: „He. Wer bist du? Wo willst du hin?"

Er rannte los. Bestimmt 20 Meter trennten ihn von der nächsten Tür. Drivan lief um sein Leben. Im Laufen drehte er sich um. Alle Wachmänner stoben hinter ihm her. Doch Drivan konnte sich nicht darüber freuen, dass sein Plan gelang. Angst überflutete ihn, unterbrochen durch Bilder von seiner Frau und den Kindern.

Kurz vor dem Erreichen vom Ende des Ganges schoss etwas scharf an seinem Hals vorbei. Ein Pfeil bohrte sich vor ihm in die Tür. Im selben Moment riss er diese auch schon auf. Wieder eine Treppe. Hinauf oder herunter? Drivan entschied sich für runter. Mehrere Stufen auf einmal überspringend raste er hinab. Hinter sich hörte er die schreienden Verfolger.

Als er unten ankam, zerrte er die nächste Tür auf. Er war auf einem Innenhof gelandet, in dessen Mitte ein verlassenes Feuer brannte. Die normalerweise darum herumstehenden Soldaten waren wahrscheinlich zu den Kerkern geeilt. Jetzt wusste Drivan, wo er sich befand. Gegenüber lagen die Ställe. Er fasste einen Plan.

So schnell er konnte überquerte er den Hof und hielt auf die Stallungen zu. Im Vorbeigehen riss er einen brennenden Ast aus dem Feuer. Im Stall angekommen rannte er den breiten Gang entlang und warf den Ast in einen riesigen Strohberg. Sofort breiteten sich die Flammen aus.

Doch da kamen auch schon die Soldaten hinterher. Drivan öffnete eine weitere Tür und schoss durch den dahinterliegenden Raum. Es war der Schlafraum des Stallwächters. Drivan hörte ein Schnarchen auf der rechten Seite. Er brauchte einen Augenblick, um sich an das Dämmerlicht im Zimmer zu gewöhnen. Da sah er an der gegenüberliegenden Wand einen Durchgang. Eilig sprang er darauf zu und rannte mit voller Wucht gegen einen kleinen Tisch, der mit lautem Knall umkippte. Drivan spürte einen beißenden Schmerz in den Knien, rappelte sich wieder hoch und humpelte zum Ausgang. Er riss sie auf und prallte gegen einen Hünen von Mann.

Aran packte den jungen Soldaten und presste ihn mit einer Hand am Hals gegen die Wand. Er erkannte sofort die Rüstung der Südlande. „Wo ist der Rest von euch? Wo? Sprich!"

Drivan ächzte unter der eisenharten Umklammerung seines Halses. Mit Mühe brachte er die Worte hervor: „Von mir erfährst du nichts." Dann zog er blitzschnell sein Messer und stach es in Arans Rippen. Doch dessen Lederrüstung ließ den Stoß abgleiten. Reflexartig rammte ihm Aran seine Klinge in den Leib.

„Narr!", schrie er den röchelnden Südländer an, drehte sich um und rannte zurück in den Hof. Drivan versank in nie endender Schwärze.

ॐॐॐ

Schweren Herzens wendete sich die Gruppe nach links, als die Soldaten bei ihrer Verfolgung von Drivan aus dem Gang verschwunden waren. Vurup führte sie durch mehrere Räume hindurch zu einem mit Leinsäcken abgehängten Baugerüst. Alle huschten rasch hinter die wallenden Tücher. Rhodon, der als Letzter ging, glättete die Abdeckung eilig, sodass keiner sehen konnte, welchen Weg sie genommen hatten.

Dahinter verlief eine schmale, noch im Bau befindliche Treppe in die Tiefe. In Windeseile liefen sie hinunter und landeten in einer tür- und fensterlosen Kammer. Im Boden öffnete sich ein mannsgroßes Loch, aus dem eine hölzerne Leiter ragte.

„Dieser Gang führt unter der Burg in das Innere der Statue", erläuterte Vurup. „Damit gelangen wir direkt in das Bauwerk hinein. Der Kaiser will in Zukunft auf diesem Weg das Volk mit seinen Ansprachen aus dem Mund des Begnadeten überraschen. Es ist alles streng geheim, ich weiß nur davon, weil mein Schwager einer der Ausschachter des Tunnels war."

„Dann los." Rhodon wedelte mit der Hand und trieb alle an, die Holzleiter hinabzusteigen. Als Jason die Sprossen verließ, landeten seine Stiefel im knöchelhohen Wasser. Er fasste seinen Vater am Rücken und half ihm bei den letzten Stufen. Dankbar lächelte dieser ihm im trüben Licht der zwei Steinfackeln zu.

Vurup übernahm die Führung. Der unterirdische Gang befand sich noch im Bau. Sie mussten unter brusthohen Querbalken hindurchschleichen. Hier herrschte eine gespenstische Stille. Nur dumpfes Dröhnen zeugte von Aktivitäten über ihnen. Jason dachte daran, dass das ganze Gewicht der Burg hierüber ruhte. Ständig rieselte Erde von der unbefestigten Decke auf ihre Köpfe. Jason drehte sich zu seinem Vater um. In dessen Augen lag ein getriebener und furchterfüllter Ausdruck. Ethan musste sich an der Wand abstützen. Dabei hetzte sein Blick von einer Seite der Gangdecke zur anderen. Als er Jasons Miene bemerkte, verzog er den Mund zu einem gequälten Grinsen.

„Es geht schon", sagte er unter mühevollem Atmen.

Jason vermutete, dass sein Vater aufgrund der langen Haft an Platzangst litt. Die enge Röhre unter der Erde hatte wirklich etwas von einem Sarg. Aufmunternd lächelte er zurück und wendete sich wieder nach vorne.

Jason schätzte, dass sie ungefähr zweihundert Meter gegangen waren, als der Gang breiter wurde. Steinerne Stufen führten nach oben in eine trübe Helligkeit. Vurup hielt seinen Zeigefinger auf die Lippen. Jason gab das Zeichen nach hinten weiter. Die Steinfackeln wurden auf dem Boden zurückgelassen.

Schleichend folgte Jason Vurup die Treppe hinauf. Hektisch rufende Stimmen ertönten. Er hörte galoppierende Pferde und das dumpfe Stampfen von Soldatengruppen.

Sie kamen in einer Halle heraus, in der überall hölzerne Stützen zur Decke ragten. Vurup wisperte: „Wir befinden uns in den Schuhen des Begnadeten. Dies hier wird einmal eine Kirche sein, bei der man zu Füßen Mansils beten kann."

Jason blickte sich um. Jetzt konnte er die gebogene Form der Wände deuten. Er erkannte, dass er sich innerhalb von zwei überlebensgroßen Sandalen befand. Schon dieser Raum hatte beeindruckende Ausmaße. Die Wand an den Hacken der „Schuhe" war noch nicht fertiggestellt, riesige Stoffplanen flackerten auf der Rückseite eines Gerüstes, dessen oberes Ende sich in der Dunkelheit verlor. Trübes Mondlicht drang durch die dünnen Folien aus Leinenstoff.

„Imposant. Aber die Holzstützen machen keinen besonders stabilen Eindruck", meinte Rhodon fachmännisch.

„Die werden noch durch Sinith ersetzt", antwortete Vurup. „Zurzeit brauchen sie alles für die Kriegsproduktion. Die ganze Statue wird dann von zwei Pfeilern getragen."

Jason blickte an einem der Gerüstbalken hoch. Sie waren mit einem Geflecht von Querstützen miteinander vernetzt. Man könnte an ihnen nach oben klettern und sich dort verstecken, doch was würde das nützen?

Von der Rückseite der „Schuhe" zischte die Stimme Nickalas herüber: „Wir sitzen in der Falle. Seht."

Alle eilten zu ihr und spähten durch die dünnen Lagen aus Leinen. Angst fuhr Jason in die Glieder. Um sie herum schien die gesamte Armee der Nordlande zum Leben erwacht. Immer neue Truppen kamen über die breiten Treppen, welche von den tieferen Ebenen der Stadt und der Soldatenlager hinaufführten, zur Burg geströmt. Die Zinnen der Mauern waren schon fast voll besetzt und Fußsoldaten postierten sich mit leuchtenden Fackeln zu Füßen der Wälle. Ganz offensichtlich wurden die Flüchtlinge noch innerhalb von Saranam vermutet, auf den Fluchtweg durch den Tunnel zur Statue war bisher niemand gekommen.

Aber das würde nur eine Frage der Zeit sein.

„Was sollen wir machen?", fragte Nickala.

Jason blickte durch die Planen um die Ecke der „Schuhe". Die Statue, die sich dunkel über ihm in den Himmel erstreckte, stand am Rande eines steil abfallenden Felsens. Auf diesem Wege war eine Flucht nicht möglich.

Auf der Hinterseite erhob sich nach rechts auslaufend Burg Saranam. Auch dorthin konnten sie sich nicht wenden.

Blieb nur nach links. Dort, wo der Fluss verlief. Doch mittlerweile bewachte auch dort eine Schar Soldaten den Zugang zu den Booten.

„Aussichtslos", murmelte Callum, der seinen Blicken gefolgt war, dumpf neben ihm.

„Es sei denn ...", Jason wagte sich noch etwas vor und sah, dass er im Augenwinkel richtig gesehen hatte.

„Ja?", flüsterte Callum.

„Es sei denn, wir würden die Wachposten von den Booten fortlocken können."

„Und wer soll diesmal das Opfer sein?"

„Hmm ... nein. So meine ich das nicht. Irgendwie anders." Jason zog sich wieder hinter die Leinenbahnen zurück und ging zu Vurup. Er fragte: „Können wir das Gerüst zum Einsturz bringen?"

Vurup riss die Augen auf: „Was willst du machen?"

Jason erklärte: „Zur Flussseite schließt sich eine Lagerhalle an die Statue an. Vor dort aus sind es nur noch wenige Meter zu den Booten, aber die Soldaten stehen dazwischen. Wenn wir sie mit irgendeiner Aktion fortlocken könnten, wäre der Weg zum Fluss frei. Am Ableger schnappen wir uns dann eines der Boote."

Vurup legte den Kopf in den Nacken. „Das Gerüst ist überall miteinander verbunden. Das dauert ewig und macht viel zu viel Krach. Die Wachposten wären hier, bevor wir den zweiten Stützbalken zu Fall gebracht hätten."

Jason zog mit den Zähnen seine Unterlippe in den Mund, während er über die Worte von Vurup nachdachte. Dann fragte er in die Runde: „Irgendwie müssen wir sie von dort weglocken. Aber es sollte nicht noch einer den Lockvogel spielen. Fällt jemand etwas anderes ein?"

Fragend schaute er auf seine Gefährten. Als sein Blick auf seinen Vater traf, meinte er Anerkennung in seinem Gesicht zu sehen. Kurz freute er sich darüber.

Ethan fiel etwas ein: „Feuer. Wie wäre es mit Feuer. Ein großer Brand lockt immer viele herbei." Er deutete auf die riesigen Bahnen aus Leinen, die das Gerüst um die Figur bedeckten. „Das Zeug muss doch brennen wie Zunder."

Callums Augen weiteten sich: „Geniale Idee. Die Eimer da hinten stinken nach Farbreiniger. Damit können wir die unteren Leinenbahnen benetzen. Dann reicht ein Streichholz und hier geht die Post ab."

Alle zeigten sich mit dem Vorschlag einverstanden. Jeder holte sich einen der Bottiche und begoss mit deren Inhalt einen Abschnitt der Leinenabdeckung. Dabei bemühten sie sich, so leise wie möglich vorzugehen. Ein Gestank nach Terpentin breitete sich aus. Jason hatte diesen Duft schon immer gemocht.

Ein Trupp Soldaten marschierte dicht auf der anderen Seite der Stoffbahnen entlang. Alle hielten bei ihrer Arbeit inne. Doch das Bataillon verschwand ohne anzuhalten in Richtung Burg.

Als die Behälter geleert waren, liefen sie zwischen den umherstehenden Balken zur Flussseite des Gerüstes, wo sich unmittelbar die Lagerhalle anschloss.

„Bereit?", fragte Callum in die Runde.

Einstimmiges Nicken.

„Wer hat Feuer?"

Alle schauten sich fragend an. Keiner also. Rhodon seufzte und ging zu Callum. „Gib mir dein Schwert", forderte er.

Callum reichte ihm seine Waffe. Prüfend musterte Rhodon den Stahl. „Es könnte klappen", brummelte er und trat zu den Leinenbahnen. Er hockte sich hin, stemmte das Schwert in den Boden und schlug mit seinem Hammer gegen die Klinge. Es funkte. Rhodon musste noch zweimal zuschlagen, dann entzündete sich das Leinen. Wieselflink huschte eine Flamme die unteren Bahnen entlang und breitete sich rasend schnell aus.

Die Gruppe zog sich in die angrenzende Lagerhalle zurück. Das Feuer warf flackernde Schatten über die Wände. Überall standen Säcke mit Farben und Sand herum. Im Zentrum der Halle verliefen Werkbänke, auf denen Steine und Hölzer lagen. Es roch nach Staub und Gips.

Sie liefen mitten durch die Werkstätte hindurch zum gegenüberliegenden Ausgang. Jason war am schnellsten und öffnete vorsichtig eine kleine Tür neben dem großen Eingangstor.

Sofort hörte er das Rauschen des Flusses. Die Soldaten, die ihnen den Weg versperrten, standen immer noch an ihrem Platz. Sie starrten auf das um sich greifende Feuer.

„Nun macht schon", zischte Jason.

Und als ob sie seine Worte vernommen hätten, liefen die Ersten rüber zur Statue. Kurz danach folgte ihnen auch der Rest. Der Weg war frei.

„Fertig?", fragte Jason hinter sich.

Es kam kein Widerspruch.

„Dann los."

Vorsichtig öffnete er die Tür und trat hinaus. Bisher wurde seine Gestalt vom Schatten der Lagerwand verborgen. Zwei Schritte weiter flackerte die Umgebung bereits im hellen Feuerschein. Ein rauschendes Knistern von den brennenden Leinenbahnen drang in sein Ohr. Er drehte sich noch einmal zu den Gefährten um, die jetzt alle aus der Tür geschlüpft waren. Alle nickten ihm zu.

Jason rannte los. Die anderen folgten dichtauf. Keiner bemerkte sie.

Fast wäre es gut gegangen.

Rhodon hievte bereits mit Vurup eines der breiten Boote von einer Ständerkonstruktion, da hörten sie den Ruf: „Hey! Was macht ihr da?"

Die Gefährten erstarrten. Callum, der zusammen mit Ethan die Nachhut gebildet hatte und den seit Jahren Eingesperrten immer stärker stützen musste, ließ die Hand von dessen Schulter fallen und drehte sich ruckartig um. Bevor einer reagieren konnte, lief der Soldat zurück zur Burg.

Dabei schrie er: „Hierher! Hier sind sie. Am Anleger."

Nickala fasste sich am schnellsten. Sie stolperte zu Rhodon an die Spitze des von dicken Stricken und Tauen umhüllten Bootes und griff dort nach einem freien Seilgriff. „Los, macht schon", rief sie und zog das Sportschiff so heftig in Richtung Fluss, dass Vurup am Heck ins Straucheln kam.

Ethan hinkte nur noch. Callum legte seinen Arm um die Hüfte von Jasons Vater und trug ihn halb den steinigen Weg hinab. Am Wasser angekommen stockte Jason. Der Fluss raste mit hemmungsloser Gewalt vor ihnen nach unten. Dabei schlugen die Wellen immer wieder gegen steil herausragende Felsspitzen.

„Das schaffen wir nie!", rief er und drehte sich zu Vurup um. „Wir werden zerschellen!" Dann richtete sich sein Blick nach oben und sah eine Phalanx an Nordlandsoldaten herbeieilen. Callum und sein Vater waren fast am Ufer. Trotzdem ... sie waren verloren.

Vurup stieß ihn unsanft zur Seite. „Mach dir mal nicht in die Hose Bengel. Du sprichst mit einem Meister der drei Klippen. Ist zwar schon 30 Jahre her, aber den Fluss werde ich euch runterbringen. Los, alle Mann auf diese Seite." Vurup lenkte das Boot parallel zur Flussströmung und fixierte es auf dem Ufer. Callum und Ethan waren angekommen und schauten den ehemaligen Wächter von Ethan fragend an. Er gab nun die Befehle.

„Auf drei lassen Rhodon und ich das Boot ins Wasser. Wenn ich ‚jetzt!' rufe, müssen wir alle gleichzeitig hineinspringen. Schnappt euch sofort eines der Seile, die am Boden befestigt sind, und haltet euch verdammt gut fest. Das Boot wird losrasen, als würde ein Sarkote nach ihm treten. Und es wird wild. Bereit?"

Vurup blickte prüfend in die Runde. In diesem Moment schlug ein Pfeil zwischen Callum und Jason hindurch in die Bordwand ein.

Statt eine Antwort abzuwarten, rief Vurup: „Jetzt!", und hievte mit Rhodon das Boot in die Fluten.

Jason sprang als Letzter hinein und wäre fast sofort wieder hinten hinausgekegelt. Callum erwischte ihn gerade noch am Ärmel und zog ihn neben sich auf die Bank.

Für Dankesworte blieb keine Zeit. Zum einen zwangen zischende Pfeile die Gefährten, sich dicht auf den Boden zu pressen, zum anderen schnellte das Boot derart los, als wäre es von einem Katapult abgeschossen. Schon nach wenigen Sekunden waren sie außerhalb der Reichweite der Bögen. Es würde sich zeigen, ob Vurup so gut war, wie er behauptete.

ॐॐॐ

Aran lief so schnell er konnte zum Fluss. Das brennende Gerüst der Statue nahm er nur aus dem Augenwinkel wahr. Doch als er am Abhang bei den Booten zum Stehen kam, waren die Flüchtlinge für die Pfeile nicht mehr zu erreichen. Er war so wütend und enttäuscht, dass er mit voller Wucht gegen eines der Sportboote trat. Das Holz splitterte, die Seitenwand zerbrach.

Für einen Moment starrte er den Fliehenden hinterher. Das riesige Feuer hinter ihm erhellte mittlerweile das gesamte Stadtgebiet. Arans Blick glitt den Fluss weiter abwärts entlang und stockte am Flugfeld.

„Beim heiligen Mansil", flüsterte er.

Sofort rief er die Soldaten um sich zusammen. „Sucht mir alle den Piloten des Flugschiffes im Hof. Er soll unverzüglich beim Schiff erscheinen. Los, beeilt euch."

Gemeinsam mit den Kämpfern sprintete er zurück zur Burg. Dabei mussten sie brennenden Leinenbahnen ausweichen, die sich vom Gerüst gelöst hatten und nun wie flammende Vögel durch die Luft segelten.

Aran sah, dass ein erster Löschtrupp eingetroffen war. Aber sie starrten mehr oder weniger hilflos die rund 200 Mann hohe Statue empor, die mittlerweile bis zum Kopf von wild züngelnden Feuerlohen umhüllt war. Die hölzernen Stützpfeiler, bis in den Kern ausgetrocknet, brannten knisternd weiter, auch wenn die Leinenbahnen bereits von den Flammen verzehrt waren.

Er rannte in den Hof.

※ ※ ※

Jason wähnte sich von blauen Flecken übersät und spähte besorgt zu seinem Vater herüber. Doch dieser hielt sich wacker an seinem Seil fest und blickte angestrengt nach vorne.

Unter normalen Umständen hätte der Höllentrip Jason vielleicht Spaß bereitet. Das Boot, mit den umhüllenden Tauen gut gepolstert, wippte und sprang über die herabrasenden Fluten. Sie prallten die ganze Zeit seitlich gegen Felsen oder liefen auf eine Untiefe auf. Dabei bremste das Boot stark ab und alle flogen nach vorne. Sobald das Boot aber über die Untiefe rübergerutscht war, beschleunigte das Wasser es erneut brachial und alle kippten wieder heckwärts.

Da schlug ein blauer Blitz fünf Meter vor ihnen ins Wasser ein. Zischend erhob sich eine Dampfwolke. Sie rasten durch das Wassergespinst. Alle drehten sich zur Burg um.

„Der Kaiser zielt auf uns", schrie Vurup über die tosenden Fluten hinweg. Angst lag in seiner Stimme. Er blickte wieder angestrengt nach vorne.

Ein weiterer Blitz traf eine Baracke am Ufer. Bretter stoben nach allen Seiten davon. Eines schleuderte gegen ihre Bordwand und verschwand in der Gischt.

„Fahr zickzack", brüllte Rhodon.

Doch das war nicht nötig. Das Boot pendelte ohnehin von Seite zu Seite. Der nächste Einschlag erfolgte hinter ihnen. Die Wirkung war sichtlich schwächer. Sie entkamen der Reichweite der Handpyramide des Kaisers.

Auch so blieben Gefahren genug. Seilschutz hin oder her, ohne Vurup wären sie längst zerschellt. Der vernarbte Wärter hockte im Bug. Er hatte sich ein Seil um die Hüften gebunden und steuerte das Boot mit einem Doppelpaddel. Jason bewunderte seine Geschicktheit. Vurup schien immer 100 Meter weiter vorauszuschauen und es gelang ihm stets, den schlimmsten Felsspitzen auszuweichen. Dabei kam ihm der taghelle Schein der brennenden Statue zu Hilfe.

Aber alles konnte er nicht verhindern. Einem Knirschen wie von Fingernägeln auf einer Schultafel, nur tausendmal lauter, folgte das Krachen einer geborstenen Bodenplanke. Das Boot war mit voller Wucht auf einer Felsspitze aufgeschlagen. Wasser sprudelte hinein. Callum nahm seinen Rucksack und drückte ihn auf das Loch. Jason kam ihm mit seinem Fuß zur Hilfe. Der Wassereinfall schwächte sich ab, doch versiegte nicht ganz. Und durch das Auf und Ab schossen weitere Wasserschwalle herein.

Jason blickte nach vorne. Sie hatten das größte Gefälle überwunden. Noch immer raste der Fluss dahin. Das Flugfeld war noch nicht in Sicht. Und auf dem Boden des Bootes stand das Wasser bereits bis zu seiner Wade.

Nickala, die direkt hinter Vurup saß und dem Wärter zu Hilfe kam, indem sie ihn abstützte, drehte sich zu Jason um. Sie grinste verwegen und schrie gegen das laute Rauschen des Wassers an: „Das macht fast mehr Spaß als Fliegen. Aber nur fast. Wenn der Krieg vorbei ist, musst du unbedingt mit mir ..."

Sie stockte unmittelbar im Satz und starrte zur Burg hoch. Alle bis auf Vurup folgten ihrem Blick und konnten kaum glauben, was sie dort sahen. Die Statue des Begnadeten kippte.

ॐॐॐ

Aran lief nervös neben dem Flugschiff auf und ab. Jeden Soldaten, der vorbei kam, schickte er zur Suche nach dem Piloten Ertan aus. Fünf Bogenschützen warteten auf seinen Befehl bereits im Transportkorb.

Chaos herrschte überall. Auch in der Burg waren Brände aufgrund der herumwehenden Leinenbahnen ausgebrochen. Menschen eilten mit Wassereimern hin und her.

„Sie haben nach mir gerufen, Sir?"

Aran wirbelte herum. Ertan. Der Pilot. Endlich.

„Wir müssen zum Flugfeld. Schnell."

Beide sprangen ins Flugschiff zu den Bogenschützen. Ertan wendete die Flügel um 180 Grad. Sie hoben sofort vom Boden ab. Dabei drehte sich die Vorderseite des Flugschiffes in Richtung Statue. Da geschah es.

Alle Insassen sahen den Tod im gleichen Atemzug auf sie zustürzen. Das Gerüst, welches für die Stabilität der Riesenstatue sorgte, krachte unter der Last der Flammen zusammen. Der Riesenmansil sackte abrupt nach unten und neigte sich zur Burg. Zuerst kippte er träge, dann immer schneller werdend.

Ertan reagierte eiskalt. Statt ein langsames Drehmanöver zu versuchen, ließ er das Flugschiff nach vorne schnellen und drehte gleichzeitig nach links ab. So flog die Statue in wenigen Metern an ihnen vorbei. Durch den Sog kam das Flugschiff ins Taumeln, Ertan hatte es aber sofort wieder im Griff.

Dann krachte es. Der immer noch brennende Mansil schlug im Westflügel der Burg ein und vergrub Ställe, Schlafkammern, Lagerhallen und den großen Thronsaal unter sich. Die riesige goldene Faust zersprengte einen der Türme. Aran nahm es gar nicht zur Kenntnis. Er starrte in Richtung Flugfeld. Leider erhellte der Schein des Feuers nicht mehr ausreichend die Nacht, sodass er nicht erkennen konnte, ob die Flüchtlinge dort schon angekommen waren. Er umklammerte die Reling des Transportkorbes. Sie durften nicht zu spät kommen.

ॐॐॐ

Sogar Vurup blickte nach hinten, als die Statue unter lautem Krachen in die Burg einschlug. „Hoffentlich hat's dich erwischt", brummelte er zwischen den Zähnen hindurch. Doch er wusste, dass die Räume des Kaisers auf der anderen Seite der Festung lagen. Vurup wendete sich wieder der Führung des Bootes zu.

„Wir müssen raus", rief Jason und schaufelte wie verrückt das Wasser über die Bordwand. Callum presste mit aller Kraft seinen Rucksack auf das Loch. Doch der Rumpf füllte sich stetig.

Vurup nickte. Er suchte nach einer Anlegestelle. Als er einen seichten Uferabschnitt entdeckte, hielt er darauf zu. Nach kurzem Bremsweg lag das Boot auf dem Sandufer.

Nun übernahm Nickala die Führung. Sie waren nur noch wenige hundert Meter vom Flugfeld entfernt. Die Pilotin leitete sie eine niedrige Buschreihe entlang und lief durch einen kleinen Wald, der direkt am Flugfeld endete. Mit zusammengekniffenen Augen musterte Nickala die Maschinen, die rund um einen kreisförmigen Platz standen.

Sie drehte sich zu den Gefährten um: „Das hier sind alles Transportmaschinen. Sicher und zuverlässig, aber lahm. Ich denke, die Passagiermaschinen sind in der Halle dort untergebracht." Nickala zeigte auf ein Gebäude auf der Rückseite des Areals, das so lang wie mehrere Fußballplätze war.

„Dann rein da", sagte Rhodon und schlich schon zwischen den parkenden Fliegern hindurch. Die anderen folgten schnellen Schrittes. Soweit Jason sehen konnte, hielt sich kein Mensch auf dem Flugfeld auf. Doch er täuschte sich.

Die Flugzeughalle besaß an der Frontseite ein großes Rolltor, durch welches mühelos ein komplettes Flugschiff mit ausgebreiteten Flügeln passte. Nickala und Callum schoben jeweils einen der Torflügel auf und huschten hinein. Die Pilotin sah sich blinzelnd in der halbdunklen Halle um und zeigte dann mit zufriedener Miene auf ein sportliches Modell. „Der da wird uns ..."

Nickala konnte nicht weitersprechen. Ihr schreckstarrer Blick senkte sich nach unten. Jason bremste scharf ab und konnte nicht glauben, was er dort sah. Das durfte einfach nicht sein. Ein Pfeil steckte in Nickalas rechter Schulter. Mit entsetzt aufgerissenen Augen sackte sie auf den Boden.

Callum wirbelte herum. Zwischen zwei Flugzeugen stand ein zwergengroßer Wachmann mit brustlangem, verfilztem Bart. Gerade legte er seelenruhig einen zweiten Pfeil auf seine Sehnen. Callum schoss eine Kugel aus verdichteter Luft auf ihn ab und brachte den Schützen damit zum Taumeln. Gleichzeitig war Vurup auf ihn zugestürmt und betäubte den Zwerg mit einem scharfen Schlag seines Ruderstieles gegen den Hinterkopf. Kurz wunderte sich Jason, dass der Wärter das Paddel mitgeschleppt hatte.

Dann wendete er sich Nickala zu. Callum kniete schon über ihr und untersuchte die Verletzung. Vorsichtig zog er die Pfeilspitze hinaus. Aus Nickalas Mund presste sich ein dumpfes Zischen. Eilig umwickelte Callum mit einem Stück Stoff seines Hemdes die Schulter und den rechten oberen Arm. Dann hielt er ihr seine rechte Hand auf die Wunde. Nickalas Züge entspannten sich.

„Geht es?", fragte Callum und schaute Nickala besorgt an.

Bevor sie etwas antworten konnte, brüllte von draußen eine Stimme: „Hier spricht der zukünftige Fürst der Südlande. Ergebt euch und euch wird nichts geschehen. Hier kommt keiner vorbei und Truppen sind unterwegs, die ganze Gegend zu umstellen. Ihr habt keine Chance." Es war Aran, der mit seinem Flugschiff über dem Eingang zur Halle schwebte.

Die Gefährten blickten sich an. Jason sah Ratlosigkeit und Angst in ihren Gesichtern. Sein Vater duckte sich und begann am ganzen Körper zu zittern. Er schien diese Stimme zu kennen. Auch Vurup war bereit, aufzugeben. Er schaute zwar noch fragend, machte aber den Eindruck, resigniert zu haben.

Nickala fasste sich am schnellsten: „Wir müssen es wenigstens probieren", flüsterte sie und rappelte sich auf. Sie hinkte auf den Sportflieger zu, den sie ins Auge gefasst hatte, und winkte mit ihrem linken Arm die anderen hinter sich her. Jason umfasste seinen Vater und eilte mit ihm zum Flugschiff. Die Angst vor dem Kerker schien Ethan zu lähmen. Vielleicht war es aber auch die Furcht, seinen Sohn so rasch wieder zu verlieren.

Nachdem alle in den Transportkorb geklettert waren, setzte Nickala das Flugschiff in Bewegung. Doch statt direkt auf den Ausgang zuzugleiten, flog sie zur Rückseite der Halle. Dort angekommen wendete sie das Schiff und blickte in die Runde: „Alle bereit?"

Callum platzierte sich vorne: „Ich werde uns mit einem Luftschild schützen. Jason, du greifst sie an mit allem, was du hast." Jason nickte grimmig und postierte sich neben ihn. Und Nickala stellte die Flügel quer.

Mit einem leichten Ruck setzte sich das Flugschiff in Fahrt und beschleunigte stark. Die verletzte Nickala ließ einen kraftvollen Rückenwind aufwirbeln. Sie musste ständig die Flügelstellung korrigieren, damit das Schiff nicht zu hoch stieg und dadurch an die Decke schlug. Die Steuerung bereitete ihr ganz offensichtlich Schmerzen in der verwundeten Schulter. Doch ihre Lippen blieben zu einem schmalen Strich geschlossen.

Und dann waren sie draußen. Sofort schossen die Soldaten mit Pfeilen auf sie. Gleichzeitig befahl Aran seinem Piloten nach links abzusacken, sodass das Flugschiff der Fliehenden in ihre Flugrichtung fiel. Der Hüne verstärkte die Schräglage noch, indem er sich, nur mit den Beinen an die Reling geklammert, aus der Transportkanzel heraushängen ließ, den Bärentöter zum Schlag auf ihre Flügel erhoben.

Doch Rhodon hatte die Schwachstelle des gegnerischen Flugschiffes erkannt. Mit voller Wucht schleuderte er seinen Hammer in die Steuerung der Nordländer. Entsetzt verlor deren Pilot die Reste der Steuerhebel aus den Händen und kippte nach hinten. Gleichzeit klappten die Flügel nach oben ab und das nordländische Flugschiff sackte neben ihnen herab.

Aran versuchte noch einen Schlag, war aber zu weit für einen Treffer entfernt. Außer sich vor Wut brüllte er: „Ich kriege dich Jason. Ich kriege dich!" Dann wirbelte er in die Kanzel zurück und schaffte es knapp, sich hinzuhocken, bevor das Flugschiff auf dem Boden aufschlug.

„Jaaaaahh! Wir schaffen es", schrie Jason euphorisch. Er verstummte abrupt.

Zwei Pfeile steckten in der Brust von Nickala. Mit aufgerissenen Augen starrte sie auf Callum und sackte nach vorne. Die Pfeilspitzen brachen beim Aufschlag aus ihrem Rücken hervor. Sofort war Callum über ihr.

Das Flugschiff taumelte. Jason sprang an die Flügelsteuerung. Zum Glück hatte ihn Nickala in die Bedienung eingewiesen. Er drehte das Flugschiff in Richtung des Passes und ließ es südwärts beschleunigen. Weitere Pfeile schlugen in die Flügel ein. Dann waren sie außer Reichweite.

Entsetzt starrte Jason zu der sterbenden Nickala. Sie hielt Callums Bein umklammert. Blut floß aus ihrem Mund. Callum sendete all seine Kraft in ihren Körper um das Unvermeidbare zu verhindern. Immer wieder suchten seine Augen die von Nickala.

Es war zu spät. Nickalas Blick wurde trübe, dann verlor ihre Hand an Spannung. Die Umklammerung von Callums Unterschenkel löste sich. Als ihre Hand auf dem Boden des Flugschiffes aufschlug, fiel auch ihr Kopf leblos zur Seite.

Jason presste sich vor Traurigkeit die Faust in den Mund, mit der anderen Hand hielt er mit Mühe das Flugschiff auf Kurs. Rhodon wendet sich mit starrer Miene vom Anblick der Toten ab und Callum brach weinend über seiner uneingestandenen Liebe zusammen.

Im Osten erhob sich die gelbe Sonne.

Shântoditâvyapadeshya-dharmânupâti dharmî
Es gibt etwas im Menschen, das durch alle Veränderungen der Vergangenheit, der Gegenwart und der Zukunft hindurch stetig bleibt.
Patanjali, Yoga-Sutren, Teil 3, Sutre 14

3.4 Glück und Leid

„Ist er noch bei ihr?", fragte Ethan. Er bemühte sich, seine Stimme normal klingen zu lassen.

Bislang war es ruhig auf Argans Wächter. Jason nahm die Hand von den Augen weg und schaute auf seinen Vater. Dieser fixierte unverwandt die Gipfel der Malandren, mied den Blickkontakt.

„Papa, zum hundertsten Mal: Nickala hat freiwillig mitgemacht. Ihr war das Risiko bewusst." Jason überlegte, ob er die nächsten Worte aussprechen sollte, konnte sich aber nicht bremsen: „Sie wäre nicht glücklich darüber, dass du keine Freude über deine Rettung zeigst."

Zischend sog Ethan die Luft zwischen den Zähnen ein. Beim Ausatmen hustete er. Der Flug hatte zu einer Erkältung geführt. Durch die Gefangenschaft war Ethan nichts mehr gewohnt.

War er zu hart zu seinem Vater? Jason machte sich Vorwürfe. Auch wenn es am Ende Nickalas Entscheidung gewesen war - er wollte unbedingt seinen Vater befreien. Er hatte seine Freunde mit hineingezogen. Wenn einer sich Vorhaltungen zu machen hatte, dann doch er.

Ethan saß in einem dunkelbraunen Rollstuhl. Die Reifen bestanden aus mahagonifarben gemusterten Felgen mit einem Mantel aus den Fasern der Lianen, die so massenhaft vom Baum des Lebens herabhingen. Ethan konnte darin durch leichtes Strecken seines Oberkörpers über den zinnenbewehrten Balkonrand hinwegschauen. Auch er schaute immer wieder in Richtung von Argans Wächter.

Jason fuhr in milderem Ton fort: „Callum sitzt seit gestern Morgen ununterbrochen bei ihr. Ich glaube, er wird bis zum Totenfeuer heute Abend nicht von ihrer Seite weichen."

Er betrachtete die dunklen Ränder um die Augen seines Vaters. Dessen einst schwarzes Haar war an den Schläfen ergraut.

Die Nase ragte spitz aus dem ausgemergelten Gesicht hervor. Er würde noch einige Wochen brauchen, bevor er sich von der langen Gefangenschaft einigermaßen erholt hatte. Aber die Heiler auf Burg Dwando hatten bereits großartige Arbeit geleistet. Innerhalb von einem Tag hatte sich Ethans Zustand von schwach und gebrechlich zu hinlänglich gefasst gewandelt. Und die Behandlung ging weiter. Gleich im Anschluss hatte sein Vater einen Termin bei einer Traumlimartin. Er hoffte, dass sie seine Albträume lindern würde, aus denen er mehrfach die Nacht schweißgebadet erwachte.

Jason wollte seinen Vater auf andere Gedanken bringen: „Noch vor zwei Wochen dachte ich, du seist tot. Noch vor zwei Wochen hatte ich beide Elternteile verloren, meinen Vater nie richtig kennengelernt. Nun stehen wir hier zusammen auf der Mauer. Ist das nicht verrückt?"

Ethan schaute ihn ernst an. „Ja, das kannst du wohl sagen. Auch ich hatte nicht mehr damit gerechnet, dieses Loch lebend zu verlassen." Ethan rollte näher an Jason heran. „Verzeih mir, dass ich meine Freude nicht stärker zeige. Ich sehe momentan überall Sorgen. Zum Beispiel bei dir, du siehst nicht gut aus, Jason. Dein Gesicht ist viel zu blass. So fing es bei Franka damals auch an, als sie auf Tandoran war. Ist dir manchmal schwindelig?"

Jason winkte ab. „Mir geht es gut. Eine Flasche Goldwasser ist noch übrig - das reicht bis zur nächsten Öffnung des Sternentores."

Die Brüstung der Stadtmauer war an ausgesuchten Punkten mit Blumenarrangements verschönert, auch hier, wo sie gerade standen. Jason betrachtete die exotischen Pflanzen. Ein kalter Windzug bog eine tellergroße, orangefarbene Blüte in Richtung Abgrund. Es wurde fröstelig in Dwando.

Jason wollte das Thema wechseln und fragte: „Wird Mandratan einen Angriff vor dem Winter durchführen können?"

„Vieles deutet darauf hin. Dass er seine Truppen bereits auf Saranam sammelt, zeigt eindeutig, dass es nicht mehr lange dauern wird, bis wir den Schlächter durch das Tor dort kommen sehen." Er hob seine Hand in Richtung Argans Wächter. „Ich habe mit Orman Allando gesprochen. Der Lichtrat weiß jetzt Bescheid, sie beratschlagen, wie wir auf die neuen Entwicklungen reagieren." Wieder hustete er.

Jason schaute traurig zu Boden. Sie hatten noch einen gemeinsamen Tag. Er würde bald aufbrechen müssen. Zwei weitere Rätselkarten warteten auf ihre Auflösung, das Gefäß des Lichts auf seine Entdeckung. Nur gut, dass Callum, Rhodon und Shalyna ihn begleiten würden. Beim Gedanken an Shalyna hob sich seine Stimmung ein wenig.

Shalyna und er hatten Ethan zusammen eingeweiht. Sein Vater war äußerst charmant zu Jasons Freundin gewesen. Er hatte hohen Respekt vor der Familie der obersten Richterin. Aber Jason war auch Sorge in seinem Blick aufgefallen. Kein Wunder. Welcher Vater sah schon gerne, dass sein Sohn einer hoffnungslosen Liebe nachhing.

„Er hat sie umbringen lassen", flüsterte Ethan in die Stille.

Fragend schaute Jason seinen Vater an.

„Deine Mutter. Mein Bruder, Mandratan, hat sie töten lassen. Es war kein Unfall. Er hat es mir in allen Einzelheiten geschildert, mehrfach. Mit Genuss." Seine Stimme begann zu zittern. Er drehte den Rollstuhl und blickte zu Jason hinauf. „Sein Scherge Aran hat die Wildschweine vor ihren Wagen getrieben, er sollte sie eigentlich entführen. Franka ... sie ist wohl ausgewichen ..."

Jason hockte sich auf den Rand eines zweiten Blumenkübels, aus dem nur noch vereinzelte Gräser sprossen. Die Trockenheit hatte ihren Tribut gefordert und die Blumen darin vor vielen Wochen verwelken lassen. Seine Hand glitt über den Tharidium-Gaphir um seinen Hals. Sein Vater hatte ihm erklärt, wie er die Energie im Inneren abzapfen könne. Er riet ihm, sich diesen Vorrat für einen Notfall aufbewahren.

„Aber ... aber warum? Warum hat er das getan? Ich mein ... er ist dein Bruder, mein Onkel. Wieso ist er so ... durch und durch böse?"

Ethan verzog sein Gesicht und blickte mit schmalen Lippen wieder zu Argans Wächter. „Für seine niederen Taten braucht Mandratan nicht unbedingt einen Grund." Zynisch grinsend legte er seine Füße auf den Rand des Blumenkübels und massierte sich die Unterschenkel. „Aber es war wohl so, dass sein Seher Raskalan irgendeine Gefahr von unserer Familie für seine Herrschaft aufkommen sah. Und da Mandratan nichts von dir wusste, ließ er Franka entführen. Leider endete das mit ihrem Tod, groß gestört hat ihn das aber nicht."

Bei den letzten Worten war seine Stimme leise geworden. Jason sah zu seinem Vater. Er liebte sie immer noch. Vielleicht hatte er sich all die Jahre an die Gedanken an Franka geklammert, hatte so die Gefangenschaft überleben können.

Ethan schüttelte den Kopf und blickte zu ihm hoch. Sein Gesicht nahm endlich ein Grinsen an. „Lassen wir die Vergangenheit ruhen und die Zukunftssorgen nicht zu groß werden. Wir leben jetzt und ich freue mich unbändig, dich wiedergetroffen zu haben, mein Sohn. Apropos Treffen. Musst du nicht langsam zu Shalyna?"

ॐॐॐ

„Wie fandest du die Musik?", wollte Shalyna wissen.

Sie war ganz dicht bei ihm. Er spürte ihre Wärme neben sich. Gemeinsam gingen sie die Gassen von Dwando in Richtung Burg hinauf. Doch ihr Ziel lag davor. Sie bogen in die glänzenden Gärten der Stadt ein. Für diese Parkanlage war Dwando berühmt. Das lag an den silbernen Pflanzen, die hier in vielfältigen Formen zusammengetragen worden waren. Sie leuchteten in der Dunkelheit mit mondweißem Schimmer und tauchten die Gärten in eine mystische Atmosphäre. Shalynas tief gebräunte Haut wirkte in diesem Licht fast weiß.

„Hmm, außergewöhnlich würde ich sagen. Ich habe noch nie so ein Konzert gehört, aber es war Nickala und Drivan würdig. Die meisten der Instrumente gibt es auf der Erde gar nicht. Um ehrlich zu sein, bei manchen wusste ich nicht, wie die Töne herauskamen. Zum Beispiel bei diesem übermannsgroßen Kontrabass in der rechten Ecke. Der Spieler hatte seine Hände im Instrument, aber man konnte nicht sehen, wie er die Töne erzeugt."

„Im Inneren sind Saiten gespannt, die er zupft. Die Vibrationen übertragen sich auf das Gehäuse und werden von der Kuppel verstärkt. Keine Zauberei."

Jason musste lächeln. Das Ganze war ihm schon wie Hexerei erschienen. Noch nie hatte ihn Musik bis auf die Knochen durchdrungen, als ob ein Lautsprecher in seiner Brust vibrierte. Er schob es auf die muschelförmige Kuppel, unter welcher die Musiker ihre Stücke zum Besten gegeben hatten. Shalyna hatte ihm erklärt, dass die Muschel die Schwingungen der Musik auf eine ausgeklügelte Weise verfeinert, sodass die Töne tiefer in einen Menschen eindringen können. Ein Konzert auf der Muschelbühne von Dwando war ein Erlebnis für Körper und Seele. Trauer und Scham war auf den Wellen der Klänge durch seinen Brustraum geglitten. Als ob die Musik die verborgenen Gefühle in ihm suchte. Läuternd.

Sie waren an einem Teich angekommen, in dessen Mitte sich zwei menschliche Figuren umschlungen. Aus ihren Häuptern entsprang ein kleiner Wasserstrahl, der sich ringförmig plätschernd in den See ergoss. Shalyna setzte sich mit Jason auf eine Bank aus hellgrauem Sandstein, die am Ufer des silbrig leuchtenden Gewässers stand.

„Schade, dass Rhodon nicht mitwollte. Etwas Abwechslung hätte ihm auch gutgetan", sagte Shalyna traurig.

Jason nickte: „Der macht sich noch mehr Vorwürfe als mein Vater. Ich mein, klar - er hat seinen üblichen Spruch mit dem ‚Nur wer wagt, gewinnt' gebracht. Aber davon ist Nick doch nicht gestorben."

Shalynas Duft wehte zu ihm herüber. Jason sog ihn in sich hinein. Gestern konnte Shalyna den ganzen Tag kaum reden vor Weinen. Die Musik hatte sie gestärkt, aber jetzt wurde sie schon wieder so still. Sollte er sie bitten, dass sie eine ihrer Geschichten erzählte? Würde sie das ablenken? Nein, besser nicht.

Stattdessen sagte er: „Ich habe auch vor knapp zwei Jahren meinen besten Freund verloren. Er hieß Ben."

Das half. Mit großen Augen schaute sie ihn an. „Erzähl. Wie ist er gestorben?"

„Er ... ist verbrannt. Es war schrecklich." Jason stützte seinen Kopf in die Hände. Auch diese Erinnerung hatten die Töne aus seinen verschütteten Geisteskammern hervorgeholt. Merkwürdigerweise war es leicht zu ertragen gewesen. Ein Zauber ...

Für lange Zeit starrten beide auf die spiegelglatte Wasseroberfläche. Sie waren in Trauer vereint, aber seltsamerweise konnte sich Jason an keine schönere Phase in seinem Leben erinnern.

„Ich habe ein Geschenk für dich", flüsterte Shalyna und lächelte flüchtig.

Fragenden Blickes drehte Jason seinen Kopf zu ihr. Sie holte eine kleine Dose aus ihrer Hosentasche und ließ sie in Jasons Hand fallen. Neugierig öffnete Jason den Kasten. Im Inneren lagen in einem Bausch aus Watte zwei graue, zart gesprenkelte Ringe. Ein großer und ein kleinerer.

„Die habe ich angefertigt, als ihr in den Nordlanden wart. Es sind Verbindungsringe. Sie bestehen aus Kalenz – es ist immer so mausgrau. Auf ganz Tandoran gibt es nur einige Kilo von diesem Material und ich musste den Juwelier auf Knien anflehen, ein wenig davon verwenden zu dürfen. Erst wollte er nicht, aber dann habe ich gedroht, seine Gedanken zu lesen und alles seiner Frau zu erzählen. Da hat er entsetzt geguckt und das Kalenz-Metall rausgerückt."

Jason schaute sie irritiert an: „Was hast du ..."

Shalyna winkte ab: „War ein Spaß. Aber leicht war es nicht. Nur mit diesem Material stellen die Ringe eine Verbindung her. Immer wenn du deinen Ring trägst und dich für ihn öffnest, kannst du spüren, was der andere empfindet. Wollen wir es testen?"

Shalyna nahm den größeren Ring aus der Dose und pikte sich mit einer sich ebenfalls darin befindlichen dunkelroten Nadel in die Spitze des Mittelfingers. Mit Daumen und Zeigefinger der andern Hand presste sie einen Blutstropfen hervor. Diesen strich sie über die Oberfläche des größeren Ringes. Das matte Grau wurde dunkler. Sie reichte Jason den Ring und sagte: „Jetzt du."

Jason griff sich die Nadel und wiederholte die Prozedur mit seinem Blut für Shalynas Ring. Nachdem beide die Kalenzringe übergestriffen hatten, fragte er: „Und nun?"

„Du musst den Ring aktivieren. Schick ein wenig Limar hinein. Der Ring wird dann rot. Doch ich warne dich - ich weiß danach, was du für mich empfindest."

Jason überlegte gar nicht und tat wie ihm geheißen. Ihn überkam eine Welle von unglaublicher Zuneigung. Die Gefühle durchwaberten seinen Körper und legten sich wie ein Knistern über seine Kopfhaut. Aber unter dieser Liebe war die Trauer um Nickala zu spüren. Und auch ... Angst. Angst um ihr Leben, seines, ihres Bruders und vieler anderer.

„Das fühlst du gerade?", flüsterte Shalyna und strahlte ihn an. „Wow!"

Shalynas Augen ließen ihn nicht mehr los. Jetzt wusste er, was sie empfand. Er hatte es immer gehofft, aber wissen konnte er es nie. Nun schon. Was für ein Geschenk.

Jason wünschte sich, dieser Augenblick würde nie vergehen.

Er flüsterte zurück: „Wir finden einen Weg für uns beide, Shalyna. Wir finden einen. Wir müssen einfach."

Das hätte er vielleicht nicht sagen sollen. Shalynas Blick, eben noch voller Liebe, trübte sich. Die Gefühlsverbindung löste sich auf wie der Rauch einer ausgeblasenen Kerze. Shalyna drehte sich zum See, kickte einen Stein ins Wasser und sagte: „Du musst dich auf den Ring konzentrieren, wenn du mir deine Gefühle senden möchtest. Falls einer von uns seinen Ring abnimmt oder stirbt, wird der des anderen wieder grau." Sie erhob sich. „Lass uns gehen. Die Trauerzeremonie für Nick und Drivan geht weiter."

4. Kriegsvorbereitungen

Tat–pratishedhârtham eka–tattvâbhyâsah
Um die Hemmnisse zu beseitigen, sollte man über ein Prinzip der Wahrheit meditieren.
Patanjali, Yoga-Sutren, Teil 1, Sutre 32

4.1 Beratungen

Rhodon tat Jason leid. Callum hatte dem Zwerg unmissverständlich zu verstehen gegeben, dass er ihm nicht verzeihen könne. Er hätte Nickala angestachelt, er mit seinen Sprüchen, er mit seinen Sticheleien.

Der kleine, sonst so zähe Kleturer war hierüber sichtlich betrübt. Immer wieder huschten seine Augen zu dem teilnahmslos in der Ecke hockenden Callum. Und jetzt auch noch das: Vurup hatte berichtet, dass die Kleturer, Rhodons eigenes Volk, mit Mandratan in den Krieg ziehen würden. Sie hatten sogar eine besondere Waffe für den Schlächter entwickelt. Näheres wusste Ethans ehemaliger Wärter aber nicht zu berichten.

„Warum glauben sie diesem Wahnsinnigen bloß?", fragte Rhodon und donnerte mit der Faust auf die Tischplatte. Die daraufliegenden Rätselkarten Nummer 3 und 4 hüpften in die Luft. Die bereits gelösten Karten 1 und 2 waren von General Gasin im Tresor verstaut worden.

Die vereinzelten Gespräche verstummten. Fünf Augenpaare blickten auf den kleinen Mann am Kopfende des Tisches. Sie hatten sich in dem lang gestreckten Saal mit der Fensterfront zu den Malandren versammelt, um über das weitere Vorgehen zu beraten. Ein eifriges Feuer im Kamin war erfolgreich dabei, die Kälte aus dem großen Raum zu vertreiben.

„Wen meinst du - dein Volk?", fragte Shalyna.

Rhodon nickte grimmig.

Ethan stellte eine Gegenfrage: „Was denkst du, Rhodon - wie wird man ein guter Lügner, dem die Menschen am ehesten seine Lügenmärchen abnehmen?"

Statt einer Antwort zuckte der Kleturer mit den Schultern und schaute Ethan fragend an.

„Indem du deine eigenen Lügen selbst glaubst! Und Mandratan, für mich ist er immer noch mein großer Bruder Galf, ich werde mich nie an diesen neuen Namen gewöhnen, ist komplett gefangen in seinem Wahn. Irgendwann hat sein Verstand ausgesetzt und sein Gehirn folgt seitdem nur seinen Machtfantasien. Leider ist dieser Irrsinn gepaart mit dem völligen Fehlen jeglichen Mitgefühls für andere Lebewesen. Das macht ihn so gefährlich", antwortete Ethan. „Und verführerisch für durstige Seelen", fügte er nach einer Pause hinzu.

Shalyna setzte die Ellenbogen auf den Tisch und stützte ihren Kopf mit den Händen ab. Sie stöhnte: „Dabei ist er vielleicht gar nicht unser größtes Problem. Ganz Tandoran stirbt, auch ohne den dunklen Kaiser. Selbst wenn wir ihn besiegen, drohen überall Hungersnöte. Selbst bei den Ingadi. Und denkt an ihr Ultimatum."

„Das mag sein", sagte General Gasin mit erhobenem Armstumpf, „aber jetzt haben wir erst einmal ihn als Problem." Er zeigte mit seiner runden Metallkugel in Richtung Argans Wächter. „In einigen Tagen, höchstens Wochen, wird von dort eine Armee auf Dwando einfallen. Ich befürchte, durch die Befreiung von Ethan und die Zerstörung der halben Burg werden wir die Angriffspläne des Schlächters eher beschleunigt haben."

General Gasin und Jasons Vater hatten sich im ersten Krieg gegen Mandratan kennengelernt. Beide besaßen eine Vorliebe für die Geschichte Tandorans und hatten viele Abende im Austausch darüber am Kamin verbracht.

„Können wir Mandratan nicht wie damals übertölpeln?", fragte Shalyna. Ihr Zeigefinger ruhte auf ihrer Stirn am Rand der Richterkrone.

Alle Augen richteten sich auf Ethan. Sogar Callum schaute hoch.

Sein Vater sah besser aus als gestern. Er hatte sich die Haare schneiden lassen, sie fielen nun leicht gewellt bis zu den Ohren herab. Seine doch recht ansehnliche Nase hob sich dadurch noch deutlicher hervor. In der Gefangenschaft waren seine Haare lang und fettig gewesen.

Ethan schüttelte mit dem Kopf. „Damals haben wir große Mengen an Gaphirsteinen gesammelt", begann er zu erläutern, „und hatten eine Glaskonstruktion entwickelt, die Mandratans Limarenergien in die Speichersteine leitete. Ich hatte mich ihm in diesem Glaskäfig präsentiert, hatte ihn provoziert, hatte seinen Gott beleidigt. Das wirkte. Mandratan schoss wie von Sinnen mit seiner Handpyramide auf mich, vergaß jede Vorsicht. Die Gaphire unter mir klackerten durch die enorme Energieaufnahme. Allando konnte damals die so gewonnene Energie gegen die angreifenden Truppen wenden ...", Ethan atmete tief durch, „So leicht dürfte es nicht noch einmal werden. Mandratan wird nicht ein weiteres Mal das Opfer seiner Raserei sein." Entschuldigend zog er die Augenbrauen hoch. Es tat ihm offenkundig leid, zu keiner besseren Einschätzung zu kommen.

Trotz des gepflegteren Aussehens sah Jason deutlich, dass sein Vater psychisch noch nicht wieder auf dem Damm war. Er würde nicht die Kraft haben, gegen den dunklen Kaiser direkt zu kämpfen. Alles andere wäre auch ein Wunder. Noch war Ethan weit entfernt von dem Mann, an den sich Jason vage aus seiner Kindheit erinnerte.

Seine anhaltenden Rückenschmerzen waren dabei gar nicht sein größtes Übel. Jason dachte an gestern Abend. Nach der Trauerfeier wollte er noch seinem Vater Gute Nacht sagen. Vor dessen Tür hatte er ihn drinnen weinen gehört. Mit Jasons Klopfen war das Schluchzen verstummt. Als er eintrat, hatte Ethan schon wieder gelächelt. Ein verzerrtes Lächeln.

General Gasin stützte sich nachdenklich mit seinem Armstumpf auf der Tischplatte auf. Er fragte: „Wie steuert er eigentlich die Tiere?"

Ethan wusste Näheres: „Sein genaues Vorgehen kenne ich nicht. Aber es ist ihm gelungen, die Sayloqsteine so zu manipulieren, dass sie nicht nur Wissen weitergeben, sondern darüber hinaus Handlungsanweisungen in die Gehirne der wehrlosen Geschöpfe einbrennen. Er lockt die Flugechsen mit halb verfaultem Fisch an und lässt sie zu Hunderten einfangen. Dann bestrahlt er sie mit den Steinen und gibt sie wieder frei, um die Volomerflügel unserer Flugschiffe anzugreifen. Bei ihnen hält die Bestrahlung durch die Sayloqs Monate an, größere Tiere mit höher entwickelten Denkorganen benötigen häufiger eine Neubestrahlung", erläuterte er und drehte die dritte Rätseltafel vor sich im Kreis.

„Ich weiß gar nicht, warum wir hier noch rumsitzen", kam es aus der Ecke.

Alle Blicke wendeten sich zu Callum, der mit ernster Miene Jason fixierte.

„Es ist doch klar, was als Nächstes zu tun ist. Der Baum des Lebens hat uns nach Wirundu gewiesen. Da müssen wir das Buch der Verzweiflung finden. Nickalas Tod darf nicht umsonst gewesen sein", presste Callum hervor.

Jason zog sich der Magen zusammen. Callum war von Anfang an dafür gewesen, sofort nach Wirundu zu gehen. Jason hatte darauf bestanden, die Befreiung seines Vaters vorzuziehen.

„Natürlich Callum, wir werden gleich morgen aufbrechen. Shalynas Bruder kommt heute noch an", beeilte er sich zu sagen.

„Das denke ich auch", bestätigte Ethan mit nachdenklichem Blick auf den verzweifelten Callum, „ich und Vurup werden Garvaron mein Wissen zur Verfügung stellen, er soll ja nachher bei uns ..."

Ethan stutzte.

„Reich mir doch bitte die vierte Rätseltafel", forderte er Shalyna auf. Sie schob ihm die Tafel über den Tisch zu. Ethan fühlte über eine der Säulen des eingestanzten Tempels.

Aufgeregt sagte er: „Diese sich nach oben schlängelnden Verzierungen auf den Pfeilern - die habe ich schon mal gesehen. Sie waren auf allen Abbildungen der Tempel von Shambala. Nur ... Shambala soll im Himalaja liegen. Ich habe es zwar nie gefunden ..., aber vielleicht liegt die vierte Herausforderung auf der Erde?"

Nachdenklich beugten sich alle über die vierte Rätseltafel. Sogar Callum hatte sich erhoben und war an den Tisch gekommen.

Da ertönte vom Hof her eine Trompete. Hufgetrappel zahlreicher Pferde klackerte zu ihnen herauf. Shaly stürzte zum Fenster: „Garvaron! Und sieh mal, wen er mitgebracht hat: Gorum."

Jason erkannte den schwarzen Hengst sofort. Er eilte hinter Shalyna her, die schon die Treppe zum Innenhof hinunterrannte. Unten angekommen flog sie ihrem Bruder in die Arme.

Garvaron war ein richtiger Schönling. Seine glänzenden, pechschwarzen Haare trug er schulterlang. Der Kinnbart war kurz gestutzt. Seine Uniform und der Helm waren eisblau und funkelten in der Sonne. Auf der Stirn zeichnete sich genau wie bei Shalyna die Krone der Richter ab. An der linken Hüfte baumelte ein beeindruckendes Schwert.

„Ich freue mich so, dich zu sehen, Shaly!", sagte er mit strahlenden Augen.

„Ich mich auch, großer Bruder", antwortete Shalyna, „bringst du gute Nachrichten?"

„Woher soll ich die nehmen? Wir sind so schnell wie möglich hergeritten. Die Lage spitzt sich zu." Garvarons Blick schwenkte zu Jason. „Und du bist sicher der Mensch aus der Prophezeiung. Es ist mir eine Ehre, dich kennenzulernen, Jason Lazar."

Jason wollte ihm automatisch die Hand reichen, doch Shalyna ging dazwischen.

„Sei vorsichtig", sagte sie, „vielleicht reagierst du bei Garvaron genau wie bei mir."

Shalyna erläuterte ihrem Bruder, welche Schmerzen Jason bei einem Hautkontakt mit ihr empfand. Daraufhin näherte Jason sich langsam der Hand von Garvaron. Und tatsächlich, sofort setzte der so verhasste Schmerz ein, der jede Berührung mit Shalyna verhinderte.

„Das ist ja merkwürdig", staunte Garvaron.

„Vermutlich hängt es mit den besonderen Fähigkeiten von Jason zusammen", begann Shalyna, „er kann die Gefühle …"

Das obere Fenster wurde geöffnet. „Kommt hoch, der Lichtrat hat Kontakt aufgenommen. Ihr sollt mit dabei sein", rief Callum ungeduldig herunter.

Großmeister Orman Allando wartete, bis alle auf der Gegenseite eingetroffen waren. Der fußballgroße Kontaktstein lag mitten auf dem runden Holztisch des Ratssaales. Sein Freund Ruger Diestelbart beugte sich vor, um einen besseren Blick auf die hereinkommenden Gesprächsteilnehmer im weit entfernten Dwando zu erhalten. Auch für Allando war es stets aufs Neue faszinierend zu beobachten, wie auf den einzelnen Flächen des Minerals die Bilder der Menschen von der gegenüberliegenden Seite erschienen. Ihre Abbildungen waren klar und scharf.

Nachdem als Letzte Jason, Shalyna und Garvaron im Kontaktstein auftauchten, begann er zu reden: „Ich begrüße alle Teilnehmer der heutigen Besprechung. Wir wollen das weitere Vorgehen abstimmen. Es freut mich, Garvaron, dass Ihr es so schnell nach Dwando geschafft habt."

Man erkannte eine leichte Verbeugung des Sohnes der obersten Richterin. Garvaron antwortete: „Ich grüße Euch ebenfalls, Großmeister Allando. Verehrte Mitglieder des Lichtrates. Vor wenigen Minuten bin ich mit drei Truppenkontingenten aus Rikania in Dwando eingetroffen. Übermorgen wird zusätzliche Verstärkung eintreffen. Momentan kümmern wir uns um die Organisation der Befehlskette und den Aufbau des Lagers."

Allando nickte zustimmend und ergänzte: „Wir haben in den letzten Tagen im Lichtrat und mit den Beratern der obersten Richterin die aktuelle Lage erörtert. Folgendes möchte ich weitergeben: Alle freuen sich über die unerwartete Befreiung von dir, Ethan. Die Glückwünsche hast du ja schon empfangen. Ich kann dir verraten, dass viele darauf brennen, von dir zu erfahren, wie es dir all die Jahre auf Saranam ergangen ist." Er schenkte Ethan ein kurzes Lächeln, wurde aber schnell wieder ernst. „Gleichzeitig trauern wir um den Tod von Nickala. Ich habe heute Morgen mehrere ihrer Schülerinnen weinen gesehen. Viele haben Kerzen vor ihrem Wohnturm aufgestellt."

Sein Blick ruhte auf Callum und ließ die Worte der Anteilnahme für einen Moment wirken. Er fuhr fort: „Leider erlauben die Umstände keine angemessene Zeit der Trauer, denn wenn wir nicht entschlossen handeln, wird es noch viel mehr zu betrauern geben. Damit wären wir beim ersten Thema. Sorge bereitet uns das Eintreten der Kleturer in den Krieg. Rhodon, hast du irgendeine Vorstellung, um was es sich bei dieser geheimen Waffe handeln könnte, die sie für Mandratan gebaut haben sollen?"

Der Zwerg beugte sich in Dwando offenkundig näher an den dortigen Kontaktstein heran. Sein Bild vergrößerte sich. Er antwortete: „Meister Allando, ich habe leider keine Ahnung, was das sein könnte. Vurup wusste uns nichts weiter darüber zu erzählen. Das Letzte, was ich bei meinem Volk mitbekommen hatte, war, dass der Kaiser große Mengen an Pfeilen aus Sinith anforderte."

Allando erkannte, dass Rhodon sich im Laufe der Reise verändert hatte. Der Tonfall des Kleturers klang schwach, hilflos. Nicht mehr der selbstbewusste Fels, den er zum Schutze Jasons mitgeschickt hatte. Hatte er zu viel von Rhodon gefordert?

„Meister", fuhr Rhodon mit leiser Stimme fort, „mit Eurer Erlaubnis werde ich zu ihnen gehen. Vielleicht gelingt es mir, mein Volk von seinem verhängnisvollen Weg abzubringen. Callum und Shalyna können für Jasons Sicherheit sorgen."

Alle Mitglieder des Lichtrates blickten auf Allando. Würde er den Zwerg in die Höhle des Löwen ziehen lassen?

„Ich bin mir nicht sicher, ob das eine gute Idee ist", antwortete der Großmeister vorsichtig.

„Ach was", entgegnete Rhodon, „ich weiß, was ich tue. Ich habe dort Freunde. Sie werden mir im Notfall beistehen."

Allando überlegte. Durfte er das zulassen? Rhodon war ihm ans Herz gewachsen, er tat sich schwer damit, ihn auf eine so gefährliche Mission zu entlassen. Fragend schaute er in die Gesichter seiner Ratskollegen. Einer nach dem anderen begann, langsam zu nicken.

„Nun denn", Allando atmete gequält aus, „es ist eine Chance. Wann wirst du aufbrechen?"

„Gleich morgen früh. Ich kann Jason noch ein Stück in Richtung Wirundu begleiten, bis ich in die Berge abbiegen muss."

„Ich danke dir im Namen des Rates, dass du dieses Risiko auf dich nimmst."

Allando kniff die Lippen zusammen und streckte sich. Dann fuhr er fort: „Die nächste Sorge sind die Tiere unter Mandratans Willen."

Die Mitglieder des Lichtrates ließen sich von Ethan auf den neuesten Stand bringen. Insbesondere die Sarkoten bereiteten ihnen Angst. Wie würden die Soldaten der Südlande beim Anblick dieser gewaltigen Echsen reagieren?

„Wir dürfen über die Bedrohung durch die Nordlande das Ultimatum der Ingadi nicht vergessen", ergänzte Ratsmeister Faibanus. „Wie viele Tage bleiben uns noch?"

„Zwölf", antwortete Callum über den Kontaktstein wie aus der Pistole geschossen.

Nicht einmal mehr zwei Wochen, bis die Ingadi ihren Angriff auf die Menschen beginnen würden. Konnte Jason bis dahin die Prophezeiung erfüllen? Allando sah in die ratlosen Gesichter seiner Ratskollegen. Keiner besaß den Hauch einer Idee, wie sie auf diese Androhung reagieren sollten. Früher hätte er gewusst, an wen er sich wenden könnte. Aber Pendetron, sein geheimer Freund bei den Ingadi, war ein Opfer des dunklen Kaisers geworden.

„Meister Mataux aus Tenia bemüht sich um Kontaktaufnahme mit den Ingadi. Bisher ohne Erfolg. Wir wollen noch ein paar Tage abwarten, ob er nicht doch noch vorgelassen wird", sagte er matt in Richtung Faibanus. „Haben wir weitere Themen?"

„Ich fordere noch einmal", ereiferte sich Meister Magole und nahm resolut seine schwarze Nickelbrille ab, „wir sollten Jason mit Eruslan in den Kampf einbeziehen. Das Gefäß des Lichts ist keine Waffe, wie wir vom Baum des Lebens erfahren haben. Die Suche nach der Prophezeiung können wir nach der Schlacht gegen den dunklen Kaiser fortsetzen."

Diesmal stimmte ihm auch Faibanus zu: „Der Mensch aus der Prophezeiung, mit dem sagenumwobenen Ingadiretter-Schwert auf unserer Seite - das würde die Moral der Truppe vor der Einschüchterung durch die Sarkoten bewahren."

Meisterin Mariana Tradan fingerte unsicher an ihrem Stethoskop herum und meinte: „Vielleicht sollten wir darüber abstimmen."

Callum fuhr durch den Kontaktstein dazwischen: „Niemals. Die Prophezeiung ist unsere einzige Chance." Seine Stimme zitterte.

Auf beiden Seiten setzten hektische Gespräche ein. Allando musste eine Entscheidung treffen. Er sorgte mit seinem donnernden Holzstab für Ruhe.

„Meisterin Tradan, es tut mir leid. Ich werde mich über Euren Vorschlag hinwegsetzen und mache von meinem Vetorecht als Vorsitzender des Lichtrates Gebrauch. Es wird keine Abstimmung über diesen Punkt geben. Jason wird weiter nach dem Gefäß des Lichts suchen", sprach er mit fester Stimme. Der Reihe nach blickte er jedem Mitglied des Rates in die Augen und fuhr fort: „Wir wissen nicht, wann der dunkle Kaiser angreift. Darum sollten wir Jason nicht unnötig in Dwando warten lassen. Eventuell ist die Prophezeiung gelöst, bevor der Krieg überhaupt ausbricht."

Sein Freund Diestelbart nickte zustimmend. Das tat gut. Es hätte ihn geschmerzt, auch noch seinen alten Mentor gegen sich zu wissen. Ganz anders Meister Magole. Dieser starrte ihn einen Moment feindselig an, setzte dann aber rasch eine neutrale Miene auf. Allando konnte es nicht jedem recht machen. Magole würde schon einsehen, dass dieses Vorgehen die bessere Entscheidung war.

Allando wendete sich wieder dem Kontaktmineral zu: „Der Lichtrat und alle noch hier anwesenden Limarten werden morgen in Richtung Rikania aufbrechen. Ethan, dich bitte ich, als Berater von Garvaron in Dwando zu bleiben. Würdest du das tun?"

„Natürlich, Orman", antwortete Ethan.

„Damit ist die Besprechung beendet. Ich wünsche uns allen viel Glück. Nach Ankunft in Rikania werden wir uns erneut melden. Callum, ab dann bin ich auch erst wieder für dich erreichbar."

Nachdem sich alle voneinander verabschiedet hatten, kappte Allando die Verbindung, indem er den Kontaktstein verhüllte. Für einen Moment starrte er auf das dunkle Tuch.

Hoffentlich schaffst du es, Jason. Hoffentlich schaffst du es, betete er in Gedanken.

Ratsmeisterin Sacalua Ruben ergriff das Wort: „Ich wollte es noch nicht vor allen verraten ... Aber wir scheinen einen Durchbruch beim Schutz gegen die Flugechsen erreicht zu haben. Ich würde es dem Lichtrat gerne zeigen."

Auf allen Gesichtern zeigte sich Skepsis. Zu viele der früheren Erfindungen von Ratsmeisterin Ruben hatten sich als Fehlschläge entpuppt. Einige der Mitglieder schmunzelten sogar. Auch Allando wurde mulmig bei der Vorstellung, in solch einem Flugschiff von Echsen angegriffen zu werden.

> **Tato-¢nimâdi-prâdurbhâvah kâya-sampat tad dharmânabhighâtas cha**
>
> Aus der Befähigung, die Elemente zu steuern, entspringen die acht Siddhis, wie z.B. den Körper klein zu machen, Vollkommenheit und Unverwundbarkeit des Körpers.
>
> *Patanjali, Yoga-Sutren, Teil 3, Sutre 46*

4.2 Die Wege trennen sich

„*W*arum hast du ihm nichts von uns gesagt?"

Jason konnte sich die Frage nicht verkneifen. Er und Shalyna standen etwas abseits von den anderen im Morgengrauen neben Shalynas Pferd. Gestern Abend hatten sie gemeinsam mit Garvaron zu Abend gegessen. Der Sohn der obersten Richterin hatte ihnen zunächst die Verteidigungspläne für Dwando erläutert und sich danach ausgiebig für das Leben auf der Erde interessiert. Dann war es zu Unstimmigkeiten gekommen. Garvaron wollte Shalyna an seiner Seite haben. Die Tochter des Richterhauses gehöre in Kriegszeiten an die Spitze der Armee. Shalyna brauchte all ihre Überredungskraft, ihren Bruder davon zu überzeugen, dass sie weiter mit nach dem Gefäß des Lichts suchen müsse. Dabei hatte sie kein Wort von ihrer Beziehung zu Jason erzählt. Dieser hatte sie nach dem Treffen nicht mehr fragen können. Stattdessen lag er stundenlang wach und grübelte. War er Shalyna vor ihrem Bruder peinlich?

„Es schien mir besser, Jason. Garvaron ist immer so besorgt um mich und nicht gerade diplomatisch in seinen Meinungsäußerungen. Ich hätte es gestern Abend einfach nicht ertragen, wenn er die Hoffnungslosigkeit unserer Liebe herausposaunt hätte. Außerdem musste ich ihn überreden, Mutter nichts von meiner Mitreise zu verraten. Wenn er gewusst hätte, dass wir zusammen sind, hätte er vielleicht nicht mitgemacht. Von wegen blind vor Liebe und so", antwortete sie und blickte ihm verschmitzt lächelnd in die Augen.

Jason schaute skeptisch zurück. War das der einzige Grund? Dennoch fühlte er sich merklich besänftigt.

Sein Vater kam auf sie zu. Er schritt schon wieder recht sicher, ganz ohne Rollstuhl. Tapfer versuchte er ein Lächeln, aber seine ganze Körperhaltung drückte Traurigkeit aus. Er zog Jason an sich und umarmte ihn.

„Ich hatte gehofft, wir würden nicht so schnell von Neuem getrennt werden."

Jason mochte seinen Vater nicht leiden sehen. „Es sind nur noch zwei Prüfungen, Papa. Vielleicht sehen wir uns rasch wieder", gab er sich optimistisch. Über 10 Jahre waren sie getrennt – vielleicht würde er es irgendwann wieder als normal empfinden, mit einem Vater zu leben.

Freilich wusste auch Jason, dass ihm keine drei Wochen auf Tandoran verblieben. Die Goldwasserflasche an seinem Gürtel wurde von Tag zu Tag leichter.

Sein Vater riss sich zusammen: „Ich würde euch gerne begleiten. Doch Allando hat recht, hier kann ich mehr helfen."

Ein weiteres Mal drückte er seinen Sohn an sich.

„Ich sehe, ihr seid bereits am Verabschieden." Garvaron trat zu ihnen und umarmte seinerseits seine Schwester. Er teilte mit: „Ich habe heute früh schon mit Mutter gesprochen. Wir haben noch einmal mit dem Lichtrat getagt. Eure Heeresschilderungen aus Burg Saranam lassen uns leider keine Hoffnung auf Rettung von Dwando. Wir sollen die Stadt sofort auf eine Evakuierung vorbereiten. Vielleicht treffen wir uns also erst in Rikania wieder."

Jason schaute sich um. Rhodon zog gerade seinen Sattelgurt fest. Er war gestern Abend äußerst schweigsam gewesen. Was würde ihn bei seinem Volk erwarten? Ihre Wege würden sich eine halbe Tagesreise hinter Dwando trennen. Rhodons Satteltaschen waren genau wie bei ihnen mit reichlich Proviant gefüllt. Callum saß bereits im Sattel und stopfte sich Glückspastillen in den Mund.

Wenigstens die schmecken ihm wieder, dachte Jason.

Nach einem kurzen Blick auf die zehn Soldaten, die sie nach Wirundu begleiten würden, nickte er Garvaron zu und sagte: „Es kann losgehen."

Jason musste ständig auf Callum starren. Eingesunken ritt er nun schon den halben Tag neben ihnen her. Wie viel Leid der dunkle Kaiser - sein Onkel! - über sie brachte. Wann würde das ein Ende haben? Wie sehr er den Kaiser hasste. Seine Finger pressten sich stärker um die Zügel, sodass seine Knöchel hervortraten.

„Was ist mit dir los?", fragte Shalyna. „Du wirkst betrübt."

Sie sendete ihm über den Kalenzring ein Gefühl der Zuneigung.

Jason erzählte ihr von seinen Gedanken.

„Ich kann dich verstehen", bestätigte sie mit leiser Stimme. „Aber wir müssen jetzt stark sein, auch für Nickala. Was geschehen ist, ist geschehen. Du darfst deine Kraft nicht mit Hassgedanken schwächen. Sieh es mal so: Willst du durch das Hadern mit der Vergangenheit unsere Zukunft verlieren?"

Jason musste ihr recht geben. Er entsann sich der Worte von Allando: *Negative Vorstellungen behindern den Zugang zum eigenen Selbst und damit die Steuerung des Limars.* Es würde nur dem dunklen Kaiser nützen, wenn er in seinem Zorn weiterschwelgt.

Vor ihnen erschien eine Staubwolke. Sofort preschten die sie begleitenden Soldaten an ihm vorbei und übernahmen die Vorhut. Einige zogen die Bögen vom Rücken und legten Pfeile auf.

Doch ihre Sorge war unbegründet. Jason erkannte in den herangaloppierenden Reitern die Truppen des Dschungelvolkes. Ihre Gesichter waren mit schwarzen Linien bemalt. Der Anblick erinnerte Jason an Indianer auf dem Kriegspfad. Zu Hunderten ritten sie an ihnen vorüber.

Ein einzelner Krieger scherte aus. Maruk. Sie begrüßten sich herzlich.

„Ich soll dir den Segen von Kyvor überbringen, Jason, und allen versichern, dass er in Gedanken bei uns ist", übermittelte er feierlich.

Jason wollte sich gerade bedanken, da ritt Callum neben sie und äußerte düster: „Hallo Maruk. Ihr kommt, um zu sterben."

Maruk schaute ihn verwirrt an und wendete sich dann mit fragendem Gesichtsausdruck an die anderen.

Jason sagte nur: „Nickala ist tot."

Maruks Mund verzog sich zu einem schmalen Schlitz. Er legte eine Hand auf Callums Arm und sprach ihm sein Beileid aus. Jason meinte zu erkennen, dass auch dem Andari die tiefe Verbundenheit der beiden aufgefallen war.

Mittlerweile waren alle Reiter vorbei.

„Gebt nicht auf", sagte Maruk zu Callum, „für Nickala, für Merlan, für meinen Vater und alle, die unter dem dunklen Kaiser leiden."

Dann wendete er sein Pferd, nickte allen zu und preschte hinter seinen Leuten her.

„Auch ich werde jetzt gehen."

Jason ruckte herum. Rhodon. Jetzt schon? Ihm wurde das Herz schwer. Sein Zwergenfreund hatte stets Sicherheit ausgestrahlt. Er war wie ein zweiter Vater für ihn. Wie würde die Reise ohne ihn werden?

Mit gefasster Stimme sagte er: „Ich danke dir für alles, Rhodon, und wünsche dir viel Glück auf deiner Mission. Pass auf dich auf."

Rhodon wollte es kurz machen. Seine Augen schimmerten feucht. Er schaute zu den Malandren, die sich im Norden erhoben. Ein Wind fegte durch seinen Bart und öffnete den Blick auf Echsi.

„Glück brauchen wir alle", sagte er leise. „Wir begegnen uns wieder, das verspreche ich dir, Jason." Er tauschte ein Lächeln mit Shalyna und wollte auch Callum zum Abschied zunicken. Doch dieser blickte steinern zu Boden. Jason versetzte die Abweisung, dieser stumme Vorwurf, einen Stich.

Rhodon ging nicht darauf ein. Er gab seinem Pferd die Sporen und entschwand in Richtung der Malandren. So lang er zu sehen war, schaute Jason ihm nach. Würden sie sich jemals wiedertreffen?

> Rûpa-lâvanya-bala-vajra-samhananatvâni kâya-sampat
> Vollkommenheit des Körpers ist Schönheit, Anmut, Kraft und
> absolute Festigkeit.
> *Patanjali, Yoga-Sutren, Teil 3, Sutre 47*

4.3   Angriffspläne

*A*ran ließ seinen Blick über die Fürsten der fünf Nordlandbezirke schweifen. Sie hatten sich in voller Montur vor ihren Truppenkontingenten aufgestellt. Beide Sonnen strahlten auf die Vielzahl an Orden und Wimpel. Ein krasser Kontrast zu der halb zerstörten Burg hinter ihm. Aran mochte dort immer noch nicht hinschauen, der Anblick der Verwüstung nagte an seinem Selbstbewusstsein. Zumindest stiegen keine Rauchschwaden mehr zwischen den Zerstörungen auf.

Tausende von Kriegern hatten sich zur Rede des Kaisers exakt aufgereiht. Die Kampftürme, Schlagrammen, Lebensmittelkarren und Kriegswagen standen fertig beladen und verzurrt in einer endlos scheinenden Schlange in Richtung Süden. Kurz verharrte Arans Blick auf einer der fassgroßen Pfeiltrommeln. Gestern hatten sie diese Erfindung der Kleturer getestet. Furchterregend. Die Trommeln verschossen Sinithpfeile in unvorstellbarer Geschwindigkeit. Als ob eine ganze Armee gleichzeitig ihre Bögen abfeuert.

„Seht, was sie uns angetan haben", erscholl Mandratans mit Limar verstärkte Stimme. Er schwebte auf einem Volomerschild in drei Mann Höhe über dem Heer und zeigte auf die Reste der riesigen Statue in den Trümmern der Burg. „Mansil - unsere Stimme, gesegnet von Gott Gramon, erleuchtet in göttlicher Gnade - sie haben auf seine Ehre gespuckt, sie haben sein Denkmal geschändet. Wollen wir uns das gefallen lassen?"

„Nein! Nein! Nein!", schmetterte es donnernd von den Soldatenmassen zurück. Dazwischen vereinzelte Rufe: „Tötet sie! Tod den Südländern!"

Mandratan nickte mit ernster Miene in Richtung seiner Untertanen. Als die Schreie verebbten, setzte er nach: „Sie zeigten keine Achtung vor dem Ehrenmal unseres geistigen Führers - aber morgen werden wir ihnen ihre Niedertracht und Heimtücke vergelten!"

Wieder ertönten begeisterte Zustimmungen.

„Ruhig, meine Glaubensbrüder. Wir leben in einer besonderen Zeit. Schon bald erleben wir die Erfüllung der Prophezeiung des Begnadeten. Die Gebote des Gottes Gramon werden nach unserem Sieg für ganz Tandoran gelten. Seid ihr bereit, dafür zu kämpfen?"

Aran zuckte unter dem einstimmigen „Ja!" zusammen. Sogar die sonst so gelassenen Pferde waren zur Seite geschreckt.

„Seid ihr bereit, dafür zu sterben und an der Seite Mansils in Paraduja einzuziehen?", brüllte Mandratan seine nächste Frage hinaus.

Jetzt verfiel die Menge der Soldaten in Raserei. Sie rissen ihre Schwerter gen Himmel und schrien begeistert: „Mansil! Mansil! Mansil!"

Wieder schaute der Kaiser zufrieden über seine Armee. Er gestikulierte beschwichtigend mit den Armen. Bewegt blickte Aran auf die wild hin und her geschwenkten Fahnen der Nordlande. Mehrere Trompeter ließen ihre Hörner erschallen. Nachdem die Kämpfer endlich leiser geworden waren, fuhr Mandratan fort: „Ihr könnt euch auf die Worte des Begnadeten verlassen: Auf alle von uns wartet in Paraduja ein großer Dank für unsere Heldentaten. Gott Gramon wird euch mit Macht, Fülle und lieblichen Gespielinnen beschenken, so ihr zu Lebzeiten für seine Ehre kämpft."

Abermals musste er den Jubel abklingen lassen, bevor er weitersprechen konnte: „Seht auf ihn", Mandratan zeigte auf Aran, „er sei uns allen ein Vorbild. Mühte sich sechs Tage alleine durch Feindesland, ohne Rücksicht auf Erschöpfung und Schmerz, um die Flucht des Verräters zu verhindern. Stürzte sich unter Gefahr für sein Leben den Eindringlingen entgegen. Das hat mir gefallen und ich bin sicher, auch der Begnadete wird es wohlwollend von Paraduja aus betrachtet haben. Gott Gramon ohnehin."

Aran war in eine Art Schockstarre versunken. Diese Ehre, vor allen Soldaten, den Fürsten und allen, die sonst noch so zuhörten. Sogar Fatina schaute von einem Balkon des unzerstörten Burgbereiches herab. Er spürte immer klarer, dass er sich der Erfüllung seiner Träume unaufhaltsam näherte.

Mandratan hörte noch nicht auf: „Aran del Mark wird Befehlshaber der Truppen von Mauredon. Er ist damit den Fürsten der Länder Ruen, Wid, Eulrion und Taman gleichgestellt. Ihr seht, Leistung und Einsatz werden in unserer Armee belohnt. Von mir und von unserem Gott!"

Viele klatschten und johlten. Der dunkle Kaiser beschwichtigte die Jubelrufe. Nun kam er zum letzten Teil seiner Rede: „Morgen ziehen wir in die Schlacht, Männer. Die Kleturer stoßen in den Malandren zu uns. Seht euch um", er wies auf die Krieger, die nervös hin und her tänzelnden Sarkoten, die Wehrtürme, „wir werden sie überrollen. Der Sieg ist uns sicher. Ihr werdet Nahrung in Hülle und Fülle für eure Familien in den fruchtbaren Weiten der Südlande vorfinden. Sie wollten uns hier im Norden verrotten lassen, nun werden sie spüren, dass wir für unser Recht zu leben zu kämpfen verstehen!"

In dem folgenden donnernden Applaus ließ Mandratan einen Blitz aus seiner Handpyramide zum Himmel steigen und rief: „Heute ist ein Tag der Feier. Lasst die Feuer erstrahlen!"

Unter tosendem Beifall schwebte Mandratan zu Aran herunter. Die begeisterte Menge löste sich um sie herum auf.

Aran fiel vor seinem Kaiser auf die Knie und sagte: „Ich danke Euch vielmals, mein Kaiser. Ich werde mich Eures Vertrauens würdig erweisen."

Mandratan gab ihm Zeichen, dass er sich erheben dürfe. Er trat nahe an Aran heran und sprach mit gedämpfter Stimme eindringlich zu dem Hünen: „Das hoffe ich für dich, Aran. Das hoffe ich für dich und für uns alle. Ich erwarte, dass du an vorderster Front kämpfst."

„Ihr werdet Eure Entscheidung nicht bereuen", antwortete Aran mit gesenktem Blick. „Soll ich mich in besonderer Weise um den Erdling kümmern?"

Der dunkle Kaiser winkte ab und wendete sich zur Seite. Gemeinsam beobachteten sie das Gewimmel an Soldaten, Marktfrauen, Kindern und Tieren. Sie würden heute noch einmal in ihren Gelüsten versinken.

„Mach dir über ihn keine Gedanken. Das Gefäß des Lichts ist keine Waffe und wird uns somit nicht gefährlich werden. Wir müssen uns nicht mehr vorrangig darum bemühen. Trotzdem habe ich unseren Glaubensbrüdern in Wirundu befohlen, die weiteren Vorgänge dort im Auge zu behalten und nach eigenem Ermessen einzugreifen, sobald sich eine Chance auf das Gefäß ergibt. Natürlich werden wir diesen Schatz nicht den ältlichen

Limarten in den Südlanden überlassen. Und außerdem", Mandratans Blick leuchtete von der Gewissheit des Sieges, „hat uns unser Bruder in Sapienta einen weiteren Tipp gegeben, wie wir das Richterhaus entscheidend schwächen können. Die Kampfmoral ihrer Truppen wird wie eine Pfütze in der Sonne verdampfen."

5. Die Wüstenstadt

Kshana-tat-kramayoh samyamâd vivekajam jnânam
Durch die Ausführung von Samyama auf einen Augenblick und seine Folgeerscheinungen erreicht man Unterscheidungskraft und Wissen.
Patanjali, Yoga-Sutren, Teil 3, Sutre 53

5.1 Ankunft in Wirundu

Sie hatten zwei volle Tage für den Ritt nach Wirundu gebraucht. Zwei Tage, an denen es beständig heißer geworden war. Und sandiger. Ihre Reise führte sie die ganze Zeit bergab. Dwando lag 1.000 Meter über dem Meeresspiegel, Wirundu, die Stadt der Wüste, auf Meereshöhe. Staub hatte sich in ihren Nasen festgesetzt, ihre Rachen waren wund von der Trockenheit. Jason spuckte aus. Sofort bildete sich aus der Spucke ein rotbrauner Klumpen im Wüstensand.

Callum blieb weiterhin ungewöhnlich still. Seine Lehrtätigkeit hatte er völlig eingestellt. Er wollte aber auch nicht darüber sprechen.

Die letzten Stunden sah Jason immer häufiger kleine, langhaarige Hängebauchschweine. Sie robbten auf Knien auf der Suche nach Kleinlebewesen über den Wüstenboden. Wenn die Reisenden sich näherten, buddelten sich die putzigen Knieschnüffler blitzschnell ein und verschwanden in den Tiefen des Sandes.

Manchmal purzelten sie 100 Meter weiter plötzlich wieder aus dem Erdreich heraus. Mitunter blieben sie aber auch ganz verschwunden.

Es dämmerte bereits, als Jason beim Anblick, der sich ihm auf dem Kamm einer Düne bot, erstarrte. Wirundu.

„Es ist ein Sinithplateau", gab Shalyna eine erste Erklärung.

Die Stadt der Wüste war ein zusammenhängendes, riesiges Sinithgebilde, umgeben von einer kreisrunden fruchtbaren Ebene. Sie sahen viele verhüllte Menschen auf den Feldern, die von Bewässerungsgräben durchzogen waren, arbeiten. Im inneren Abschnitt, nahe dem Zentrum, wuchsen die höchsten Pflanzen. Nach außen hin wurde die Vegetation spärlicher. Ganz am äußersten Rand wuchs nur noch Gras, welches von Ziegen und Rindern beweidet wurde. Eine riesige Oase in der Wüste.

Das Beeindruckende aber war die Stadt an sich, oder besser gesagt das Stadtgebilde. Wirundu bestand komplett aus einem Sinithblock. Ein runder Felssockel bildete den unteren Bereich. Jason schätzte den Durchmesser am Boden auf einen Kilometer. Gigantisch. Aber nach oben wurde es noch imposanter. Die steil aufsteigenden Wände des Sockels waren auf den ersten Metern von schräg abfallendem Wüstensand bedeckt. In zehn Meter Höhe begannen die Fenster und Balkone. Einzelheiten waren schwer zu erkennen, einige der Einklüftungen waren hoch, manche eher breit, andere ausgesprochen schmal. An diversen Stellen ragten Statuen hervor. Jason erkannte Löwen, Adler und einen Garonen. So zog es sich in bunter Bebauung um den Sinithsockel herum.

Das wahrhaftig Erstaunliche begann in circa fünfzig Meter Höhe und darauf zielten Shalynas Worte. Hier erweiterte sich der Felssockel zu einem gigantischen, vollkommen ebenen und eigentlich unmöglich dünnen Plateau. Callum meinte, die nahezu kreisrunde Fläche in luftiger Höhe hätte einen Durchmesser von über 2.000 Mann. An mehreren Stellen fielen Wasserfälle vom Rand des Plateaus und füllten die Bewässerungsgräben der Felder.

Bis zum Plateau sah das Stadtgebilde wie ein überdimensionierter, durchlöcherter Pilz in der Wüste aus. Aber der untere Sockel, der Stängel des Pilzes, setzte sich oberhalb des Plateaus fort und verjüngte sich nur wenig in Richtung Himmel.

Das obere Turmgebilde besaß ein Mehrfaches des Sockels an Höhe, einige Hundert Meter mochten es wohl sein. Auch in diesem gab es unzählige Öffnungen, Ausbuchtungen und Einhöhlungen. Im Gegensatz zum unteren Sinithsockel schien der obere Turm wesentlich belebter, jedenfalls leuchteten dort viel mehr Lichter in den unterschiedlichsten Farben. Von zahlreichen der oberen Balkone hingen grüne Schlingpflanzen herab.

Auf der rechten Seite von Wirundu führte eine Röhre in einem ansteigenden Viertelkreis mit sanfter Steigung zum Plateau hinauf. Sie steuerten über einen Weg durch die Felder den Eingang des Röhrentunnels an. Shalynas Pferd weigerte sich zunächst, in die nach oben führende Sinithröhre hineinzugehen. Erst nachdem Jason ihm seine Hand auf den Hals legte und ihm beruhigende Gefühle sendete, schritt es in den Schlund hinein.

Die Röhre aus Sinith war an einer Vielzahl von Stellen offen. So diese Öffnungen am Boden lagen, überbrückten dort schwere Bohlen, die mit Stahl verstärkt waren, das jeweilige Loch. Die seitlichen und oberen Öffnungen waren nicht verkleidet worden und erlaubten einen schwindelerregenden Blick in die Tiefe. Auf ihrem Weg hinauf kam ihnen ein Soldatentrupp entgegen. Die Krieger ritten in Richtung Rikania. Auch Wirundu war eine Stadt in Kriegsvorbereitungen.

Oben angekommen öffnete sich ihnen die breite Ebene des Plateaus. Eine kleine Frau, fast noch ein Mädchen, lehnte an einer Laterne. Als sie die Ankommenden sah, eilte sie herbei und begrüßte sie: „Richtertochter Shalyna al Tandora, Erdenmensch, eure Ankunft ist uns für heute mitgeteilt worden. Mein Name ist Leila Mardenen, Sonderbeauftragte des Wüstenkreises. Ich habe den Auftrag, euch in die Halle des Wüstenkreises zu führen."

Nachdem Shalyna den stummen Callum vorgestellt hatte, folgten sie Leila. Der Ausblick vom Plateau war gigantisch. Überall um sie herum flimmerte die Wüste im Licht der untergehenden, orangefarbenen Sonne wie eine Landschaft aus flüssigem Feuer.

Bald waren sie von Menschen umringt. Auf dem Plateau tobte das Leben. Jason bewunderte flache Gräben mit kleinen Brücken darüber, dazwischen standen Marktstände. Über ihnen kreischten Vögel, die wohl auf Abfälle des abendlichen Spektakels hofften.

Shalyna erklärte, dass auf dem „Atem von Wirundu", so nannten die Einheimischen ihr Plateau, nur in den frühen Morgenstunden und am Abend bis spät in die Nacht hinein Betrieb herrschte. Am Tage wurde es hier unerträglich heiß. Der Marktbetrieb wechselte gerade zum nächtlichen Vergnügungsbetrieb. Geschützt von den zehn Soldaten zogen sie durch die vergnügt schwatzende Menge in Richtung Turm.

Jason verharrte bei einer alten Frau in einem weiß gefleckten Kittel, auf deren Stand eine Vielzahl unterschiedlicher Knochen auslag.

Die Alte bemerkte seinen interessierten Blick und sprach ihn an: „Talismane mit hervorragender Kraft, junger Fremder. Die Knochen enthalten die Vitalität der Seele. Ich bemale sie mit Kreide, die schützt gegen das Böse. Nur vier Gulden hier für den kleinen Garonen dort. Wie wäre es?"

Jason schüttelte den Kopf.

„Ich kann dir aus den Knochen auch die Zukunft vorhersagen. Zwei Gulden, junger Mann. Nur zwei Gulden."

Leila zog Jason weiter. Sie sagte: „Kommt. Lasst euch nicht mit den Händlern ein. Sie beschwatzen euch so lange, bis ihr etwas kauft."

„Wahrsagen aus Knochen, funktioniert das?", wollte Jason wissen.

„Astragulomanthie? Die Alte dort würde auf jeden Fall Ja sagen. Ich habe es noch nicht probiert. Schaut."

Leila zeigte zu einer entfernten Bühne, auf der wilde Tänzerinnen schwindelerregende Verrenkungen vollführten. Doch Jason interessierte stattdessen, was Callum fesselte. Der intelligente Meisterschüler starrte auf ein Podium mit Männern in weiten Röcken, die sich wirbelnd im Kreis drehten. Sie schienen völlig weggetreten zu sein. Ihr Tanz versetzte sie in Trance.

Jason freute sich. Callum nahm wieder am Leben teil. Seine Wunde würde vielleicht nie vollends verheilen - aber es reichte zum Weiterleben.

Leila drängte weiter. Sie näherten sich nun dem Eingang des Turmes. Da hörte Jason den Wasserfall, welcher rechter Hand von der Spitze der Sinithstadt in ein Becken hinabstürzte. Sein Wasser verteilte sich in zahlreichen kleinen Gräben über das Plateau.

Jason schaute hinauf und fragte: „Wie kommt das Wasser da hoch?"

Leila antwortete ohne stehen zu bleiben: „Im Inneren ist unsere Stadt voller Hohlräume und von unzähligen winzigen

Schächten durchzogen. Der ständig wehende Wüstenwind sorgt angeblich für Druckverhältnisse in diesen Röhren, die das Wasser aus einem See unter der Wüste bis nach dort oben zieht. Auf dem Gipfel von Wirundu sammelt sich das Quellwasser in einem Becken und stürzt wieder runter. Über die Kanäle bewässern wir dann unsere Felder. Ein Kreislauf, wenn man so will. Aber ganz verstanden hab ich es auch nicht."

Sie erreichten den Eingang des Turmes. Zwei Alte saßen an einem kleinen Tisch und beharkten sich im Da-Mu. Leila bat die zehn Begleitsoldaten, hier zu warten. Der Aufzug fasse nur fünf Personen. Nach einem Nicken von Shalyna machten sie es sich an der Sinithwand bequem. Drei der Soldaten wendeten sich dem Da-Mu-Spiel zu.

Der Fahrstuhl war ein teilweise schräg nach oben verlaufender Paternoster. Der Boden bestand aus einer Glasplatte. Die Fahrkabine ächzte und quietschte an vielen Stellen bei der Aufwärtsfahrt. Jason wurde mulmig zumute. Er reiste durch das Innere eines Sinithfelsens, der nun Wirundu hieß, mehrere hundert Meter in die Höhe. Was war, wenn sie hier stecken blieben?

Jason konzentrierte sich auf die Sinithwände. Der ganze Fels war löchrig wie ein Schwamm. Im Inneren gab es unzählige Ebenen, auf denen die Wirunder lebten und arbeiteten. Jason hatte beim dreißigsten Stockwerk aufgehört zu zählen. Leuchtsteine waren in die Wände des Fahrstuhlschachtes eingelassen und sorgten unter ihren Füßen für eine Lichterkette in den Abgrund. Es ging sehr tief hinab. Leila, von der Körpergröße her eher eine Kleturerin, erläuterte, dass ein ausgeklügeltes Spiegelsystem am Tage die Gänge und Kammern im Inneren der Stadt erhellte.

Die Halle des Wüstenkreises lag ganz oben. Nach etwa zehn Minuten Fahrstuhlfahrt standen sie vor dem Eingang.

Shaly zeigte auf eine runde Felsplatte und erklärte: „Das ist übrigens einer der Lügensteine. Sie werden zur Ermittlung des Einkommens genutzt. Es bedeutet kaum Aufwand. Die Menschen geben ihren Verdienst an und schreiten über einen Lügenstein. Nur wenn dieser grün aufleuchtet, haben sie wahrheitsgemäße Angaben gemacht.

Leila klopfte verhalten an dem halbrunden Eisentor und trat in die Halle hinein. Sie verbeugte sich und verkündete: „Verehrte Besucher: der Wüstenkreis."

Vor ihnen erstreckte sich eine riesige Halle. Sie waren am höchsten Punkt von Wirundu angelangt. Oben beeindruckte eine verzackte Öffnung, die mit Glas überspannt worden war und dadurch die Aussicht in den nächtlichen Himmel erlaubte. Darunter strahlte eine Vielzahl kleiner Leuchtsteine, die in bogenförmigen Reihen nach unten verliefen. In der Mitte der Halle stand ein ovaler Tisch. Daran saßen acht auf den ersten Blick völlig identische Gestalten: Glatze, langer weißer Bart, auch im Gesicht, helle, buschige Augenbrauen und ein weites, wallendes Gewand. Alle trugen Ketten mit rundem Anhänger, der die Form von Wirundu zeigte. Einige hatten ihre Finger mit bunten Ringen verziert.

Bei ihrem Eintreten erhob sich einer von ihnen und begrüßte sie: „Willkommen. Ich werde Pontus Rafalla gerufen. Als Guran des Wüstenkreises darf ich euch im Namen der Kreisherren begrüßen."

Er stellte der Reihe nach die übrigen Wüstenkreismitglieder vor und erläuterte: „Wir kümmern uns um die Geschicke unserer Gemeinschaft und der umliegenden Dörfer. Euer Besuch wurde uns von der obersten Richterin angekündigt. Selbstverständlich werden wir alles in unserer Macht Stehende tun, bei der Erfüllung der Prophezeiung zu helfen. Wie können wir euch zu Diensten sein?"

Jason hob an: „Verehrter Pontus Rafalla. Der Baum des Lebens schickt uns. Wir suchen in Wirundu das Buch der Verzweiflung", erläuterte er und trat vor den steinernen Tisch.

„Hier", sagte er und kramte umständlich die dritte Rätseltafel hervor, „diese Symbole deuten die dritte Aufgabe der Prophezeiung an."

Die Alten reichten die Rätseltafel herum. Niemand konnte sich einen Reim auf die Zeichen machen.

„Das hier dürfte eine Düne darstellen", meinte Rafalla und wies auf die Platte. „Das daneben soll wohl ein Tropfen Wasser sein."

Der Guran wandte sich an ein anderes Wüstenkreismitglied und fragte: „Was sagt Ihr, verehrter Morenus?"

Der Angesprochene erhob sich und wendete sich Jason zu. Er erklärte: „Ich bin im Wüstenkreis für die Schriften und damit für unsere Bibliothek verantwortlich. Sie liegt in den zentralen Räumen im unteren Sockel und ist von daher auf das Licht der Spiegel angewiesen. Heute ist Wrutu-Tag - die ganze Stadt feiert die

Sonnenvereinigung - morgen steht die orangefarbene Sonne direkt vor der gelben. Wir könnten zwar theoretisch heute Abend noch mit den Leuchtsteinen in der Bibliothek nach dem Buch suchen, aber ich sehe es als sinnvoller an, morgen in aller Frühe hinunterzugehen. Ich weiß auch schon, wo wir die Nachforschungen beginnen - im Raum der Schätze. Dort bewahren wir besonders alte und unverständliche Schriften auf. Was meint Ihr, Jason Lazar von der Erde?"

Jason stimmte ihm dankbar zu. Er war fix und fertig von der anstrengenden Reise.

„Ihr solltet trotzdem nicht gleich schlafen gehen", empfahl Rafalla lächelnd. „Der Abend vor Wrutu wird mit traditionellen Tänzen und Aufführungen in der ganzen Stadt gefeiert. Würdest du sie herumführen, Leila?"

„Feiern - das hatte es lange nicht mehr gegeben", dachte Jason mit einem Blick auf Shalyna. „Man könnte es sich ja zumindest einmal anschauen."

ॐॐॐ

Leise schob Keenan Nahima die Luke zu. Seine Erkenntnisse würden Mandratan erfreuen. Und die Alten würden erst morgen früh suchen. Das heißt, ihm stand die ganze Nacht zur Verfügung.

> **Kshîna-vritter abhijâtasyeva maner grahîtri-grahana-grâhyeshu tatstha-tadanjanatâ samâpattih**
> Bei Auflösung aller Gedankenregungen wird der Geist wie ein Kristall, und die Unterscheidung zwischen zu begreifendem Objekt, dem Begreifer und dem Begreifen verschwindet.
> *Patanjali, Yoga-Sutren, Teil 1, Sutre 41*

5.2 Angriff auf Dwando

„Bei allen guten Geistern", stöhnte Garvaron auf. Die Worte waren ihm rausgerutscht, er wollte eigentlich Zuversicht ausstrahlen. Schnell blickte er sich um. Nur Ethan stand in der Nähe und der schien nichts gehört zu haben. Dessen Ohren waren wohl nicht mehr die besten.

Argans Wächter war im ersten Morgenlicht aus dem Dunkel aufgetaucht und hatte die Meute der Finsternis aus den Nordlanden ausgespuckt. Eine Stunde war das nun her und noch immer schob sich Wagen um Wagen, Mann auf Mann, Pferd nach Pferd und Schlimmeres durch das Tor. Die sonst so kahle Fläche vor der Stadt Dwando wurde zum wimmelnden Tollhaufen. Aber mit Disziplin. Garvaron erfasste rasch, dass die Armee des Schlächters wusste, was sie tat.

Seine Späher hatten schon in der Nacht erkannt, dass der Angriff aus den Nordlanden unmittelbar bevorstand. Die Bewohner und Soldaten hatten daraufhin die Stadt vorbereitet - so gut es eben ging. Der Hauptteil der Truppen der Südlande war noch nicht in Dwando angekommen, und auch die allermeisten Limarten harrten in Rikania auf ihren Einsatz. Dass es nun so schnell losging, hatten sie nicht erwartet.

Trotzdem reihte sich auf den Mauern der nördlichsten Stadt der Südlande Soldat an Soldat mit schussbereitem Pfeil. An jedem Wehrturm waren Limarten postiert. Stählerne Greifer lagen überall auf der Brüstung verteilt, um eventuelle Leitern zurückzustoßen. Alle fünf Meter wartete eine Schleuder darauf, Harpunen auf angreifende Luftschiffe abzufeuern. Wie weit würden sie damit kommen?

Garvaron blickte nach hinten auf die Wohnhäuser von Dwando. Dort herrschte regsame Betriebsamkeit. Eimer wurden an die Fässer gestellt. Kinder eilten zu den großen Sinithhallen, da diese den Flammen widerstanden und den besten Schutz boten. In diesen Hallen waren auch schon die Krankenlager eingerichtet. Garvaron sah einige Heiler, die mit ihm gekommen waren, auf ihrem Weg zu den Krankenhallen. Sie würden heute reichlich zu tun bekommen.

„Sieh", rief Ethan neben ihm. Garvaron wendete sich zurück zur Ebene. Da sah er sie. Sie passten kaum durch die Tore von Argans Wächter - die Sarkoten. Er hätte nicht gedacht, dass die Echsen so riesig wären.

ॐॐॐ

Keenans Verzweiflung wuchs zur Panik. Als Mitglied der Bruderschaft des Mansils, seiner geheimen Religionsgemeinschaft hier in Wirundu, war er es gewohnt, in brenzligen Situationen zu stecken. Mit seinen 23 Jahren war er fit und durchtrainiert, eine durchwachte Nacht stellte kein Problem für ihn dar. Aber so langsam wurde die Zeit eng. Die Morgendämmerung war bestimmt schon angebrochen, jedenfalls schienen ihm die Räume der Bibliothek etwas heller zu werden. Bald würden die ersten Bibliothekare und Forscher herunterkommen. Und er hatte das Buch noch immer nicht gefunden.

Wo hatte er noch nicht geschaut? Der Raum der Schätze war riesig. Und quoll vor lauter Schrott nur so über. Überall Folianten, alte Karten, Schriftrollen und Bücher in allen Formen, Größen und Verfassungen. Viele Titel konnte er nicht entziffern, sie waren in anderen Sprachen geschrieben. Am schlimmsten war der Staub. Keenan war es eine Qual, lautlos niesen zu müssen.

Er wollte gerade nach einem weiteren Band greifen, da wurde er geblendet. Die ersten Spiegel erhellten mit dem Licht der aufgehenden gelben Sonne die Gänge. Mutlos verfolgte er mit seinem Blick den einfallenden Lichtstrahl auf ein unscheinbares Regal. Es lag bisher in völliger Dunkelheit. Da hatte er noch nicht geschaut. Keenan eilte hinüber.

Rasch überflog er die Reihen der Schriften. Ganz unten war ein Buch nach hinten gerutscht. Er zog es nach vorne. Es bestand aus braunem Leder, welches von weißen Rissen durchzogen war. Außen stand kein Titel darauf. Keenan klappte die erste Seite auf. Ein Glücksgefühl durchströmte ihn und er ballte die Rechte zur

Faust. In großen, geschwungenen Lettern las er das Wort „Verzweiflung".

※※※

„Runter von den Mauern!", schrie Garvaron aus dem Fenster des Wachturmes. Die Luftschilde der Limarten flimmerten an vielen Stellen bläulich - ein Anzeichen dafür, dass diese bald zusammenbrechen. An einigen Mauerabschnitten bestand bereits kein Schutz mehr. Dadurch waren bis jetzt Dutzende seiner Soldaten im Hagel dieser monströsen Pfeilschleudern gestorben. Die geheime Waffe der Zwerge! Garvaron hatte noch nie eine solch effektive Tötungsmaschine gesehen.

Auch die Limarten, welche den Wachturm schützen sollten, schwächelten. Zwei Pfeile flogen durch die offenen Fenster. Garvaron warf sich in Deckung. Dabei fiel sein Blick auf die glänzenden Gärten der Stadt. Nun glänzten sie vor Feuerschein. Die silbernen Pflanzen brannten leider sehr leicht. Sie hatten den Brand des Parks befürchtet.

Er drehte sich zurück zur Mauer. Nur noch vereinzelt sah er intakte Luftschilder. Den Limarten versagten die Kräfte unter dem permanenten Pfeilhagel. Die von ihnen beschützten Bogenschützen mussten deswegen von der Brüstung fliehen. Unten am Fuß der Stadtmauer warteten sie auf die nächsten Befehle.

Ein Donnerschlag ließ den Sinithturm, in dem er sich befand, erzittern. Sein Blick suchte den von Ethan, der angestrengt durch einen Sehschlitz starrte.

„Limarten aus den Nordlanden", schrie er, „sie bündeln ihre Angriffswucht. Vermutlich suchen sie eine Schwachstelle in unseren Mauern."

Es stimmte. Weitere Limarschläge krachten unsichtbar gegen die Wallanlage. Man erkannte die Limarschüsse lediglich am Flimmern der Luft, hörte aber deren Einschlag umso lauter. Staub und herausfliegende Steine wirbelten an den Stellen, wo die Angriffsschläge auftrafen, hervor.

„In zehn Minuten stehen die Limarten wieder zur Verfügung", meldete ein Bote von der Tür.

Garvaron nickte grimmig. Die Gaphire sorgten für stark verkürzte Erholungsphasen. Gleich würden ihre Limarten denen aus den Nordlanden Paroli bieten. Wenn doch nur diese überall herumschwirrenden Pfeile nicht wären. Wie viele hatte der dunkle Kaiser herstellen lassen? Millionen?

Garvaron bellte einige Befehle heraus: „Die Bogenschützen sollen vom Fuß der Mauern auf den Gegner zielen. Der Rest bleibt bis auf Weiteres vor dem Pfeilhagel in Deckung."

„Festhalten", warnte Ethan neben ihm. Garvaron wirbelte herum und sah gerade noch die drei Sarkoten auf den Turm zurasen. Dann schlugen sie auch schon ein.

Der ganze Turm wackelte. Garvaron stolperte und konnte sich am Tisch abfangen. Helme, Bücher, Ferngläser und anderer Kleinkram flogen aus den Regalen. War der Sinithturm nach hinten versetzt? Ethan rieb sich die blutende Stirn. Er hatte am Sehschlitz ausgeharrt und war mit dem Kopf gegen dessen Kante geknallt.

Garvaron rappelte sich hoch. Da fiel sein Blick auf die silbernen Gärten. Sie standen nun auf der gesamten Fläche in Flammen. Ungewöhnlich weißer Rauch züngelte sich in Tausende dünner Fäden nach oben. Das Wahrzeichen von Dwando - endgültig zerstört.

Und Mandratan hatte noch nicht einmal in den Kampf eingegriffen.

ॐॐॐ

Einige Stunden zuvor erwachte Jason schweißgebadet in der Morgendämmerung. Er hatte im Traum gegen Mandratan gekämpft. Der dunkle Kaiser hatte ihn umklammert und dabei die Luft abgedrückt. Unter dem Gefühl des Erstickens konnte sich Jason in die Welt des Erwachens retten.

Leila klopfte an seine Tür und rief: „Aufstehen. Es wird bald hell."

Leichter gesagt als getan. Das Hochkommen war eine Qual. Callum pochte gleich darauf ebenfalls an seine Tür und mahnte zur Eile. Der Meisterschüler war früh zu Bett gegangen, wollte die letzten Ereignisse in seinem Tagebuch festhalten. Seit dem Tod von Nickala schrieb er noch mehr als sonst.

Deswegen war dem Meisterschüler einiges entgangen. Gemeinsam mit Shalyna und Leila hatte Jason den fantastischen

Tänzen auf dem „Atem von Wirundu" bis tief in die Nacht zugesehen und später auch trotz seiner Müdigkeit mitgetanzt. Und dann diese Getränkemixtur. Sie hatte Jason vollkommen entspannt - die Nachwirkungen jetzt im Morgengrauen waren allerdings eher verspannend.

Shaly ging es nicht besser. Sie kam mit Leila im Gang auf ihn zu. Ihre Augen ähnelten schmalen Schlitzen. Ohne ein freundliches Lächeln schritt sie an Jason vorbei. Das ließ ihn innerlich schmunzeln - er fühlte sich gleich viel weniger elend. Geteiltes Leid war doch immer noch halbes Leid.

Callum wartete schon am Fahrstuhl. Ihm schien es heute Morgen ungewöhnlich gut zu gehen. Zumindest schaute er nicht völlig verbittert. Er konnte sogar grinsen, als er Shalynas und Jasons übernächtigte Gesichter erblickte. Er lästerte: „Wer am Abend die Schlafstatt verwehrt, den der kommende Morgen nicht ehrt."

Shalyna streckte ihm die Zunge raus. Gemeinsam traten sie in eine der transparenten Paternosterkammern. Jason blickte nicht nach unten, sondern konzentrierte sich auf Shalynas Haare vor ihm. Nach drei Stockwerken sprang Baalat Morenus dazu, der Aufseher der Bibliothek. Leila verabschiedete sich und verschwand um die Ecke.

Der Paternoster ruckelte weiter in die Tiefe. Morenus begrüßte sie und rieb sich aufgeregt die Hände.

„Geheimnisse spornen mich an", erklärte er seine Erregung. „Die Bibliothek befindet sich am Sockel des Wirundu-Felsens und reicht bis in die Erde hinein", erläuterte er. „Ohne die Spiegel wäre es dort unten stockdunkel. Wir müssen uns beeilen. Es kommt ein Wüstensturm auf. Manche dieser Stürme blasen den Sand in den hintersten Winkel von Wirundu. Auf jeden Fall werden wir im Laufe des Vormittags einige Gänge dort unten nicht mehr passieren können."

Die Fahrt in die Tiefe verlief rasant. Es wurde immer dunkler im Paternoster. Nach dem Aussteigen sahen sie den Gang vor ihnen nur schwach durch vereinzelte Leuchtsteine erhellt. In dieser Dunkelheit würden sie kein Buch finden ...

Ein Heulen ertönte im Inneren des Felsens.

„Der Sturm geht los", sagte Morenus, „die Wüste singt in Wirundu."

Shalys Haar wirbelte vom Wüstenwind nach hinten, Jason spürte den bekannten Staubgeschmack des Wüstensandes auf seiner Zunge.

„Kommt schnell zum Raum der Schätze. Dort können wir die Tür verschließen!", rief der Alte und eilte los.

Sie hasteten in den Sinithfels hinein, vorbei an schattenbesetzten Räumen, die rechts und links abgingen. Zwischen den abzweigenden Türen standen Regale mit ausgestopften Tieren im Gang. Jason registrierte Adler, Wüstenhunde und Schlangen, die täuschend lebendig aussahen.

Auf einmal wurde es deutlich heller in den Gängen. Alle mussten einen Moment stehen bleiben, um sich an die neue Helligkeit zu gewöhnen.

„Die gelbe Sonne hat die Spiegel erreicht", erklärte Morenus.

„Wie viele Buchwerke gibt es hier unten eigentlich?", fragte Callum den glatzköpfigen Alten.

„Wir haben sie nicht gezählt, es sind aber sehr, sehr viele. Ihr müsst wissen, dass wir diese Räume das „Gedächtnis der Wüste" nennen. Seit Jahrtausenden kommen Boten der Wüstennomaden und bringen uns ihre Aufzeichnungen, Geschichten und Gesänge. Mehr als zwei Dutzend Bibliothekare sind damit beschäftigt, diesen Wissensschatz zu katalogisieren und zu archivieren."

Sie gingen weiter. Jason erkannte nun, dass auch unter der Decke zahlreiche Gegenstände herabhingen: Schwerter, Bilderrahmen, Vasen, Kerzenständer. Die Objekte wirkten wertvoll - als ob jemand die Decke zur Schatzkammer erklärt hätte.

Vor ihnen schlug eine Tür zu. Morenus verharrte. War es der Wind?

„Merkwürdig. Wer sollte so früh schon hier unten sein?", murmelte er und beschleunigte seine Schritte.

Sie umrundeten eine Biegung und sahen, wie eine vermummte Gestalt am anderen Ende des Ganges aus einer Tür heraushuschte.

„Hallo. Wer da? Was habt Ihr im Raum der Schätze zu suchen gehabt?", brüllte Morenus.

Die Person wirbelte erschrocken herum. Sie hielt ein großes Buch vor der Brust. Sofort rannte sie los und flüchtete um eine Ecke.

Jason und Callum starrten sich an.

„Ein Dieb!", vermutete Callum.

„Vielleicht ist es unser Buch", befürchtete Jason, zog Eruslan und ließ die Spitze hinausfahren. Im nächsten Moment stürmten sie auch schon beide hinterher. Shalyna war dicht hinter ihnen. Der alte Morenus war für so etwas nicht mehr geschaffen.

Tat–pratishedhârtham eka–tattvâbhyâsah
Um die Hemmnisse zu beseitigen, sollte man über ein Prinzip der Wahrheit meditieren.
Patanjali, Yoga-Sutren, Teil 1, Sutre 32

5.3 Das Buch der Verzweiflung

„Wie weit seid Ihr?", fragte Garvaron den Krieger, der eben zur Tür hereinkam. Seine Gesichtsbemalung kennzeichnete ihn als einen aus dem Volk der Andari.

„Die Frauen und Kinder sind durch den Gang. Die ersten Soldaten sind ihnen bereits gefolgt. Ihr könnt die Mauer aufgeben."

Garvaron blickte sich um. Er und zwei Hauptleute waren die Letzten im Turm. Ethan hatte sich vor einer halben Stunde den Flüchtenden angeschlossen. Auf den Mauern waren noch vereinzelt Limarten postiert. In ihrem Schutz schossen Bogenschützen auf die heranrollenden Wehrtürme. Die Limarten der Nordländer verhinderten gekonnt, dass die Pfeile seiner Soldaten die Zugpferde erreichten. Aber das war jetzt ohnehin egal.

Wieder erzitterte der Turm. Die Sarkoten leisteten Unglaubliches. Überall zeigte der Verteidigungswall von Dwando Risse. Das Sinith selbst hielt ihren Angriffen stand, doch die Verbindungsstellen brachen. Es war nur eine Frage der Zeit bis der erste Mauerabschnitt einstürzen würde.

Er schaute noch einmal zur Stadt. Dichter Rauch lag über den Häusern. Ringsum loderten Feuer. Etliche Dächer waren von Kugelgeschossen zerstört. Zum Glück hatten sie die Evakuierung vorausgeplant. Bisher gab es kaum Tote unter der Stadtbevölkerung. Hätten sie nicht in allerletzter Minute von Ethan und Vurup das Ausmaß der Kriegsmaschinerie des dunklen Kaisers erfahren, hätten sie nicht eine so schnelle Niederlage eingeplant und darum niemals die Stadtbewohner so schnell in Sicherheit bringen können. Der Gedanke, dass Nickalas und Drivans Tod zur Rettung tausender Menschen beigetragen hatte, erfüllte ihn für einen Moment mit Befriedigung. Er nahm sich vor, seine Überlegungen an Callum weiterzugeben. Vielleicht bedeutete es einen gewissen Trost für ihn. Auch Drivans Frau und seine beiden Kinder mussten von den segensreichen Folgen der Taten ihres Vaters Kenntnis erhalten.

Es machte keinen Sinn mehr, länger zu warten. „Öffnet die Verschlüsse. Zündet die Feuerpfeile an", brüllte er zu den Limarten am nächsten Turm hinüber. Er erhielt ein Zeichen, dass seine Befehle verstanden worden waren.

Ein Dutzend Limarten nahmen auf der Mauer Aufstellung. Sie konzentrierten sich und sendeten ihre Kräfte auf die mit weißen Steinen markierten Stellen des Feldes vor den Mauern der Stadt, inmitten der angreifenden Nordländer. Nach und nach flogen die von einer Schicht Sand bedeckten Holzabdeckungen zur Seite. Sie gaben den Blick auf rund einhundert Mulden frei, die bereits vor einigen Tagen mit einem schnell entflammbaren Öl gefüllt worden waren.

„Legt an", brüllte Garvaron zu den Bogenschützen mit den brennenden Pfeilen. Er wartete noch einen Augenblick, bis keine weitere Abdeckung mehr davonflog.

„Schießt!"

Dutzende der Feuergeschosse hoben sich in den Himmel und trafen, teilweise durch die Limarten in ihrem Flug korrigiert, das zuvor verborgene Öl. Überall auf dem Feld brachen Feuer und damit das Chaos aus. Die Zugpferde der Wehrtürme bäumten sich auf und drängten nach hinten. Viele stolperten und verhedderten sich ineinander. Auch die Sarkoten gerieten außer Kontrolle. Da das Öl extra so gewählt worden war, dass es maximale Rauchentwicklung beim Abbrennen hervorrief, wehten schwarze Wolken zu den Sarkoten herüber. Sie wurden nervös und stapften unkontrolliert durcheinander. Ihre Führer wurden ihrer nicht mehr Herr.

Noch immer schossen Brandpfeile weitere Ölmulden in Flammen. Mit grimmiger Genugtuung verfolgte Garvaron das Chaos unter den Angreifern. Dunkler Rauch hatte sich über die Ebene gelegt.

Garvaron gab dem Trompeter neben ihm den Befehl, das verabredete Signal zu senden. Sofort blies dieser das Zeichen zum Rückzug. Die Bogenschützen und Limarten strömten von den Mauern und eilten in Richtung des Fluchttunnels. Sie würden zwei Kilometer hinter der Stadt bei der Straße nach Rikania wieder ans Tageslicht kommen.

Garvaron war nun allein im Turm. Noch einen Augenblick beobachtete er das Chaos unter ihm. Die Sarkoten waren völlig in Rage und trampelten durch die feindlichen Soldaten. Bald konnte sie Garvaron unter dem Rauch nicht mehr erkennen. Jetzt musste er aber weg. Er drehte sich um und floh ebenfalls.

Es würde nicht lange dauern, bis sich die Armee der Nordlande erneut sammeln würde. Sie hatten nur ein paar Stunden Vorsprung gewonnen. Würde es reichen, die Einwohner Dwandos in den Schutz von Rikania zu führen?

ॐॐॐ

Jason lief vorneweg. Der Wüstensturm wurde schlimmer. Feinporiger Sand in dem Wind erschwerte zunehmend die Sicht vor ihm. Trotzdem erhöhte er das Tempo und übersprang mehrere Kisten mit Büchern. Hinter sich hörte er die Schritte von Callum und Shalyna leiser werden. Sie kamen nicht hinterher.

Der Gang endete am zentralen Schacht von Wirundu, eine Hohlröhre von fünf Mann Durchmesser, die den gesamten Stadtturm von oben nach unten durchzog. Jason blickte sich gehetzt um. Korridore führten hier in jedem Stockwerk rund um den Schacht herum. Überall hingen armdicke Wurzeln von Pflanzen herab, die an den abgerundeten Wänden des mehrere hundert Meter hohen Schachtes gediehen. Eine Windhose aus Sand kreiselte durch den Hohlschacht. Da konnte Jason den Dieb wieder sehen. Er flüchtete linker Hand durch den Korridor. Jason sprintete hinterher. Seinen Unterarm hielt er als Schutz vor die Augen. Langsam aber sicher holte er auf.

Plötzlich kletterte der Dieb vor ihm auf die Brüstung, schnappte sich eine der in der Luft hängenden Wurzeln und sprang ab. Er schwang an der Wurzel hinab und landete purzelbaumschlagend auf einem Korridor drei Etagen tiefer. Der Buchdieb schlug dabei in einen Stapel Kisten ein, die in alle Richtungen davonflogen. Er rappelte sich hoch und floh weiter. Nur kurz war die Sicht durch den Sandsturm frei gewesen, schon jetzt sah Jason den Dieb nicht mehr.

Er zögerte für den Bruchteil einer Sekunde. Sollte er die Treppe nehmen? Dann wäre der Flüchtling weg.

Callum und Shalyna tauchten auf dem Korridor auf.

Jason brüllte: „Er ist drei Stockwerke tiefer. Nehmt ihr die Treppe. Ich mach den Tarzan."

Er steckte Eruslan in die Scheide und überflog musternd die herabhängenden Wurzeln. Eine schien ihm zu passen. Jason sprang ab, schnappte im Flug nach der Wurzel und flog daran hinab, dem Dieb hinterher.

Im Flug war er für einen Moment dem Sandsturm im Inneren des Hohlschachtes völlig ausgeliefert und wurde hin und her geschleudert. Kleine Körner piksten schmerzhaft in seine Gesichtshaut. Er musste die Augen schließen und das Beste hoffen.

Leider war die Wurzel etwas zu kurz. Jason prallte zwischen zwei Gängen gegen den Sinithfels und knallte genau gegen sein Schwert. Das hielt die Befestigung der Scheide nicht aus. Eruslan verschwand in der Tiefe. Schmerz schoss durch Jasons rechte Seite. Fluchend rutschte er die Wurzel herab und schwang sich auf den Korridor. Humpelnd hetzte er dem Dieb hinterher.

Vor sich hörte er eine Tür zuschlagen. Er eilte weiter den Korridor entlang und fand das Tor. Jason musste es gegen den Winddruck aufzerren, drehte sich hindurch und ließ los. Die Tür schloss sich krachend hinter ihm.

Keenan Nahima war verzweifelt. Er hatte sich in eine Sackgasse treiben lassen. Sein Ziel lag ein Stockwerk höher, diese Ebene lag schon unter der Erde. Er sah im schwachen Licht einiger natürlicher Leuchtsteine einen Felsirrgarten vor sich. Seines Wissens nach verloren sich diese Felsgänge in den Tiefen weit unterhalb Wirundus. Außer Würgeschlangen und Rattenkolonien war in diesem Labyrinth nichts zu finden.

Er konnte keinen Ausweg außer dem eben durchschrittenen Tor erspähen. Alles in ihm sträubte sich weiterzugehen. Aber hier durfte er nicht stehen bleiben. Vielleicht hatte er sie abgehängt, vielleicht auch nicht. Sicherheitshalber würde er sich ein Versteck suchen. Keenan tastete sich vor. Feuchte, nasskalte Felswände, mit grünem Moos bedeckt, führten leicht geneigt in die Tiefe hinab. Überall flossen kleine Bäche zwischen den Felsen. Er kannte sich hier nicht aus und nun war er im Labyrinth der Höhlen gelandet. Alle Kinder von Wirundu wurden eindringlich ermahnt, nicht in den Schlangenhöhlen zu spielen.

Wohin sollte er sich bloß wenden? Hektisch blickte er sich um. Die schummrige Düsternis sollte schon so manchen verschluckt haben. Außerdem war der Boden durch die Feuchte gefährlich glitschig. Keenan wollte vermeiden, tiefer in die abwärts führenden Gänge herabzusteigen. Er würde da unten erst recht in der Falle sitzen.

Der Buchdieb kurvte um mehrere Felsen und stieß auf den Hauptfluss der unterirdischen Ebene von Wirundu. Darin sammelten sich die Wasser, welche im Sand und an den Felswänden versickerten. Zehn Meter weiter stürzte der Fluss rauschend in die Tiefe, zurück in die weitläufigen unterirdischen Seen, denen Wirundu sein Leben in der Wüste verdankte. An manchen Stellen führten Schächte zu diesem Wasserreservoir hinab. Dort trafen sich die Angler, um den Gewässern ihren Fischreichtum abzutrotzen. Auf dem Markt wurden hin und wieder bizarre Fischkörper angeboten. Hier an diesem Wasserfall in die Tiefe saß natürlich kein Mensch. Wenn man da abrutschte, war es aus.

Da sah er ein ideales Versteck. Er kletterte auf einen zwei Mann hohen Fels und legte sich flach auf den Rücken. Seine Brust hob und senkte sich immer noch im schnellen Takt. Hoffentlich würden sie ihn hier nicht suchen. Und wenn doch, würde er mindestens einen von ihnen mit in den Tod reißen. Er schob das Buch der Verzweiflung unter sein Hemd und nahm den Dolch in die Hand. Seine Lippen formten ein stummes Gebet an Gott Gramon.

※※※

Jason verharrte, um sich an das Dämmerlicht zu gewöhnen. Wo war er hier gelandet? Ein Irrgarten aus feuchten Felsen. Die schmalen Wasserkanäle sorgten für schlüpfrige Bodenverhältnisse. Er hörte das Rauschen eines Flusses.

Langsam schritt er voran. Da ihm Eruslan fehlte, konzentrierte er sich auf das Limar in seinen Händen. Er formte eine Luftkugel, die er bei Bedarf jederzeit abschießen konnte.

Er geriet in eine Sackgasse. Jason blickte die Wand hoch. Irgendetwas Glitschiges schlängelte sich dort oben entlang. Hastig wich er zurück.

Überall gab es Ausbuchtungen. Vorsichtig spähte er in jede hinein. Aber sie waren zu klein, dass sich jemand dahinter verbergen konnte. Hier schien niemand zu sein. Mit Ausnahme der Ratten, die beim Näherkommen unter die Felsvorsprünge huschten.

Jason drehte sich gehetzt um. Er verlor zu viel Zeit. Der Dieb könnte über alle Berge sein. Und mit ihm das Buch.

Er nahm einen anderen Gang. Das Tosen des Wassers wurde lauter. Höchst wachsam schlich Jason um eine Kurve und stand vor dem in die Tiefe stürzenden Fluss. Auch hier war niemand zu sehen. Sich auf dem glitschigen Boden vortastend näherte er sich dem Ufer. Es war nicht zu erkennen, wo der Wasserfall endete. Er verschwand einfach in der Dunkelheit.

Jason löste die Limarkugel aus zusammengeballter Luft auf. Nachdenklich lehnte er sich an einen Felsen. Wo war der Dieb hin?

ॐॐॐ

Sie beide waren die Treppen quasi hinuntergefallen. Zumindest kam es Shalyna so vor. Dies war die unterste Ebene von Wirundu. Hastig kurvten sie um die Ecke und rasten in den Korridor. Sofort erschwerte der Wüstensturm ihr Vorwärtskommen erheblich. Callum bildete eine Lufthülle, in deren Schutz sie einigermaßen vorankamen. Sie erreichten die Stelle, an welcher der Dieb in die Kisten gestürzt war.

„Wir sind richtig" schrie Shalyna gegen das Heulen des Windes an. Ihr Herz pumpte wie verrückt. Jason war hier irgendwo allein mit dem Dieb, welcher sich viel besser in diesem Stadtlabyrinth auskannte. Warum hatte sie bloß seiner Forderung gehorcht und die Treppe genommen. Mit den Lianenwurzeln wäre sie schneller unten gewesen. Aber Callum hatte sie zu den Stufen gezogen.

Hoffentlich würden sie Jason rechtzeitig finden.

Sie eilten weiter den Gang entlang. Der Wüstensturm wurde immer stärker und jaulte ohrenbetäubend. Der in den Fels gehauene Korridor wurde unebener. Nun wuchsen auch Pflanzen am Weg, Wurzeln zogen sich über den Fußboden. Shalyna und Callum stolperten Schritt für Schritt voran. Immer wieder schaute sie rechts in den Schacht hinab, konnte aber außer umherwirbelndem Sand nichts erkennen.

Da blieb Shalyna das Herz stehen. Sie standen vor einer Felswand. Hier ging es nicht weiter. Sie hatten Jason verloren.

ॐॐॐ

Jason ahnte die Gefahr, bevor er sie sah. Vielleicht sah er einen Schatten, vielleicht spürte er etwas. Auf jeden Fall riss er den Kopf hoch und sah den vermummten Dieb mit vorgestrecktem Messer auf sich zufliegen. Jason drehte seinen Körper im letzten Moment von der Klinge weg und wurde von dem herabstürzenden Mann zu Boden gerissen.

Das Knie des Diebes bohrte sich dabei in seinen Brustkorb. Jasons Inneres schien zu Brei gequetscht zu werden. Ihm blieb sämtliche Luft weg. Aus dem Augenwinkel registrierte er, wie dem Dieb beim Aufprall etwas aus dem Hemd flog.

Der Angreifer hatte bei dem Zusammenstoß auch seine Waffe verloren. Aber sie lag in der Nähe. Er sprang rüber und schnappte sie. Jason rappelte sich röchelnd auf die Knie. Noch immer bekam er kaum Luft.

Abermals hechtete der Dieb mit dem Messer auf ihn zu. Jason reagierte instinktiv, kippte nach hinten und haute den Messerarm mit aller Kraft zur Seite. Gleichzeitig zog er einen Fuß hoch und schleuderte so den Körper des anderen über sich rüber. Jasons Kopf schlug bei dieser Aktion auf dem Felsboden auf. Alles begann sich zu drehen.

Trotzdem raffte er sich auf die Füße. Der andere stand auch schon wieder auf den Beinen und jagte erneut auf ihn zu. Jason ging in Stellung, um den Arm des Diebes zu packen und ihn damit über die Schulter zu schleudern. Hunderte Male hatte er das im Dojo geübt. Leider war der Bücherdieb gleichfalls ein versierter Kämpfer. Er hatte den Messerangriff nur vorgetäuscht, drehte sich im letzten Moment zur Seite und trat Jason mit voller Wucht vor die Brust.

Jason flog nach hinten in Richtung Fluss und krachte direkt am Ufer zu Boden. Er versuchte, den Sturz mit der rechten Hand abzufangen. Leider war diese dafür nicht ausgelegt. Beim Aufprall knackte es, Jason spürte im ganzen Arm, dass etwas zu Bruch gegangen war. Der Schmerz lähmte ihn und trieb Tränen in seine Augen. Sein Kopf tauchte kurz ins Wasser ein, bevor er ihn zurückreißen konnte.

Hilflos sah er vor seinem Tränenschleier, wie der Dieb galant herumwirbelte und mit gezogenem Messer auf ihn zukam. Jason konnte sich nicht mehr wehren. Mit letzter Kraft zog er den linken Arm vors Gesicht und wartete auf den Einschlag der Klinge.

Doch dieser blieb aus. Stattdessen prallte ein Wassergeschoss auf den Dieb und schleuderte diesen über ihn hinweg. Der immer noch Vermummte wurde vom Wasser in die Höhe gezogen, segelte in den Fluss und wurde sofort von den Wassermassen mitgerissen. Schreiend verschwand er in der Tiefe.

Callum!

Durch eine Wolke des Schmerzes sah Jason seine Freunde auf ihn zueilen. Callum hob seinen Kopf.

„Wie geht es dir?", wollte er wissen.

„Das Buch", stammelte Jason hervor und zeigte auf den Schatten am Fuß des Felsens. Dann wurde er ohnmächtig.

※※※

„Er kommt zu sich."

Jason vernahm die Stimme von Callum aus weiter Ferne.

„Jason? Hörst du mich?"

Shalyna. Jason öffnete die Augen und wusste wieder, wozu es sich zu leben lohnt. Die Tandorianerin strahlte ihn mit ihrem breiten Grinsen an und entblößte dabei ihre strahlend weißen Zähne. Er selbst lag auf einer Liege, die mit mehreren Laken bestückt war. Sein Kopf ruhte auf einem riesigen blauen Seidenkissen, an der Decke war ein rotes Tuch mit einem goldenen Kamel darauf gespannt. Es roch nach Kamillentee. War er in einem Krankenzimmer?

„Was ... das Buch. Habt ihr das Buch?", stammelte er und wollte sich hochstemmen. Da bemerkte er den Gips um sein rechtes Handgelenk. Er drehte sich nach links und stemmte sich mit der gesunden Hand hoch.

„Tja, leider gebrochen", sagte Callum und deutete auf den Verband, „zum Glück arbeiten hier meisterliche Heiler. Spätestens morgen kann der Gips ab."

Jason spielte mit den Fingern der rechten Hand. Das Gelenk fühlte sich taub und wund an. Aber kein Vergleich zu dem Schmerz von vorhin. Die Limarheilung war schon erstaunlich.

„Du warst ein paar Stunden weg. Das Buch ist in Sicherheit. Baalat Morenus durchforstet die Seiten bereits nach einem Hinweis zur dritten Aufgabe. Wir warten nur auf dich, dann stoßen wir zu ihnen", sagte Shalyna.

„Und der Dieb? Woher stammt er? Warum wusste er von dem Buch?", fragte Jason. „Das war doch kein Zufall, dass er gerade jetzt genau diesen alten Schinken klauen wollte!"

„Keine Ahnung", antwortete Callum, „der Vermummte ist mit dem Fluss in die Tiefe verschwunden. Die Fische in den unterirdischen Seen haben ihn bestimmt zum Fressen gern. Er wird keine Chance zum Überleben haben. Aber du kannst sicher sein, dass Mandratan dahinter steckt. Er weiß immer, was wir vorhaben. Entweder er hört unsere Kontaktsteine ab oder es ist der Verräter." Ärgerlich schüttelte er den Kopf.

Jason dachte daran, dass Callum am Anfang noch Rhodon in Verdacht hatte, aber der Kleturer hatte auf der Reise mehrfach seine Treue bewiesen.

„Das mit den Kontaktsteinen glaube ich nicht", mutmaßte Shalyna, „dann hätten sie früher von unserer Befreiungsaktion in der Burg erfahren und euch dort gleich bei der Ankunft abgefangen. Wobei ... möglich ist alles."

„Wo hast du eigentlich Eruslan gelassen?", fragte Callum. „Wir haben das Schwert nirgends in den Felsgängen finden können."

Jason durchfuhr mit Schrecken die Erinnerung. „Ist mir beim Aufprall gegen den Schacht runtergefallen", flüsterte er. „Wir müssen es ..."

Die Tür wurde aufgerissen. Leila stürzte herein. Ihr langer Zopf baumelte wild hin und her.

„Kommt, wir haben etwas gefunden!", rief sie strahlend.

Jason schwang seine Beine behände von der Liege und sprang auf. Sofort gaben seine Muskeln unter ihm nach und Callum musste ihn auffangen. Shalyna stand hilflos daneben.

„Sachte, sachte", stoppte ihn sein Ex-Lehrer, „dein Kreislauf muss erst wieder in Schwung kommen."

Er wollte aber zum Buch. Einen Moment stützte sich Jason noch auf Callum. Dann ging es. Gemeinsam eilten sie hinter der kleinen Wirunderin her. Sie führte sie in die Halle des Wüstenkreises. Das Komitee war vollständig versammelt und beugte sich in einem engen Halbkreis über das Buch der Verzweiflung, welches vor ihnen auf der Tischplatte lag.

Baalat Morenus hatte die dritte Rätselkarte in der Hand und ließ sie über die Buchseiten gleiten. Seine Finger zitterten. Beim Eintreffen der vier blickte er auf.

„Die Rechtecke auf der Rätselkarte - sie passen zu den Buchstabenabständen. Seht her", sagte er und winkte sie zu sich heran.

Jason war als Erster am Tisch. Er sah, wie der Alte die dritte Rätselkarte auf die Seiten des Buches legte. In den ausgestanzten Rechtecken der Karte erschienen jeweils passgenau die darunterliegenden Buchstaben.

„Der Abstand der Zeilen stimmt haargenau überein", erläuterte Morenus aufgeregt, „in jedem Kästchen erscheinen Buchstaben. Nur wir finden keinen sinnvollen Zusammenhang. Es bildet sich kein Wort. Habt ihr eine Idee?"

„Darf ich mal sehen?", fragte Callum und drängelte sich nach vorne. Die Alten ließen ihm kaum Raum zum Durchkommen, keiner wollte seinen guten Platz über dem Buch verlieren. Jason musste grinsen. Die Mitglieder des Wüstenkreises benahmen sich wie aufgeregte Kinder. Sofort schloss sich hinter Callum die Lücke.

Shalyna und Jason beugten sich von der anderen Seite über den Tisch und beobachteten, wie Callum das Buch der Verzweiflung durchblätterte. Das Papier wirkte uralt. Die Schrift war in Tandorianisch, aber von ungewöhnlichen Schnörkeln durchzogen. An den vergilbten Rändern wölbten sich die Buchseiten. Im Inneren fanden sich feine Bleistiftzeichnungen von Landschaften, Gegenständen und Tieren.

„Es ist eigentlich kein besonderes Buch", meinte Morenus, „schon mehrere haben darin gelesen und nichts Auffälliges gefunden. Es besteht aus Geschichten, die von Trauer, Verlust und

Niederlage erzählen. Märchen halt. Wir haben es heute bereits mehrfach durchgelesen - es findet sich kein Hinweis zur Rettung Tandorans, zum Gefäß des Lichts oder dem Baum des Lebens. Erst dachten wir, dass es vielleicht gar nicht das gesuchte Buch ist. Dann entdeckten wir, dass die Einstanzungen der dritten Rätselkarte genau zu den Buchstabenabständen passen. Aber bisher ist uns nichts Vernünftiges ins Auge gestochen. Es wird Tage dauern, alle möglichen Kombinationen durchzugehen."

Währenddessen blätterte Callum Seite für Seite aufmerksam um und überflog konzentriert den Text. Er hatte sich seine Wasserlupenbrille aufgesetzt. Die Buchseiten knisterten beim Umblättern.

„Moment mal", rief Shalyna, ihr war etwas aufgefallen. „Blätter eine Seite zurück."

Callum tat, wie ihm geheißen.

„Da", Shalyna zeigte auf eine hölzerne Röhre, „die sieht aus, wie das Teil, das Jason beim Baum in den Schoß gefallen ist."

Alle starrten auf die Holzröhre. „Tatsächlich", murmelte Jason, „vielleicht findet sich auf dieser Seite der Hinweis."

Callum nahm die dritte Rätseltafel und legte sie so über die Buchstaben, dass der untere Rand der Tafel bündig mit dem unteren Ende der Buchseite abschloss. Er buchstabierte: „G ... e ... h ... e ... z ... u ... m ... T ... a ... l ... d ... e ... r ... E ... i ... n ... s ... a ... m ... k ... e ... i ... t."

Das war es. Die Alten redeten aufgeregt durcheinander. Der Vorsitzende Rafalla sorgte für Ruhe.

„Still", rief er und wendete sich an Jason. „Damit wäre klar, was gemeint ist. Morenus."

Die Augen des Aufsehers der Bibliotheken blitzten erregt. Er erläuterte: „Ihr müsst wissen, dass in mehreren der alten Wüstenschriften von einer Prüfung im Tal der Einsamkeit die Rede ist. Leider kennen wir keine Einzelheiten zu dieser Prüfung, die Schriften gehen nicht näher darauf ein. Das Gute ist: Uns ist vielleicht die Lage des Tales der Einsamkeit bekannt."

Er zupfte sich nachdenklich an seinem weißen Bart. „Die Prüfung wird nur in frühzeitlichen Schriftwerken erwähnt, teilweise von vor der Zeit der Menschen auf Tandoran. Die Ingadi könnten über weitere Kenntnisse verfügen, doch die können wir ja nicht befragen."

Jason überlegte, ob er Fraitan rufen sollte. Aber was würde das bringen? Außerdem hatten sie nicht die Zeit, auf seine Ankunft zu warten.

Einer der Alten erhob die Stimme: „Mir wäre das zu dünn. Da ist nur ein Torbogen im Fels. Ich war schon einmal dort. Auf dem Bogen steht: „Zum Tal der Einsamkeit". Aber es gibt keinen Durchgang irgendwohin. Da ist nichts außer steilen Felswänden in der Wüste!"

„Moment ... ", Callum hob seinen Zeigefinger. Er hatte derweil die Seite komplett gelesen. „Das hier ist ein Märchen, in dem mit der Holzflöte ein Wächter des Brunnens gerufen wird. Ich denke, das ist kein Zufall. Wir müssen mit der Flöte irgendwen rufen, wenn wir dort ankommen", mutmaßte er.

Nun lasen alle die Geschichte. Sie handelte von einem Prinzen, der über den Brunnen Zugang zu einer unterirdischen Kammer erhält, nachdem ihn der Wächter geprüft hat. In dieser Kammer befand sich eine Pflanze, deren Früchte alle Krankheiten heilt.

„So könnte es sein", bestätigte der Vorsitzende Rafalla.

„Dann lasst uns keine Zeit verlieren", forderte Jason. „Morgen in aller Frühe brechen wir auf. Wir werden ja sehen, was passiert, wenn wir vor diesem Torbogen die Holzflöte spielen." Er wollte diese Prüfungen endlich hinter sich haben.

„Moment ...", der Aufseher der Bibliothek zögerte, „ihr solltet noch wissen, dass in den alten Geschichten nichts davon steht, dass einer von der Prüfung der Einsamkeit zurückgekehrt ist. Die Prüflinge tauchen einfach nicht mehr auf."

6. Die dritte Prüfung

Prayatna-shaithilyânanta-samâpattibhyâm
Die Haltung wird durch Entspannung und durch Meditation auf
das Endlose gemeistert.
Patanjali, Yoga-Sutren, Teil 2, Sutre 47

6.1 Der Ruf der Richterin

„Da sind Tonnen von Sand hereingeweht. Leila sieht keine Chance, Eruslan zu finden. Die gesamte Wachmannschaft hat sich an der Suche beteiligt", sagte Callum und stopfte die letzte Wasserflasche in seine Satteltasche. Es war dämmrig, die Bewohner Wirundus schliefen noch. Nur vereinzelte Gestalten huschten über das Plateau. Die Luft war herrlich klar im Vergleich zum gestrigen Sandsturm. Sie wollten die morgendliche Kühle nutzen und dafür in der heißesten Tageszeit rasten. Ihr Ritt zum Felsbogen mit der Aufschrift „Tal der Einsamkeit" würde einen Tag dauern.

Jason war betrübt wegen der ergebnislosen Suche nach Eruslan. Auch das noch. Wie würden die Ingadi das deuten, wenn er sie das nächste Mal traf? Würden sie es als Zeichen nehmen, dass sie Jason nicht länger unterstützen dürften?

Er zuckte mit den Achseln und schwang sich auf Gorum. Ein Schritt nach dem anderen. Alles Weitere würde sich zeigen.

Eine Gefühlswelle der Aufmunterung schwappte durch ihn hindurch. Sein Kalenzring loderte rot auf. Shalyna. Sie saß schon im Sattel und grinste ihm zu.

„Kopf hoch - bei den Prüfungen wirst du Eruslan nicht brauchen", munterte sie ihn auf.

Jason lächelte zurück, schlängelte seinen Hengst durch die zehn sie begleitenden Soldaten und platzierte sich zwischen Callum und Shalyna. Sie hatten sich noch in der Dunkelheit von den Alten und Leila verabschiedet. Es konnte losgehen.

Jason wollte eben den Befehl zum Losreiten geben, als Leila aus dem Inneren des gigantischen Sinithturmes auf sie zugeeilt kam.

„Wartet. Eine Nachricht von der obersten Richterin. Sie befiehlt ihre Tochter unverzüglich in die Hauptstadt Rikania. Shalyna soll sofort dorthin reiten", rief sie ihnen schon im Laufen entgegen.

Atemlos kam sie neben den Pferden zum Stillstand. „Gerade mit dem ersten Licht eingetroffen. Gut, dass ihr noch nicht losgeritten seid."

Callum schaute skeptisch: „Das ist merkwürdig. Warum soll Shalyna von uns getrennt werden? Wer hat den Befehl übermittelt?"

„Barenfi, der Gehilfe des Lichtrates. Er sagte, die Order käme direkt vom Richterhaus und er sollte sie nur übermitteln. Dann musste er weg, da er als einer der Letzten nach Rikania aufbricht. Sonst hätte er noch auf euch gewartet. Die oberste Richterin fordert, dass ihr die 10 Soldaten zum Schutz von Shalyna abstellt. Sie soll auf der Hauptstraße nach Rikania bleiben und so zügig wie möglich in das Richterhaus kommen. Nebenstraßen seien zu meiden. Ihre Anwesenheit in der Hauptstadt sei dringend von Nöten. Barenfi sagte noch, dass Dwando untergegangen sei und nun alle Truppen vor Rikania zusammengezogen werden. Man merkte ihm an, dass er darüber völlig verstört war", erläuterte Leila.

Die Nachricht erschütterte Jason. Der Krieg war also endgültig ausgebrochen. Und Dwando so schnell gefallen. Das entwickelte sich schlimmer, als er befürchtet hatte.

Auch Callum war von der bitteren Botschaft beunruhigt. Er hatte seit mehreren Tagen keinen Kontakt zu Meister Allando. Dieser befand sich auf der Reise nach Rikania und hatte den

Kontaktstein in Sapienta gelassen. Frühestens für den heutigen Abend hatte Allando eine Kontaktmöglichkeit in Aussicht gestellt. Darum überraschte Callum diese neue Entwicklung.

Mit belegter Stimme sagte er: „Es hat also begonnen. Ich hatte gehofft, uns bliebe mehr Zeit." Er streichelte gedankenversunken die Mähne seines Rappen. Gefasster fuhr er fort: „Dann hat sich der dunkle Kaiser nach der Flucht von Ethan sofort für den Angriff entschieden. Wir müssen so schnell wie möglich die Aufgaben der letzten beiden Rätselkarten lösen, wenn unsere Mission noch etwas zum Kriegsausgang beitragen soll."

Jason bemerkte, dass Shalynas Augen auf ihm ruhten. Mit traurigem Blick lenkte sie ihr Pferd dicht neben seines. „Das kann ich nicht ignorieren, Jason. Mutter wird gute Gründe haben, wenn sie mich in die Hauptstadt befiehlt. Schließlich wird dort die nächste Station des Angriffes sein und in Rikania wird über Sieg und Niederlage entschieden. Ich ... ich hoffe", sie musste schlucken und sprach dann weiter, „bitte gib auf dich acht und stoßt so schnell wie möglich zu uns."

Ihm stockte ebenfalls der Atem. Shalyna war sein größter Lichtblick, seine Stütze. Mit ihr war jede Schwierigkeit nur ein Zehntel so schlimm. Doch er würde ihr seine Verzweiflung nicht anmerken lassen. Tapfer nickte er zu ihren Worten. Wie gerne hätte er sie zumindest zum Abschied umarmt. Shaly sendete ihm stattdessen auch etwas Schönes. Sie ließ ihn über den Kalenzring spüren, wie sehr sie bedauerte, von ihm getrennt zu werden. Er musste schlucken.

Shalyna drehte sich um und besprach mit dem Hauptmann der Soldaten die neue Lage. Dann gab sie bekannt, dass sie bereit seien zum Aufbruch.

Jason seufzte. Es machte keinen Sinn, länger zu zögern. Mit einem Armwinken gab er das Zeichen zum Losreiten. Die Freunde trennten sich am Fuß des Röhrenabgangs. Jason starrte noch einen Augenblick hinter Shalyna und dem Soldatentrupp her. Er wollte sich den Anblick ihrer leuchtenden Haare im morgendlichen Licht der gelben Sonne in sein Gedächtnis einbrennen.

Nickala gestorben. Rhodon auf gefährlicher Mission. Shalyna ritt in den Krieg. Nun war er mit Callum allein.

Die Stimmung der Wüste passte zu Callums innerer Welt: eine endlose Öde ohne ein Zeichen der Freude. Von Hoffnung ganz zu schweigen. Sogar die vereinzelten Sträucher wirkten in ihrem Rostbraun wie Symbole des Verfalls.

Sie sahen von hier aus schon die steil aufragenden Felswände. Bis zum Tal der Einsamkeit waren es nur noch einige Stunden, trotzdem würden sie bis in die Nacht hineinreiten müssen. Sie rasteten gerade neben dem riesigen Skelett eines Wargaren. Der gigantische Flugrochen war an dieser Stelle wohl auf seinem Flug über die Wüste verendet.

Meister Allando hatte sich vor wenigen Momenten bei ihm per Kontaktstein gemeldet. Während Jason sich zu einem dringenden Geschäft hinter den einsamen Felsbrocken zurückgezogen hatte, teilte der Großmeister mit, dass er mit dem Lichtrat soeben in Rikania angekommen sei. Von dem Befehl an Shalyna wusste er nichts, er hatte aber auch noch nicht mit der obersten Richterin gesprochen, wollte sich jedoch zeitnah darum kümmern. Das Gespräch währte nur kurz, Allando hatte es eilig.

Vielleicht mochte der Meister aber auch nicht lange mit so einer verbitterten Gestalt wie ihm plaudern. In Zeiten wie diesen lauschte selbst Allando eher einem aufmunternden Charakter.

Nach dem Zwiegespräch hatte Callum ein ungutes Gefühl in Bezug auf Shalyna. Allerdings - wann hatte er in der letzten Zeit überhaupt gute Gefühle? Nein, das musste nichts heißen, damit würde er Jason nicht belasten.

Zumindest an Wasser mangelte es nicht. Callum saugte mit seinen Kräften das Wasser aus den Tiefen der Erde. Er gab den Pferden zu trinken und füllte ihre Wasserflaschen auf. Doch was nützte das, wenn sie in wenigen Tagen besiegt oder gar tot wären?

Jason kam zurück. Gemeinsam verzehrten sie ihren knappen Reiseproviant. Wie seit dem Tod von Nickala üblich aß er aus reiner Vernunft. Das Essen konnte kein Wohlbehagen mehr in ihm auslösen.

„In drei Tagen öffnet sich das Sternentor", begann Jason ein Gespräch, „damit bleiben mir noch maximal zehn Tage Zeit auf Tandoran." Er schüttelte an der halb vollen Goldwasserflasche. „Ich habe Angst, Shalyna nicht mehr wiederzusehen."

Jasons Blick war fast so trübe, wie Callum sich fühlte. Wut stieg in ihm auf. Jason sollte sich freuen, dass seine Liebe noch am Leben war. Dachte Jason daran, was er empfand?

Callum atmete tief aus. Er war unfair, er wusste das. Nickala hätte gewollt, dass er Jason mit all seinen Kräften unterstützt. Das war bestimmt nicht der Fall, wenn er ihm mit Vorwürfen kam. Wie sehr er sich wünschte, dass das Leben mit dem Tod nicht vorbei sei und er eine neue Chance im Jenseits erhielte.

Träumereien.

„Wir wissen nicht, was die Zukunft bringt, aber du kannst hoffen, Jason. Und damit hast du mir einiges voraus", sagte er verbittert und verzog seine Lippen zu einem schiefen Lächeln.

Jason schwieg und blickte zu Boden. Callum sah, dass es seinem ehemaligen Schüler leid tat. Er wollte etwas Freundliches erwidern und fuhr fort: „Glaube mir, Jason, ihr beiden könnt euch schon riesig darüber freuen, dass ihr euch von euren Gefühlen füreinander erzählt habt. Ich werde diese Chance nie wieder erhalten."

Callum erhob sich und packte sein restliches Essen in die Satteltasche. Da fiel ihm noch ein: „Übrigens, eine kleine Ergänzung aus dem Limarten-Handbuch: Gefühle bereiten nun mal hin und wieder auch Schmerzen. Aber wenn wir sie nicht hätten, könnten wir nicht mehr entscheiden, was richtig und was falsch ist. Darum soll man sich nicht über sie beschweren, sondern mit ihnen leben lernen."

Dann trank er einen Schluck Wasser und schwang sich auf sein Pferd. Beim Reiten schwiegen sie. So war es einfacher für ihn.

Vritti sârûpyam itaratra
Mit unkonzentriertem Geist identifiziert sich der Denker mit seinen Gedanken.
Patanjali, Yoga-Sutren, Teil 1, Sutre 4

6.2 Tal der Einsamkeit

„Los, los! Schneller!", schrie Garvaron die letzten Soldaten an, welche eben im Laufschritt über die Brücke der Schlucht rannten. Er schaute nach oben. Befriedigt nahm er zur Kenntnis, dass die Flugschiffe der Nordlande auf Abstand blieben. Es war den Männern an der Schleuder gelungen, fünf von ihnen vom Himmel zu holen. Seitdem wurden die Luftangriffe seltener.

In der Nacht waren die Flugschiffe ohnehin kaum eine Gefahr. Doch jetzt im Morgengrauen, nachdem seine Männer beinahe zwei Tage der Flucht hinter sich hatten, würden sie wieder angreifen. Wie lange hatte er eigentlich nicht mehr geschlafen? Vielleicht waren sechs Stunden Ruhe in den letzten drei Tagen zusammengekommen. Wenigstens roch er mittlerweile seinen eigenen Schweiß nicht mehr, dafür taten ihm alle Knochen weh. Zu allem Überfluss war sein Pferd heute Nacht gestürzt - Garvarons rechtes Bein bestand nur noch aus blauen Flecken und Schürfwunden.

„Jetzt!", rief er zu den gespannt wartenden Männern und Frauen. Rund ein Dutzend der Limarkämpfer konzentrierten ihre Kräfte auf die Befestigung der Brückenpfeiler. Garvaron sah die Luft um die in die Felsen gerammten Sinithpfähle flimmern. Das Sinith würden sie so nicht brechen können, die Limarten bündelten stattdessen ihren Angriff auf das Gestein darunter. Wenn sie es schaffen würden, den darunterliegenden Fels zu zerbrechen, würden die Pfähle abrutschen und somit die restliche Brücke in die Schlucht stürzen. Dann hätte die Armee der Nordlande einen mehrtägigen Umweg vor sich.

Garvaron spähte zum anderen Ufer der Schlucht. Schon sah er die Staubwolke der ersten Reiter der Nordlandarmee heranrasen. Er kniff die Augen zusammen. Dieser Hüne natürlich vorweg. Er wusste, dass es sich um Aran handelte. Er war Garvaron bereits auf dem Schlachtfeld vor Dwando unangenehm aufgefallen. Der Wahnsinnige schien keine Furcht zu kennen.

„Beeilt euch. Sie kommen!", trieb Garvaron die Limarten an.

Garvaron ärgerte sich über sich selbst. Das Einzige, was er mit seinem Antreiben erreichte, war, dass die Limarten aus ihrer Konzentration fielen. Der Fels knirschte leise, mehr war nicht zu erkennen. Das Hufgetrappel der Gegner wurde lauter und lauter. Würden die Kräfte der Limarten reichen? Was konnte er zu ihrer Unterstützung unternehmen? Zeit gewinnen! Er musste den Ansturm der Angreifer verzögern.

„Bogenschützen. Aufstellung", schrie er und lief seinen herbeieilenden Männern entgegen. „Wir müssen die Nordländer aufhalten. Feuert so viele Pfeile, wie ihr könnt!"

Kaum hatte er seine Worte ausgesprochen, flogen auch schon die ersten Geschosse über die Schlucht. Doch knapp über den Köpfen der heranjagenden Reiter blieben sie in der Luft hängen. Die Limarten der Nordländer. Ihre Gegner waren geschickt und agierten nicht planlos. Das hätte er sich denken können. Trotzdem ließ er weiterschießen. Es würde wenigstens für etwas Irritation sorgen.

Gleichwohl schien es zu spät. Der Hüne ritt soeben auf den hundert Meter messenden Schluchtenübergang. Garvaron schaute nach rechts zum diesseitigen Ausgang der Brücke. Wie abgesprochen bildeten seine Männer dort eine Mauer aus Schilden. Weitere Südländer-Limarten hockten davor und formten ein Luftschild, das einige Meter in den Übergang hineinragte. Doch auch diese Maßnahme würde die Reiter des dunklen Kaisers nur eine Zeit lang behindern, nicht stoppen. Würde die Zeit reichen, um die Schluchtquerung zum Einsturz zu bringen?

Aran hatte bereits die Hälfte der Brücke erreicht. Da sackten die Bohlen unter ihm ab. Er ließ sein Pferd mit aller Gewalt abbremsen. Der Rest seiner Männer kam am gegenüberliegenden Brückeneingang zum Stillstand. Aran hatte einen beträchtlichen Vorsprung auf sie gehabt.

Kurz stand alles wie erstarrt. Aran verharrte. Dann riss er sein Pferd herum und preschte zurück. Garvaron hielt den Atem an. Zentimeter um Zentimeter ruckte die Brücke weiter runter. Das Flimmern um den sich lösenden Fels unter den Pfeilern leuchtete stärker. Die angespannten Gesichter der Limarten zeigten, dass sie alles gaben.

Da krachte es ohrenbetäubend. Ein mannsgroßer Felsbrocken sprengte vor den Sinithpfeilern heraus. Sofort schwang die Brücke auf ihrer Seite nach unten.

Garvaron blickte auf den fliehenden Hünen. Dieser hatte ein mörderisches Tempo drauf, als sich die Brücke in seinem Rücken absenkte und seitlich abfiel. Aran ritt schräg. Da brach auch auf der gegenüberliegenden Seite die Befestigung raus. Der gesamte Übergang fiel nach unten. Mit einem gewaltigen Satz - Garvaron hatte noch nie ein Pferd so weit springen sehen - erreichte Aran das rettende Felsplateau.

Hinter dem Nordländer segelte die steinerne Brücke lautlos zum Grund der Schlucht. Als sie am Boden aufprallte, blieb es einen Sekundenbruchteil still. Dann donnerte es die Schluchtenwände herauf und die zerstörte Konstruktion verschwand unter einer Wolke aus Staub.

Garvarons Männer jubelten. Triumphierend blickte er zu der gegenüberliegenden Seite. Das brachte ihnen mindestens zwei Tage, die Nordlandarmee musste einen weiten Umweg machen. Und das Beste daran war, die Truppe des dunklen Kaisers würde dabei durch enge Felsgänge reiten müssen. Dort würde Garvaron mit seinen Soldaten auf sie warten.

Aber was ging da vor sich? Die Nordländer ritten gar nicht zurück. Stattdessen saßen sie ab und schienen sich zu sammeln. Garvaron schnappte sich ein Fernglas und suchte Aran. Der Elendige unterhielt sich mit einem der anderen Fürsten und ... lachte! Was hatte das zu bedeuten?

ॐॐॐ

Jason tauschte einen letzten Blick mit Callum - er sah wie üblich in jüngster Zeit nur zusammengekniffene Lippen und seltsam leblose Augen bei seinem Freund. Dann blies er kräftig in die Holzflöte hinein, die ihm der Baum des Lebens in den Schoß geworfen hatte.

Die Tonfolge verhallte an der steil aufragenden Felswand vor ihnen. Nichts geschah. Die graue, an einigen Stellen schwarz schimmernde, spiegelglatte Steinwand wurde von den Tönen der Flöte nicht aus dem Weg gesprengt. Auch unter dem Torbogen mit der Aufschrift „Tal der Einsamkeit" öffnete sich kein Durchlass. Jason wunderte das nicht.

Er blickte links und rechts die Steilhänge entlang. Mit Felsklippen bis in die Wolken erhob sich das Gebirge aus dem Sand der sengenden Einöde und schien sich nach beiden Seiten endlos zu erstrecken.

„Versuch es noch mal", forderte ihn Callum auf.

Wieder blies Jason, diesmal kräftiger. Wieder verhallte die Melodie im sengendheißen Wind der Wüste.

Waren sie hier falsch? Mussten sie weiter an den Wänden entlangreiten? Oder lag dieses Tal der Einsamkeit gar nicht in diesem Gebirge? Gab es vielleicht ein anderes Tal, ein richtiges Tal? Nicht nur Felswände?

Jason wischte sich den Sand von den Lippen und schaute Callum ratlos an.

„Noch mal", beharrte der Meisterschüler von Allando.

Mit aller Kraft blies Jason durch die Holzröhre. Laut quietschend kreischten die Töne heraus. Callum hielt sich gequält seine Ohren zu.

„Halte ein, Erdenmensch. Fehlt dir denn jedes Gespür für den Klang?", flüsterte eine raue Stimme hinter ihnen.

Erschrocken schnellten die Freunde herum. Jasons Hand fuhr zu seiner Hüfte. Doch Eruslan war ja verloren. Vor ihnen stand ein Mann, ungefähr zwei Meter groß, mit langen, dünnen Haaren, die im Wüstenwind wogten. Jason musste blinzeln, da die gelbe Sonne genau über dem Fremden stand und ihn blendete. Er konnte keine Gesichtszüge erkennen. Dafür schienen die Sonnenstrahlen durch die äußeren Hautschichten des Unbekannten hindurchzuscheinen. Als ob der wie aus dem Nichts aufgetauchte Besucher an seinen Rändern mit der Wüstenumgebung verschmolz.

Callum trat neben Jason und hielt sich ebenfalls schützend die Hand vor die Stirn. „Wer seid Ihr? Was macht Ihr hier?", wollte er wissen.

Der Fremde antwortete mit einem knackenden Hauchen, das an ein heiseres Lachen erinnerte. „Ihr wollt von mir wissen, wer ich bin, Callum Debreux? Wisst Ihr denn überhaupt, wer Ihr seid?"

„Woher kennt Ihr meinen Namen? Seid Ihr uns gefolgt?", fragte Callum und zog knirschend sein Schwert aus der mit Wüstensand gefüllten Scheide.

Jason drängte seinen Freund hinter sich. Etwas Geheimnisvolles ging von dem Ankömmling aus. Jason verspürte keine Angst, eher umgab die Stimme des Fremden eine Aura des Vergänglichen. Mit einem Mal erschien er ihm uralt. Durch zusammengekniffene Augen erkannte er, dass die helle Hose ihres Gegenübers bis knapp unter die Knie reichte und er am Oberkörper ein dünnes Hemd trug.

„Wisst Ihr denn, was wir hier machen sollen?", fragte Jason in höflichem Ton. „Wir wollten zum Tal der Einsamkeit, um eine Aufgabe zu lösen. Unsere Hoffnung war, die Flöte hier würde uns eine Art Zugang verschaffen. Leider geschieht nichts, wenn ich auf ihr spiele." Blinzelnd wartete er auf eine Antwort.

Der Fremde hielt ihm die offene Hand hin und sagte: „Gib sie mir, Jason Lazar."

Jason tat, wie ihm geheißen. Die Haut und die Kleidung des geheimnisvollen Fremden hatten die Farbe des Wüstensandes um sie herum. Auch seine Finger schienen keine klaren Konturen zu besitzen, sondern an ihren Rändern lichtdurchlässig mit der Luft zu verschmelzen. Er wog die Flöte behutsam in seiner Hand.

„Vom Vater des Waldes. Seit Tausenden von Jahren habe ich sein Holz nicht mehr gespürt."

Jason meinte ein Lächeln auf den Gesichtszügen zu erblicken. Was sagte der da? Er lebt seit Tausenden von Jahren? Normalerweise hätte Jason das nicht geglaubt, aber bei diesem Unbekannten war er sich nicht so sicher.

Darum fragte er: „Ihr seid über tausend Jahre alt?"

Noch einmal lachte der Fremde auf diese abgehackte, kaum hörbare Weise. Dann nahm er die Holzflöte zwischen zwei Finger und sprach: „Ich bin der Wächter des Tales der Einsamkeit, junger Mensch. Das Rufholz hier gibt dir die Berechtigung zum Zutritt. Es muss nur richtig gespielt werden, aber das kann ich für dich tun. Wisse: Nur wenige haben dieses Tal bisher betreten, noch weniger haben es wieder verlassen. Einige haben gefunden, wonach sie gesucht haben – was auch immer das war. Du hast nur einen Tag Zeit, den Ausgang wieder zu erreichen. Ansonsten wird sich die Hitze und ... Schlimmeres auf dich stürzen."

Der Wächter blickte hoch. „Willst du immer noch hinein, Jason Lazar?" Er zog seine Augenbrauen fragend empor.

Die letzten Worte hatte der Wächter sanft wie die schwache Brise um sie herum ausgehaucht. Er verharrte völlig regungslos, die Flöte immer noch zwischen zwei Fingern vor sich erhoben.

Jason schaute fragend zu Callum. Dieser zuckte nur ernst mit den Schultern. Jason wendete sich wieder zurück zu dem Wächter und sagte: „Ja, bitte öffne den Zutritt."

„Lange, sehr lange habe ich die Töne nicht mehr gespielt", flüsterte der Wächter und nahm das Rufholz zwischen die Lippen. Er blies hinein und spielte die Tonfolge auf eine derart traurige Weise, dass sich Jason vor Unbehagen der Magen zusammenzog. Gleichzeitig löste sich das Holz der Flöte zwischen den Fingern des Wärters in dünne Späne auf, welche im Wüstenwind davonschwebten.

Hinter ihnen knirschte der Fels. Abrupt drehten sich Jason und Callum um. Aus der dunklen Wand schob sich unter dem Torbogen ein oben abgerundeter Felsblock über den sandigen Boden auf sie zu. Der Fels teilte sich und gab in der Mitte eine halbrunde Öffnung frei.

Der Wächter umrundete sie und schritt auf das Tor zu. Jason erschien es, als glitt der Alte über den Sand. Neben dem Felsdurchbruch verharrte er. Jason und Callum folgten. Der Wächter hatte eine reglose Miene aufgesetzt und starrte ins Nichts. Hier vor der Felswand hatte seine Haut einen gräulichen Ton angenommen.

Jason schaute durch die Felsöffnung hindurch. Auf der anderen Seite setzte sich die Wüste nahtlos fort. Er blickte unsicher zu dem mysteriösen Alten. Doch etwas an dessen Gesichtsausdruck sagte Jason, dass er von ihm keine weiteren Auskünfte erhalten würde.

„Wollen wir?", fragte Jason Callum.

Statt seiner antwortete der Wächter: „Nur einer darf hinein. Immer nur einer auf einmal im Tal der Einsamkeit, ihr versteht!"

Die beiden Freunde schauten sich an. „Nun denn", sagte Callum und umschloss mit seinen Händen Jasons Unterarme. „War ja irgendwie klar, dass du da alleine durch musst. Ich werde hier warten, Jason. Länger als einen Tag wird es ja nicht dauern." Schief grinsend reichte er ihm seine Wasserflasche.

Jason verweilte noch einen Moment in den traurigen Augen seines Freundes und wendete sich dann dem Durchlass zu. Der

Wärter blickte weiterhin starr an ihnen vorbei. Seufzend schritt Jason zum Tor.

☥☥☥

Callum blickte Jason hinterher. Tal der Einsamkeit – das hörte sich für ihn ohnehin wie ein Ort des Grauens an. Obwohl - wie sollte er jetzt noch einsamer werden? Er hatte die Chance seines Lebens und diese ängstlich vertan. Nur der Gedanke daran, in diesem Kampf noch zu etwas nütze zu sein, hielt ihn aufrecht. Wie sollte er aufgeben, wenn Nickala für ihre Sache gestorben war? Nein, er würde weiter durchhalten.

Callum atmete tief durch. Sollte er Jason doch noch von seiner Besorgnis in Bezug auf Shalyna erzählen? Vielleicht musste er es für die Prüfung wissen?

Nein – das würde ihn nur ablenken, seinen Mut schwächen. Angst war ein schlimmer Kräftezehrer. Er würde nachher mit Allando sprechen. Dann würden seine Befürchtungen hoffentlich in Luft aufgelöst.

Callum konnte Jason nicht mehr sehen. Der Fels schloss sich. Und der Wächter war - von ihm unbemerkt - verschwunden. Genau so, wie er gekommen war.

☥☥☥

Stundenlang irrte Jason durch die sengende Weite. Rechts und links begleiteten ihn in einem Kilometer Entfernung die steilen Felswände. Diese Wüste war das gesuchte Tal. Kein Schatten zeigte sich, die gelbe Sonne stand unerbittlich vor ihm. Nie zuvor hatte er solche Hitze auf Tandoran erlebt. Es roch nach gar nichts, seine Nase fühlte sich völlig ausgetrocknet an. Auf seinen Lippen lag ein dünner Pelz des goldenen Sandes.

Unter Aufbietung größter Willenskraft hinderte er sich daran, seinem Durst nachzugeben und die Wasserflasche sofort hier und jetzt in einem Zug leerzutrinken. Er hatte ohnehin schon zu viel verbraucht.

Zum wiederholten Mal kam er an einem abgestorbenen Baumrest vorbei. Bei diesem Exemplar hing der skelettierte Kopf eines Rindes in einer vertrockneten Astgabel. Die zwei Hörner hatten sich verharkt und hielten das Skelett noch im Tode aufrecht. Wie elendig musste dieses Vieh umgekommen sein. Eingezwängt in den Ästen, von der gnadenlosen Sonne zu Tode verdorrt. Der Mensch konnte grausam sein, die Natur offenkundig auch. Ein trauriger Gedanke kam ihm. Wenn dieses Tier dort so völlig ohne Mitgefühl sich über Stunden in den Tod gequält hatte, durfte er dann immer noch auf so etwas wie Gerechtigkeit in der Welt hoffen? Auf eine höhere Macht, die demütige Gebete erhört? Oder war dieses einsame Skelett nicht Beleg dafür, dass sie am Ende alle alleine einem Schicksal ausgeliefert waren, dem Sinn und Gnade völlig fremd waren?

    Jason konzentrierte sich auf das Gelände vor ihm. Der ewig gleiche Sand bildete einen sanft ansteigenden Hügel. Trotz der erdrückend trockenen Hitze brach ihm beim Anstieg der Schweiß aus. Wie gerne hätte er sich jetzt unter einen laufenden Wasserhahn gehängt. Wasser schien ihm das begehrenswerteste Gut auf Erden.

    Er hielt inne und blickte zurück. Stumm hing das Skelett des Rindviehs in den Ästen. Alles vergeht, dachte er, Ben, seine Mutter, Nickala. Bald würde seine Oma diesem Weg folgen, dann sein Vater. War nicht alles vergänglich? Shalynas Bild stieg in ihm auf, konnte die Traurigkeit in ihm aber nicht mildern. Wie lange würde ihre Liebe halten? Wie lange würde sie es akzeptieren, den Freund nicht berühren zu dürfen, weil der zu schwach war? Ab wann würde die Wut über seine Gebrechlichkeit einsetzen? Was machte er sich eigentlich vor!

    Jason dachte an den sorgenvollen Blick seines Vaters. Vielleicht ahnte er diese Entwicklung voraus?

    Er erklomm in langsamem Schlurfen die Anhöhe. Mit jedem Schritt wurden ihm die Beine schwerer. Trotz seiner Stiefel spürte er die glühende Hitze des Sandes unter ihm. Endlich konnte er über den Hügel hinwegsehen.

    Was er erblickte, war einfach nur frustrierend.

    Die steilen Felswände reichten bis zum Horizont, ihr Abstand vergrößerte sich immer mehr. Vor ihm: nur Leere. Nichts als eine unendlich weite Ebene aus verkrustetem, rotbraunem Land. Der Wüstenboden war durchzogen von sich windenden Spalten. Nicht einmal Sand gab es dort noch.

    Enttäuscht sackte Jason auf die Knie und spähte mit der Hand vor Augen von rechts nach links. Nirgends war eine Erhebung, ein Baum oder gar ein Gebäude zu sehen. Alles schien sich in endlose Ferne zu verlieren. An diesem Ort war nichts. Wo sollte er hin? Seine Kräfte waren bereits jetzt aufgezehrt. Verzweiflung überkam ihn, zog seinen Brustraum zusammen. Er mochte kaum mehr atmen. Seine Hände gruben sich in den heißen Sand.

Aber hier durfte er nicht bleiben. Jason erhob sich und taumelte den Abhang hinunter. Unten angekommen machte er unsicher einige Schritte auf dem ausgedörrten, zerfurchten Grund. Der Boden klang hohl unter ihm. Er blieb stehen und befühlte die steinharte Erde. In dieser Gegend war seit Jahren kein Tropfen Wasser runtergekommen. Wo sollte er langgehen? Der halbe Tag war bestimmt schon rum und vor ihm lag die unendliche Weite. Es ergab überhaupt keinen Sinn, geradeaus weiterzulaufen. Da war nichts zu finden.

Jason beschloss umzukehren. Mühevoll erklomm er erneut den Hügel. Diesmal würde er sich dicht an einer Felswand halten. Vielleicht hatte er irgendwo einen Durchgang übersehen. Nach einem Blick auf die zwei Sonnen am Himmel fiel seine Wahl auf die linke Steilwand. Hier würde der schützende Schatten als Erstes einsetzen. Die rechte Seite lag bis zum Abend in der Sonne. Es entzog sich seiner Vorstellungskraft, ob er den Rückweg in dieser Hitze und mit seinem kümmerlichen Wasserrest schaffen würde. Darüber wollte er sich jedoch jetzt keine Sorgen machen.

Mit Mühe richtete er seine Gedanken auf etwas anderes: Er stellte sich vor, wie es wäre, wenn Shalyna mit ihm auf die Erde käme. Würden sie sich dort berühren können? Vielleicht besaß der dunkle Kaiser ja noch größere Goldwasservorräte, dann wäre ein längerer Aufenthalt von Shaly in seiner Heimat möglich. Nach einem Sieg …

Wie würde es Shalyna auf der Erde ergehen? Würde sie Freunde finden? Wie würde sie die Krone auf ihrer Stirn verbergen? Sie könnte sich als Muslimin ausgeben und ständig ein Kopftuch tragen. Aber dann wären ihr Schwimmen, Sauna, Sport und vieles andere verleidet.

Womit würde sie sich beschäftigen? Kinder konnte sie wohl schwer unterrichten. Sein Vater hatte in Indien seine Forschungen gehabt, doch was würde Shalyna arbeiten? Mit irgendwas muss man die Tage ja rumbringen, was könnte das für Shalyna sein? Würde er sie auf der Erde vielleicht sogar berühren können?

Jason hielt einige Meter Abstand zur Felswand an seiner Linken. Die Wände hatten die Wärme gespeichert und strahlten diese Hitze gnadenlos ab. Aus dem segensreichen Schatten würde vorerst nichts werden. Stundenlang schlurfte er weiter, stundenlang dachte er an Shalyna.

Eine Erkenntnis schlich sich in seinen Kopf und machte sich dort breit. So breit, dass er sie nicht mehr ignorieren konnte: Shalyna wäre auf der Erde einfach nur unglücklich. Sie würde nicht zu den Menschen gehören und hätte gleichzeitig die Pflichten gegenüber ihrem Volk nicht erfüllt. Das Geschenk ihrer Fähigkeit war zugleich eine Bürde. Wie konnte er so selbstsüchtig sein und von Shalyna erbitten, gegen ihre Bestimmung zu handeln?

Weil sie dieses vorbestimmte Leben nicht will!, schrie es in ihm.

Das mag sein, gab er sich selbst zur Antwort, *aber sie wäre auch unglücklich, wenn sie die anderen im Stich ließe.*

Mit jedem Meter kam Jason stärker zu der Überzeugung, dass er für Shalyna am Ende nur Trauer und Schmerz bedeutete. Er wäre – diese Einsicht zwang ihn, stehen zu bleiben – wieder einmal für das Leid eines anderen verantwortlich. Genau wie bei Ben.

In diesem Moment sendete der Kalenzring an seinem Finger eine Welle angstvoller Aufregung durch seinen Körper. Shalyna! Was war mit ihr? Er fühlte, ob noch mehr aus dem Ring ausgestrahlt würde. Doch stattdessen wechselte das Rot des Ringes in ein mattes Grau.

Shalyna musste ihren Ring abgelegt haben. Oder ... darüber wollte er gar nicht nachdenken. Sie musste eine schlimme Botschaft erhalten haben, dass sie so verzweifelt ist. Wahrscheinlich wollte sie ihn nicht belasten und hatte darum den Ring rasch abgezogen.

Würde er auch so rücksichtsvoll zu ihr sein? Eher nicht, das hatte der Tod von Ben eindeutig gezeigt. Wäre es nicht sogar besser für Shaly, wenn sie sich gleich trennen würden?

Da, er sah die Stelle, durch die er in dieses Tal der Verzweiflung gekommen war. Seinen Ausgangspunkt. Jason wurde schlagartig klar, woher dieser Ort seinen Namen hatte. Er musste fast lachen.

Mit schnelleren Schritten – laufen konnte er nicht mehr – eilte er auf den Eingang im Steilhang zu. Nach wenigen Metern stand er vor einer undurchdringlichen Wand. Jason rief nach dem Wächter und lauschte. Doch außer dem leisen Wind herrschte völlige Stille um ihn herum. Er brüllte lauter, mehrfach, hämmerte mit einem Stein gegen den Fels.

Nichts rührte sich.

Erschöpft trat er zurück in die erbarmungslose Sonne. Mit der Hand vor den Augen inspizierte er Meter für Meter die graue Steilwand. Er sah nirgends auch nur die Möglichkeit, das erste Stückchen nach oben zu überwinden.

Er schraubte seine Flasche auf, um einen winzigen Schluck zu trinken. Doch mehr als ein trübes Rinnsal kam nicht heraus. Wütend schleuderte er das leere Behältnis auf den Sandboden. Wenn er jetzt seine Goldwasserflasche hätte – sein Rucksack war bei Callum geblieben - er hätte sie in einem Zug geleert.

Sein Blick stoppte bei einem Baum. Eher ein Bäumchen, ein Strauch mit Stamm. Er trottete darauf zu und ließ sich im dürftigen Schatten nieder. In ihrer Ruhe gestört erhob sich eine Schildkröte aus dem Sand und schlich von dannen.

Jason schloss müde die Augen. Mandratans Antlitz erschien in seinem Kopf. Mit aller Deutlichkeit sah er die gigantische Kraft des dunklen Kaisers. Wie leicht hatte er seine Mutter getötet, wie sehr fürchtete sich sein Vater vor seiner Stärke. Erneut überkam ihn die Verzweiflungswelle von vorhin, doch diesmal war sie heftiger, raubte ihm fast den Atem. Jason erinnerte sich dieses Gefühls. Als sein Hund Wusel starb, er war vor ein Auto gelaufen, Jason hatte gerade seinen 11. Geburtstag gefeiert, empfand er genauso. Monate danach war er noch traurig gewesen.

Er ließ sich auf die Seite fallen und krümmte sich wie ein Embryo zusammen.

Ein Mythos. Wir jagen einem Mythos hinterher und haben doch keine Chance, hallte es durch die Leere seines Kopfes.

Aber ganz gab er nicht auf. Mit seinem letzten Rest Mut rief er sich zum Durchhalten auf: *Ich werde weitermachen, weitersuchen, irgendwie!*

Seine rechte Hand griff nach dem Stamm und seine Fingerspitzen krallten sich in die Rinde des Bäumchens.

„Nicht ... aufgeben", ertönte es hölzern in seinem Inneren.

Der Baum des Lebens. Hier! Die Stimme vom Vater des Waldes klang leise und unendlich weit entfernt, sie wirkte aber viel lebendiger als noch vor zwei Wochen. Jason umgriff den Stamm fester und sendete voller Hoffnung eine Frage an den Vater des Waldes: „Was soll ich an diesem Ort machen, worin liegt die Prüfung?"

„Punkt ... Entscheidung ...", Jason konnte die Worte kaum verstehen, „so oder so ... wer aufgibt ... verliert."

Mehr kam nicht. Mit allen Sinnen lauschte Jason auf seine Verbindung mit dem Baum. Doch es blieb still. Nichts weiter. Außer kluger Sprüche schien der Baum des Lebens auch keinen Rat zu wissen.

Jason richtete sich auf. Sein Kopf war vor Niedergeschlagenheit völlig leer. Er konnte nicht mehr klar denken. Wenn doch diese Verzweiflung nicht wäre. Er dachte über seine Lage nach. War die Lage denn wirklich so schlimm, wie er sich gerade fühlte? Klar, er konnte Shaly nicht küssen, konnte ihr kaum ein richtiger Freund sein. Aber sie schien ihn zu lieben – hey – das hätte er vor einigen Tagen doch niemals zu hoffen gewagt. Er musste lächeln bei diesem Gedanken. Herr Dupont, sein Kunst-, Klassen- und Lieblingslehrer, hatte sie in ihren gemeinsamen Schuljahren gebetsmühlenartig ermuntert, die Dinge immer von zwei Seiten zu betrachten. Es schien zu wirken.

Jason nahm eine Handvoll Sand auf und begann aufzulisten: Dunkler Kaiser ist stärker, übermenschliche Macht durch die Handpyramide, Goldwasser fast alle, kann Shalyna nicht berühren, Shalyna muss einen Distriktverwalter heiraten. Bei jedem Negativpunkt öffnete er kurz die Faust und ließ etwas Sand heraus. Ein kleiner Hügel bildete sich. Als Letztes fiel ihm noch das Ultimatum der Ingadi ein. Der Hügel wuchs weiter.

Dann füllte er die andere Faust mit Sand und begann einen zweiten Hügel: Sein Vater lebt, er hat eine außergewöhnliche Begabung, Shaly liebt ihn (hier ließ er besonders viel Sand fallen), die Prophezeiung spricht von Rettung, Fraitan würde ihm im Notfall helfen, Allando war ein starker Limart, der Lichtrat, die Andari, der Baum des Lebens war gerettet, bin am Leben und kann kämpfen. Jason konnte wieder schmunzeln: Der zweite Haufen war deutlich höher als der mit den Negativpunkten. Jason konzentrierte sich ganz auf dieses Gefühl des Freudigen, des Positiven, dessen, was er auf der Habenseite hatte. Er spürte neue Zuversicht. Übermütig schaute er auf seinen Kalenzring. Doch der war immer noch grau.

Was war mit Shalyna?

„Geht es?", fragte Betlana auf dem Pferd neben ihm.

Ethan streckte sich. Diese vermaledeiten Rückenschmerzen. Er war es nicht mehr gewohnt zu reiten. Und nun galoppierten sie bereits zwei Tage quasi durch. Es war kaum noch auszuhalten.

„Wir sind ja gleich da", presste er zwischen zusammengebissenen Zähnen hervor.

Der Gedanke an Jason hielt ihn aufrecht. Was sein Sohn wohl gerade durchmachte? Er wäre gerne bei ihm geblieben. Was ist, wenn er ihn nie mehr wieder sah? Vielleicht hätte er doch mit ihm mitreisen sollen. Krieg hin oder her.

Sie umrundeten eine lang gezogene Kurve. Garvaron hatte ihn mit ausgewählten Soldaten vorausgesendet, um Rikania auf die ankommenden Streitkräfte vorzubereiten. Die Einwohner Dwandos folgten in einigem Abstand, während Garvaron mit berittenen Truppen die Brücke über der Schlucht verteidigte.

Nach der Biegung zeigte sich zum ersten Mal die Stadt seines Lebens. Rikania. Mehr als zwölf Jahre war er nicht dort gewesen. Von hier oben hatte sich nichts verändert. Ethan fühlte sich, als wäre er nach Hause gekommen. Er ließ sein Pferd anhalten und genoss den Anblick.

Rikania lag am Fluss Shavarin. Die Stadt war rechteckig aufgebaut und thronte inmitten einer ausgedehnten Ebene aus Feldern, Wäldern und Hügeln. Die zwanzig Mann hohen Mauern waren schon ein Kunstwerk für sich. Verziert von Rundbögen, Menschen- und Ingadiskulpturen umschlossen sie auf etlichen Kilometern Länge die größte Stadt auf Tandoran. Bronzefarbene Kästen, bepflanzt mit farbenprächtigen Blumen und weit verzweigten Rankengewächsen, hingen überall von den Zinnen herab. Auf allen vier Ecken, über dem Hauptportal und an weiteren Plätzen innerhalb der Stadt erhoben sich im Sonnenlicht aufblitzende Rundtürme, die mit ihren Spitzen die weißen Wolken berührten. Jeder dieser Türme hatte seinen eigenen Stil, doch alle besaßen Stockwerke mit rundumlaufender Verglasung.

Ethan erinnerte sich voller Wehmut, wie er Franka das erste Mal in einen dieser Räume hinter dem Rundglas geführt hatte. Das Licht der zwei Sonnen hatte den Raum, der von den Staffeleien der Maler und den Skulpturen der Bildhauer gefüllt war, mit strahlendem Licht geflutet. Wie gerne hätte Franka damals bei ihnen weitergelebt. Sie war hier in Rikania schon im Morgengrauen erwacht und zu den Ateliers geeilt. Auf der Erde schlief sie in der Familie am längsten. Wie sehr hatte sie ihre - trotz allen Goldwassers - aufkommende Schwäche verflucht. Aber es half alles nichts, sie musste wieder fort von Tandoran.

Rikania - Heimat der Künstler. Franka wäre sofort geblieben. Ethan gönnte sich noch einen Moment der Erinnerung. Zum Fluss hin folgten den Häusern die Sinnes-Welten, jene weitläufigen Parkanlagen der Stadt. Gärtner aus ganz Tandoran lieferten sich jährlich Wettstreite um den schönsten Bereich in dem Park. Dort hatten Franka und er gemeinsam eine Zertrope gepflanzt. Er musste unbedingt schauen, wie sich diese entwickelt hatte.

Sein Blick blieb am weißen Palast der obersten Richterin hängen. Im großen Tharidiumsaal würden sie gerade beraten und die Verteidigung der Hauptstadt erörtern. Gleich würde er zu ihnen stoßen. Er gab seinem Hengst die Sporen und preschte hinter Betlana her.

Ihr erstes Ziel lag im Quartier des Lichtrates. Die Umarmung mit Allando währte lange. Es schien für Ethan, als ob ein weiterer Brocken von seiner Schulter fiel. Er liebte und bewunderte den alten Großmeister wie seinen Vater. Und er sah auch in Allandos Augen, wie sehr ihn das - so unerwartete - Wiedersehen berührte.

„Ethan, gesegnet sei alles, was existiert, dass wir uns nochmals in diesem Leben begegnen", begrüßte ihn Allando mit belegter Stimme.

Jasons Vater kam gleich zur Sache: „Ich habe ein Luftschiff über Rikania gesehen. Wie ist das möglich?"

Allando antwortete: „Ja - unsere Ruben hat es doch noch geschafft. Ein Netz von Sinith schützt nun das Volomer, die Flugechsen verfangen sich darin und können ihren Zerstörungsdrang nicht umsetzen. Ruben gibt halt trotz aller Rückschläge nie auf. Ich muss zugeben, meine Bedenken waren groß. Sie hat es trotzdem konstruiert." Er grinste zu Ethan herüber. „Allerdings ist der Sinithschutz nicht einfach herzustellen, wir versuchen, zumindest zehn unserer Flugschiffe damit auszustatten. In den Hallen am Hafen arbeiten sie Tag und Nacht daran. Der Lichtrat ist noch mit dem Pferd von Sapienta hierhergeritten, wir sind gestern Abend eingetroffen. Nur die Ratsmeister Ruben, Faibanus und, zu meiner Verwunderung, Magole haben sich die Reise mit dem Flugschiff von Sapienta bis hierher getraut. Sie sind erst gestern Mittag aufgebrochen und kamen heute schon an. Das Flugschiff ist auf der Reise ein Dutzend Mal angegriffen worden. Die Flugechsen haben sich wie wahnsinnig in dem Sinithschutz verbissen, sind aber nicht an das Volomer herangekommen. Ihnen war mehr als mulmig zumute, äußerten alle Mitfliegenden einvernehmlich, doch es bestand wohl nie die Gefahr eines Absturzes."

„Das sind tolle Neuigkeiten", freute sich Ethan, „vielleicht können wir mit den Flugschiffen die Sarkoten aufhalten."

„Wir werden sehen", stimmte Allando zu und führte Ethan zu einem Tisch. Er bot ihm zu trinken an, Ethan nahm sich zusätzlich von den Weintrauben. Die hatte er lange nicht genießen dürfen.

„Habt Ihr etwas von Garvarons Truppen gehört?", wollte Ethan wissen. „Ist sein Plan mit der Brücke geglückt?"

„Auch hier kann ich Gutes verkünden", antwortete Allando. „Garvaron ist es gestern gelungen, die Brückenpfeiler rechtzeitig einzureißen. Das wird uns mehrere Tage Zeit verschaffen. Die Nordländer werden mit den Fußtruppen einen langen Umweg machen müssen. Zeit, die Jason zur Erfüllung der Prophezeiung zur Verfügung steht."

„Sehr schön. Aber die Sorge in Eurem Gesicht überwiegt."

Allando stützte sich auf den Tisch. „Ein Befehl des dunklen Kaisers ist bekannt geworden. Alle Limarten, die sich im Kampf gegen die Truppen der Nordlande beteiligen, sollen mit ihrem Leben dafür bezahlen. Es würde keine Gnade geben." Der Großmeister richtete sich auf. „Wir haben alle Hände voll zu tun, die teilweise recht jungen Gemüter in Kampfeslaune zu halten. Ihr wisst, es sind nicht unbedingt die Wagemutigsten, die von der Blume der Prüfung zugelassen werden."

Ethan neigte den Kopf und schaute schräg zu seinem ehemaligen Mentor: „Aber da ist doch noch etwas."

Allando blickte einen Moment schweigend zurück. Dann richtete er seine Augen auf die Tischplatte und wischte mit dem Zeigefinger in einigen Essenskrümeln herum. Mit leiser Stimme flüsterte er: „Shalyna ist entführt worden. Man hat zehn Soldaten, die zu ihrem Schutz abgestellt waren, tot aufgefunden."

ॐॐॐ

Rasch sah Jason vom Kalenzring auf den großen Das-läuft-alles-gut-Sandhaufen. Er wollte seine neue Zuversicht nicht gleich wieder verlieren.

Aufgeregt griff er erneut an den Stamm des Bäumchens und sendete das Gefühl seines wiedergefundenen Mutes hindurch. Er ahnte, wie schnell diese frische Lebenskraft verbraucht sein konnte. Schließlich war er der Klärung der dritten Aufgabe nicht näher gekommen. Gebannt lauschte er auf eine Antwort vom Baum des Lebens.

Endlich hörte er etwas: „Gleichmut ... Stille."

Jason lehnte sich nachdenklich zurück. „Was will der Baum? Soll ich jetzt über Gleichmut meditieren?", fragte er sich. „Unmöglich. Ich verglüh in der Hitze."

Aber er besaß ja keine Alternative. Mit geöffneten Augen konzentrierte er sich also auf den ein- und ausgehenden Atem. Sein Blick ruhte auf der fast verwehten Spur der Schildkröte und er spürte in sich hinein. Dort empfand er weiterhin den frisch wiedergefundenen Mut, doch darunter lauerte nach wie vor tiefe Verzweiflung.

Gleichmut ...

Jason vermutete zu wissen, was der Baum meinte. Auch wenn der Sandhaufenvergleich von eben ihm neuen Mut geschenkt hatte, ein Limart sollte sein inwendiges Seelenleben nicht von anderen Menschen, Erlebnissen, Lob, Tadel oder sonstigen Dingen im Außen abhängig machen. Sein innerer Kern - andere würden sagen, das eigene Selbst - wäre immer in Frieden. Man müsse das nur erkennen. So hatte Allando es ihm erläutert. Er suchte diesen Kern in sich und konzentrierte sich dabei ganz auf den Atem.

Das Resultat war bemerkenswert: Seine Euphorie zerfloss, aber auch die darunterliegende Verzweiflung verschwand. Es verblieb eine - durchaus angenehme - Ruhe.

Wie still es war. Auch um ihn herum. Der Wind hatte seinen Tanz eingestellt. Nie war es Jason irgendwo so einsam und leblos erschienen. Eigentlich beängstigend. Trotzdem wurde er mit jedem Atemzug ruhiger und friedlicher. Die Furcht vor was da auch immer kommen möge ebbte ab.

Er nahm sich die Muße, der Fährte der Schildkröte mit den Augen zu folgen. Sie lief auf die andere Seite der Felswand zu, welche er noch nicht inspiziert hatte. Warum ging die Schildkröte in diese Richtung? Gab es dort vielleicht Wasser?

Jason sprang auf. Die Spur der Schildkröte war kaum mehr erkennbar. Den Blick auf den Boden gebannt eilte er los. Schließlich rannte er sogar, nur um gleich wieder abzubremsen. Die Fährte führte genau auf die steilglatte Felswand zu. Wahrscheinlich suchte die Schildkröte dort auch nur Schatten.

Mit hängendem Kopf ging er den Rest der Trippelschritte im Sand ab. Die Spuren endeten am Steilhang. Von der Schildkröte aber war nichts zu sehen. Wohin war sie verschwunden?

Erst als Jason unmittelbar vor der Felswand stand, sah er den Eingang in den Fels. Dieser hob sich im Schatten überhaupt nicht von dem umliegenden Gestein ab. Die Fußabdrücke des Trödeltieres führten geradewegs hinein in den Berg.

Jason blickte sich noch einmal um. Nein – hier draußen gab es nichts, was auf eine Prüfung hindeutete. Er musste dort rein. Neugierig ging er um die Felsecke der Öffnung und sah den dunklen Gang in das Bergmassiv.

Vorsichtig trat er ins Innere und hatte das beklemmende Gefühl, gegen einen Widerstand gelaufen zu sein. Nur dass es sich dabei nicht um eine feste Wand handelte, sondern um so etwas wie ... eine Wolke der Verzweiflung. Alles in ihm sträubte sich weiterzugehen.

Gleichmut ...

Jason lehnte sich gegen den Felsen und atmete tief ein und aus. Er konzentrierte sich ganz auf die Bauchdecke. Ein und aus. *Gleichmut.*

Es wirkte. Die Welle aus Kummer ebbte ab. Behutsam tastend konnte er voranschreiten. Schummrig leuchtende Steine sorgten für etwas Sicht. Aber außer nacktem Fels war nichts zu erkennen. Nach einigen Metern war kein Sand mehr am Boden und Jason musste über spitze Felsbrocken staksen.

Der Gang wurde enger. Wie tief er wohl drinnen war? Mittlerweile war es nahezu vollkommen dunkel. Und nur Gestein um ihn herum. Furcht einflößende Bilder überkamen ihn. Er sah seinen Vater im Krieg sterben, seine Oma im Grab, Shalyna unglücklich als alte Frau. Grausige Zukunftsaussichten. Jason schüttelte den Kopf, um wieder klarer zu werden. Es wurde schwieriger, die Angst und Verzweiflung wegzuatmen.

Er tastete erneut nach der Wand und zog entsetzt die Finger zurück. Die Berührung fühlte sich jetzt an, als würde ein Staubsauger die Energie aus ihm rausziehen. Auch ohne Felsberührung war das zu spüren, nur schwächer. Vielleicht waren diese Felsen hier im Inneren des Berges für den Namen des Tales verantwortlich. Sie sorgten für Einsamkeit in mehrfachem Sinne: ohne Begleitung, ohne Freude, ohne Mut.

Jason ging behutsam weiter, trotzdem stolperte er über etwas am Boden. Sein Knie landete auf der Spitze eines Steinbrockens. Vor Schmerz schnaufend rappelte er sich hoch. Gebeugt hielt er sich die pochende Kniescheibe. Worüber war er gestolpert? Waren das Stangen? Er nahm einen der umherliegenden Stäbe und ließ ihn entsetzt wieder fallen. Ein Knochen. Ein Menschenknochen. Er war über ein Skelett gefallen!

Wild keuchend humpelte er in der Dämmerung vorwärts. Die Schmerzen raubten ihm die Fähigkeit zur Konzentration. Er verlor sich. War das Skelett einer von den Prüflingen gewesen, die nicht wiedergekommen sind? War er hier unten auf dem Pfad in den Tod? Einem Impuls folgend griff er sich an den Tharidium-Gaphir an seiner Kette.

Wenn nicht jetzt, wann dann?, dachte er und öffnete sich für das Limar im Inneren des Geschenks seines Vaters.

Tat das gut! Frische Energie strömte in ihn hinein. Verbunden mit einem Gefühl der Geborgenheit und des Geliebtwerdens. Das also hatte sein Vater für ihn in dem Gaphir abgespeichert. Es war Ethan gelungen, gefühlsgeladenes Limar in dem Stein zu speichern. Auf einmal konnte sich Jason wieder genau an das Empfinden des Behütetseins erinnern, wenn er mit seinem Papa gekuschelt hatte.

Mit neuer Tatkraft humpelte er vorwärts und kam dabei noch an mehreren Skeletten vorbei. Doch die Kraft aus dem Tharidium-Gaphir strömte weiter und er ging einfach um die menschlichen Überreste herum. Er fühlte sich wie in einen Kokon aus wohlwollender Liebe gehüllt.

Sein Durchhalten wurde belohnt. Der Gang mündete nach einiger Zeit in einer geräumigen Höhle, die sich bis zum Gipfel dieses Berges erstreckte. Kalt war es hier, die Luft roch nach feuchtem Gestein. Mitten in der weit entfernten Decke klaffte ein kreisrundes Loch, durch das ein breiter Strahl bläulichen Lichts auf ein Podest inmitten des Höhlenraumes fiel.

Jason hinkte näher heran. Ein kümmerliches Pflänzlein wuchs aus dem steinernen Podest hervor. Die Stängel und Blätter hingen vertrocknet herab. Er berührte ein Blatt, es fühlte sich trocken und hart an.

Ein leises Tropfen lenkte seine Aufmerksamkeit ab. Er umrundete das Podest und sah ein steinernes Becken, in das aus großer Höhe von Zeit zu Zeit ein Tropfen Wasser hineinfiel und auf der Oberfläche für spiralförmige Wellen sorgte. Viel mehr als die Menge eines Wasserglases fasste die Steinmulde nicht. Trotzdem erfreute es ihn wie ein Goldschatz.

Gierig beugte Jason sich darüber und schöpfte vorsichtig das Wasser in seinen Mund. Der Wasserinhalt reichte bei Weitem nicht aus, seinen Durst komplett zu stillen. Dennoch trank Jason die Mulde nicht völlig leer. Irgendetwas ging von diesem verdorrten Pflänzlein aus. Das durch das Loch in der Höhlendecke hereinfallende Licht erzeugte ein silbriges Flimmern auf ihren Blättern. Sie stand da, wie von einem Strahler erleuchtet, der Rest des Raumes versank in der Dunkelheit. Wie konnte sie hier in dem Stein überhaupt wachsen?

Jason berührte die Blätter erneut und öffnete sich diesmal für die Empfindungen des zarten Gewächses. Sofort spürte er den Durst der Pflanze. Es war unangenehm. Zögernd blickte er auf den letzten Rest Wasser in der Mulde.

Was soll's, dachte er sich, *von den paar Tropfen hört mein Durst auch nicht auf.* Er streifte sein Hemd ab, tauchte den Ärmel in das Wasser und drückte es über der Pflanze aus. Das wiederholte er zwei Mal, bis kein Tropfen Flüssigkeit mehr in der Steinschale war. Es würde bestimmt einen Tag dauern, bis sich die Schale von den aus dem Fels herabfallenden Tropfen erneut mit Wasser gefüllt hätte.

Jason blickte sich um. Die Höhle war eine Sackgasse, es gab nur den Ausgang, durch den er gekommen war. Betrübt setzte er sich neben das Pflänzlein und wartete ab. Was sollte er jetzt tun? Hier die Nacht verbringen und morgen von Neuem einen anderen Weg suchen?

Während Jasons Lageabwägungen richtete sich das Pflänzlein in dem bläulichen Lichtstrahl auf. Fasziniert betrachtete Jason, wie sich zuerst die unteren Zweige aufstellten und sich der Erholungsprozess von dort aus nach oben fortsetzte. Als Letztes erhob sich die verkümmerte Blüte und entfaltete in kleinen Schritten ihre rostroten Blätter.

Doch was war das? Inmitten der nun geöffneten Blüte lag ein schwarzer Stein in Form eines Tropfens. Sofort erinnerte er sich an die vierte Rätselkarte, auf ihr fand sich genau solch eine Form abgebildet. Sein Herz schlug schneller. Vorsichtig nahm er den Tropfenstein aus dem Blumenkelch und befühlte mit dem Daumen die Oberfläche. Sie war völlig glatt.

„Das ist dein Lohn, Erdling", ertönte es aus der Stille.

Erschrocken sprang er vom Podest und blickte sich um. Vor ihm stand der Wächter des Tales. Dieser stützte sich auf einen gebogenen Stab und betrachtete ihn lächelnd.

„Du meinst … die Prüfung ist bestanden?", fragte Jason.

„So ist es, junger Mensch, so ist es. Das Tal der Einsamkeit lässt viele verzweifeln, es wäre keine Schande, wenn du dich aufgegeben hättest. Doch du hattest am Ende sogar noch die Kraft, Mitgefühl mit der Pflanze der Tränen aufzubringen. Sie hat dir ihren Lohn bereits übergeben. Du wirst die schwarze Träne für deine nächste Prüfung benötigen."

Der Alte griff hinter sich und reichte ihm ein kreisrundes Amulett an einer Kette. „Dieses Geschenk darf ich dir machen. Es schützt seinen Träger vor allen Angriffen mit Limar. Sogar ein Lichtersturm wird dir nichts anhaben können, wenn du es umhängst. Sein Name lautet Murum."

Jason betrachtete die Musterungen auf dem handgroßen Anhänger. Es war bronzefarben und war mit Zeichen verziert, die an Hieroglyphen erinnerten.

„Ich danke dir, Wächter des Tales, aber …" Er schaute auf und stellte fest, dass der Alte verschwunden war.

Hastig rief er: „Halt, bitte warte. Wo muss ich jetzt hin? Wie komm ich hier raus?"

Statt einer Antwort begann es im Felsen vor ihm zu rumpeln. Wie schon beim Eintritt in den Berg schob sich eine torgroße Öffnung aus dem Fels heraus und gab einen Gang nach draußen frei.

„Geh nun, Jason Lazar, und wende dich zum Hügel im Zentrum der Kristallwüste", wisperte die Stimme des Alten durch die Höhle. „und grüße den dortigen Wächter von mir."

Dann blieb es stumm. Nur das Rauschen des Wüstenwindes sirrte vor dem Ausgang des Berges. Gerne hätte er noch gewusst, warum in den alten Geschichten aus Wirundu die Prüflinge irgendwann nicht mehr erwähnt wurden.

7. Die vierte Prüfung

> Vyutthâna-nirodha-samskârayor abhibhava-
> prâdurbhâvau nirodha-kshana-chittan-vayo nirodha-
> parinâmah
> Durch permanenten Austausch störender Gedankenwellen mit
> solchen der Kontrolle wird der Geist gewandelt und erlangt Meis-
> terschaft über sich selbst.
> *Patanjali, Yoga-Sutren, Teil 3, Sutre 9*

7.1 Shambala

Fassungslos beobachtete Garvaron mit zwei der Hauptmänner an seiner Seite die herannahenden Flugschiffe, die gemeinsam die riesige Last trugen. War ihnen denn in diesem Krieg nicht der kleinste Triumph vergönnt? Gestern fühlte er sich so triumphal, als die Brücke am Boden der Schlucht zerschellte. Nun empfand er das Gegenteil.

Er hatte niemals Heerführer werden wollen, doch die Liebe zu Marlinda hatte dazu geführt. Nur mit ihrer raschen Heirat bugsierte Garvaron sich einigermaßen sicher aus der Rolle des obersten Richters. Er hatte deswegen ein schlechtes Gewissen gegenüber Shalyna gehabt, schließlich war sie nach ihm die Nächste in der Reihe als Nachfolgerin ihrer Mutter. Aber seine Schwester war damals noch so jung, zeigte sich früh ernst und ehrgeizig. Alles deutete darauf hin, dass sie ihrer Mutter im Amt nachfolgen wollte. Irgendwie war es ihnen allen nicht in den Sinn gekommen, dass sich Shalyna einmal verlieben könnte. Soweit er wusste, war es ja auch immer noch nicht der Fall. Obwohl sie in Gegenwart dieses Erdlings ein merkwürdiges Gebaren an den Tag legte.

„Dann wirst du der Heerführer in der kommenden Schlacht", hatte seine Mutter von ihm mit eiserner Miene gefordert, „wir haben als Familie der Richter eine Pflicht gegenüber den Bewohnern Tandorans."

Zähneknirschend hatte er zugestimmt und die Grundausbildung des Soldaten begonnen. Doch Marlinda war es wert. Er verbrachte die Nächte an der Seite der Frau seines Lebens. Dafür verspürte er jeden Tag tiefe Dankbarkeit.

Und nun stand er hier und musste sich etwas überlegen. Er spürte förmlich die fragenden Blicke der zwei Hauptmänner auf seinem Gesicht.

„Die Konstruktion besteht aus Sinith", sagte einer der beiden, „das wird selbst die Sarkoten tragen."

Garvaron nickte. Auch er hatte die charakteristische dunkelblaue Färbung erkannt. Eine riesige Brücke aus einem Stück. Garvaron empfand fast Respekt für den dunklen Kaiser. Er hatte sich diesmal wirklich gut vorbereitet. Solch ein Konstrukt hätte Shalynas Bruder nicht für möglich gehalten.

Die voranfliegenden Begleit-Flugschiffe mit ihrer schweren Bewaffnung an Bord kamen am gegenüberliegenden Rand an. Garvaron sah auf seine schussbereiten Bogenschützen. 200 Mann standen ihm für die Verteidigung des Übergangs zur Verfügung. Hinter den Felsen in wenigen Metern Entfernung wartete für jeden von ihnen ein schnelles Pferd für den Rückzug. Der Rest der Südlandtruppen war schon auf dem Weg nach Rikania. Die normalen Einwohner Dwandos ohnehin.

Sie hatten auch zwei Kanonen für die Großpfeile in Stellung gebracht. Garvaron seufzte. Gewinnen konnten sie hier nicht. Aber sie würden die Überquerung der Schlucht den Schergen Mandratans so teuer wie möglich verkaufen.

„Legt an!", brüllte er mit Blick auf die herbeigleitenden Flugschiffe. Er taxierte ihren Abstand zum diesseitigen Rand. Bei der Hälfte würden sie schießen. Das heranschwebende Brückengebilde war wahrlich ein Meisterwerk. Sogar Verzierungen in Form geballter Fäuste hatte der Schlächter der Nordlande an den Seiten

anbringen lassen. Kurz irritierte ihn seine Bewunderung für die Kriegsausrüstung des dunklen Kaisers. Dann fasste er sich.
„Feuer!"

ॐॐॐ

Jason erwachte früh im ersten Tageslicht. Schon im Liegen fixierte er den Kalenzring. Immer noch grau. Warum hatte ihn Shalyna bloß abgenommen? Wollte sie ihn in Rikania nicht tragen, um Fragen von ihrer Mutter aus dem Weg zu gehen? Oder ... - nein!

Wie mittlerweile jeden Morgen überkam ihn ein Hustenanfall. Er bemühte sich, leise zu husten, um Callum nicht zu wecken. Heute würde ihre Reise in Richtung Kristallwüste führen. Zweieinhalb Tage strammen Rittes hatte Callum für den Weg geschätzt. Jason rechnete nach. Er war jetzt seit zehn Wochen auf Tandoran. Morgen würde sich das Sternentor öffnen. Dann blieben ihm sieben Tage Zeit, um dorthin zu gelangen und den Sprung zurück zur Erde anzutreten. Er rieb sich die schmerzende Brust. Das Goldwasser verlor seine Wirkung, genau wie man es ihm vorhergesagt hatte. Genau wie bei seiner Mutter.

Jason blickte auf den schlafenden Callum. Gestern Abend war er so schweigsam gewesen. Noch verschlossener als sonst. Sie hatten nach dem Bericht Jasons schnell geschlafen. Callum hatte sich zuvor mit einem kurzen Aufflackern des Interesses das neue Schutzamulett angeschaut, aber Jason konnte wenig Freude darüber in seinen Augen erkennen.

Obwohl er ihm weiterhin den Rücken zuwendete, begann Callum zu sprechen: „Sie haben eine wichtige Brücke zerstört. Ich habe gestern am Nachmittag mit Meister Allando gesprochen. Das wird die Armee des Kaisers einige Tage aufhalten."

Der Meisterschüler richtete sich auf. Was war das für ein merkwürdiger Blick in seinen Augen. Fast flehend. Callum flüsterte: „Sie haben Shalyna, Jason. Alle Soldaten sind tot. Auch Barenfi wurde ermordet aufgefunden. Irgendwer muss ihn gezwungen haben, die falsche Nachricht abzusenden."

Jason blieb ein aufkeimender Hustenreiz im Hals stecken. Mit einem Mal fühlte er sich völlig kraftlos. „Wie ... wieso entführt? Wie kann das sein?", fragte er und blickte verstört auf seinen grauen Kalenzring. Konnte das sein? Natürlich. Er erinnerte sich an die Welle der Aufregung und Angst, die er gestern verspürt hatte.

Callum erhob sich und legte seine Hand auf Jasons Schulter. „Meister Allando weiß noch nichts Näheres. Mehrere Dutzend Soldaten haben die Verfolgung aufgenommen. Limarten mit Spürkräften fahnden nach ihr. Aber sie scheint irgendwie abgeschirmt zu werden. Es kommt nur eine Intrige der Nordlande infrage. Und jetzt ist klar, dass es in Sapienta einen Spion gibt. Barenfi ist erstochen worden."

Jason starrte auf den Kalenzring. Vielleicht wurde Shalynas Ring auch nur abgeschirmt. Mit aller Inbrunst sendete er den Wunsch hindurch, dass sie sich melden möge. Wie in Trance richtete er all sein Fühlen auf den Verbindungsring. Und tatsächlich, er erhielt Antwort. Ein verschwommenes Gefühl der Angst und Verzweiflung. Gleichzeitig glimmte der Ring rötlich auf, nur schwach, aber ... Shalyna lebte!

Der Meisterschüler von Allando hatte wie so oft recht behalten - zweieinhalb Tage hatte ihr Ritt gedauert. Endlich sahen sie den Hügel, der sich aus der Kristallwüste in einem Kilometer vor ihnen erhob. Die Mittagshitze zeigte sich unerbittlich. Ihre Pferde konnten nie lange an einer Stelle verharren.

Callum - wäre er nicht gewesen, Jason bezweifelte, dass er der Weisung des Wächters vom Tal der Einsamkeit gefolgt wäre. Sein ehemaliger Lehrer hatte all seine Überredungskünste gebraucht, Jason von der Suche nach Shalyna abzuhalten. Letztendlich hatte den Ausschlag gegeben, dass Jason ja gar nicht wusste, wo er mit den Nachforschungen beginnen sollte. Außerdem hätte auch Shalyna auf die Lösung der Prophezeiungsaufgaben bestanden. So waren sie schließlich doch in Richtung Kristallwüste aufgebrochen.

Auf dem Weg hierher waren sie stundenlang an Feldern von Zitanbäumen entlanggeritten. Ganz Tandoran wurde von diesen Plantagen mit den lebensverlängernden Wurzeln versorgt. Wieder und wieder hatte Jason versucht, mehr aus dem Kalenzring herauszufühlen. Und stets nur das schwache, nichtssagende Lebensglimmen empfangen. Dennoch - Shalyna lebte irgendwo da draußen und somit lohnte es sich, weiterzumachen.

Aller Traurigkeit zum Trotz blieb Callum seinem Forschungsdrang treu. Gemeinsam hatten sie über das bisher Gelernte diskutiert. Callum meinte, ein Muster in den Prüfungen zu erkennen. Die erste Prüfung bezog sich auf Konzentration, die zweite auf Meditation, bei der dritten musste Jason eine Kraft in sich finden. Und die letzte Aufgabe dürfte mit dem Tod oder etwas anderem Dunklen zu tun haben.

Sie hatten bei diesen Gesprächen gar nicht gemerkt, wie sich nach und nach die Landschaft veränderte. Die Vegetation schwand dahin. Erst als die Hufe der Pferde vernehmlich polterten, wurden sie sich der neuen Umgebung bewusst. Jason schaute auch jetzt noch einmal nach unten. Der Name Kristallwüste kam eindeutig von diesem bizarren Boden. Es war, als ob sie über Panzerglas ritten. Man konnte in diesen kristallenen Grund hineinschauen, zumeist nur ein paar Zentimeter tief, ab da wurde es milchig. An einigen Stellen sogar mehrere Meter hinab, dann zeigten sich in dem Kristall Platten, Formen und Verkrümmungen, welche die Lichtstrahlen von oben in allen Farben des Spektrums reflektierten.

In dieser Glaswelt war es gnadenlos heiß. Das Land spiegelte die Strahlen der Sonne, sodass man von oben und von unten geröstet wurde. Sie mussten den Pferden ihre Decken - zerrissen und zurechtgeschnitten - zum Schutz vor der Hitze über die Hufe binden. Und noch eines kam erschwerend hinzu: Aus diesem Kristallboden konnte selbst Callum kein Wasser hervorholen. Der Untergrund war luftdicht abgeriegelt.

Das Gute war, dass sie sich der Hauptstadt genähert hatten. Von hier war es nur noch einen Tagesritt bis nach Rikania. Normalerweise wären sie nicht durch dieses Gebiet geritten. Callum wusste zu berichten, dass jeder Reisende einen großen Bogen um die Kristallwüste machte. Hier gab es nichts, was eine Durchquerung lohnte. Dachte er zumindest bis jetzt.

Unterwegs hatten sie mit Allando gesprochen und erfahren, dass die Truppen der Nordlande schließlich doch den Übergang erobert hatten. Garvaron war der Rückzug mit seinen Männern, die mit ihm an der Schlucht ausgeharrt hatten, gelungen. Sie waren gestern Abend in Rikania angekommen und bereiteten sich nun alle gemeinsam auf die Endschlacht vor. Allando schätzte ihren Vorsprung auf zwei Tage vor den Fußtruppen des Kaisers. Die Sarkoten hielten die Nordlandarmee auf. Alle Limarten der Südlande waren in Rikania versammelt. Sämtliche Völker hatten Truppen gesendet. Die Hauptstadt und das Umland wimmelten vor Soldaten.

Morgen also würde die Armee Mandratans Rikania erreichen. Und immer noch keine Spur von Shalyna. Keine Nachricht von Rhodon.

Vor ihnen erhob sich in der ansonsten völlig ebenen Glaswüste ein Berg aus Kristall. „Den Hügel sehen wir. Aber was könnte hier sein?", fragte Jason in die allumfassende Stille hinein. Kein Tier war ihnen in der Kristallwüste begegnet, kein Lufthauch wehte.

Callum forderte ihn auf: „Gib mir die letzte Rätselkarte."

Jason kramte die vierte Tafel aus seiner Satteltasche und reichte sie Callum. Dieser hielt sie mit ausgestrecktem Arm vor sich und schloss ein Auge.

„Sieh mal, die Form des Hügels auf der Karte stimmt mit dem vor uns genau überein", sagte er zu Jason.

Dieser übernahm die Karte und tat es ihm gleich. „Tatsächlich. Haargenau. Worauf wohl der Punkt in dem Hügel verweisen soll?"

„Wir werden es herausfinden", antwortete Callum und preschte los.

Im Näherkommen bestätigte sich, dass auch der Hügel aus dem gleichen kristallenen Material des Bodens bestand - ein Berg aus Glas. Sie umrundeten den Kristallberg, fanden aber nichts Auffälliges.

Wieder am Ausgangspunkt angekommen wendete sich Callum zielstrebig einer Kristallfläche zu und sagte: „Hier ist ungefähr der Punkt, den wir vorhin durch die Karte angepeilt haben."

Sie traten an die entsprechende Fläche heran. Jason stützte seine Hand auf und versuchte durch das Glas hindurchzusehen. Die Oberfläche war warm, fast heiß. Callum klopfte mit seinem Schwerknauf dagegen. Es klang hohl.

Beide schauten sich an. Beide hatten dieselbe Idee. Jason nickte Callum zu. Sie gingen zurück, Callum ließ sein Schwert schweben und schoss es per Limar auf die hohl klingende Fläche.

In dieser völligen Stille war der Aufprall ohrenbetäubend. Wie wenn eine schwere Glasschüssel am Boden zerschellt, zersprang das Kristallglas an der Eintrittsstelle des Schwertknaufes. Jason und Callum liefen darauf zu und spähten in das Innere des Berges. Es zeigte sich ein Gang in die Tiefe.

„Na, dann wollen wir mal", sagte Jason und setzte vorsichtig einen Fuß in das Innere.

Callum band die Pferde an eine gläserne Felsspitze und tränkte sie. Leider konnte er ihnen keinen Sonnenschutz geben, er hoffte, dass er bald zurück wäre. Dann blickte er sich noch einmal nach allen Seiten um, konnte aber keine Veränderungen oder gar Besucher feststellen. Die Kristallwüste lag ruhig, heiß und tot vor ihm wie in den Stunden zuvor.

🌞🌞🌞

Der Korridor des Kristallberges führte in die Tiefe. Es war kein richtiger Gang, eher eine Schräge. Sie mussten sich gegenseitig halten, um mühsam herunterzukraxeln. Zum Glück wurde es nicht dunkler. Die Kristallsteine schienen das Licht bis in den Mittelpunkt des Planeten zu reflektieren, so hell blieb es. So wanderten und kletterten sie eine halbe Stunde.

Ein Wasserrauschen erklang. Der Weg wurde ebener und schlängelte sich nur noch leicht abfallend in die Tiefe. Sie trafen auf eine Höhle, bei der aus einer Öffnung knapp unter der Decke ein Wasserfall herausfloss, sich an der Kristallwand entlangschlängelte und als kleiner Fluss weiterströmte. Am anderen Ende der Höhle verschwand dieser unterirdische Wasserlauf wieder in dem Kristallgestein. Zusammen schritten sie den ganzen Raum ab. Jason überkam das Gefühl, sich im Inneren einer großen Glasschüssel zu befinden. Das Licht war mittlerweile deutlich schwächer, doch noch immer konnte man sich gut orientieren. Sie entdeckten wundervolle Kristallgebilde, aber keinen weiteren Ausgang. Das hier war eine Sackgasse. Erschöpft und müde ließen sie sich an dem Flüsschen nieder.

„Und nun?", fragte Callum.

Jason zuckte mit den Schultern und antwortete: „Keine Ahnung, erst mal was trinken."

Sie füllten ihre Bäuche mit dem metallisch schmeckendem Wasser des unterirdischen Flusses. Es wirkte zähflüssiger, fast wie Sirup. Trotzdem empfanden ihre Kehlen es als köstliches Labsal.

„Hallo", rief Jason in den Raum hinein. Das Kristallgestein warf sein Echo mehrfach zurück. Aber es erschien kein Wächter wie im Tal der Einsamkeit.

„Warte mal", sagte Callum. Er fixierte das über der Kristallwand herabfallende Wasser und ging darauf zu. Mit seinen Wasserkräften öffnete er ein Loch in dem Wasserfall. Dahinter zeigte sich ein weiterführender Gang. Callum strahlte zu Jason herüber.

Sofort stürzten sie sich in den Fluss und kletterten gemeinsam durch die von Callum gebildete Öffnung. Es wehte ihnen ein milder Luftstrom entgegen, der unmittelbar versiegte, als Callum das Loch hinter ihnen zufallen ließ.

In diesem Korridor war die Zusammensetzung der Luft anders. Es roch wie ... wie Luft von der Erde. Jason atmete tief durch.

„Spürst du es auch?", fragte er und drehte sich zu Callum um.

Dieser hielt sich mit einer Hand an dem Glasgestein fest.

„Ich ...", röchelte er und hustete. Mit belegter Stimme fuhr er fort: „Wie auf der Erde. Ich brauche Goldwasser."

Schnell reichte Jason dem Tandorianer seine Flasche.

Der Meisterschüler nahm einen kleinen Schluck. „Schon besser", sagte er erleichtert und richtete sich auf, „aber lange können wir nicht hier unten bleiben. Sonst trinke ich dir deinen kümmerlichen Vorrat weg."

„Dann ...", begann Jason.

„Kathamasti bhavan?"

Jason wirbelte herum. Vor ihm stand ein schlaksiger Mann mit heller Haut und Glatze, in eine braune Mönchsrobe gekleidet. Bevor Jason oder Callum reagieren konnten, rief der Fremde in seiner seltsamen Sprache etwas hinter sich. Sofort kamen weitere Männer und Frauen hinzu. Sie waren alle in diese Roben gehüllt, jeder Mann kahl rasiert. Im Gegensatz dazu trugen die Frauen ihr Haar ungewöhnlich lang.

Callum hielt seine Hände offen vor sich hin und sagte: „Vayam AgataH zAnti."

Er erläuterte: „Sie sprechen Sanskrit. Ethan hatte damals einen Sayloq mit einigen Begriffen angelegt. Diese Menschen müssen wohl auch von der Erde stammen. Ich habe ihnen gesagt, dass wir in Frieden kommen."

Ein älterer Mann mit verrunzelter Haut und einem runden Ornament vor der Brust kam auf sie zu. Er begrüßte sie: „Willkommen in Shambala. Mein Name ist Adhigunga." Er redete auf Tandorianisch, sodass Jason ihn verstehen konnte. „Es ist lange her, dass wir hier unten Besucher begrüßen durften. Wo kommt ihr her? Dieser Gang endet unseres Wissens im Lichtgestein."

Jason trat vor, verbeugte sich vor dem Alten und erzählte ihm in knapper Form von der Prophezeiung, wie sie ein Loch in den Kristallhügel geschlagen hatten und dass sie zuletzt durch den Wasserfall gekrochen waren. Mittlerweile hatte sich eine Traube von Robenträgern um sie herum versammelt.

Der Alte hörte schweigend zu. Nachdem Jason geendet hatte, schaute er die beiden Ankömmlinge abwägend an. Er kam zu einem Entschluss, wendete sich an einige jüngere Männer und gab ihnen auf Sanskrit Anweisungen. Diese eilten sofort in den Gang, aus dem Jason und Callum soeben gekommen waren, und verschwanden darin.

„Kommt mit. Ich führe euch vor die Königin", sagte Adhigunga und drehte sich um.

Hinter dem Alten hergehend bahnten sie sich einen Weg durch die Menge, die an die Seiten des Korridors zurücktrat und ihnen eine Gasse bildete. Schon nach wenigen Metern erreichten sie eine Brüstung, auf der sich ein Ausblick über Shambala bot. Callum fasste an Jasons Arm und stöhnte: „Träum ich?"

ॐॐॐ

Hier unten existierte eine eigene Welt. Jason und Callum starrten auf eine riesige Höhle, die über die Kristalldecke gleichmäßig erhellt wurde. Jason sah Hunderte Häuser aus Glasgestein, deren Säulen, Fenster, Türen und Balkone ihn an Eisskulpturen erinnerten, die er einmal auf einem Weihnachtsmarkt in Paris bewundert hatte. Auch die Straßen waren völlig glatt aus dem durchsichtigen Material geschliffen. Zwischen den Glasstraßen erkannte Jason tiefschwarze Erde. Ganze Felder des dunklen Bodens verteilten sich über die Riesenhöhle. Sie sahen Gemüsegärten, Rasen und sogar respektable Bäume. Weiter hinten erkannte er weitläufige Getreideäcker, die durch ein ebenfalls gläsernes Bewässerungssystem unterteilt waren. Zur rechten Seite der unterirdischen Ebene wurden die Häuser größer, ähnelten buddhistischen Klosteranlagen und stiegen zur Wand hin an. Am höchsten Punkt prunkte ein glitzernder Palast, der mit einer Vielzahl von Türmen, Brüstungen, Terrassen und Glasskulpturen verziert war.

„Und das alles nicht einmal eine Tagesreise von Rikania entfernt. Niemand weiß davon", murmelte Callum.

Adhigunga forderte sie zum Weitergehen auf. Jasons Blick nahm zum ersten Mal den Stock bewusst wahr, auf den sich der Alte beim Laufen stützte. Er bestand aus hellbraunem Holz und hatte als Griff eine kristalline Krötenfigur. Auch hier unten stand die Kunst offenkundig hoch im Kurs.

Sie schritten über die gläserne Hauptstraße der unterirdischen Stadt, welche sich in Richtung des Palastes hinaufschlängelte. Sogar Tiere lebten in Shambala. Immer wieder mussten sie frei umherlaufenden Kühen ausweichen, Hühner und Hunde streunten herum. Überall, wo sie vorbeikamen, blieben die Menschen stehen und begafften sie. Eine Schar Kinder hing an ihren Fersen, die mit großen Augen zu ihnen aufblickten. Schon die Kleinen trugen die braunen Roben.

„Warum gibt es hier Luft von der Erde? Ist diese Stadt das Shambala, welches eigentlich im Himalaja liegen soll?", fragte Callum den Alten. Der Tandorianer schien gar nicht zu wissen, was er als Erstes fragen sollte.

Adhigunga setzte ein Grinsen auf. Seine ohnehin runzlige Gesichtshaut verzog sich zu einem freundlichen Faltenmeer. „Gemach, junger Mann. Ihr werdet alles erfahren. Nur soviel: Wir stammten einst von der Erde. Vor rund 8.000 Jahren experimentierten unsere Gelehrten mit einem magischen Weltentorstein, der unsere gesamte Stadt von der Erde in diese Glaswelt versetzte. Seitdem leben wir in diesem gläsernen Gefängnis. Der Weg nach oben ist uns versperrt. Es ist bei uns strengstens verboten, einen Durchgang zur Oberwelt zu schaffen, da der Luftaustausch mit der Oberfläche uns töten würde."

Adhigunga grüßte im Gehen einen zahnlosen Alten, der auf einer Bank vor seinem Haus saß. Dann fuhr er fort: „Wir wurden nach unserer Ankunft auf Tandoran davor eindringlich gewarnt. Einige haben es trotzdem versucht und sind elendig umgekommen. Zu allen Zeiten versuchen es junge Leute und scheitern. Es blieb uns nichts anderes übrig, als es uns hier so gut wie möglich einzurichten. Die Bedingungen in dieser Kristallwelt machten es uns jedoch leicht. Wir lieben das Licht von oben und nutzen es so gut wir können." Der Alte hielt an und verschnaufte. „Unser

Leben wird durch alte Traditionen, die noch von der Erde stammen, bestimmt - das gibt uns Halt, lässt uns für den Tag ausharren, der uns befreien wird. Ich habe übrigens vorhin gleich ein paar Männer geschickt, die euren Zugang wieder verschließen sollen. Auf keinen Fall darf sich die Luft unserer Welt mit der an der Oberfläche durchmischen. Dann wären wir alle innerhalb weniger Tage tot."

Er untermalte seine Worte mit einer Handbewegung über die Ebene, die sich in weiter Entfernung in einer leichten Abwärtsbewegung nach unten verlor. Jason schätzte die Länge dieser unterirdischen Höhlung auf mehrere Kilometer. An der gegenüberliegenden Wand erkannte er zahlreiche Durchgänge, die vermutlich zu anderen Höhlen führten. Ob die genauso weitläufig waren wie diese hier?

„Aber ...", begann Callum, „wer hat euch gewarnt? Die Ingadi?"

Adhigunga runzelte die Stirn und ging weiter. „Ich weiß nicht, wer die Ingadi sind. Es war ein einzelnes Wesen. Unsere Bücher schildern ihn als menschenähnlich mit gläserner Haut. Das Licht drang durch ihn hindurch. Er nannte sich Nadabindu und erläuterte uns, auf welchem Planeten wir durch unsere unvorsichtigen Versuche gelandet waren. Wir verdanken ihm die Kenntnis der hiesigen Sprache. Die anscheinend immer noch von euch gesprochen wird. Er war es, der uns vor dem Betreten der Oberfläche warnte. Eines Tages verschwand er so einfach, wie er gekommen war und ist nie wieder aufgetaucht. Seine letzten Worte beinhalteten ein Versprechen: Wir würden irgendwann aus unserer Gefangenschaft hier unten befreit."

„Wo lag denn Shambala auf der Erde?", wollte Jason wissen.

„In den Bergen des Himmels. Wir lebten zurückgezogen in einem weitläufigen Tal. Unser Leben auf der Erde wird in den Büchern als glücklich und friedlich geschildert. Leider waren wir ein Opfer der Hochmut unserer Priester. Sie hätten niemals mit dem Weltentor experimentieren dürfen."

Der Anstieg zum Palast wurde steiler. Jason spürte die Müdigkeit in seinen Gliedern. Sie waren fast drei Tage geritten, die Hitze der Kristallwüste, seine allgemeine Schwäche - das alles ließ ihn seine zunehmende Ermattung bis in den letzten Knochen spüren. An manchen Stellen musste er sich sogar bei Callum abstützen. Trotzdem war er sich sicher, dass die Luft in Shambala ihm gut tat. Er überlegte: *Wenn ich ein paar Tage hier unten verbringe, wäre ich vielleicht wieder bei Kräften.* Und eventuell - sein Herz schlug schneller - konnte er dadurch länger auf Tandoran bleiben. Dann wäre er wenigstens in der Nähe von Shalyna. Er schaute sich mit neuem Interesse um - würde er in Shambala leben können?

„Utsahate katham bhavat?", donnerte ihnen eine Stimme entgegen. Ein wütender, großer Mann stürmte auf sie zu. Jason musste spontan an einen Spargel mit Bart denken. Der Wüterich polterte die Stufen des Eingangsportales vom Glaspalast herunter.

„Ehrenwerter Mahindra", begann Adhigunga, dessen Tonfall der Wertschätzung seiner Worte widersprach, „bitte bedient Euch der Sprache der Oberwelt. Warum regt Ihr Euch so auf?"

Der dünne Mann mit dem weißen Gewand, der weißen Kappe und dem braunen, langen und spitzen Ziegenbart stemmte die Fäuste in die Hüften und sprach von oben herab auf Adhigunga ein: „Wir haben seit Jahrhunderten keinen mehr aus der Oberwelt zu Besuch gehabt, und Ihr meint Euch erlauben zu dürfen, die Eindringlinge ohne Abstimmung vor die Königin zu führen? Seid Ihr als Bautenmeister auch so naiv? Dann muss ich um die Sicherheit unserer Kinder fürchten."

„Och", sagte Adhigunga ohne sein Weitergehen zum Palast zu stoppen, „sie sehen mir nicht sonderlich gefährlich aus! Und was hätte ich denn tun sollen - sie in Ketten legen?"

„Es war unvorsichtig von Euch, sie gleich hierherzubringen. Ihr hättet Euch vorher mit mir als obersten Priester abstimmen müssen. Wachen!", rief der Spitzbart und winkte hektisch mit den Armen.

Zwei Robenträger mit Lanzen aus dem Kristallgestein eilten zwischen den Säulen herbei. Die Pfeiler trugen die charakteristischen schlängelnden Verzierungen, wie sie Ethan schon auf der vierten Rätselkarte erkannt hatte. Sie waren also richtig in Shambala.

„Achtet auf die Eindringlinge", befahl Mahindra den Lanzenträgern und trat vorsichtshalber zur Seite.

Jason fragte sich, warum es hier unten Wachen gab. War Shambala nicht die heile Welt, wie sie sich ihm bisher darbot? Er machte sich einen Spaß, schaute den Priester mit verdrehten Augen an und murmelte vor sich hin. Der Priester hob schützend die Arme und wich weiter zurück.

„Königin Vajra ist bereit, den Besuch zu empfangen", ertönte eine neue Stimme vom Ende des langen Ganges. Ein Robenträger in Uniform war aus einem fünf Meter hohen Glaskristalltor getreten.

„Na, seht ihr", grinste Adhigunga, stützte sich auf die Kröte seines Spazierstockes und nahm die Stufen in Angriff. Jason und Callum gingen ebenfalls schulterzuckend am verärgerten Mahindra vorbei.

„Er ist unser Oberpriester", erläuterte Adhigunga auf dem Weg zur Königin, „und hat selten gute Laune."

Sie befanden sich nun komplett im Kristallgestein. Der Palast war aus dem Glasberg herausgeschlagen. Licht funkelte in allen Farben durch die Wände, die zwar kristallklar, aber nicht durchsichtig waren. Als ob eine Spiegelung im Gestein den Durchblick verhinderte. Dafür ‚hingen' in den Mauern Eisgemälde, die Könige, gebirgige Landschaften und exotische Tempel darstellten. Jason hatte keine Vorstellung, wie die Künstler aus Shambala ihre Werke in die Wände hineinbekommen hatten.

Die Wachen vom Eingang folgten ihnen, in einiger Entfernung dahinter der verunsicherte Priester. Vor einem halbrunden Tor blieben sie stehen. Oben im Torbogen bissen sich zwei gläserne Schlangen gegenseitig ins Maul. Adhigunga hielt kurz an und erläuterte: „Es ist bei uns üblich, die Kaiserin auf Knien zu begrüßen und ihre Ringe zu küssen." Er schaute entschuldigend.

Jason nickte ihm aufmunternd zu und wies auf die Tür. Sie hatten es eilig.

Adhigunga klopfte mit der Kröte gegen das schwere Glasgestein des Tores. Sofort wurde von innen geöffnet. Jason dachte, dass die Tür so massiv wie die eines Banktresores wirkte. Eines großen Banktresores.

Bevor die zwei Wachen am Eingang den Einlass verschlossen, huschte der Priester mit rein.

„Königin Vajra", rief Adhigunga, eilte auf sie zu, ließ sich mühselig auf die Knie nieder und vollführte die Begrüßungszeremonie. Angestrengt stützte er sich am Stock wieder hoch. „Die Besucher aus der Oberwelt."

Jason musste sich einen Augenblick beim Anblick der Königin sammeln. Er hatte noch nie eine Frau gesehen, die ihr auch nur annähernd ähnlich sah. Sie besaß die weiße Haut aller Bewohner von Shambala, war groß, und trug langes, blutrotes Haar. Ihre

Krone aus Glas harmonierte mit dem spiralumwundenen Stab. Königin Vajra begrüßte sie stehend in einem gläsernen Umhang, der einen verschwommenen Blick auf das weiße Kleid darunter ermöglichte. Sie blickte ernst, ihr Mund deutete an, dass sie harte Entscheidungen treffen konnte. Er war in einer Märchenwelt gelandet.

Mahindra polterte etwas auf Sanskrit, eilte an Jason vorbei und platzierte sich neben der Königin.

„Ehrenwerter Mahindra, wohin ist Eure Zuversicht und warum versteckt Ihr Eure Gastfreundschaft?", ermahnte die Königin und wendete sich den beiden Gefährten zu. „Sie sehen mir nicht wie zwei Mörder aus." Sie sprach auf Tandorianisch. „Lasst hören, was euch zu uns führt."

Jason und Callum begrüßten die Königin wie Adhigunga es ihnen vorgemacht hatte. Dann erläuterten sie gemeinsam den Grund ihres Hierseins.

Vajra lauschte still ihren Worten und geleitete sie daraufhin seitlich zu einem runden Glastisch, der von einer Kristallbank umrundet wurde. Jason fragte sich, ob der Tisch, so wie er ihn hier sah, in einem Stück aus dem Gestein geschlagen war. Vermutlich schon.

Sie setzten sich auf bequeme Sitzauflagen. Die Königin stellte Frage um Frage. Zu ihrer Stärkung wurden Speisen und Getränke gereicht. Callum brauchte noch einen Schluck Goldwasser. Auch Mahindra taute auf, hörte interessiert zu und beteiligte sich sogar am Gespräch.

Nach zwei Stunden schien der erste Wissensdrang befriedigt zu sein. Königin Vajra erläuterte: „Ihr müsst wissen, dass wir in Shambala ebenfalls unter rückläufigen Ernten zu leiden haben. Einige meinen, die Wärme der Erde, welche bisher unsere Pflanzen so reichlich gedeihen ließ, wird schwächer. Ihr seht, es ist unser eigenes Interesse, euch bei der Prophezeiung zu unterstützen. Was können wir für dich tun, Jason Lazar?"

Jason kramte die Rätselkarte hervor und legte die schwarze Träne dazu. „Dieses Rätsel müssen wir knacken. Vermutlich handelt es sich um eine Aufgabe, eine Prüfung oder Ähnliches. Es ist die letzte dieser Tafeln, alle anderen haben wir bereits gelöst. Irgendwie muss Shambala mit dem Gefäß des Lichts in Zusammenhang stehen."

Mahindra schnappte sich die vierte Rätselkarte und betrachtete sie eingehend mit der Königin. Adhigunga starrte fasziniert auf die Träne, nahm sie in die Hand und hielt sie nach oben in das schwächer werdende Licht des Tages. Sie näherten sich der Dunkelheit.

„Ich kenne das", murmelte der Alte.

Alle sahen ihn an.

„Diese Steinträne. Sie müsste ... eine Säule des Felsentempels hat eine Vertiefung, die genau dieser Form entspricht." Er wendete sich zur Königin. „Die Bauten bei den weißen Felsen."

„Lasst uns sofort hingehen", forderte Jason.

ॐॐॐ

Sie gingen nicht, sie fuhren in einer Mischung aus Rikscha und Kutsche. Vorne hockten zwei Männer und traten in die Pedale. Hinten saßen die Königin, der Priester, der Baumeister, Callum und Jason. Die Straßen in dem Kristallgestein waren völlig glatt. Die Kutsche glitt ohne Erschütterung dahin.

Nach einigen Kilometern durch mehrere Höhlen kamen sie am Zielort an. Hier sah Jason zum ersten Mal normalen Fels in dieser Unterwelt. Zwar sehr hell, fast weiß, aber solides Gestein. Sie erklommen eine rundliche Erhebung, die auf einen ebenen Vorplatz mündete. Vereinzelt wuchsen hellgrüne Gräser an dem Felsgestein empor. Aus der Felswand war ein Tempeleingang herausgemeißelt, der jedoch keinen Durchgang besaß. Es handelte sich nur um die Fassade eines Tempels. Jason sah eine knallgelbe Maus am Rand des Felsen davonhuschen. Wo kam die her?

„Hier", sagte der Alte und deutete auf eine runde Vertiefung in der rechten Säule. Tatsächlich, da würde der Tränenstein genau hineinpassen. Adhigunga wollte schon die Träne hineinstecken, als ihm wieder der Priester dazwischenkam.

„Alam!", brüllte er, stolperte nach vorne und hielt dem Alten den Arm fest, „Seid Ihr von Sinnen?"

Er drehte sich zur Königin: „Was ist, wenn sich ein Zugang nach oben öffnet? Oder alles einstürzt?"

Königin Vajra betrachtete ihn nachdenklich. Sie sagte: „Verehrter Mahindra, woher rührt Eure übergroße Sorge? Wieso sollte hier alles zusammenbrechen? Prüft Euch - scheut Ihr eventuell die Veränderungen, die seit dem Besuch unserer Gäste in der Luft liegen?"

„ApraSTavya", brummte der Priester und ging einige Schritte zurück.

Adhigunga ließ sich nicht beirren, beugte sich nach oben und steckte die Träne in die passende Aussparung.

Nichts geschah.

Callum trat vor und schaute sich die Vertiefung genauer an.

„Vielleicht ...", murmelte er, griff mit der Hand in die Rundung und drehte sie um einen halben Umlauf.

Sofort knackte es über dem Felsenportal. Alle wichen bis zum Rand des Plateaus zurück und beobachteten, was weiter passierte. Die beiden Kutscher stellten sich vor ihre Königin.

Unter steinigem Ächzen schoben sich in der Mitte des Portales zwei Felsenflügel auseinander. Weißer Staub wirbelte auf und verhüllte den Durchlass.

Nachdem ein sanfter Wind den Felsenstaub vertrieben hatte, konnte man tiefer in das Innere hinter den Felsenflügeln hineinblicken. Jason trat vor, um besser sehen zu können.

Das Erste, was ihm auffiel, waren die brennenden Kerzen. Sie standen im Halbkreis um ein zentrales Podest in der Mitte eines runden Raumes. Alles darin, die Mauern, die Kerzenständer, die Kerzen selbst, der Fußboden und das Podest waren schwarz. An der gegenüberliegenden Wand befand sich ein Altar, darüber erkannte er steinerne Buchstaben. Die Gruft war erfüllt von Kerzenduft.

Vorsichtig gingen sie in den Höhlenraum hinein. Niemand fragte, wie es sein konnte, dass die Kerzen brannten. Alles hier war rätselhaft. Der Priester hielt sich im Hintergrund.

„Ein Sarg", murmelte Adhigunga und fühlte vorsichtig über das specksteinartige Material.

Tatsächlich - jetzt erkannte es auch Jason. Die Form des oberen Podestaufsatzes erinnerte wirklich an einen Sarg. Er strich ebenfalls über den Sargdeckel.

Da begann es zu knirschen. Der Deckel klappte auf, schwang an einem Scharnier zur Seite und gab den Blick auf das Innere des Sarges frei. Er war mit einer Polsterung aus dunklem Rot ausstaffiert. Die Kerzen rundherum ließen das Rot metallen schimmern.

Callum studierte die unbekannten Schriftzeichen an der Wand. Nach kurzer Zeit verkündete er: „Tja, Jason, es wird nicht einfacher. Ich übersetze mal:

„Der du reinen Herzens bist, begebe dich in der Totenhülle zur Ruhe. Doch besitzt du nicht den Mut zum eigenen Schatten, weiche fort von diesem Ort."

Er grinste, als er Jasons nicht gerade erfreuten Gesichtsausdruck sah. Nachdenklich kräuselte er eine Locke in seinen rotbraunen Haaren. Mit ernster Stimme vermutete er: „Vielleicht ist die letzte Prüfung so etwas wie in völliger Dunkelheit ausharren. Wir kennen diese Übung in Sapienta und einige Limarten setzen sich dem während ihrer Ausbildung aus. Bei uns legen sie sich in eine abgeschlossene Röhre in vollkommene Stille. Bei manchen tauchen in der absoluten Schwärze entsetzliche Bilder auf, andere erfahren tiefe Verbundenheit mit dem eigenen Selbst."

„Seht", unterbrach Adhigunga und zeigte auf den Stoff im Sarg, „das ist doch die Rätselkarte."

Tatsächlich. Am Kopfende fand sich die komplette vierte Rätselkarte eingestickt, etwas kleiner als das Original - aber ansonsten hundertprozentig gleich.

ॐॐॐ

Jason stützte sich auf den Sarg. Damit war es klar. Er musste wieder husten. „Ich brauche ein paar Stunden Schlaf. Sonst werde ich darin verrückt. Gleich morgen früh will ich es wagen."

Callum stimmte zu: „Du solltest fit sein, wenn du dich der Prüfung aussetzt. Aber so lange darf ich nicht hier unten bleiben. Ich muss zurück an die Oberfläche, andernfalls trinke ich dir dein ganzes Goldwasser leer. Außerdem ...", er blickte auf den Sarg, „scheint mir dies die letzte Station der Prophezeiung zu sein. Ich passe da nicht mit rein", er zeigte auf den roten Samt, „kann dir bei dieser Aufgabe nicht helfen. Und wenn ich es noch vor den Truppen der Nordlande bis nach Rikania schaffen will, muss ich jetzt dorthin aufbrechen."

Entschuldigend schaute er auf Jason, der das Gehörte erst einmal verdauen musste.

„Das dürfen wir nicht zulassen", sagte Mahindra mit eindringlicher Stimme. „Meine Königin, dort oben herrscht Krieg, ein

Wahnsinniger übernimmt die Herrschaft. Was meint Ihr wird er mit Shambala tun, wenn er von uns erfährt? Wir dürfen den Fremden nicht weglassen. Die Unsichtbarkeit ist unser Schutz."

Callum entgegnete genauso resolut: „Ich verspreche, nichts von euch zu erzählen. Ihr könnt mich hier nicht gefangen halten. In Shambala würde ich ersticken."

Der Priester ließ sich nicht beirren: „Es tut mir leid, ehrenwerter Callum. Besser einer als unser ganzes Volk. In den Ebenen leben 6.000 Menschen. Falls jemand einen Zugang von oben freischlägt, sterben wir alle."

Alle Augen richteten sich auf die Königin. Sie würde die Entscheidung treffen.

Vajra schaute auf Callum. Sie wog ab, das merkte man. „Wie hieß noch gleich Eure Freundin, die bei der Befreiung von Jasons Vater starb?"

Callum starrte sie fragend an. Er flüsterte: „Nickala."

Vajra nickte und forderte leise: „Schwört in ihrem Namen, dass Ihr uns nicht verraten werdet."

Callum kniete nieder: „In ihrem Namen will ich schwören, dass ich niemandem von Shambala erzähle, bis Ihr es mir erlaubt."

Vajra atmete erleichtert aus. Sie war froh, eine Lösung gefunden zu haben und beschloss: „So geht in die Schlacht. Unsere besten Wünsche begleiten Euch."

Mahindra stobte aus der Felsenhöhle hinaus. Im Gehen rief er: „Ich hoffe, Ihr werdet Eure Entscheidung nicht bereuen." Mit umschlungenen Armen setzte er sich in den Wagen und starrte stur geradeaus.

Die anderen folgten ihm. Schweigend ritten sie zurück in Richtung der Stelle, durch die Jason und Callum nach Shambala gekommen waren. Als es mit der Kutsche nicht mehr weiter ging, stiegen alle aus.

Callum wendete sich Jason zu und sagte: „Mein Platz ist jetzt an der Seite meines Volkes. So oder so endet die Aufgabe der Prophezeiung hier. Ich wünsche dir viel Glück für den vierten Schritt. Lass uns für ein Wiedersehen beten."

Beide umfassten gegenseitig ihre Unterarme. Jason konnte nur nicken. Abschied um Abschied.

Mit einem Ruck ließ Callum ihn los. Er ging einige Meter, drehte sich noch einmal um und sagte: „Ich wünsche dir Mut,

Jason, so wie ich es sehe, wirst du den für deine letzte Prüfung benötigen."

Dann verschwand er um die Ecke in Richtung Ausgang.

> **Vitarkâ himsâdayah krita-kâritânumoditâ lobha-krodha-mohapûrvakâ mridu-madhyâdhimâtrâ duhkhâjnânânta-phalâ iti pratipaksha-bhâvanam**
> Schlechte Gedanken und Emotionen wie Gewalt, ob selbst getan, gewährt, oder veranlasst, die durch Habgier, Ärger oder Täuschung motiviert sind, und egal welcher Intensität, verursachen endlosen Schmerz und Unwissenheit. Deshalb muss [jeweils] über das Gegenteil meditiert werden.
> *Patanjali, Yoga-Sutren, Teil 2, Sutre 34*

7.2 Nachtreise

Mit dem ersten Morgenlicht erwachte Jason in seinem Kristallbett. Es herrschte eine dämmrige Stimmung in der Glaskammer, nur völlig ohne Schatten. Das Licht von der Erdoberfläche wurde vom Kristall gestreut und schimmerte dadurch diffus. Er fühlte sich ausgeschlafen, aber schwach. Schon das Anziehen bereitete ihm Mühe. Am liebsten wäre er einfach im Bett geblieben. Doch es klopfte bereits an der Tür.

Nach einem genügsamen Frühstück fuhren sie direkt zur Felsenkammer. Die schwarzen Kerzen um den Sarg brannten immer noch, sie schienen nicht kürzer geworden zu sein. An der rechten Seite führten Stufen auf das Sargpodest, Jason krabbelte mit mulmigem Gefühl hinauf. Er richtete das Amulett vom Wächter des Tales der Einsamkeit in der Mitte seiner Brust aus und schob sich im Sarginneren nach vorne, sodass seine Füße die Rückseite berührten. Um ihn herum standen die Herrscherin von Shambala, mehrere Wachen und der Bautenmeister. Königin Vajra legte ihm die Hand auf die Schulter und sagte: „Jason, ich wünsche dir den Segen von Shambala für deine Prüfung."

Draußen hatte sich viel Volk auf dem Plateau versammelt. Alle wollten sehen, was gleich geschehen würde. Die Gesichter der Einwohner Shambalas wirkten auf Jason angespannt. Frauen hielten ihre Kinder umschlossen. Was würde passieren, wenn sich der Sargdeckel schloss? Den skeptischen Priester konnte Jason nirgends erblicken.

Er fühlte zum vierten Mal heute Morgen in den Kalenzring hinein. Wieder nur das schwache Lebensgefühl seiner tandorianischen Freundin.

„Für dich Shalyna", dachte er, „wenn das hier vorbei ist, suche ich dich." Dann legte er sich zurück.

ॐॐॐ

Adhigunga beschlich ein beängstigendes Gefühl, während er Jason den Sarg hochklettern sah. Er fragte sich, woher das käme. Machten ihn die Befürchtungen von Mahindra verrückt? Adhigunga fand den alten Priester gar nicht mal so schlecht, er erklärte den Kindern so schonend und liebevoll, warum sie hier unten in dem Kristallgestein eingeschlossen waren. Die Bewohner Shambalas wären ein auserwähltes Volk, das Gott den ganzen Tag geschützt wissen möchte, erzählte er ihnen. Darum hat Gott sie hier unten versammelt. In einem schützenden Kokon aus Glasgestein. Dort oben tobten wilde Stürme, gefährliche Tiere und mörderische Räuberbanden zögen umher. In der Kristallwelt seien sie dank des gütigen Gottes in Sicherheit und würden mit allem versorgt.

Wenn man daran glaubte - und selbst viele Erwachsene taten das, Adhigunga verzweifelte manchmal an derartiger Einfältigkeit - machte es einem das Eingesperrtsein hier unten um einiges leichter. Und dafür war Adhigunga dem Priester dankbar. Schließlich hatte sein Volk seit 400 Generationen keinen Himmel mehr gesehen. Adhigunga hätte zu gerne gewusst, wie sich ein Regen anfühlt. In ihren Büchern lasen sie davon. Wasser, das aus dem Nichts herunterperlt, unglaublich.

Allerdings schürten Mahindras Geschichten von dem Bösen an der Oberfläche die Angst beim Volk. Angst vor der Welt dort draußen. Angst, sich im ungeschützten Universum verloren zu fühlen. Adhigunga sah viele besorgte Gesichter vor dem Felsentor stehen.

Ein seltsames Geschehnis war das hier. Da kommen diese zwei aus dem Kristallberg gestolpert, bringen die Steinträne mit und dann öffnet sich diese Gruft. Und nun steigt der Bengel von der Erde auch noch in den Sarg. Adhigunga wollte nicht mit ihm tauschen.

Der Bautenmeister stützte sich mit beiden Händen auf die Kröte seines Stockes. Jason schaute ihn an. Er schien bedrückt und irgendwie ... krank. Adhigunga lächelte ihm aufmunternd zu.

Kaum hatte der Junge sich hingelegt, begann sich der Sargdeckel zu schließen. Langsam schwang er in einem Bogen herab. Adhigunga bewunderte den Jungen für dessen Mut. Nie hätte er sich dem ausgesetzt. Es war schon immer eine Horrorvorstellung von ihm, lebendig begraben zu sein.

Mit einem dumpfen Geräusch rastete der Sargdeckel ein. Dann passierten zwei Dinge zugleich. Aus der Unterseite des Sarges schoben sich zwei Ringe um den Sarg herum und verriegelten ihn. So würde Jason den Deckel von innen niemals anheben können.

Gleichzeitig ertönte ein Knirschen von hinten. Adhigunga blickte zum Ausgang. Oh, nein! Die Felsentore schlossen sich.

„Alle raus!", brüllte er, „das Tor geht zu."

Sofort rannten alle aus der Höhle. Die Felsentorflügel trafen zusammen und rasteten mit einem satten Ploppen ein. Der Junge war in dem Sarg und in der Kammer gefangen.

ॐॐॐ

Jason verfolgte mulmig, wie der Deckel über ihm zuging. Jetzt wusste er, was Schwärze ist. Noch nie hatte er in eine so vollkommene Dunkelheit geblickt. Panik stieg in ihm auf. Es roch auch noch muffig. War er lebendig begraben? Er konzentrierte sich auf seinen Atem und sog die Luft ruhig und tief in sich hinein. Nach und nach verlangsamte sich sein Herzschlag. Die Angst schwoll ab.

Da sackte der Boden unter ihm weg. Aber sein Körper schien nicht zu fallen, eher zu schweben, als ob er in flüssiger Luft triebe. Plötzlich sah er einen kleinen Lichtschein auf sich zu bewegen. Das Licht kam näher und näher.

Stolpernd landete er auf felsigem Grund. Er befand sich in einem kreisrunden Saal mit einer steinernen Kuppel. An den Wänden hingen lodernde Fackeln in halbrunden Mauereinlässen ohne Glas. Wo war er hier gelandet? Langsam stieg die Angst wieder in ihm auf.

„Wie schön, dass du es hierher geschafft hast, Jason Lazar", begrüßte ihn eine männliche Stimme.

Jemand trat zwischen zwei Fackeln hervor. Er erinnerte Jason an den Wächter vom Tal der Einsamkeit. Genauso hager, genauso zeitlos vom Alter. Seine Haut und die Augen waren grau wie der Stein um sie herum, auch die Kleidung passte sich nahtlos an die Farben der Felswände an. In seinen Händen hielt er ein ausgefleddertes Buch.

„Ich bin der Hüter des Dunklen und bewache die Schwelle zu deiner letzten Prüfung. Doch ich soll nicht das Dunkle vor dir beschützen, sondern dich vor dem Dunklen. Ab hier darfst du nur weiter, so du dir sicher bist, die Stärke zu besitzen, diesen Weg zu beschreiten. Eines musst du gleich wissen, junger Mensch. Sieh auf den Zeitmesser", er zeigte mit seinem knochigen Zeigefinger auf eine riesige Sanduhr hinter Jason, die soeben loszulaufen begann. Der Sand fiel rasch hinab - lange würde der Durchlauf nicht brauchen.

Der Hüter fuhr fort: „Wenn sie um ist die Zeit, und du nicht diese Pforte dort hinten", er schwenkte den Zeigefinger auf einen Vorhang, den Jason bisher nicht gesehen hatte, „durchschritten hast, landest du wieder oben in der Hülle der Toten. Der Deckel wird sich für dich öffnen, die Prüfung aber wird dir fortan für den Rest deines jetzigen Lebens verschlossen bleiben."

Der Hüter trat aus dem Halbdunkel hervor und legte seine Hand auf Jasons Schulter. Sie war eiskalt. Seinen Blick hielt der Alte auf den Boden gerichtet. Er wisperte im selben Flüsterton wie der Wächter des Tales der Einsamkeit: „Du hast gezeigt, dass du deine geistigen Kräfte sammeln und auch zur Ruhe zwingen kannst. Gemeinsam mit deinen Freunden hast du große Gefahren gemeistert. Und sogar Verlassenheit und Verzweiflung überwunden. Nur solch ein Mensch kann sich dem eigenen Dunklen stellen. Die Unfähigkeit zur Einsamkeit, Jason, verhindert, dass du dich deinem Inneren in seiner vollen Entfaltung zu nähern vermagst."

„Hier", er zeigte wieder auf den Vorhang, „beginnt der Pfad des Dunklen. Jedem ergeht es auf diesem Pfad anders, doch für alle ist er schrecklich. Auch der Lohn am Ende des Pfades ist für einen jeden unterschiedlich, für dich liegt dort das Gefäß des Lichts bereit."

Er ließ die Worte auf den Prüfling wirken, den Blick weiterhin zu Boden gerichtet. Jason linste zur Sanduhr hinüber, der halbe Sand war durchgelaufen. Er war sich nicht sicher, was er von dem Gesagten halten sollte und blickte zwischen Vorhang und Wächter hin und her. Der zeitlose Alte hob seine Hand von Jasons Schulter und machte eine wischende Handbewegung in Richtung Vorhang. Dieser schwang auf und gab ein bogenförmiges, offenes Tor frei. Was dahinter lag, war durch die Dunkelheit nicht zu erkennen.

„Wenn der Schrecken zu groß wird, Jason, darfst du mich rufen. Ich befreie dich von dem Gräuel des Pfades und bringe dich zurück in deine Welt. Aber das Gefäß des Lichts wäre damit verloren. Auch wenn dir das bedauerlich erscheinen mag – zögere nicht zu lange mit diesem Ruf. Sonst wird dich das Grauen des Pfades fortan verfolgen und ohne Pause an deinem Lebensmut zehren. Die Angst wird sich deiner bemächtigen und manche brauchen Jahre, um wieder zum Leben zurückzufinden. Furcht, so wirst du dann merken, kann schlimmer sein als der Tod."

Jetzt blickte der Hüter das erste Mal auf und schaute Jason gütig an. In dem verschwommenen Grau seiner Augen war keine Pupille zu erkennen. Er senkte die Stimme noch weiter: „Bist du dennoch gewillt, den Pfad des Dunklen zu betreten, Jason Lazar?"

Jason meinte, im Tonfall des Hüters den Wunsch nach einem „Nein" als Antwort herauszuhören. Er musterte die wabernde Schwärze in dem bogenförmigen Tor. Die Sanduhr war zu drei Vierteln durchgelaufen.

Er hatte sich entschieden: „Verehrter Hüter, ich werde es versuchen."

Der Alte verbeugte sich vor ihm und antwortete: „So sei es."

Jason schritt in Richtung Vorhang und verharrte auf halber Strecke. Noch blieb ihm ein wenig Zeit.

Er sagte: „Ich soll euch übrigens vom Wächter des Tales der Einsamkeit grüßen. Darf ich fragen, woher Ihr kommt? Seid Ihr als Hüter geboren?"

Der Alte schien erheitert: „Das wollte noch niemand wissen. So viel will ich dir sagen: Wir entstammen dem Volk, was vor den Ingadi auf Tandoran gelebt hat. Die Welt Tandoran, Jason, ist geschaffen, sich weiterzuentwickeln, seinen Bewohnern dem Urgrund allen Seins zu nähern. Von uns gibt es keinen mehr auf diesem Planeten, alle sind weitergezogen. Einige, und zu denen zähle ich mich, helfen den jetzigen Völkern hin und wieder aus dem Untergrund." Er blinzelte mit seinen grauen Augen.

Jetzt wurde es Zeit. Jason bedankte sich. Einen Moment schauten sie sich schweigend an.

„Ich ...", begann Jason.

Der Alte hob die Hand: „Genug Jason. Der Sand ist fast durch. Geh nun. Eine Mahnung habe ich noch: Bleibe auf dem Pfad nicht stehen. Je länger du verharrst, umso eher verschlingt dich der Schrecken." Er blickte erneut zu Boden. Mehr würde er nicht sagen.

Jason verharrte einen Augenblick und atmete tief durch. Dann wendete er sich mit einem Ruck um und ging auf das Tor in die Schwärze zu. Langsam schritt er mit den letzten Krümeln der Sanduhr hindurch.

ॐॐॐ

Callum wurde von Unsicherheit geplagt. Hätte er bei Jason ausharren sollen? Vielleicht brauchte dieser bei der Prüfung ja doch irgendwie seine Hilfe. Was wäre, wenn die Erfüllung der Prophezeiung scheiterte, weil er hier zur Endschlacht hastete? Das würde er sich nie verzeihen. Aber er hatte ja eine Entscheidung treffen müssen.

Die Kristallwüste hatte er noch in der Nacht hinter sich gelassen. Mittlerweile ritt er auf der breiten Ost-West-Straße, die von Wirundu nach Rikania führte. Schon Stunden vor seiner Ankunft in der Hauptstadt konnte er erkennen, dass der Krieg unmittelbar vor der Tür stand. Unzählige überladene Fuhrwerke mit Frauen und Kindern rumpelten ihm entgegen. Einige Mütter flüchteten mit Babys auf dem Arm zu Fuß die Straße entlang. Sie würden ihr Heil irgendwo im Süden suchen. Doch wo wollten sie hin? Die Truppen des Kaisers würden sie überall finden. Callum kamen die Gräueltaten der Soldaten in den Kriegen auf der Erde in den Sinn. Er hatte viel darüber gelesen. Vergewaltigungen, Plünderungen oder Quälereien nur so zum Spaß. Ihn schauderte. Er hoffte, dass es auf Tandoran nicht so weit kommen würde.

Nein, es war schon richtig gewesen, aufgebrochen zu sein. Callum zählte sich die Gründe noch einmal auf. Er durfte die knappen Goldwasservorräte von Jason nicht aufbrauchen. Er war ein starker Limart und wurde in Rikania gebraucht. Und in den Sarg hätte er wirklich nicht mit hineingepasst.

Aber warum wollte er sich eigentlich unbedingt in den Kampf stürzen? *Aus Rache für Nickala*, antwortete er sich rasch selbst. Doch stimmte das? War das sein Antrieb? Da war schließlich das sichere Gefühl, die kommende Schlacht nicht zu überleben. Was ihm zu Denken gab: Er fand das nicht schlimm.

ॐॐॐ

Ein Kälteschauer rieselte Jason über den Rücken. Vor ihm lag ein schwarzer Pfad, von geisterhaften Nebeln umwabert. Er erinnerte sich der Mahnung niemals stehenzubleiben und setzte einen Fuß vor den anderen. Nach einigen Metern blickte er zurück, sah dort aber nur noch den Pfad, der sich in den dunklen Nebeln verlor. Jason ahnte, dass der Vorhang schon nicht mehr vorhanden war, sollte er sich zur Umkehr entschließen.

Er ging weiter. Es war feucht und kalt, der Boden aus nachtschwarzem Gestein fiel rechts und links steil ab. Aus der Tiefe stiegen graue Schleier hervor. In diesen Nebelschleiern erschienen Bilder, als ob ein Schwarz-Weiß-Projektor einen Film auf die Nebelgebilde strahlte. Auf einem davon erkannte sich Jason im Arm seiner Mutter, er wurde gerade von ihr getröstet. Eine Welle der Geborgenheit erfasste ihn. Doch das Bild verblasste. Gleich darauf sah er von rechts eine Wolke auf sich zuschweben, die ihn auf Vaters Schoß zeigte. Auch diese löste sich rasch wieder auf und wurde durch die Küche seiner Oma ersetzt. Seine Oma wirkte jünger und war bei der Zubereitung seines Pausenbrotes. Jason - als kleiner Junge - stand wartend daneben und schaute zu ihr auf.

Auch diese Szene verging in milchigen Schwaden. Die verbliebenen Schleier wehten hinweg. Jason trat in nahezu völlige Schwärze.

Ohne diese Bilder fühlte sich Jason, als wäre ihm eine Stütze entzogen. Alles veränderte sich, nichts besaß Bestand - wieder diese schreckliche Erkenntnis.

Es war beunruhigend still. Drückend und unheimlich. Selbst seine Schritte wurden von den Nebeln verschluckt. Doch das blieb nicht so.

Erst leise, stetig lauter werdend, hörte er Kinderstimmen. Auf dem Pfad vor ihm bildete sich eine Szenerie auf. Jason erkannte den Schulhof seiner Grundschule. Er sah sich selbst mit seinen Mitschülern in der Pause Fußball spielen. Es musste die vierte Klasse sein, da hatten sie die stabilen Tore bekommen. Staunend schritt er mit seinem erwachsenen Körper durch die spielende Meute seiner Kindheit. Ein Schüler rannte direkt auf ihn zu. Jason stockte und wollte den Knirps bremsen. Doch dieser lief einfach durch ihn hindurch und tauchte hinter ihm wieder auf.

Abseits des Spielgeschehens bemerkte Jason ein alleine dahockendes Kind. Jason kannte ihn. Nach kurzem Überlegen fiel ihm sein Name ein: Marc Sauvigne. Der Außenseiter seiner Klasse. Jason erinnerte sich, dass sie ihm verboten hatten, beim Pausenfußball mitzukicken. Er spielte zu schlecht.

Der kleine Marc wehte heran, sein Abbild wurde größer, hob sich aus der Szene hervor. Einzelheiten wurden erkennbar. Der einsame Junge trank aus einer Tüte Kakao und blickte traurig auf die spielenden Mitschüler. Ein anderes Kind – Ben, Jasons bester Freund – tauchte neben Marc auf, rempelte ihn an und eilte lachend weiter zu den Fußballern. Marc schüttelte sich die Hand aus, die völlig mit der flüssigen Schokolade bekleckert war.

Das geisterhafte, kindliche Ebenbild von Jason hatte ganz offenkundig das Anrempeln beobachtet, sagte aber nichts dazu und begrüßte Ben, indem sie ihre Unterarme aneinander hielten, ihr damaliger Freundschaftsgruß. Johlend spielten sie weiter. Auf Marc achtete niemand.

Jason ahnte, worauf die Szene hinauslief. Er schämte sich für sein seinerzeitiges Verhalten. Zögernd schritt er voran. Um ihn herum verblassten die spukhaften Bilder, die Schulhofgeräusche verstummten, alles wurde abermals still.

Die Ruhe währte nur kurz. Erneut erklang Kindergeschrei, diesmal wie aus einem Freibad. Jason lief über sich in der Sonne aalende Geister-Badegäste hinweg und kam auf eine Wasserrutsche zu. Ein Stich durchfuhr seinen Magen. Er erinnerte sich. Und richtig, er sah sich und mehrere seiner Freunde, wie sie Marc die Rutsche hinaufdrängten. Der weinende Junge hatte noch Hose und T-Shirt an. Ben war ebenfalls mit dabei. Übermütig grölend stießen sie den armen Marc die Wasserrutsche hinunter. Unten angekommen sprang der Geister-Marc pitschnass aus dem Wasser und eilte wimmernd auf den jetzigen Jason zu. Er hob eine Hand und begann: „Marc, es tut …"

Da glitt Marc durch ihn hindurch und auch diese Szenerie löste sich in völlige Stille und undurchdringbare Schwärze auf.

Sie hatten Jahre später ihr damaliges Verhalten gemeinsam überdacht. Er und Ben – bei einem Bier – in der Sonne auf dem verlassenen Militärbunker. Stolz war keiner von ihnen. Aber sie konnten es ja nicht rückgängig machen. Vielleicht hätten sie sich trotzdem entschuldigen sollen. Nachträglich. Jason entsann sich auch daran, dass die Mädchen in der Nacht während einer Klassenfahrt dem schlafenden Marc seine Hand in lauwarmes Wasser gehalten hatten. Marc bemerkte es, sprang auf, doch es war schon passiert. Seine Schlafanzughose klebte komplett durchnässt an seinen Beinen. Daraufhin hatte er die Klasse gewechselt.

Jason wurde von neuen Geräuschen aus seinen trüben Erinnerungen gerufen. Weinen drang an sein Ohr. Schreie. „Nein, dort ist alles furchtbar. Ich will da nicht hin. Bitte Mama, nein."

Es war immer noch Marc. Jason wollte es eigentlich nicht sehen. Aber er musste ja weitergehen und vor ihm entstand aus dem flimmernden Schwarz die Szenerie eines Kinderzimmers. Der kleine Marc saß auf seinem Bett, vor sich sein Schulranzen. Er heulte. Seine Mutter stand verzweifelt daneben und redete auf ihn ein: „Marci, du warst jetzt schon zwei Wochen nicht da. Du verpasst zu viel Stoff. Wie willst du die Arbeiten schaffen?"

Stumm weinend kreuzte Marc seine Arme und schüttelte schluchzend den Kopf. Jason befand sich nun fast vor ihm. Da blickte der gepeinigte Schüler auf und starrte ihm mit seinen verschwommenen Pupillen direkt in die Augen. Konnte Marc ihn erkennen?

Wieder setzte Jason an: „Marc, ich …"

Statt einer Antwort verwandelte sich der Geister-Marc. Er wurde kohlrabenschwarz, seine Konturen verschwammen. Nur seine Augen bildeten helle Kreise. Der Kopf war mal Marc, mal ein schwarzes Nichts mit weißen Augäpfeln, ständig wechselnd. Dieser Schatten-Marc erhob sich vom Bett und schoss als dunkle Wolke genau auf ihn zu. Jason wäre fast von dem schmalen Pfad heruntergestolpert und in die Tiefe gestürzt. Er hob abwehrend seine Hände, aber Marc flog unbeirrt weiter und trat in ihn ein.

Diesmal spürte er einen kalten Hauch durch sich hindurchwehen. Jason drehte sich um, doch hinter ihm war nichts mehr zu erkennen.

Wie gehabt löste sich alles in tiefdunkle Stille auf. Schonungslos wurde Jason im Weitergehen bewusst, wie sehr seine Mittäterschaft zu den Qualen des Klassenkameraden beigetragen hatte. Musste er jetzt hier dafür leiden? *War das „Dunkle in mir" so etwas wie die „Hölle in mir"*?

„Oh, mein Gott!", erscholl es klar und prägnant aus der Schwärze vor ihm.

Der Ausruf klang verzweifelt. Erst konnte Jason die auftauchenden Geisterbilder nicht zuordnen. Dann erkannte er das Laboratorium von damals. Zusammen mit Ben und einigen Mitgliedern einer Naturbundgruppe war er in ein Institut für Tierversuche eingebrochen. Sie hatten dort alles verwüstet und die eingesperrten Tiere befreit. Es war aufregend gewesen, spannend, gefährlich. Sie hatten etwas Gutes getan ... Hatte er bis jetzt gedacht.

Nun sah er einen wehklagenden Mann mit Halbglatze in den Trümmern des Labors hocken. Dieser stocherte zwischen zerstörten Geräten herum, nahm sie in die Hand und ließ sie tonlos zurückfallen. Vor einer Art Kühlschrank mit Glastür, die Jason damals mit einer Feueraxt zerschmettert hatte, sackte der Glatzkopf auf die Knie und stöhnte: „Der ganze Auftrag, die jahrelange Arbeit ..." Eine elegante Frau im Kostüm legte die Hand auf die Schulter des Verzweifelten.

Dann verblasste die Umgebung und wandelte sich zu einem Arbeitszimmer. Der Glatzkopf saß am Schreibtisch und umklammerte einen Schrieb. Vor ihm stand eine neue, ebenfalls attraktive Frau mit langen braunen Haaren.

„Von der Versicherung. Sie wollen den Schaden im Labor nicht übernehmen", stammelte er mit Blick auf das Blatt. Gleich würde er anfangen zu weinen.

Entsetzt hielt sich die Frau ihre Hand vor den Mund.

Wieder wechselte die Szene und zeigte nun den Glatzköpfigen neben der Frau und drei Kleinkindern vor einem Doppelhaus.

„Sagt tschüss, Kinder", forderte die Braunhaarige mit gepresster Stimme. Offenkundig zogen sie aus. Offenkundig nicht freiwillig.

Der kleinste Spross, ein Mädchen von ungefähr sechs Jahren, umschlang einen Teddy mit den Armen und weinte. Der Mann aus dem Labor, Jason vermutete nun, dass er der Besitzer des Instituts war, wendete sich vom Haus ab und starrte in seine Richtung. Auch bei ihm trat die Verwandlung in einen schwarzen Schatten ein. Auch er bekam die weißen Augenhöhlen und flog auf Jason zu.

Jason verharrte und beteuerte: „Das wollte ich nicht. Es ging uns nur um die Tiere."

Ohne auf seine Worte zu achten, huschte der Glatzkopfschatten durch ihn hindurch.

Etwas legte sich um seinen Fuß. Jason schaute nach unten und sah eine pechschwarze Schlinge aus dem Boden wachsen, die sich rasch um seinen Fußrücken wand. Hastig zog er seinen Stiefel frei und eilte weiter den dunklen Pfad entlang.

„Nicht stehen bleiben", erinnerte er sich der Mahnung des Hüters.

Jason marschierte nun nicht mehr allein. Das Doppelhaus samt Umgebung war zwar verblasst und auch die tiefe Stille umgab ihn wie mittlerweile gewohnt. Doch rechts und links des Pfades schwebten nun die Schatten von Marc und dem glatzköpfigen Familienvater neben ihm her.

So etwas wie eine traurige Starre legte sich über Jason. Bisher hatte er nicht gewusst, was seine Taten für Leid ausgelöst hatten. Bisher hatte er sich in einem wesentlich besseren Licht gesehen. Ja, das mit Ben hatte ihm schwer zugesetzt. Aber davor hielt er sich alles in allem für ganz o.k. Da hatte er wohl einiges übersehen.

Doch er wollte deswegen nicht aufgeben und konzentrierte sich angestrengt auf das pechschwarze Dunkle vor ihm. Er konnte die Schwärze fühlen, sie wickelte ihn wie eine Decke ein. Mit jedem Schritt, den er weiterging, fühlte er seinen Körper weniger und dafür diese Dunkelheit stärker. Gefühle wallten auf und ebbten ab. Scham, Wut, Trauer. Immer wieder unterbrochen von Angst, Angst vor Ablehnung, vor Einsamkeit, vor dem Verlassenwerden.

Bald spürte er seinen Körper gar nicht mehr.

Die Finsternis vor ihm begann zu wabern, wirkte flüssig. Und in dieser wässrigen Düsternis entstanden erneut Bilder von seiner

Oma, seiner Mutter, seinem Vater, Freunden. Alle Gesichter trugen Furcht, erschienen älter, als Jason sie in Erinnerung hatte.

Dann tauchte auch Shalyna über dem tiefschwarzen Schlund auf. Sie rannte, blickte immer wieder zurück. Ein Garone war hinter ihr her. Mandratan saß auf dessen Rücken und schoss einen silbrigen Strahl aus seiner Handpyramide auf sie ab. Seine überlebensgroße Fratze flog an Jason vorbei und grinste ihn siegessicher an.

War das die Zukunft? Passierte das gerade jetzt? Bisher war alles, was ihm hier unten durch die geisterhaften Erscheinungen gezeigt wurde, auch in der Wirklichkeit geschehen gewesen. Hieß das ...? Hatte der Kaiser Shalyna bereits mit einem Garonen gejagt?

Wieder packten ihn Entsetzen und Angst. Er spürte ein starkes Drängen, aus dieser Quälerei zu verschwinden. Konnte kaum mehr klar denken. Sollte er den Hüter rufen? Der hatte ihn doch davor gewarnt, nicht zu lange zu warten. Schon formten seine Lippen den Ruf: „Hü ..."

Da waberte ein neues silbriges Nebelgebilde an ihm vorbei. In dieser Wolke blickte ihn Shalyna stumm an. Ohne es auszusprechen, lag eine Forderung in ihrem Blick. Die Erscheinung verschwand, wie sie gekommen war.

Jason zögerte. Mechanisch bewegte er seinen gefühllosen Körper auf dem schmalen Pfad voran. Er würde noch etwas weitergehen.

Da sah er, was er die ganze Zeit schon insgeheim befürchtet hatte: Ben.

Jason wendete sich um. Wollte das jetzt nicht auch noch mit ansehen. Aber hinter ihm standen Marc und der Glatzkopf. Wo er sich hinwendete – nur Vorwurf. Hatte er so sein Leben gelebt? Tränen stiegen ihm in die Augen. Blinzelnd schaute er wieder nach vorne. Dort besaß die Szenerie mittlerweile Höllencharakter. Statt Finsternis züngelten nun überall Flammen. Nicht mehr schwarz-weiß, sondern live und in Farbe.

Er erinnerte sich. Gegen seinen Willen kam alles in ihm hoch. Alles, was er zu verdrängen versucht hatte. Was ihm das Leben verleidet hatte. Und jetzt musste er es sogar noch einmal mit ansehen.

Sie waren beide siebzehn Jahre alt gewesen, Jason knapp darunter, Ben ein paar Wochen darüber. Es war der Tag ihres letzten gemeinsamen Ausritts, bei dem sie sich wie gewohnt und gewollt gegenseitig hochpuschten. Angenehm erschöpft erreichten sie eine einsam gelegene Scheune. Unter dem Gebäude lag ein tiefer Keller, in dem früher die Gemüseernte eingelagert wurde. Jetzt gab es dort nur noch Stroh, die ganze Scheune und die unterirdischen Räume quillten über davon. Heute wollten sie reingehen. Vielleicht gab es irgendwo etwas von Wert.

Die hintere Tür war schnell überwunden. Wagemutig balancierten sie über die Balken der Zwischendecke und ließen sich in die Strohberge fallen. Da schlug Ben vor, auch den Keller zu untersuchen. Die Räume unter der Erde waren nur durch einen schmalen Zugang zu erreichen, eine klapprige Leiter führte drei Meter hinab.

Dort drinnen war es dunkel und eisig kalt. Sie banden das Stroh zu einem Bund, entzündeten es und erkundeten damit das Labyrinth der bis zur Decke gestapelten Strohballen. Dabei kam Jason – ja, er war es - mit der Strohfackel gegen einen der Ballen.

Binnen Sekunden fing das Strohbund Feuer. Flammen loderten nach oben und breiteten sich rasant aus. Verzweifelt versuchten sie, mit den herumliegenden Holzlatten den Brand zu löschen. Doch es brannte immer heftiger. Dichter, beißender Rauch senkte sich von der Kellerdecke herab.

Jason brüllte: „Wir müssen hier raus."

Ben eilte vorweg, bog aber zwischen dem Stroh rechts statt links ab. Jason rief ihn zurück und sprintete - nun an der Spitze - weiter zum Ausgang. Ben folgte dichtauf. Jason sprang auf die Leiter, kletterte. Er spürte Ben direkt hinter sich.

Sein Freund forderte panisch von unten: „Schneller!"

Der obere Teil der Leiter war umwabert von grauem Rauch, der über das kleine Deckenloch seinen Weg in die Freiheit suchte. Beide Freunde sahen nichts mehr, als sie in diese Rauchschicht eintauchten. Die Leiter war ihre Richtschnur hinaus.

Da trat Jason auf die Finger seines besten Freundes.

Der Todesstoß.

Ben stürzte ab. Schrie. Schrie aus Leibeskräften.

Und diese Schreie waren nun wieder da. Jason sah noch einmal, wie die morschen Leitersprossen zerbrachen, wie er verzweifelt nach Luft röchelte, sich mit letzter Kraft aus dem Loch zog, die Leiter unter ihm auseinanderbrach und er oben ohnmächtig zusammensank.

Damals war er erlöst worden, wurde von Spaziergängern aus der Scheune gezogen. Hatte nichts mehr mitgekriegt.

Jetzt musste er das Grauen mit anschauen und mit anhören. Hörte Bens panische Hilferufe. Sah ihn das eine verbliebene Leiterbein hochklettern, zum Rand des Loches springen und ... verfehlen.

Jason sackte auf die Knie. Tränen rannen seine Wangen hinab. Er merkte nicht, wie sich die schwarzen Schlingen um seine Waden wanden.

Beobachtete seine Retter, die Spaziergänger. Wie sie sich bemühten, an das Loch heranzukommen. Wie der Rauch sie zurücktrieb, wie sie schließlich aufgeben mussten und aus der mittlerweile überall brennenden Scheune entflohen.

Hörte, wie Bens Schreie langsam verstummten.

Auch Ben wurde zum Schatten und glitt auf ihn zu. Doch diesmal schoss die dunkle Erscheinung nicht durch ihn hindurch, sondern schwebte dicht vor seinem Kopf. Bens Gesicht. Stumm auf ihn blickend. Fragend?

„Ben, ... ich ...", stammelte Jason hervor. Er konnte nicht weitersprechen. Nichts zu seiner Entschuldigung sagen.

Ben schaute zum Boden. Jason folgte seinem Blick. Sah und spürte im selben Moment, wie sich eine tiefschwarze Schlange mit spitzem Schädel um seine Beine schlängelte, sich um seinen Oberkörper drehte und dabei seinen Brustkorb zusammenquetschte. Sie kam direkt aus dem Erdreich. Jason konnte sich nicht mehr rühren. Dreieckige rotgelbe Augen fixierten ihn. Die Schlange riss vor seinem Hals ihr Maul auf. Sie schien ihn anzugrinsen, höhnisch lächelnd. Gnadenlos. Böse.

Das war zu viel für Jason. Er öffnete die Lippen, um nach dem Hüter zu rufen.

Die Viper war schneller. Sie schlug ihren Kopf in seinen zum Schrei aufgerissenen Mund und drang tief in den Hals hinein. Sein Ruf verstummte, bevor er begann.

Damit nicht genug. Der Schlangendämon saugte die Lebenskraft aus ihm heraus. Jason merkte, wie ihm die Sinne schwanden. Er wollte das Vieh mit den Händen packen, aus sich rausziehen. Doch der Dämon hielt seine Arme eisern umklammert. Auch seine Beine wurden von den Schlingen immer fester am Boden fixiert. Eine eisige Kälte überkam ihn. Die Luft ging ihm aus.

Panisch versuchte er, einzuatmen. Ohne Erfolg. Mit schwindenden Sinnen fiel er nach vorne.

> **Citer apratisamkramâyâs tad-âkârâpattau sva-buddhi-samvedanam**
> Das Wissen über das eigene Selbst kommt mit der Stille des Geistes.
> *Patanjali, Yoga-Sutren, Teil 4, Sutre 22*

7.3 Verrat

„ *U*nd er hat keinen Kontaktstein?", fragte der Großmeister.

Callum zuckte zusammen. Wie selbstverständlich hatte er den Stein mitgenommen. Er hatte ihn doch immer getragen. Aber wenn er darüber nachdachte, wurde ihm klar, dass es besser gewesen wäre, Jason die Kontaktmöglichkeit dazulassen. Er schüttelte mit dem Kopf.

Allando blickte kurz betrübt zu Boden und wandte sich wieder der Szenerie auf der Fläche vor Rikania zu. Callum trat ebenfalls vor. Genau wie die anderen fünf Mitglieder des Lichtrates starrte der Großmeister auf die ankommenden Massen an Soldaten. Die ganze Ebene vor Rikania war ein schwarzes Gewimmel. Einige der Nordländer wagten sich sogar bis an die schützende Schlucht, obwohl sie da bereits in Reichweite der Pfeile aus Rikania gelangten. Sie stellten am Rand merkwürdige Karren mit runden Tonnen darauf ab.

Die Brücke über der Schlucht war selbstverständlich eingerissen worden. Callum war gerade noch so in die Stadt hineingekommen. Er hatte sich das Spektakel des Abrisses mit angeschaut und hätte es genossen, wenn der Anlass nicht so traurig gewesen wäre. Mit einem gewaltigen Donnerschlag war die Brücke nach vierzig Metern Abwärtsflug aufgeschlagen.

Natürlich wussten sie, dass diese Aktion bei den Möglichkeiten des Kaisers nicht allzu viel bringen würde. Aber sie mussten es ihm ja auch nicht einfacher machen als unbedingt nötig.

Callum starrte auf Magole. Der Lehrmagier der Glückslehre lehnte mit seiner Hand gegen eines der Fenster. Er murmelte vor sich hin. Wurde der nun völlig verrückt? Callum wusste, dass der Ratsmeister vor 20 Jahren an einem Gehirntumor erkrankt war. Vielleicht zeigten sich jetzt unter dem Stress der Schlacht bislang verborgene Spätfolgen?

„Beim heiligen Limar, da sind sie", sagte Ratsmeister Diestelbart und deutete mit seinem faltigen Finger auf eine weit entfernte Felszinne. Um diese kam soeben der erste Sarkote herum. Die Menschen, welche neben den grünbraunen Echsen einherschritten, wirkten winzig gegen die gigantischen Viecher. Callum sah sie ebenfalls zum ersten Mal. Er bestaunte das mannslange Horn und fragte sich dabei, welchen Schaden die Urtiere damit wohl anrichten können.

Vor dem Horn begann eine völlig platte Schädeldecke. Sarkoten rammten sich diese Kopfplatten gegeneinander, wenn sie einen Revierkampf austrugen. Hinten lief ihr gepanzerter Körper in einen stabilen Schwanz aus. Sie kamen mittlerweile zu Dutzenden über die Straße des Nordens heran.

„Es geht los", rief Allando den vereinbarten Befehl.

Trompeten erschallten von der Zinne. Die wunderschöne Weise Rikanias. Es waren kühne Töne, voller Kraft, rhythmisch ergänzt von Klängen der Sanftheit. Es galt als eine goldene Maxime der Künstler von Rikania, die Welt in all ihren Facetten darzustellen. Darum hatte der Komponist dieses Schlachtenliedes sowohl den Mut des Kriegers als auch die Verletzlichkeit des Kindes hineingewoben.

Die Schlacht um Rikania hatte begonnen.

Garvaron stand im Nebenturm, per Kontaktstein mit dem Turm der Limarten verbunden. Mit ihm im Raum befanden sich seine Mutter, die oberste Richterin, und weitere Hauptmänner. Wie abgesprochen gab er nach dem Verklingen der Trompeten den Befehl zum Beschuss.

Es war ein beeindruckendes Bild. Überall auf der ganzen Mauer hoben sich die schwarzen Todbringer in die Lüfte. Ein Hagel von Pfeilen ging auf die Soldaten der Nordlande am Rande der Schlucht nieder.

Einige der feindlichen Krieger wichen zurück, aber die meisten duckten sich nur hinter diesen runden Tonnen, derer immer mehr an der Schluchtkante ankamen. *Was führen die Nordländer damit nur im Schilde?*, fragte sich Callum.

Bevor er jemanden fragen konnte, wurde seine Aufmerksamkeit abgelenkt. Eine 50 Meter lange Sinithbrücke schwebte auf Volomer-Flügeln über das Schlachtfeld. Kaum ein Dutzend Soldaten bewegte diese gewaltige Planke. Der Pfeilbeschuss konzentrierte sich sofort auf die Träger der Brücke, doch die wurden von Limarfeldern geschützt. Die Pfeile glitten einfach an ihnen vorbei.

Und was kam da aus dem Hintergrund? Eine Riesenramme! Auch die wurde vom Volomer getragen. Doch sie wurde von deutlich mehr Männern als die Brückenplatte gezogen, musste also noch schwerer sein. Ihr Ziel war klar: das Haupttor Rikanias!

In diesem Moment flog die Tür hinter ihnen auf und Rhodon trat ein. *Ein Unglück kommt selten allein*, dachte Callum. Aber ein bisschen freute er sich auch, den kleinen Kleturer zu erblicken.

Alle drehten sich um. Allando löste sich vom Anblick der beginnenden Schlacht und lief auf ihn zu. „Rhodon! Wie schön dich zu sehen. Der Lichtblick des heutigen Tages. Wie ist es dir ergangen?"

Der Zwerg verbeugte sich tief vor dem Großmeister des Lichtrats und erwiderte: „Meister, ich wäre bereits früher gekommen. Aber ich musste mich über den Fluss in die Stadt schlagen, alle anderen Zugänge waren versperrt. Diese dämlichen Idioten der Hafenwache haben mich doch tatsächlich beschossen."

Rhodon nahm sich ein Glas, schüttete Wasser hinein und trank einen großen Schluck, während alle ihn anstarrten. *Ganz der Alte*, dachte Callum verbittert.

„Und Rhodon", begann Ratsmeister Diestelbart, „werden die Kleturer aufseiten Mandratans kämpfen oder nicht?"

„Das ... kann ich leider nicht sagen. Ich habe es versucht, einige waren schon auf meiner Seite. Doch ich durfte nicht bei den abschließenden Verhandlungen dabei sein, sie hatten noch eine Nacht bis zum Aufbruch, ich weiß nicht, wie sie sich entscheiden ... Habe vom Baum des Lebens, von Arans Tötung eines Ingadi, von Jason erzählt ... Mein Volk hat die riesige Sinith-Brücke geschaffen und ..."

In diesem Moment zerbrach eines der Fenster. Ein Pfeil flog herein und prallte an die gegenüberliegende Wand.

Alle warfen sich auf den Boden. Gerade noch rechtzeitig. In nächsten Augenblick zerfetzten alle Fensterscheiben, überall schlugen Pfeile ein. Callum wurde von einer Scherbe im Gesicht getroffen, rappelte sich auf und bildete vor den Fenstern einen Schutzwall aus Limar. Meister Faibanus und Allando taten es ihm gleich. Der Pfeilhagel im Raum erstarb.

„Das waren bestimmt ihre Pfeilkanonen", rief Rhodon bestürzt, „auch eine Entwicklung meines Volkes. Die Pfeile werden so stark dort beschleunigt, dass sie das Luftschild so manches Limarten einfach durchschießen."

Tatsächlich. In diesem Moment traf einer der Pfeile auf das Luftschild von Callum. Er kam von schräg und hatte nicht mehr die volle Wucht. Trotzdem merkte Callum den Einschlag deutlich, die Spitze schob sich einige Zentimeter in das Luftschild hinein. Und er war noch bestens bei Kräften. Wie weit würden die Pfeile fliegen, wenn er schwächer wurde?

Callum schaute nach rechts über die Mauern. Er konnte es kaum glauben. Die gesamte Mauerlinie entlang wurden die Soldaten mit einem Schauer aus Pfeilen eingedeckt. Überall sah er die Luftschilde der Limarten unter dem Dauerbeschuss blau aufblitzen. Aufseiten Rikanias feuerte niemand mehr zurück.

„Achtung - die Brücke ist ...", rief Ratsmeister Faibanus. In diesem Moment rumste es donnernd. Die Sinithbrücke der Nordländer war im Schutz des Dauerfeuers der Pfeilkanonen über die Schlucht hinübergeglitten und dann heruntergelassen worden. Nun stand den Nordländern der Weg zu den Mauern Rikanias frei.

Sofort setzten die Armee des Schlächters die Sarkoten in Gang. Die schweren Tiere ließen die Ersatzbrücke erbeben, als sie dröhnend darüber hinwegtrotteten.

Die Bogenschützen Rikanias hatten sich wieder gefasst und schossen ihrerseits auf die heranrückenden Echsen. Aber die Pfeile prallten an deren Panzerhaut wirkungslos ab.

Und dann begannen die Sarkoten ihr fremdgesteuertes Werk, den Zweck ihres Kriegseinsatzes. In einer Reihe aufgestellt senkten sie synchron ihre Köpfe, sodass die Stirnplatten in Richtung der Stadtmauern zielten. Derart aufgereiht setzten sich alle im Gleichschritt in Gang. Erst langsam, dann immer schneller werdend, stampften sie auf die Mauern zu.

Ihr Aufprall ließ den Boden unter Callum erbeben. Die Sinithmauern hielten - doch was für ein gewaltiger Rums. Rhodon musste sich sogar am Tisch festhalten. Erschrocken blickte Callum auf Meister Allando.

„Ewig werden die Mauern das nicht aushalten", bemerkte der trocken und versuchte sich einen Überblick über das Vorgehen der Gegner zu machen. Callum trat an seine Seite. Die Sinithramme war am Rande der Schlucht abgelegt worden. Dafür trotteten weitere Sarkoten über die Brücke und beteiligten sich an den Mauerstößen.

An einem der Ecktürme brach eine komplette Glasumrandung heraus. Die riesigen Rundfenster wirbelten durch die Luft und begruben beim Aufprall ein Dutzend Soldaten unter sich.

Rhodon schnappte sich Pfeil und Bogen und schoss aus der Deckung der Luftschilde auf Nordländer, die sich über die Sinithbrücke wagen wollten. Callum fiel auf, dass sich immer mehr der feindlichen Krieger am Rande der Schlucht sammelten. Sie kamen nicht zu nah, sodass die Pfeile der Südlande sie nicht erreichten. Aber dicht genug, um schnell übersetzen zu können. Sie schienen einen raschen Fall der Mauer zu erwarten.

Der gesamte Lichtrat beteiligte sich jetzt an den Kämpfen. Callum konnte nicht bestimmen, wer von ihnen was machte. Er sah nur die Auswirkungen. Mal kippte eine der Pfeilkanonen um. Mal strauchelte ein Sarkote. Ein anderes Mal rannten Soldaten an einer Stelle auseinander. Mal wirbelten die Pfeile kurz nach dem Abschuss wild durcheinander. Luftlimarten ließen Sandhosen zwischen den Angreifern umherwirbeln und erschwerten die Sicht aufs Geschehen. Vor allem auf Ratsmeisterin Rubens Stirn bildeten sich dicke Schweißperlen.

Von der westlichen Seite her begannen die Nordländer, mit Brandpfeilen zu schießen. Nun konnte Callum seine Kräfte einsetzen. Über Stunden, regelmäßig unterbrochen von Phasen der Regeneration, lenkte er das Wasser aus dem Fluss in weiten Bögen über die Brandherde der Stadt.

Der Einsatz verlangte das Letzte von ihm. Erschöpft sackte er immer wieder an der Wand herunter. Bei einer seiner Pausen versammelte sich der Lichtrat neben ihm und beriet sich.

„Die Mauern halten. Das Tor auch. Ich kann noch keine Schäden erkennen", fasste Meister Allando die Lage zusammen.

„Das wird nicht lange gut gehen", bemerkte Ratsmeisterin Tradan. Callum erkannte in ihrer Stimme eine erschreckende Mutlosigkeit.

Ratsmeister Faibanus sagte nichts, blickte aber vielsagend nach unten. „Gibt es einen Plan B?", fragte er zwischen zusammengekniffenen Zähnen hindurch.

„Wichtig ist, dass der Lichtrat nicht weicht", antwortete Allando, „ich sehe die Soldaten ständig zu uns hinüberschauen.

Darum habe ich diesen von allen Seiten einsehbaren Turm für uns gewählt. Wir müssen standhalten, es gibt keinen Alternativplan. Und das gilt für uns alle."

Dieser starke Faibanus, so voller Furcht, dachte Callum und widmete sich dem nächsten Brandherd. Auch Ratsmeisterin Tradan und die anderen wendeten sich wieder ihren Aufgaben zu, obwohl sie nicht viel Hoffnung zu haben schienen.

Während einer seiner Pausen bemerkte Callum aus den Augenwinkeln, wie Ratsmeister Magole sich langsam zurückzog. Callum tat so, als bemerke er nichts und stützte sich auf dem Mauersims ab. Wieso schlich sich der korpulente Ratsmeister heraus?

Mit einem Mal huschte Magole in den Gang. Callum sah ihn nicht mehr. Merkwürdiges Verhalten. Er würde den Großmeister fragen.

„Habt Ihr Ratsmeister Magole weggeschickt?", wollte er von Allando wissen.

„Nein", antwortete Allando und blickte sich um, „vielleicht musste er mal." Der Vorsitzende des Lichtrates konzentrierte sich wieder aufs Schlachtfeld.

Callum sah sich um. Er konnte im Moment keinen Brandherd über der Stadt erkennen. Abermals schaute er zum Gang. Irgendetwas störte ihn daran, wie Magole sich entfernt hatte. Er wollte keinen Wind darum machen, wahrscheinlich würde er sich irren, aber er musste das prüfen. Er machte sich auf, dem Ratsmeister zu folgen.

Allando sah gerade noch Callum entschwinden. Was hatte das zu bedeuten? Wohin verschwand sein Meisterschüler? Und da brannte es auch schon bei den Gärten. Brauchte Callum eine Erholungszeit?

Der nächste Sturmlauf der Sarkoten schlug ein. Der Großmeister musste sich an den Tisch klammern.

Der Aufprall der Riesenechsen wandelte die Sinithtreppe des Turmes zu einer Wackelleiter. Callum rutschte mit einem Fuß ab und landete schmerzhaft mit dem Hinterteil auf einer Stufe. Er konnte sich gerade noch am Geländer festhalten. Seine Lupen-Brille segelte in einen Strohhaufen, der unter der Treppe lag. Stöhnend rappelte er sich hoch.

Wo konnte Ratsmeister Magole hin sein? Callum eilte in einen Verschlag hinein, der zu den Herrenklos führte. Fehlanzeige. Alle Toilettentüren standen offen. Hier war niemand drin. Kein Wunder, wo hinter den Mauern die Schlacht tobte.

Callum schaute zum Turm hinauf, der sich über die Wehranlagen erhob. Sollte er auf seinen Platz zurückkehren? Was machte er hier unten eigentlich für einen Schwachsinn? Schon sah er wieder Rauch über der Stadt aufsteigen.

Doch sein Instinkt beunruhigte ihn. Er eilte zur Straßenecke. Vielleicht wollte Magole zum Richterhaus. Aber auch die Hauptstraße entlang war nichts zu erkennen. Zumindest kein Ratsmeister. Nur Soldaten, die karrenweise Pfeilnachschub an die Stadtmauer lieferten. An einer Hauswand zuckte ein Pferd mit einem Pfeil in der Stirn.

In die Stadt will er also nicht. Wohin könnte Magole dann sein? Callum drehte sich im Kreis. Neben ihm schlug ein Pfeil in das Fenster eines Einkaufsladens ein. Schnell wob er ein Limarschild um sich und lief zurück zur Stadtmauer hinüber. Er bremste vor dem Haupttor der Stadt. Die gewaltige Sinithkonstruktion bestand aus mehreren Lagen an Türen, die sich sowohl rechts und links aus den Mauern schoben als auch von oben nach unten. Zusätzlich wurden sie mit mannsgroßen Sinithankern fixiert.

Aus den Augenwinkeln sah er etwas, das ihn störte. Wieso lehnte der Soldat da so lässig an dem Stützbalken? Schlief er womöglich? Callum trat näher. Tatsächlich. Der Wachposten hatte die Augen geschlossen. Callum eilte empört auf ihn zu und wollte ihn wecken. Da sah er, dass der Mann fast schwarz im Gesicht war. Schwarz und tot. Unter Callums Berührung kippte er einfach, am Balken vorbei, um.

Was geschah hier? Callum blickte die Treppe hinauf. Sie führte zur Torstube, in welcher die komplizierte Torkonstruktion gesteuert wurde. In der Schlacht diente die Kammer mit den schmalen Fenstern als Schießscharte.

Vorsichtig schritt er Stufe um Stufe nach oben. Er ahnte Schlimmes. Schneller werdend flog er am Ende die Stiege empor. Aber dann ging es nicht weiter. Die Tür zur Torstube war verschlossen. Callum wollte schon klopfen, da schöpfte er Verdacht. Leise hielt er den Torknauf gedreht und schickte sein Limar gegen die Bolzen, in der Hoffnung, die Verriegelung ohne Geräusch zu öffnen. Er stieß auf eine kraftvolle Energiesperre. Callums Unbehagen breitete sich aus. Was hatte das zu bedeuten?

Er verstärkte seine Bemühungen und sendete immer mehr Limar in das Schloss. Dabei baute er jedoch zu viel Druck auf. Mit einem Knall brach die Tür auf und Callum stolperte in den Raum. Die Holztür flog weiter herum und knallte gegen die Wand.

Der Anblick ließ ihm das Herz stillstehen. Zwei Soldaten mit ebenfalls völlig schwarzen Gesichtern, Hälsen und Händen lagen über einem mühlsteingroßen Zahnrad, das zur Öffnung des Tores diente. Ein weiterer Soldat lehnte unter einer Schussöffnung. Sein geschwärzter Kopf lag in abgeknickter Form auf der Schulter, die Nase wurde von der Sehne seines Bogens grotesk verkrümmt.

Callum eilte auf den Soldaten über dem Zahnrad zu. Schoss der Kaiser mit einem Gift durch die Luft, was die Menschen so zurichtete? Callum zog sofort seinen Ärmel hoch und legte ihn sich über den Mund. Da hörte er hinter sich ein Knarren der Fußbodendielen.

Allandos Meisterschüler wirbelte herum und sah gerade noch Magole mit einem Messer auf ihn zustürzen. Jede Verteidigung kam zu spät. Der Ratsmeister zielte auf sein Gesicht. Callum riss seine Hände hoch. Das Messer bohrte sich in den linken Handrücken.

Es schien ihm, als hätte jemand mit einem Nagel durch seine Hand geschlagen und flüssiges Feuer hineingegossen. Beim Zubereiten eines Heiltrankes war er einmal gestolpert und war mit der kompletten Hand in das kochende Wasser des Kessels geraten. Er hatte geschrien, als würde er geschlachtet.

Das hier ging tiefer. Ein Schmerz des Todes.

Wie zur Bestätigung wurde die Haut um die Einstichstelle bereits dunkel. Noch immer steckte das Messer in Callums Handrücken.

Da zog es Ratsmeister Magole mit einem Ruck heraus. Callum starrte ihn fassungslos an. Seine Sinne trübten sich.

„W ... Wieso ...?", fragte er. Mehr konnte er nicht herausbringen. Die Schwärze um die Wunde breitete sich aus. Dort, wo eben noch Feuer durch seine Adern zu fließen schien, wurde es taub. Das Feuer wanderte in den Unterarm.

„Du Gottloser wirst niemals verstehen. Ihr meint, euch dem Willen Gramons wiedersetzen zu können. Das wird euch nun teuer zu stehen kommen", spie ihm Magole ins Gesicht. Seine Augen lagen in fiebrigem Glanz. Er wirkte nicht mehr zerstreut und auf eine harmlose Art verwirrt, wie Callum ihn bisher erlebt hatte. Purer Fanatismus strahlte ihm von Magole entgegen. Callum merkte, wie sein Körper von Lähmung erfasst wurde. Er fiel nach hinten gegen die Halterung des Zahnrades und konnte sich nicht mehr bewegen.

Magole wirbelte herum, schritt auf das Steuerrad zu und höhnte: „Ich werde nun die kaiserlichen Truppen in diese verkommene Stadt einlassen. Du wirst es nicht mehr erleben, Callum, gleich wirst du deinem Schöpfer vors Antlitz treten.

ॐॐॐ

Der Aufprall riss Jason aus seiner Ohnmacht. Angst, eine Explosion der Angst entlud sich in seinem Wesen. Die Luftnot brannte wie Feuer in seinen Lungen.

Jason schloss mit seinem Leben ab. Er würde hier sterben. Seine Augen suchten die von Ben und glitten weiter zu Marc und dem glatzköpfigen Familienvater, die neben ihm schwebten und seine Qualen beobachteten.

Etwas in ihrem Augenausdruck ließ seine Panik verklingen. Sie zeigten keinerlei Freude über sein Leid, kein Ausdruck des Hasses oder der Verurteilung. In den Pupillen der Schattengeister lag Schweigen, wissendes Schweigen.

Ruhe überkam ihn. Er drehte den Kopf in Richtung Ben. Ben, mit dem er so vieles geteilt hatte. Vielleicht der letzte Anblick seines Lebensweges. Jason drängte die Angst weiter zurück. Er wollte seine verbleibende Zeit nicht in panischer Furcht verbringen. Wollte sich selbst und sein Leben so sehen, wie es wirklich war. Nicht die Augen vor einer Schuld versperren. Vor den dunklen Seiten. Er wollte erkennen. Und um Verzeihung bitten.

Vergebt mir!, versuchte er über seinen tonlosen Blick hinüberzurufen.

Durch das Verebben seiner Angst bahnte sich eine Erkenntnis den Weg: Vergebung. Das hatte er sich die letzten anderthalb Jahre ersehnt. Er wollte die ganze Zeit, dass Ben ihm verzieh. Und jetzt auch Marc und der Familienvater. Ob sie dies spürten? Fragend schaute er auf die drei Schattengestalten.

Da geschah das Sonderbare. Die Schlange in seinem Hals verkleinerte sich. Nur einen Hauch. Aber genug, dass etwas Luft in ihn einströmen konnte. Jason witterte seine Chance und suchte tiefer die Ruhe in sich. Wie er es im Tal der Einsamkeit praktiziert hatte. Er ließ seine Augen geöffnet, hielt seinen Blick auf die drei Schatten gerichtet und tastete gleichzeitig im Inneren nach seinem Kern der Stille.

Mehr Sauerstoff strömte in ihn ein. Je gelassener er wurde, umso kleiner schrumpfte der Schlangenkörper. Mit all seiner Willenskraft trieb er Angst, Verzweiflung und Scham aus seinen Gedanken, um weiterzuentspannen. Gar nicht so einfach, am Boden liegend, in fast völliger Schwärze, um sich herum drei Schattengeister und mit einer Schlange im Rachen.

Aber sein Bemühen zeigte Wirkung. Schmatzend zog sich der Schlangenleib aus seiner Kehle heraus. Die dreieckigen Augen funkelten ihm zornig entgegen. Der Kopf der Viper sank bis zur Brust, da riss sie ihr Maul abermals auf und ließ ihre schmale Zunge hervorzüngeln.

Angewidert und ängstlich wich Jason zurück. Sofort schoss der Schlangenkopf erneut höher.

Die Schlange lebt von meinen dunklen Gefühlen! Ich kann sie besiegen. Diese Erkenntnis löste die erste Freude in seiner Zeit hier unten bei ihm aus. Und siehe da: Das Reptil sackte abrupt bis zu den Beinen herab und schlängelte sich von dort weiter in den Boden hinein.

Jason konnte dem gelbäugigen Schlangenkopf nun unerschrocken ins Antlitz schauen. Sein Wille hielt standhaft die schlechten Empfindungen fern, er versuchte einfach, an gar nichts zu denken. Spürte in sich nur den Wunsch, diese widerliche Kreatur verschwinden zu sehen.

Es klappte. Mit einem letzten Aufzischen versank die Schlange im Untergrund. Jason blickte freudig zu Ben. Doch der zeigte weiterhin keinerlei Gefühlsregung. Was bedeutete sein Starren? War ihm Jasons Schicksal egal? Verachtete er ihn gar?

Sofort zischelte der Schlangenkopf erneut aus dem Boden heraus.

Jason bemerkte den Fehler und atmete tief ein und aus. Wie oft hatte er sich schon dabei ertappt, seine Befürchtungen in die Blicke der anderen hineinzudeuten?

Gleichmut ...

Jason fasste neues Selbstvertrauen. Der Reptilienkopf versank abermals und auch die Schlingen um seine Unterschenkel glitten von ihm ab. Er erhob sich und schritt behutsam weiter. Kalter Schweiß bedeckte seinen Körper. Im Stillen dankte er seinen drei Geistern für ihr gleichgültiges Auftreten, das ja durchaus etwas Selbstloses hatte. Er ahnte, dass sie ihm damit irgendwas offenbart hatten.

Jason schaute sich um. Noch immer flossen Wolken mit Schreckensbildern, früheren Albträumen an ihm vorbei. Er blieb mit der Konzentration beim Atem und folgte gleichmütig den Albbildern mit ruhigem Interesse. *Ob wohl jeder Mensch diese Schandflecken in sich trägt?* Langsam begann er zu ahnen, dass es ein Segen sein kann, wenn man seine Schattenseiten ans Licht holt. Jedenfalls fühlte er sich ... irgendwie leichter!

Er nahm seinen normalen Gang wieder auf und sah einen Lichtschimmer in der Dunkelheit vor sich aufglimmen. Ein Schatten huschte vorüber. Jason drehte sich um und erkannte gerade noch, wie sich der glatzköpfige Laborbesitzer in weiße Schwaden auflöste. Nur Marc und Ben geleiteten ihn weiter.

Einem Impuls folgend fragte er in Richtung Marc: „Was kann ich tun, um meine Schuld dir gegenüber auszugleichen?"

Die Reaktion war überraschend. Das schattenförmige, geisterhafte Wesen lächelte ihn an. Die Geistergesichter konnten also doch Freude ausdrücken.

Marc schwebte zurück, verbeugte sich leicht und sackte in die Tiefe ab.

Was hatte das zu bedeuten? Jason glaubte nicht, dass seine Schuld nun getilgt sei. Eher sah er das Abtauchen symbolisch für ‚Ich werde dich nicht weiter mit Vorwürfen quälen'. Aufgehoben war die Schuld damit noch nicht.

Ben glitt an ihm vorbei und flog auf die zunehmende Helligkeit zu. Jason konnte seine Formen kaum mehr erkennen. Da zeigte das Geisterbild seines besten Freundes links von sich auf ein neu entstehendes Bild. Die Feuerszene. Eine Wiederholung. Er auf der Leiter, direkt dahinter Ben. Rauch.

Jason atmete tief ein, bereit, diesmal mit ruhigem Herzen hinzuschauen. Er wollte nicht wieder in die Fänge der Schlange geraten.

Der vor ihm ablaufende Film verlangsamte sich. Die Flammen tänzelten nur noch in Zeitlupe. Als ob die Zeit von einem Gummiseil zurückgehalten wurde, vergrößerte sich der Ausschnitt seiner Füße auf den Sprossen. Er trug damals weiße Nike-Turnschuhe. Die linke Sohle hing vorne herunter. Jason sah in der Verlangsamung, wie eine Hand an seinem linken Fuß von unten heraufschoss und die darüberliegende Stufe ergriff. In nächsten Moment senkte sich der Fuß seines geisterhaften Ebenbilds auf ebendiese Hand. Dann verblasste die Szene.

Fragend schaute Jason zu dem nun nahezu durchsichtigen Ben vor ihm. Dieser breitete die Arme aus und lächelte ihn mit gütigen Augen an.

Es war, als würde er schweben. So leicht fühlte sich Jason durch diese an sich harmlose Geste.

Ben verzieh ihm!

Ja, nahm sogar ein bisschen die Schuld auf sich, indem er ihm diese Bilder zeigte! Sein Freund hatte damals die Hand unter seinen Fuß gestellt. Ben selbst war zu panisch gewesen!

Wieder rannen Tränen über Jasons Wangen. Aber diesmal vor Freude. Er begann zu lachen. Lachte schallend. Bald konnte er Ben durch seinen Tränenschleier nicht mehr erkennen. Hastig rieb er sich die Augen frei und wurde von gleißender Helligkeit geblendet.

Blinzelnd stolperte er vorwärts, auf das Licht zu. Eine sanfte, zarte Musik setzte ein. Ben konnte er nirgends mehr sehen. War er für immer gegangen? Wie gerne hätte er nur noch einmal mit ihm gesprochen.

Jason stieß auf einen Wasserschleier aus silbernen, in der Luft fliegenden Tropfen. Prüfend drückte er mit seinem Zeigefinger gegen eine der schwebenden Wasserblasen. Der getroffene Tropfen glitt lautlos davon. Jason ging weiter in den Tropfenvorhang hinein. Die Musik hob an und umfloss ihn wie ein warmer Wind. Ein letztes Mal blickte er zurück. Alles lag in weißlichem Nebel.

Der Anblick der Schattenwelt hatte seinen Schrecken für ihn verloren.

ॐॐॐ

Großmeister Allando hatte ihn auf die Suche nach Callum geschickt. Die Brände loderten mittlerweile in zahlreichen Bezirken der Stadt. Rhodon vermutete, dass der Fast-Freund der verstorbenen Luftbeschwörerin sich irgendwo im Dunstkreis der Mauer befand. Vielleicht suchte er sich einen Platz mit mehr Überblick für seine Löschaktionen.

Als er am Fuß der Treppe des Lichtratturmes wieder festen Boden unter den Füßen verspürte, wurde ihm schwindelig. Er war drei Tage ununterbrochen geritten, um die Armee der Nordlande zu umreiten und noch rechtzeitig in Rikania anzukommen. Das machte sich nun bemerkbar.

Echsi hatte er vor der Hauptstadt in eine der riesigen Weiden auf dem Weg in die östlichen Gebirge gesetzt. Die Echse würde dort auf ihn warten. Rhodon wollte nicht, dass das Tier in den Wirren des Krieges verletzt wurde. Stattdessen fühlte er nun auf seiner Brust den Anhänger mit dem Bild seiner Schwester. Er hatte ihn in den Trümmern ihres Hauses, das von Mandratans Gehilfen zerstört worden war, gefunden und an sich genommen.

Fast wäre ihm der tote Soldat an der Treppe zur Torstube nicht aufgefallen. Überall lagen mittlerweile von Pfeilen durchbohrte Körper herum. Die Pfeilschwärme aus den Trommelkanonen nahmen kein Ende und pflanzten den Tod in jeden, der sich zu lange aus seiner Deckung wagte. Sein Volk hatte durch diese Kriegserfindung schwere Schuld auf sich geladen.

Er war schon vorbeigelaufen, als sein Gehirn die schwarze Gesichtsfarbe des umgekippten Wachmannes registrierte.

„Waminkraut", brummte der Kleturer bei der Musterung des Toten und sah die Treppe zur Torstube hinauf. „Wer zum Teufel ..."

Rhodons Schwäche war wie weggeblasen. Er zog seinen Hammer und schlich leise die Stufen nach oben. Sein Freund Dorwan hatte ihm zum Glück seinen Fäustel mit auf die Rückreise gegeben. Wie sich sein Volk auch entschied - es waren nicht alle Kleturer schlecht.

Vorsichtig spähte er durch die Tür in die Torstube. Ratsmeister Magole zog soeben einen Dolch aus der Hand von Callum und wendete sich dem Steuerrad zu. Er schien entrückt, murmelte Unverständliches vor sich hin und bemerkte dabei den hereinschleichenden Zwerg nicht. Als Rhodon erkannte, dass Magole das Tor den feindlichen Truppen aufsperren wollte, zögerte er nicht länger.

Der Kleturer hob den Hammer über den Kopf, rannte zwei Schritte vor und sprang ab. Im Sprung zog er mit aller Kraft den Stiel nach vorne. Mit einem dumpfen Ploppen grub sich die Hammerbahn tief in den Nacken des Verräters. Rhodon fühlte die brechenden Genickknochen des Ratsmeisters bis in sein Handgelenk. Abrollend kam er auf den Knien zum Stillstand. Vor ihm lag der bizarr verkrümmte Körper des dicklichen Ratsmeisters.

Der würde niemandem mehr irgendein Tor öffnen.

Rhodon warf den Hammer zur Seite, setzte über den niedersinkenden Magole hinweg und fing gerade noch so den kippenden Callum auf.

„Was ist mit dir, Jüngchen?", fragte er verunsichert und sah es im selben Moment.

Die Hand, in die Magole sein Messer gerammt hatte, war bereits nahezu schwarz. Rhodon wurde übel. Nicht auch noch Callum!

Der Kleturer ließ den schlaksigen Meisterschüler zu Boden gleiten und riss dessen Ärmel über dem schwarzen Handrücken auf. Zu seinem Entsetzen zog sich die Schwärze schon in dünnen Bahnen über den Ellenbogen hinaus. Callums Augen glänzten fiebertrunken, ein Speichelfaden lief ihm aus dem Mundwinkel. Er erschien Rhodon entrückt.

Der Giftstoff des Waminkrauts tötete eigentlich binnen Sekunden, doch Callum war ein begabter Limart und konnte vermutlich die Ausbreitung des Giftes im Körper verzögern. Aber offenkundig nicht stoppen. Rhodon sah, wie sich eine weitere Ader mit dem dunklen Gift füllte.

Er schaute den Todeskampf des Rotschopfs hilflos mit an. Callum zog mit der gesunden Hand unter schmerzverzerrtem Gesicht ein Bild aus der Hosentasche heraus und starrte darauf. Nickala. Sofort entspannten sich seine Gesichtszüge, der Meisterschüler wirkte beinahe ... erleichtert. Sein gesamter Unterarm überzog sich mit der todbringenden Schwärze. Rhodon erkannte deutlich: Callum Debreux schloss mit dem Leben ab. Er gab den Kampf gegen das Gift auf.

Das wollte der Kleturer nicht zulassen. Er griff sich den vom Wamingift gezeichneten Arm. Das Schwarzgift floss dadurch noch schneller in Richtung Schulter. Der halbe Oberarm dunkelte ab. Eine Erkenntnis klopfte in Rhodons Kopf an, einen Moment verweigerte er sich dem Unabwendbaren. Wie viel Leid würde Callum in seinem Leben noch durchstehen? Erst der Tod von Nickala, nun diese ... Doch Rhodon hatte gelernt, der Wahrheit ins Gesicht zu schauen. Darum erfasste er ohne Zweifel: Es blieb nur eine Chance. Er musste handeln.

Und er handelte.

Der zwergenwüchsige Kämpfer sprang auf, atmete tief ein, zog sein Schwert aus dem Gürtel und hob den vergifteten Arm von Callum. Der Meisterschüler erwachte aus seiner Trance und erkannte, was Rhodon vorhatte. Callums Gesicht verzog sich panisch.

„Nein", röchelte der mit dem Tode ringende Tandorianer noch hervor, doch Rhodon hatte bereits die Augen geschlossen. Er sammelte seinen Mut. Dann schlug er mit all seiner Kraft das Schwert hinab. Nie würde er das Krachen der Knochen von Callum vergessen.

ॐॐॐ

Der Tropfenschleier endete in einem Höhlenraum, die Musik verklang. Dieser Raum war ein Gegenstück zu dem vom Beginn seiner Reise in das Dunkel. Nur dass es hier merklich heller war, obwohl Fackeln fehlten. Stattdessen strahlten Steine von der Decke in mannigfachen Farben herab und sorgten so für bunte Helligkeit. In der Mitte vor einem steinernen Tisch erwartete ihn der Hüter. Er neigte seinen Kopf, als Jason durch den Schleier hineintrat.

„Es ist mir eine Ehre, Jason Lazar, dich im Raum der Verantwortung empfangen zu dürfen. Nicht viele haben den Weg hierher geschafft", begrüßte er ihn.

Jason schaute zunächst auf den Kalenzring - immer noch grau. Seine heitere Stimmung sackte ab. Auf der gegenüberliegenden Seite begann wie gewohnt, eine Sanduhr zu laufen. Er würde also auch in diesem Raum nicht mehr lange verbleiben können. Vielleicht hatte er oben „Kontakt" mit Shalyna.

Er hob locker eine Hand zum Gruß und antwortete: „Ihr glaubt gar nicht, wie froh ich bin, Euch zu sehen. Ist es überstanden?"

„Du hast die letzte Prüfung bestanden. Tritt heran und nehme deinen Lohn in Empfang."

Der Hüter ging einen Schritt zur Seite und gab den Blick auf die runde Steinplatte des Tisches frei. Etwas Strahlendes befand sich darauf.

Blinzelnd trat Jason näher. Auf der Tischplatte prunkte ein kniehoher Zylinder, der sich in der Mitte zu einer dünnen Röhre verjüngte: das Gefäß des Lichts. Es sah aus wie ein vergoldetes Diabolo. Das Glitzern der bunten Leuchtsteine an der Decke erzeugte einen glänzenden Schimmer auf dem spiegelglatten Material.

Jason führte seine Augen dicht an das goldene Metall heran. Feine Schriftzeichen einer ihm unbekannten Sprache zierten die Oberfläche. Vorsichtig dirigierte er seine Hand an den oberen Rand. Weil nichts Schlimmes passierte, berührte er das Gefäß sanft mit dem Zeigefinger. Ein Kribbeln zog sich durch seine Kuppe. Er spürte etwas ... Steinaltes?

Schließlich nahm er das Gefäß des Lichts ganz in die Hand. Prüfend wog er es hoch und runter. Die Skulptur war schwerer, als er vermutet hatte. Gold halt. Schon etwas Besonderes, aber Jason konnte seine Enttäuschung nicht unterdrücken.

„Das soll das Gefäß des Lichts sein?", fragte er den Hüter. „Ich mein, es sieht ja edel aus, das Strahlen ist ... imposant. Doch es wirkt so ... schlicht! Und ein Gefäß ist es ja wohl auch nicht."

Zur Verdeutlichung hielt er mit beiden Händen die eine Öffnung des goldenen Diabolos vor seine Augen und fixierte den Hüter durch das Gefäß des Lichts hindurch. Im Inneren des Gefäßes flimmerte die Luft.

„Da würde ja alles durchlaufen." Fragend schaute er zum Alten. Er wollte sich vergewissern: „Ist dies wirklich die Belohnung, welche Tandoran die Rettung bringen soll?" Er bemühte sich, keinen Undank in seiner Stimme aufklingen zu lassen.

Der Hüter, dessen Haut in diesem vielfarbigen Licht nahezu weiß wirkte, lächelte. Er erwiderte: „Oh, Jason, urteile nicht nach dem Aussehen. Auch kleine Dinge können Großes bewirken. Du wirst es sehen, ich vermute schon bald."

„Könnt Ihr mir nicht mehr verraten? Was soll ich mit dem Gefäß anstellen?", fragte Jason und warf einen Seitenblick auf die Sanduhr. Sie lief schneller als die zu Beginn seiner Prüfung.

„Das, Jason, musst du allein entscheiden", erwiderte er, „aber ich kann dir übersetzen, was auf dem Gefäß geschrieben steht. Er wies auf die kaum zu erkennenden Schriftzeichen und sagte: „Verbinde mich mit dem Herzen der Welt und ich erneuere das Leben."

Nach einer Waffe hörte sich das wahrlich nicht an. Während Jason noch über mögliche Konsequenzen aus diesen Worten nachdachte, öffnete der Hüter mit einem Wink auf der gegenüberliegenden Seite eine Pforte. Weiteres Licht flutete den Raum. Jason konnte aufgrund der strahlenden Helligkeit nicht erkennen, wohin der Ausgang führte.

„Gehe nun, junger Erdling, und erfülle deine Bestimmung. Wie wir alle unser Schicksal beschreiten", forderte der Hüter und wies mit seiner Hand auf den Durchlass.

Jason tat wie ihm geheißen und umschloss das Gefäß des Lichts fester. Das Metall fühlte sich angenehm warm an und wirkte solide. Jason klemmte es sich unter den Arm und verbeugte sich vor dem Hüter.

Kurz bevor er den Durchgang erreichte, drehte er sich noch einmal um und fragte: „Warum heißt es eigentlich Raum der Verantwortung?"

„Ich dachte schon, du fragst gar nicht mehr", antwortete der Alte mit einem Grinsen, „Sieh, du hast auf deinem Weg durch das Dunkel die größte aller Ängste überwunden – die vor dem Anblick des Schlechten in dir. Dein Lohn wird eine neue Freiheit sein, aber wichtiger noch die Befähigung, Wahrheit und Einbildung voneinander zu unterscheiden. Du hast erkannt, wo du die Früchte deiner Taten selbst gesät hast. Dieser Erkenntnis wirst du dich nicht mehr entziehen können. Ab jetzt lebst du im Raum der Verantwortung."

Was du wohl angestellt hast, dass du hier Jahrtausende der Sühne ableistest, alter Mann?, kam es Jason in den Sinn. Er verwarf die Vermutung aber im nächsten Moment. Er konnte nicht wissen, was den Hüter bewog, seinen Posten auf Tandoran beizubehalten. Mit einem letzten Nicken drehte er sich zum Ausgang.

Vorsichtig näherte er sich der blendenden Helligkeit in dem Durchlass. Da traf ihn von hinten ein Schubs in den Rücken, dem ein gackerndes Gelächter folgte. *Nicht schon wieder*, dachte Jason und rutschte in einen gleißenden Schlund hinein.

8. Kampf um Rikania

Te samâdhâv upasargâ vyutthâne siddhayah
Aber diese [Fähigkeiten/Kräfte] sind überflüssig auf dem Weg zur Befreiung, obwohl sie im Alltag als Kräfte gelten.
Patanjali, Yoga-Sutren, Teil 3, Sutre 37

8.1 Verführung

Großmeister Allando blickte über das dunkler werdende Rikania. Auch er liebte diese Stadt. Überall loderten Feuer, aber bisher konnten sie die Flammen im Zaum halten. Durch den Ausfall Callums mussten viele Soldaten für die Brandbekämpfung eingeteilt werden. Auch Frauen und Kinder halfen.

Garvaron war zu ihnen gekommen und hatte vom Verrat Magoles, der schweren Verwundung von Callum und dem Eingreifen Rhodons berichtet. Der Zwerg wachte am Krankenlager von Allandos bestem Schüler. Es war nicht sicher, ob Callum durchkommen würde. Ratsmeisterin Tradan, die erfolgreichste Heilerin der Südlande, kümmerte sich um ihn. Allando selbst hatte geplant, später nach seinem Schüler zu schauen. Er würde heute Nacht über vieles nachdenken müssen. *Was hatte Magole dem dunklen Kaiser alles verraten und was bedeutete das für die Verteidigung Rikanias? Hatte Magole weitere Verbündete unter ihnen? Wie hatte er so blind sein können?*

Zum wiederholten Mal steckte er sich eine Nuss in den Mund. Seit seiner Kindheit knabberte er die trockenen Früchte in allen Farben und Formen. Sie ließen ihn schneller wieder zu Kräften kommen. Allando war bereit für die nächste Runde.

Ratsmeister Faibanus sprang zur Seite, als der Großmeister neben ihm erschien. Kurz konnte sich Allando über dieses Zeichen der Ehrerbietung freuen. Aber was nützte das, wenn sie alle bald sterben würden?

Er schaffte sich einen Überblick über das Kampfgeschehen. Die Pfeilhagel aus den Trommelkanonen der Nordländer flogen seltener auf Rikania zu, doch noch immer kamen Wagenladungen voller Pfeile bei der Schlucht an. Von Entwarnung konnte keine Rede sein. Die Südlandsoldaten auf der Wehranlage hatten sich jedoch darauf eingestellt und Schutz hinter Mauervorsprüngen gesucht. Die Limarten entlang der Mauer ließen nun nur noch kurz ihre Schutzschilde auflodern, wenn ein Bogenschütze seine Deckung verließ und einen gezielten Schuss abgeben wollte. Das schonte die zur Verfügung stehenden Kräfte.

Der gegenüberliegende Rand der Schlucht war übersät mit Leichen der Nordlandarmee. Ihre Gegner zahlten einen hohen Preis für ihren Sturmangriff, aber das schienen sie problemlos in Kauf zu nehmen. Ihr vorrangiges Ziel lag in der Öffnung der Mauern. Sie sorgten mit ihren Pfeilhageln dafür, dass niemand die willenlosen Sarkoten direkt angreifen konnte.

Was wahrscheinlich auch sinnlos gewesen wäre. Die Kampfechsen hätten alles zwischen ihren kurzen aber brachialen Beinen zermalmt. Noch immer rammten sie unverdrossen gegen die Sinithmauern Rikanias. Die Stadtmauer von Dwando war zu diesem Zeitpunkt längst gefallen, doch ewig würde selbst Rikanias ungleich stärkeres Schutzbollwerk nicht standhalten.

Die Südland-Limarten taten alles, um den Zusammenbruch so lange wie möglich hinauszuzögern. Das hohe Kampfgewicht der Sarkoten hatte nämlich für diese auch Nachteile. Allando begann von Neuem, seine Limarkräfte auf den Sand vor der Mauer zu konzentrieren. Er weichte unmittelbar vor dem Aufsetzen eines Sarkotenfußes den Boden davor auf. Die Sarkoten versanken, kamen ins Straucheln und verloren an Schwung.

Leider war er der Einzige, dem dies gelang, verausgabte sich darum im Dauereinsatz. Doch Allando perfektionierte im Laufe des Tages seine Vorgehensweise. Immer geschickter wurde er in den Sandverwerfungen, immer weniger Kraft musste er dafür aufwenden. Mittlerweile schaffte er es, den gesamten Raum um das Tor von den Sarkotenangriffen frei zu halten. Das Beste war, dass die Sarkoten durch diese Stolpereien unruhig wurden. Ihre Führer schienen sie nicht mehr richtig unter Kontrolle zu haben. Hin und wieder kam es sogar zu seitlichen Ausbrüchen der Riesenechsen.

Dann dämmerte es endlich. Die Sarkoten wurden zurückgerufen. Allando wusste, dass die Echsen nicht nachtaktiv waren. Rikanias Mauern mussten heute nur bis zur einbrechenden Dunkelheit aushalten. Das hatten sie hiermit geschafft. Verhaltener Jubel brach in dem Lichtratturm aus, einige klatschten.

Erschöpft stützte Allando sich auf die Fensterbank eines limargeschützten Fensters. Was würden die Nordländer sich ausdenken, um morgen seinen kleinen Trick zu umgehen? Allando machte sich nichts vor, er hatte die Sarkoten nicht dauerhaft aufgehalten. Die Mauern der Stadt zeigten bereits überall Risse. Das hatten die Sarkoten innerhalb weniger Stunden geschafft. Morgen hatten die Kampfechsen den vollen Tag zur Verfügung. Hoffentlich würde er sich heute Nacht genügend erholen, um bei Tagesanbruch wieder fit zu sein.

„Seht", rief Ratsmeister Faibanus neben ihm und deutete auf die Felsformation, hinter der vorhin die Sarkoten zum Vorschein gekommen waren.

Die Kleturer, Rhodons Landsleute, trafen ein. Ganz vorne schritt ein Fahnenträger, der eine Stange mit dem Sinithwappen der Kleturer trug. Das Wappen zeigte Hammer, Pickel und die Andeutung eines Berges. Sie marschierten im Gleichschritt bis zu einer freien Fläche, die extra für sie freigehalten worden war. Dort breiteten sie sich im warmen Licht der untergehenden orangefarbenen Sonne aus.

Allando stieß einen Seufzer aus. Hoffnung um Hoffnung zerbrach. Er machte sich vor allem Sorgen wegen der riesigen Karren, welche die Kleturer mit sich führten. Welche Teufelei mochten sie darauf verbergen?

„Sieht nicht so aus, als ob Rhodon sie zu überzeugen vermochte", meinte Ratsmeister Diestelbart mit verzagter Stimme und wankte in Richtung Treppe nach unten. „Ich vermute, sie werden sich morgen als Erstes auf unser Tor konzentrieren."

Einen Moment glaubte Jason, er habe alles nur geträumt. Der Deckel über ihm öffnete sich schabend. Das Licht der Kerzen drang in das Dunkel des Sarges. Es roch nach Kerzenwachs.

Doch dann gewahrte er das Gefäß des Lichts auf seiner Brust. Er hob es hoch und betrachtete es im Schein des Kerzenlichts. Es hatte schon was in seiner Schlichtheit. Aber sein Zweck blieb ihm weiterhin verborgen. Erst einmal raus hier.

Jason richtete sich auf und kletterte aus dem Sarg. In dem Moment, als er festen Fels unter den Füßen spürte, schloss sich der Sargdeckel und die vordere Felsentür begann, über den Boden zu schaben. Die Konstrukteure dieser Sargkammer mussten geniale Ingenieure gewesen sein. Oder es funktionierte alles irgendwie mit Limar.

Baumeister Adhigunga kam ihm entgegengelaufen. Freude stand in seinen betagten Augen. Jason bemerkte zum ersten Mal, dass sie tiefblau schimmerten. Ein deutliches Anzeichen, dass die Bewohner Shambalas nicht an tandorianische Verhältnisse angepasst waren - wollte ein Mensch an der Oberfläche von Tandoran leben, ging das mit einer schwarzen Iris einher. Adhigunga ließ im Laufen seinen Stock zur Seite fallen und umarmte ihn herzlich.

„Jason, ich hatte geglaubt, du kommst dort nicht wieder raus. Auf einmal war alles verschlossen, wir kamen nicht mehr in die Sargkammer", freute er sich.

Dann erblickte er das Gefäß des Lichts in Jasons Hand und fragte erstaunt: „Was ist das?"

Mittlerweile waren weitere Menschen hereingekommen. Die Königin und der Priester fehlten. Die Leute blieben knapp hinter der Schwelle stehen. Niemand wollte es weit bis zum Ausgang haben, falls das Tor sich abrupt wieder schließen sollte.

Jason hob das Gefäß des Lichts in die Höhe und antwortete grinsend: „Tja, das ist der Lohn allen Strebens. Das ganze Abenteuer für diese goldene Hantel. Ich stelle vor: Das Gefäß des Lichts!"

„Darf ich mal?", bat Adhigunga und hielt ihm seine runzligen Hände entgegen.

„Natürlich", sagte Jason und übergab ihm das Gefäß.

Adhigunga bewegte es hoch und runter. „Das hat aber Gewicht. Ob es vollständig aus Gold ist?", rätselte er und reichte das Gefäß an seine Begleiter weiter. Sie ließen es von Hand zu Hand gehen.

„Zumindest hat es dessen Farbe", lachte Jason und nahm es wieder an sich. Er wollte nicht länger in dieser schwarzen Kammer bleiben und ging zum Ausgang. Zu seiner Überraschung sah er draußen an der Kristalldecke, dass es bereits dämmerte. War er den ganzen Tag dort unten gewesen? Gleich würde es zappenduster in Shambala sein.

Sein Empfangskomitee löste sich langsam auf. Auch Jason und Adhigunga begaben sich in Richtung Stadt. In einiger Entfernung wurden Lichter am Hauptweg entzündet. Die Straßenlampen Shambalas waren oben mit einer spitzen Haube versehen und erhellten die gläserne Straße glitzernd.

„Was hast du nun vor, Jason?", fragte Adhigunga. „Wir haben deinem Pferd zu fressen und zu trinken gegeben. Es steht noch immer in dem Eingang des Hügels. Der Durchlass ist nur provisorisch versperrt, du kannst jederzeit hinaus."

Jason schüttelte den Kopf. Er würde nicht nach Rikania reiten. Was sollte er dort bewirken? Das Gefäß des Lichts in die Luft halten und von den Mauern rufen: „Ergebt Euch, dunkler Kaiser, oder ich lasse es fallen." Nein. Er musste Hilfe holen. Außerdem endete das Ultimatum der Ingadi an die Menschen in zwei Tagen.

„Gib mir einen Moment", sagte Jason, ging an den Rand des weißen Felsplateaus und kniete sich nieder. Er dachte an Prinz Fraitan. Mit aller Kraft konzentrierte er sich und rief im Geist nach dem Ingadi. Dann schaute er auf den Kalenzring und wiederholte die Prozedur mit einem Ruf an Shalyna. Doch wie gewohnt fühlte er über den Ring nur das schwache Glimmen der Lebenskraft seiner Freundin. Sie war am Leben, mehr zeigte das nicht.

„Was hast du da gemacht?", wollte Adhigunga wissen, als Jason zurückkam.

„Ich habe einen Freund gerufen", antwortete Jason. „Bitte gebt mir eine Fackel, etwas Proviant und weist mir einen Weg, wie ich auf die Spitze des Kristallhügels gelange. Ich werde gleich aufbrechen."

„Und was hast du vor, junger Mann?"

Jasons Blick glitt die in der Dämmerung schimmernden Straßen Shambalas entlang. „Ich will pokern", sagte er und musste über das verständnislose Gesicht Adhigungas schmunzeln. Auf dem Rückweg zur Stadt erläuterte er dem Alten seinen Plan.

ॐॐॐ

Mandratan trat zuversichtlich vom Eingang seines Zeltes ins Innere. Der letzte Bote war mit seinen Anweisungen enteilt. Er hatte die Hauptleute zu schärfster Aufmerksamkeit in der Nacht aufgefordert, das Lager sollte lückenlos bewacht werden. Alle 30 Meter schlief einer seiner Limarten, der bei Bedarf schnell einsatzbereit war.

Es lief alles zu seiner vollsten Zufriedenheit. Die Sarkoten hatten das Mauerwerk entscheidend geschwächt, Rikania war mit der Bekämpfung der Brände und der Versorgung seiner Verwundeten beschäftigt. Sogar die Kleturer waren rechtzeitig eingetroffen. Sie hatten wie gewünscht die Sinithplatten mitgebracht. Diese würden sie im Morgengrauen vor dem Tor auslegen, sodass die Sarkoten ungehindert ihre Rammschläge fortsetzen könnten. Er hatte Allandos Trick mit dem Aufweichen des Bodens vorausgesehen und beglückwünschte sich selbst für seine Weitsicht.

Morgen würde der Tag sein, auf den er so lange hingearbeitet hatte. Er persönlich würde mitten im Schlachtfeld erscheinen und die Kampfeslust seiner Männer entfachen. Eingreifen würde er allerdings nur im Notfall, er wollte seine Limarvorräte für ein eventuelles Kräftemessen mit dem Lichtrat aufsparen. Er rechnete zwar nicht mehr mit allzu großem Widerstand, aber man konnte nie wissen.

Gut, sie hatten gehofft, dass ihr Glaubensbruder das Stadttor öffnen könnte. Er selbst hatte es Magole per Geistreise befohlen. Eine Zurückhaltung ihres Spions war nicht länger nötig, ab morgen würden sie keine Agenten in den Südlanden mehr brauchen. Aber der Ratsmeister hatte aus irgendwelchen Gründen versagt. Mandratan hatte noch einmal versucht, ihn mit seinem Geist zu befragen. Doch Magole war nicht zu erreichen gewesen. Das konnte nur eines bedeuten: Der Ratsmeister musste tot sein.

Es war ihm egal. Sie waren so überlegen, da kam es auf die paar Stunden Verzögerung nicht an. In den ersten Morgenstunden würden auch die Feuervögel eintreffen. Dann würden die Rikanianer all ihre Energie für die Brandbekämpfung verbrauchen.

„Mein Kaiser", begrüßte ihn eine bekannte Stimme vom Eingang her.

Mandratan drehte sich um und sah Raskalan aus der Dunkelheit hereinkommen. Als dieser den Vorhang zur Seite schwang, erkannte der Kaiser, dass draußen bereits überall helle Lagerfeuer loderten.

„Was willst du?", fragte er brüsk.

Raskalan trat ein und verbeugte sich tief. Wie immer kam Mandratan die Unterwürfigkeit des Sehers geheuchelt vor. Ab morgen würde er den buckligen Kriecher zum Glück ebenfalls nicht mehr brauchen. Er hasste es, wenn er von anderen Menschen abhängig war, sich zurücknehmen musste.

„Mein Kaiser, er besitzt nun das Gefäß des Lichts", verkündete Raskalan in einem Tonfall, als ob er anmerken wollte, dass er nachher noch einen Spaziergang macht. Dabei war er sich der Wichtigkeit dieser Nachricht durchaus bewusst. Mandratan korrigierte sofort seine Einschätzung von eben - den Seher würde er leider weiterhin benötigen. Nur dieser lieferte solch wertvolle Informationen. Wer weiß, was in Zukunft noch passieren würde.

Mandratan überlegte: *Was hatte es zu bedeuten, dass Jason jetzt das Gefäß des Lichts findet?* Will ihm Gott Gramon oder Mansil dadurch etwas mitteilen? Jetzt, am Vorabend der Schlacht aller Schlachten? So dicht vor dem Ziel?

Da wurde es ihm klar. Natürlich! Warum war er bloß nicht früher darauf gekommen?

„Ich werde mich persönlich darum kümmern", teilte er Raskalan mit, „sorgt Ihr dafür, dass mich die nächste Stunde niemand stört."

ॐॐॐ

Jason schritt behutsam die Stufen hinauf. In seiner Hand trug er eine Fackel, welche die skurrilsten Lichteffekte in dem Kristallgestein erzeugte. Mehr als einmal hielt er an, hob die Fackel über seinen Kopf und schwenkte sie wild hin und her. An einigen

Stellen wirkte es so, als würde das Licht des Feuers in den Stein hineinfließen.

Er war nicht in Eile. Fraitan würde noch Stunden bis zur Kristallwüste benötigen, selbst wenn er sofort losgeflogen war. Jason wollte ihm bis morgen früh Zeit geben, wenn sein Ingadifreund bis dahin nicht eintraf, würde er auf Gorum nach Rikania reiten. Obwohl er nicht wusste, wie er dort helfen könnte.

Die Verabschiedung von Königin Vajra und Adhigunga war kurz aber herzlich erfolgt. Jason wäre gerne in Shambala geblieben. Die Kristallhöhle bot eine Möglichkeit, dauerhaft auf Tandoran zu bleiben. Aber wirklich nahe war er Shalyna dort auch nicht. Und außerdem war er mit seiner Mission noch nicht am Ende.

Er zurrte seinen Rucksack mit dem Gefäß des Lichts zurecht. Sie hatten ihn noch nicht einmal gebeten, nichts von ihrer Stadt zu verraten. Es war selbstverständlich, sie vertrauten ihm. Der Priester hatte sich im Hintergrund gehalten und nur immer wieder nachdenklich auf das Gefäß des Lichts geblickt.

Jetzt befand sich Jason auf dem Weg zur Spitze des Hügels. Es war kalt in dem Kristallgang, der von den Bewohnern Shambalas ausgebaut und mit Stufen versehen war. Sie nutzten diesen Korridor für ihre Himmelsbeobachtungen. Ein paar Stunden die Woche war es für einen Erdmenschen verkraftbar, die Luft auf Tandoran zu atmen. Dann musste er sich aber für mehrere Tage in der „Erdluft" von Shambala regenerieren. Eine luftundurchlässige Tür verhinderte den Luftaustausch mit der Oberfläche.

Die Treppenstufen endeten und der Gang weitete sich zu einer Höhle im Kristall. Jason war sich bewusst, dass er noch nicht am Ziel war. Am anderen Ende des Raumes konnte er weitere Stufen nach oben erkennen. Er war jetzt mitten im Kristallberg. Beeindruckt von den millionenfachen Spiegelungen des Lichts in dieser Kammer schritt er mit vor Staunen offenem Mund voran.

„Warte Neffe, es ist Zeit, dass wir uns kennenlernen", ertönte eine gespenstische Stimme direkt hinter ihm.

Jason wirbelte herum und zog in der Drehung sein Schwert, das ihm Königin Vajra zum Abschied geschenkt hatte. Vor ihm stand Mandratan. Der dunkle Kaiser persönlich. Wie kam der hierher? Jason wich langsam zurück und hielt die Fackel in Richtung des geisterhaften Schlächters. Dessen Gestalt war durchlässig, besonders am Rand funkelten die Lichtspiegelungen des Kristalls durch sie hindurch. Jasons Herz raste, er konnte nicht sprechen.

Sein Onkel hob beschwichtigend die Hände. „Ruhig, lieber Neffe, ich komme in Frieden. Lass uns einfach nur reden. Wie du siehst, beherrsche ich das Geistreisen. Hat dir das niemand verraten?"

Jason starrte ihn ungläubig an. Er wich aber nicht weiter zurück.

Mandratan schüttelte den halb durchsichtigen Kopf und kam einen Schritt auf Jason zu. „Sie werden dir ohnehin viel Falsches über mich erzählt haben", plauderte er bedauernd. „Wie gerne würde ich dir ein richtigeres Bild von mir zeigen."

„Du hast meine Mutter getötet und meinen Vater über 10 Jahre gefangen gehalten. Mich wolltest du auch töten. Wer macht so etwas als Bruder? Als Schwager? Als Onkel?" Jason sprach mit zittriger Stimme. „Wie soll es da zwei Meinungen über dich geben?"

Er sprang vor und stach mit dem Schwert in den Bauch des Kaisers. Die Spitze glitt ohne Widerstand durch die geisterhafte Erscheinung hindurch.

„Lass diese kindischen Angriffe", echote Mandratans lachende Reaktion durch die Kristallhöhle, „ich bin gekommen, dir ein Angebot zu unterbreiten, dass du nicht abschlagen kannst."

Jason stand mit seiner Fackel und der Waffe vor dem Gespenst und wusste nicht, was er nun tun sollte. Einfach abhauen? Flüchten? Verstecken?

Noch nicht. Mandratan schien hier auch nur als Nebelwesen rumflattern zu können - es ging vermutlich keine Gefahr von ihm aus. Von daher konnte er ruhig erst einmal zuhören. Vielleicht verriet der Schlächter etwas über die Entführung von Shalyna. Natürlich durfte er nicht erfahren, dass die Richtertochter Jason besonders wichtig war. Sonst hatte er ihn in der Hand. Er atmete tief durch und schluckte seinen Zorn hinunter. Mit gespitzten Sinnen stützte er sich auf den Schwertknauf. Mit einem Nach-oben-Zucken seines Kinns gab er seinem bärtigen Onkel zu verstehen, dass er losreden könne.

„Höre, Jason", begann Mandratan, „der Machtwille im Menschen ist genauso gewaltig wie sein Eros. Niemand kann sich dagegen erwehren, jeder will über andere herrschen. Doch keiner gibt es zu. Im Unterbewusstsein tummeln sich die Gegenstücke der sogenannten Tugenden. Bei jedem von uns. Nur die Starken erkennen diese Wahrheit und handeln danach. Das solltest du wissen, bevor du deine Wahl triffst."

Jason steckte sein Schwert ein und lehnte sich an die zerklüftete Kristallwand. Mandratan trat direkt vor ihn.

„Jason, bringe mir das Gefäß des Lichts und vermeide dadurch weiteres Blutvergießen. Wir sind von derselben Abstammung, Nordländer, Südländer, du, ich ... warum sollen wir uns unnütz bekämpfen? Ich greife nur an, um diese Welt zu Ordnung und Frieden zu führen, in Einklang mit den göttlichen Gesetzen. Ich bin kein schlechter Mensch, mein Sohn."

„Ich hoffe, ich bin nicht dein Sohn", konnte sich Jason nicht abhalten zu sagen. Dieses Monster dort war für den Tod seiner Mutter verantwortlich. Wie lange musste er sich das Geschwafel noch anhören? Würde irgendetwas Interessantes dabei herauskommen oder konnte er den Lügenmärchen ein Ende bereiten?

Der dunkle Kaiser ging nicht auf seine Ablehnung ein. Er fuhr fort: „Jason, wenn du mir das Gefäß bringst und die oberste Richterin sich unterwirft, werde ich die Kämpfe sofort einstellen. Alle sollen meine volle Gnade erfahren. Und du", Mandratan hob theatralisch die Hände, „sollst oberster Fürst der Südlande werden. Als vollständiger Tandorianer." Er betrachtete Jason und ließ seine Worte wirken.

„Wie willst du mich zum Tandorianer machen?", fragte Jason, nun doch misstrauisch interessiert. „So viel Macht hast selbst du nicht."

Der dunkle Kaiser strich sich mit der Handstumpf-Pyramide durch den Bart. Jason betrachtete die teuflische Waffe zum ersten Mal näher. Über die blaue Tharidiumoberfläche zuckten kleine Blitze. Konnte Mandratan sie hier einsetzen?

„Bist du dir da sicher?" Mandratan sprach jetzt sehr leise.

„Mir sind deine Lügen über. Als ob du nicht schon längst einen Herrscher für die Südlande ausgeklüngelt hättest. Als ob ich daran interessiert wäre. Als ob man dir auch nur ein Wort glauben könnte."

Mandratan lachte verhalten vor sich hin. „Du meinst Aran del Mark? Den Waisenknaben. Er mag sich ja so manches erhoffen, aber nach dem Krieg wird er nicht mehr gebraucht. Du allerdings schon. Mit unseren Kräften vereint können wir Tandoran in eine glückliche Zukunft führen. Doch nur, wenn du mir das Gefäß des

Lichts übergibst und wir die Kämpfe einstellen können. Eure Verluste werden ansonsten fürchterlich sein, ich werde keine Gnade walten lassen. Und du wirst sterben oder zur Erde zurück müssen. Gefällt es dir denn nicht auf Tandoran? Ist dir nicht aufgefallen, wie schön die Frauen hier sind, wie viel länger wir leben als die Menschen auf der Erde? Willst du nicht bei deinem Vater bleiben?"

Jason zögerte mit einer patzigen Antwort. Sollte der Schlächter wirklich eine Möglichkeit besitzen, dass er hierbleiben könnte?

Mit sanftem Tonfall ergänzte Mandratan: „Sieh, ich bekomme das Gefäß des Lichts doch ohnehin, Rikania wird fallen und mit der Hauptstadt die gesamten Südlande."

„Wie kommst du darauf, dass du das Gefäß des Lichts dann hättest?", keifte Jason.

Der Kaiser ging verdutzt einen Schritt zurück. Er kraulte jetzt mit der gesunden Hand durch den Bart. „Du meinst, ... du willst ...", überlegte er, „... zu den Ingadi? Du willst das Gefäß zu den Ingadi bringen?" Seine Stimme hatte sich zu einem Donnern erhoben.

Jason wich nun lieber auch etwas nach hinten.

Mandratan fuhr mit sanfter Stimme fort: „Schau, Jason, es ist doch ganz einfach: Der Mensch unterwirft sich seit Jahrtausenden den Ingadi. Aber wir sind nun stärker als sie. Durch mich! Mansil hat das vorhergesagt. Wenn du den geflügelten Hänflingen jetzt das Gefäß des Lichts übergibst, bleiben wir für ewige Zeiten unterjocht. Jederzeit könnten ihnen die Ahnen befehlen, dass sie die Menschen von Tandoran vertreiben müssen. Willst du uns wirklich dieser Gefahr aussetzen?"

Der dunkle Kaiser wartete einen Moment und sprach weiter: „Ich kann die Ingadi besiegen! Und wisse: Auch ich werde das Gefäß zur Rettung Tandorans einsetzen. Wir wollen doch alle überleben. Und unter den Lehren des Mansils wird sich Tandoran zu nie gekannter Blüte erheben! Mansils Botschaft ist allen überlegen, da sie das Beste aus dem Menschen herausholt. Lass es mich dir beweisen, Jason."

Jason schwirrte der Kopf von dem Irrsinn, den er da hörte. Er erwiderte: „Das mag für die Stärksten gelten. Aber was ist, wenn sie alt und gebrechlich werden? Was ist mit all den schwächeren Menschen? Diese leiden unter deinem System."

So etwas wie Mitleid für seinen psychopathischen Onkel überkam ihn. Er erkannte die Triebkräfte, die ihn fesselten, diese religiöse Verblendung, die Falschheit, mit der er sich alles so hindeuten musste, dass es in seinen Wahn passte.

Mit ruhiger Stimme fuhr Jason fort: „Ich kenne dieses ‚jeder gegen jeden von der Erde' – viele Menschen bei uns leben dadurch verunsichert. In den Südlanden habe ich ein glückliches Zusammenleben kennenlernen dürfen, dafür lohnt es, zu kämpfen. Du willst das alles zerstören!"

Er würde hier nichts mehr erfahren und musste sich den Blödsinn nicht länger anhören. Jason marschierte einfach durch den Kaisergeist hindurch in Richtung der gegenüberliegenden Stufen.

Der dunkle Fürst schrie hinterher: „Du hast keine Chance, ihr werdet alle vernichtet, vor deinen Augen werde ich Shalyna töten!"

Jason erstarrte. Mandratan hatte bisher nur mit ihm gespielt. Jetzt kam die Erpressung. Er gab sogar die Entführung zu. Jasons Zorn überrollte ihn, er konnte kaum noch atmen vor Wut. Alles in ihm wollte sich entladen, platzen. Er wirbelte herum, griff nach der Handpyramide und sendete all seinen Frust und seine Qual in das geisterhafte Gebilde.

Der Kaiser schrie auf und wollte sich dieser offenkundig schmerzhaften Übertragung entziehen. Das ließ Jason nicht zu. Der Wunsch nach Rache beherrschte ihn. Wie ein Berserker folgte er dem zurückweichenden Geistwesen, starrte in dessen Augen und presste die Schmerzwellen mit aller Macht in die Pyramide. Er wollte den Schlächter leiden sehen. Er wollte ihn sogar töten.

Dann war der Geist weg. Ja, Mandratan war einfach nicht mehr da und Jasons Hand schwebte in der Luft.

Er schloss die Augen und atmete tief ein und aus. Er hatte sich gehen lassen. Es stimmte also. Mandratan hatte Shalyna. Und er wusste, dass Jason durch sie erpressbar war. Spätestens nach seinem Auftritt von eben konnte sich Mandratan dessen sicher sein. Hoffentlich würde der Schlächter das nicht ausnutzen.

Ein bisschen freute er sich aber auch über die von Mandratan ungewollte Bestätigung, dass Shalyna am Leben war. Sie musste nur noch kurze Zeit durchhalten.

All seine Hoffnung lag nun bei den Ingadi. Er ging die gegenüberliegende Treppe weiter nach oben und landete auf der Spitze des Hügels. Es war eine klare Nacht mit warmen Winden. Die sich im Kristallboden spiegelnden Sterne erfüllten die Wüste mit silbernem Glitzern. Jason hockte sich an einen Felsen und genoss den mystischen Anblick. Fraitan würde sicherlich bald kommen. Innerhalb weniger Sekunden fiel sein Kopf zur Seite und Jason in einen traumlosen Schlaf.

Yogângânushthânâd ashuddhi-kshaye jnâna-dîptir â viveka-khyâteh
Durch die Übung des Yoga werden Unreinheiten getilgt und die Flamme der Erkenntnis führt zur Klarheit.
Patanjali, Yoga-Sutren, Teil 2, Sutre 28

8.2 Verhandlungen

Noch war alles friedlich. Allando trat nahe an die in der Nacht reparierten Fenster heran. Er sah, dass jetzt auch hier, wie im benachbarten Beobachtungsturm, Tharidiumglas eingesetzt war. Wenigstens vor den Pfeilen waren sie nun geschützt.

Wenn er die Augen schloss, konnte er sich einbilden, dass ein ganz normaler Morgen vor ihm lag. Da und dort ein bisschen Geklapper, das von der frühen Aktivität der Handwerker zeugte, Pferdegewieher, vereinzelte Rufe ... Nur der in der Luft hängende Brandgeruch störte.

Er blickte auf. Die gelbe Sonne sendete erste Strahlen über die Ebene vor Rikania. Noch lag alles im Zwielicht. Die Schlucht vor der Stadt bildete einen schwarzen Spalt in der Erde. Die Nordländer hatten ihre künstliche Brücke in der Nacht zurückgezogen, wahrscheinlich um zu vermeiden, dass sie von den Rikanianern hinabgestürzt wurde.

Die Verwundeten und Leichen waren vom Schlachtfeld entfernt. Jedenfalls konnte Allando von hier keine menschlichen Körper mehr erkennen. Dafür sah er, wo die Sarkoten schliefen. Sie hatten es sich entlang eines Felsvorsprunges in einiger Entfernung gemütlich gemacht. Er bildete sich ein, ihr Schnarchen bis hierher zu hören.

Was der heutige Tag wohl bringen würde?

Allando hatte gestern Abend und noch einmal heute Morgen Callum besucht. Sein bester Schüler war nach wie vor ohnmächtig. Ratsmeisterin Tradan wusste nicht, ob er durchkommen würde. Der Stumpf war direkt an der Schulter verbunden. Allando hatte bisher nie einen Menschen ohne Arm gesehen, zumindest nicht mit freiem Oberkörper. Es war qualvoll, Callum so hilflos daliegen zu sehen, so schmächtig, so verletzt, so allein. Der Schulteransatz schimmerte an der abgetrennten Stelle dunkelbraun.

Sollte es dort dunkler werden, so Tradan, würde sich die Vergiftung im ganzen Körper ausbreiten.

Rhodon betrat den Turm. Er hielt einen Becher mit dampfender Flüssigkeit in der linken Hand. Allando schaute ihn fragend an. Der Kleturer schüttelte den Kopf. Nichts Neues von Callum.

„Ein schöner Morgen, um zu sterben. Meint Ihr nicht auch, Meister?", versuchte sich Rhodon in Galgenhumor.

Allando betrachtete den treuen Verbündeten. Neben Callum war Rhodon derjenige, auf den er sich blind verlassen würde. Wie hatte er als Vorsitzender des Lichtrates nur Magoles Treiben übersehen können?

Er antwortete: „Was auch immer der Tag bringen mag, Rhodon, es ist mir eine Ehre, ihn in deiner Gesellschaft zu verleben."

Rhodons Mund verzog sich unter dem Bart trotz zusammengekniffener Lippen zu einem Grinsen. Anscheinend erfreuten ihn die Worte des Meisters. Rasch wendete er sich dem Schlachtfeld zu. Der Kleturer musste sich strecken, um den Rand der Schlucht über die Fensterbank erblicken zu können.

„Sie schieben die Brücke wieder vor", bemerkte er und zeigte mit seinem Kaffee nach vorn.

Allando beugte sich vor und sah, wie die Nordlandsoldaten begannen, die Brückenkonstruktion Zentimeter für Zentimeter über den Abgrund zu führen. Mehrere Limarten begleiteten sie, um auf eventuelle Angriffe seitens der Rikanianer zu reagieren. Beim Schweben hätte das Sinithgebilde abgelenkt werden können. Allando schätzte kurz ihre Chancen für solch eine Aktion ein, kam aber zum gleichen negativen Ergebnis wie gestern. Aus dieser Entfernung konnten sie nichts ausrichten. Er ließ die Nordländer gewähren.

Vier Soldaten betraten den Raum und reihten sich an der Rückwand auf. Ihnen folgte die oberste Richterin. Esmer al Tandora trug statt des gewohnten Kleides eine dunkelbraune Lederrüstung. Der goldene Haarreif war einem kupferfarbenen Helm gewichen, das lange schwarze Haar zum Zopf gebunden. Die Füße steckten in ledernen Schnürstiefeln, die bis zu den Knien reichten. Sie wirkte gefasst, aber Allando sah, dass die Mutter von Shalyna in der Nacht viel geweint hatte. Er wollte nicht einmal versuchen, nachzufühlen, was eine Mutter empfand, deren Tochter in der Hand eines Wahnsinnigen weilte. Die Armee hatte ihre besten Männer eingesetzt, um an Shalyna ranzukommen. Ohne

Erfolg. Ob sie ihm insgeheim Vorwürfe machte, dass er die Reise Shalynas zugelassen hatte?

„Wie ist die Lage, Großmeister Allando?", fragte Esmer al Tandora in offiziellem Tonfall.

Allando verbeugte sich leicht und antwortete: „Sie bereiten sich vor, oberste Richterin. Die Brücke wird gerade wieder herübergelassen, das feindliche Lager erwacht. Wir werden wohl gleich mit den ersten Angriffen zu rechnen haben. Eurer Sohn", Allando schaute kurz zu dem Nachbarturm hinüber, der über die Mauer mit diesem verbunden war, „hat die Armee in Position gebracht. Die Wasserfässer sind überall in der Stadt aufgefüllt. Es stehen Schiffe bereit, Frauen und Kinder zu evakuieren. Aber alle werden nicht hineinpassen. In der Nacht strömte ein ununterbrochener Fluss an Flüchtlingen aus der Stadt. Sie setzen mit kleinen Kähnen über das Wasser und suchen ihr Heil im Süden."

Esmer al Tandora trat an die Brüstung heran und bemerkte: „Dann können wir nur warten. Ich danke Euch."

Sie zeigte auf eine Lücke zwischen zwei Felsspitzen und fragte: „Was geschieht da drüben?"

Allando und Rhodon beugten sich vor. Ein Glitzern ging von dort aus. Er wusste auch nicht, was das sein könnte. Aber das Funkeln kam näher. Er erkannte, dass es sich um eine schimmernde Halbkugel handelte, die auf die Schlucht zuschwebte. Trommeln begannen, rhythmisch zu schlagen. Nach und nach wurden Einzelheiten deutlich. Die glitzernde Kuppel war ein Limarschild. Darunter befanden sich Soldaten und mehrere Wagen.

Im Näherkommen erkannte er ihn. Allando umklammerte mit seinen Händen das Fensterbrett. Mandratan ritt auf einem aufwendig geschmückten Schlachtross auf die Schlucht zu. Jetzt war es also so weit, der Schlächter griff ein. Die Limarglocke speiste sich vermutlich aus seinen Teufelskräften.

In Gefolge des Kaisers marschierten weitere Einheiten der Armee. Mit der Zeit unterschied Allando fünf verschiedene Soldatenformationen, eine für jeden Bezirk der Nordlande. Angeführt wurden die Heeresteile vom jeweiligen Landesfürsten. Sie saßen wie Mandratan auf prächtig verzierten Rappen. Hinter ihnen gingen die Fahnenträger des Fürstentums. Dahinter die Fußsoldaten. Ihre Trommeln dröhnten lauter und lauter.

Als Letztes kamen die Kleturer um die Ecke. Sie bildeten eine merkwürdige Prozession. Immer vier von ihnen trugen eine rechteckige Platte. Was sie wohl damit vorhatten? Zumindest wurde deutlich, dass Rhodons Mission kein Erfolg beschieden war. Allando sah an der Art, wie der Kleturer neben ihm die Faust gegen die Fensterbank drückte, wie enttäuscht er über seine Landsleute war.

„Warten wir ab, was das kleine Schaulaufen bezwecken soll", meinte der Großmeister betont lässig zu Esmer al Tandora an seiner Seite.

Die oberste Richterin hörte gar nicht hin. Sie stierte in Richtung Mandratan. Allando folgte ihrem Blick und nun sah er es auch. Hinter dem dunklen Kaiser fuhren zwei Wagen mit Garonen im Zwinger. Die wilden Großkatzen fauchten Furcht einflößend. Sie liefen in ihren Karrenkäfigen auf und ab.

Doch Esmer al Tandora starrte an den Raubkatzen vorbei. Sie fixierte den Käfig auf dem Fuhrwerk dahinter. Ein Mensch saß darin. Ein weibliches Wesen. Allando fingerte eine Brille aus der Tasche. Nun erkannte er sie.

„Shalyna, meine Kleine", murmelte Esmer neben ihm, sodass nur er es hören konnte.

Ihre Augen schimmerten tränenfeucht. Noch hatte sich die oberste Richterin im Griff. Sie blickte fragend zu ihm herüber, Hilfe suchend. Er konnte nur den Kopf schütteln. Der Wagen von Shalyna lag innerhalb der Limarglocke. Momentan kamen sie nicht an sie ran.

Allando schaute auf den Nachbarturm. Auch der große Bruder von Shalyna stierte entsetzt in Richtung seiner Schwester. Ethan stand mit erschüttertem Gesichtsausdruck daneben und legte seine Hand auf Garvarons Schulter.

Die Limarglocke mit Mandratan kam am Rande der Schlucht, direkt neben der mittlerweile völlig herübergelassenen Brücke an. Im Anschluss reihten sich die Heereseinheiten der fünf Nordländer hinter ihren Fürsten auf. Jetzt erkannte Allando, dass die Armee Mauredons von Aran angeführt wurde.

Du hast es weit gebracht, kleiner Waisenjunge, dachte er bei sich.

Als alle zum Stillstand gekommen waren, legte sich Schweigen über das Feld. Die Trommeln schwiegen abrupt. Alle im Raum warteten gespannt, was nun passieren würde.

Sie mussten nicht lange ausharren. Mandratans Hengst trippelte nach vorne zum Rand der Schlucht, gerade noch innerhalb der Limarglocke.

Die restlichen Mitglieder des Lichtrates trafen ein. Sie eilten zum Fenster. Auch die hinten stehenden Soldaten reckten die Köpfe, um einen Eindruck vom Geschehen zu erhaschen.

Der dunkle Kaiser blickte bedächtig die in den Strahlen der Morgensonne aufglänzende Stadtmauer Rikanias entlang. Er wirkte völlig selbstsicher. Mandratan trug einen schwarzen Helm mit einem tharidiumblauen Federkamm, der in einem Halbkreis von der Stirn bis zum Halsrand verlief. Seine Rüstung und die seines Pferdes erstrahlten ebenfalls in dem edlen Tharidiumglanz.

Mandratan fixierte den Turm des Lichtrates. Sofort vergewisserte sich Allando, dass alle Ratsmeister ihre Limarschilde aufrecht hielten. Die Überprüfung war unnötig - auf sämtlichen Gesichtern erkannte er konzentrierte Anspannung. Faibanus stand schon der Schweiß auf der Stirn. Niemand musste an den Limarschutz erinnert werden.

„Rikanianer, hört mich an", erschallte Mandratans limartechnisch verstärkte Stimme über die Schlucht zu ihnen herüber. Auf den Wehranlagen Rikanias wurde es totenstill.

„Wie wir alle wissen, habt ihr nicht den Hauch einer Chance. Wir Brüder und Schwestern aus den Nordlanden wollen euren Tod nicht. Doch können wir nicht länger zulassen, dass die eine Hälfte dieser Welt ein gottloses Dasein fristet und damit die Würde des Herrn tagtäglich mit Füßen tritt. Ihr tapferen Bürger Rikanias, ordnet euch den Lehren Gramons unter und ihr werdet unter seinen Gesetzen ein gottgewolltes Leben genießen", rief Mandratan mit seiner verstärkten Stimme. „Niemand muss heute sterben!" Er ließ seine Worte einige Augenblicke wirken. „Esmer al Tandora, übergebe mir diese Stadt und das Leben deiner Tochter wird ebenfalls verschont", ergänzte er und blickte zum Turm der Ratsmeister.

Allando starrte erschüttert in das Gesicht der obersten Richterin. Konnte es noch weißer geworden sein als sonst schon? Wie in Trance schritt Esmer aus der Tür auf die Mauer und wendete sich dem dunklen Kaiser zu. Allando sah, wie das bläuliche Flimmern der Limarschilde seiner Ratskollegen ihr folgte.

„Mandratan, du ziehst in deinem Wahn dein ganzes Volk ins Verderben. Niemals wirst du kampflos über unser Leben bestimmen", auch sie ließ ihre Stimme lauter als normal klingen, „egal, mit welcher Niedertracht ihr es versucht. Du kannst uns nichts bieten, wofür es sich zu leben lohnt. Wir werden für unsere Freiheit kämpfen. Und wir werden siegen!"

Begeisterte Jubelrufe von der Wehranlage unterstrichen die Worte der obersten Richterin. Dann trat sie langsam in den Raum der Limarten zurück. An Allandos Seite verlor sie ihre Fassung. Als sie von den Mauern aus nicht mehr gesehen werden konnte, fing sie leise an zu weinen. „Oh Orman, was tue ich? Ich opfere meine eigene Tochter!", schluchzte sie und ergriff seine Hand.

Allando nahm sie in den Arm. „Noch ist nichts entschieden, Esmer. Ich denke, dass er Shalyna weiter als Pfand behalten wird. Solange sie so dicht bei ihm ist, werden wir vorsichtiger vorgehen müssen. Es wäre unklug von ihm, wenn er Shalyna jetzt schon etwas antun würde."

Er blickte auf Mandratan, der nach den Worten der obersten Richterin scheinbar interessiert in die Schlucht unter ihm geschaut hatte. Es war wieder völlig still.

„Dann", rief er, „werdet ihr heute alle einen qualvollen Tod sterben. Seht", er wies auf einen jungen Mann, der von Soldaten an den Rand der Schlucht gezerrt wurde, „so wird es jedem von euch ergehen."

„Neeeeiiiiinnnn!", ertönte es von der Mauer. Allando erkannte den entsetzten Vurup, Ethans ehemaligen Wärter, der hilflos schrie: „Lass meinen Sohn, Schlächter der Finsternis!"

Mandratan hielt noch einen Moment seinen Arm in der Horizontalen, dann senkte er ihn herab.

Die Soldaten schubsten den Gefesselten in den Abgrund. Vurup brach auf der Mauer zusammen, aber Allando schaute nicht hin. Er konzentrierte all seine Kräfte auf den fallenden Körper. Er konnte ihn schon nicht mehr sehen, aber er hatte rechtzeitig Kontakt mit seinen Limarkräften aufgenommen. Allando spürte, wie er Vurups Sohn sanft abfing und den Sturz vor dem Boden der Schlucht abbremste. Im selben Schwung führte er ihn in einer Kurve nach oben und ließ ihn in weitem Bogen auf die Mauer neben seinen Vater steigen.

Wieder erscholl tosender Jubel auf den Wällen von Rikania.

Mandratans Gesicht verzerrte sich zu einer hassverzehrten Maske. „Greift an!", schrie er.

Die Trommeln setzten von Neuem ein. Rhodons Volk marschierte voran. Jeweils zu viert hoben sie die mitgebrachten Sinithplatten über sich und schritten in geordneter Formation auf die Brücke zu. Der Endkampf hatte begonnen.

※※※

„Wach auf, Wolkenträumer", übertönte eine Stimme seinen Schlaf.

Jason wollte die Augen nicht öffnen. Seine rechte Wange klebte an der warmen Oberfläche des Kristallgesteins. In seinem Schoß umklammerte er nach wie vor den ledernen Rucksack mit dem Gefäß des Lichts. Er fühlte sich völlig ausgelaugt.

Als Nächstes spürte er Stiche in seinen Rippen. Erst sanft, dann immer kitzeliger pikte etwas in seine Seite. Unsanft geweckt stieß er hoch und riss seine Lider auf.

Noch war es nicht hell, eine blaugraue Dämmerung lag über der Kristallwüste. Der Himmel war übersät mit Milliarden von Sternen. Vor ihm stand sein Ingadifreund und machte merkwürdige Gesten mit seinen Fingern: Er kitzelte ihn mit seinen Limarkräften. Trotz seiner Müdigkeit staunte Jason, wie präzise Fraitan die kleinen Limarstiche setzen konnte. Er selbst hätte nur gröbere Puffe zustande gebracht.

„Fraitan! Wie schön, dass du gekommen bist", begrüßte Jason ihn und umarmte den Flügelmenschen in Höhe des Halses. Gut, dass der Prinz noch nicht so lang wie die übrigen Ingadi war, sonst hätte Jason sich hierfür einen Stuhl anstellen müssen.

„Ich ... ähh", stammelte Fraitan und legte unsicher seine Arme um Jason. Dadurch umhüllte er ihn mit seinen Flügeln. „Ich freue mich auch, dich zu sehen, Jason Lazar." Dann drückte er den Erdenmenschen etwas von sich ab und betrachte ihn von oben bis unten. „Wie ist es dir ergangen? Warum rufst du mich, was kann ich für dich tun?"

Jason erkannte, dass unter der Freude Fraitans eine Sorge im länglichen Gesicht des Ingadi aufblitzte.

„Der dunkle Kaiser hat die Südlande angegriffen", begann er und erzählte Fraitan die ganze Geschichte seit der Trennung von den Ingadi in Aritanien. Der junge Prinz hörte aufmerksam zu und fragte nur an einigen Stellen nach weiteren Details. Die Besorgnis in seinem Gesicht steigerte sich.

„Darum habe ich dich gerufen, Fraitan. Ich brauche die Hilfe der Ingadi. Im Gegenzug würde ich zusehen, dass ich mit dem Gefäß des Lichts den Planeten rette. Wie auch immer das geschehen mag. Aber die Prophezeiung ist soweit erfüllt, die Ingadi brauchen die Menschen nicht mehr anzugreifen."

„Oh Jason, ich fürchte, da kommst du zu spät", erwiderte Fraitan zögernd. „Oscara hat den Vorbereitungstag zum Kriegsbeginn einberufen, die Ahnenmeditationen beginnen heute Abend. Morgen läuft die Frist ab, die wir dir zugebilligt haben. Und um Tandoran steht es schlechter denn je." Seine Stimme wurde traurig. „Auch ich werde mein Volk nicht stoppen können. Vielleicht ist es doch kein so guter Plan, dich zu den Meinen zu fliegen." Fraitans Miene hellte sich auf. Freudig ergänzte er: „Allerdings kann ich dich nach Rikania bringen. Ruck, zuck sind wir da."

„Aber ...", begann Jason, „ich habe doch das Gefäß des Lichts."

„Ja, nur was sollen wir damit machen? Wo ist es überhaupt? Darf ich es sehen?"

„Natürlich", antwortete Jason und holte das goldene Gefäß aus dem Rucksack hervor. Die letzten Sterne der aufkommenden Dämmerung spiegelten sich auf dem goldenen Metall.

Mit einer solchen Reaktion des Ingadi hatte er nicht gerechnet, die Wirkung des Gefäßes des Lichts auf Fraitan hätte nicht eindrucksvoller ausfallen können: „Bei den Ahnen", stammelte der Ingadiprinz und fiel auf die Knie, „Zafan, Schöpfer und Verbinder des Lebens."

Jason schaute völlig verdattert und legte Fraitan das Gefäß des Lichts in die ausgestreckten Hände.

Der Ingadiprinz starrte auf das Gefäß wie Mütter auf ein neugeborenes Baby. Ganz sanft strich er mit seinen langen, dunkelroten Fingern die taillierte Form des kniehohen Golddiabolos nach. Bei den eingravierten Schriftzeichen verharrte er andächtig.

Im Flüsterton erläuterte er: „Das ist Zafan, auch Ahnenkelch genannt. Jason, die Ingadi warten seit Jahrtausenden auf seine Rückkehr. Die gesamte Ringstätte wurde damals einzig für Zafan angelegt." Fraitan sah auf und ergänzte: „Zafan verbindet uns mit den Ahnen, Jason."

Sanft legte er das Gefäß vor sich ab. Er blickte, immer noch kniend, auf den verdutzten Jason hoch. Fraitan schien zu überlegen, ob er noch etwas ergänzen sollte. Dann schaute er wieder auf das Gefäß des Lichts herunter und sagte: „Jason, ich fürchte, wenn du Zafan zu meinem Volk nach Allabra bringst, werden sie Zafan nicht mehr fortlassen, egal, was du willst."

Das war eine interessante Entwicklung. Jason überlegte, was zu tun sei. Konnte er die Verehrung der Ingadi für das Gefäß irgendwie nutzen? Da kam ihm eine Idee. Vielleicht würde er zwei Fliegen mit einer Klappe schlagen.

„Es ist nett, dass du mich warnst, Fraitan. Aber ich möchte es dennoch versuchen. Wie lange werden wir bis nach Allabra brauchen?"

Fraitan strahlte, setzte seinen Rucksack ab und holte das Tragegeschirr für Jason heraus. Mit begeistertem Tonfall sagte er: „Heute kann ich dir mal zeigen, was ein Ingadi als schnell bezeichnet." Er drückte Jason eine Art Helm aus festem Stoffgebinde in die Hand und protzte mit blitzenden Augen: „Setz den auf und wir sind in wenigen Stunden in der Ringstätte." Seine Stimme wurde noch einmal ernst: „Nur sag hinterher nicht, dass ich dich nicht gewarnt hätte."

ॐॐॐ

Allando schüttelte den Kopf. Der Pfeilhagel war Materialverschwendung. Unter tausendfachem Klacken trafen die Sinithpfeile der Rikanianer auf den vorwärts strebenden Tross der Kleturer. Aber die Platten, die sie über ihren Köpfen hielten, ließen keinen Pfeil bis nach unten durch.

„Wie lange wird das Tor der Ramme standhalten?", fragte Rhodon neben ihm.

Er spielte auf die riesige Sinithramme an, welche die Kleturer in ihrer Mitte auf die Brücke zuführten.

„Schwer zu schätzen", antwortete Allando. „Wenn sie die Sinithplatten vor dem Tor auslegen, kann ich den Boden unter den Füßen der Angreifer nicht länger aufweichen. Das verschafft ihnen ein freies Lauffeld. Da die Nordlandlimarten den Schub der Ramme sicher mit ihrem Limar verstärken, wird hinter jedem

Stoß eine gewaltige Kraft liegen. Vor allem, wenn Mandratan und seine Pyramide mitmachen."

Rhodon malmte zornig seine Zähne aufeinander. Sein Volk bildete die Speerspitze des Tyrannen. Er schämte sich zutiefst und war wütend zugleich.

Die vordersten Kleturer befanden sich mittlerweile schon auf dieser Seite der Schlucht. Die Letzten betraten soeben die Brücke. Da geschah etwas Seltsames. Die Kleturer drehten die Ramme, sodass deren hinteres Ende über der Schlucht schwebte.

Für einen Moment schienen alle auf dem Schlachtfeld die Luft anzuhalten. Die Trommeln verstummten. Der Pfeilhagel der Rikanianer endete ebenfalls. Auch Mandratan erhob sich auf seinem Ross, um besser gucken zu können.

Da brachen die Kleturer in wildes Gebrüll aus und warfen die Sinithramme gemeinsam in die tiefe Schlucht hinab. Dann rasten sie in Richtung des Haupttores. Zu ihrem Schutz stellten sie ihre Sinithplatten schräg vor sich in Richtung der Nordlandarmee auf und gingen dahinter in Deckung.

„Elende Verräter!", brüllte der Kaiser. „Dafür werdet ihr mit dem Leben bezahlen."

Seine Limarglocke funkelte und zuckte. Allando erkannte die Klemme, in welcher der Kaiser sich befand. Wenn er die Zwerge attackieren würde, müsste er seinen Schutz aufgeben. Allando machte sich bereit, sofort zuzuschlagen, sollte das der Fall sein. Er gab seinen Ratskollegen zu verstehen, sich ebenfalls auf einen Schlag gegen Mandratan gefasst zu machen.

„Schießt!", schrie der Nordland-Kaiser.

Erneut schoss ein Pfeilhagel auf die Kleturer herunter, nur diesmal von der anderen Kriegspartei. Wäre die Lage nicht so ernst, hätte man lachen mögen.

„Sie haben sich umentschieden", rief Rhodon mit glücklicher Stimme. Er hüpfte mit geballter Faust durch den Raum und klatschte einem nach dem anderen gegen die Schulter. „Mein Volk hat doch noch auf den richtigen Pfad gefunden!" Er strahlte Allando an. „Bitte lasst mich runter, Meister. Ich möchte an der Seite meiner Brüder kämpfen."

Allando schaute unsicher zu dem kleinen und dabei so stolzen Mann herab. Vor den schützenden Mauern war er in größter Gefahr. Aber er konnte dem Kleturer diesen Wunsch nicht abschlagen.

„Du hast es geschafft", lobte er ihn, „du hast deine Landsmänner überzeugen können. Wir stehen tief in deiner Schuld. Versprich mir, dort unten Vorsicht walten zu lassen."

Dann ging er mit ihm auf die Mauer und ließ ihn, geschützt von Limarschilden seiner Ratskollegen, die Wand hinuntergleiten, direkt zwischen seine Freunde und Landsmänner. Rhodon duckte sich sofort hinter eine der Sinithplatten und schüttelte mehrere Hände. Mit einem Strahlen in den Augen zeigte er mit erhobenem Daumen zu Allando.

Doch der Großmeister konnte sich nicht lange über die tapferen Deserteure freuen. Über die gegnerischen Soldaten hinweg rasten Dutzende von Adlervögeln auf Rikania zu. In ihren Klauen trugen sie brennende Fackeln.

ॐॐॐ

Die orangefarbene Sonne war längst aufgegangen, als sie über dem Ingadikontinent Allabra ankamen. Fraitan hatte nicht übertrieben. Jason hatte solch ein Tempo noch nie erlebt. Wäre der Helmschutz nicht gewesen, hätte Jason während des rasanten Fluges kein Auge aufmachen können. Er begann zu ahnen, warum die Menschen keine Chance gegen die Limarkräfte der Ingadi besaßen. Denn allein durch ihre Flügel wäre dieser schnelle Flug niemals möglich. Sie nutzen ihr Limar wie einen Strahlenantrieb.

Schon erreichten sie die Ringstätte Raskalnar. Fraitan drehte eine Runde um die Steinkreise, um seinem Volk Zeit zu geben, sich auf ihre Ankunft vorzubereiten. Von hier oben hatte man eine wunderbare Aussicht. Jason staunte, wie viele Ingadi sich dort unten versammelt hatten. Alle Steinreihen waren mit den Flügelwesen gefüllt. Etliche hielten einen Speer in der Hand, nahezu alle trugen Pfeil und Bogen.

Fraitan landete in der Mitte der Stätte, direkt neben dem unscheinbaren Säulengebäude, welches sich nach der ersten Prüfung aus der Erde erhoben hatte.

Sofort wurden sie von den Flügelwesen umringt, doch die Ingadi wirkten auf Jason eher neugierig als bedrohlich. Eine Gasse wurde freigemacht. König Frodant und die oberste Vikarin Oscara schwebten heran. Wie bei ihrer ersten Begegnung beeindruckte die weiße Priesterin Jason mit ihrem eisgrauen Haar. Sie blickte zornig. Und entschlossen.

König Frodant dagegen, die ältere und größere Kopie seines Sohnes, freute sich über ihre Ankunft. Auch wenn er eine strenge Miene in seinem roten Gesicht aufsetzte.

„Fraitan? Wo warst du? Und wieso kommst du mit dem Erdling zurück?", wollte er wissen.

„Erkläre dich, Prinz", ergänzte Oscara mit eiskalter Stimme. Jason würdigte sie keines Blickes.

„Vater. Vikarin", keuchte Fraitan und verbeugte sich. Er war noch außer Atem von dem stundenlangen Flug. „Jason Lazar hat mich in großer Not zu sich gerufen. Ich habe sein Anliegen geprüft und für wert befunden, hier vorgetragen zu werden. Bitte hört ihn an, ihr werdet überrascht sein."

„Mein König, erklärt ihm, dass dies sinnlos ist", verlangte Oscara von König Frodant. „Wir dürfen uns keine weitere Verzögerung erlauben." Nach wie vor schaute sie Jason nicht an.

Frodant sah unglücklich aus. Er streckte sich zu seiner vollen Höhe und sagte zu Jason und seinem Sohn herab: „Fraitan, du weißt, dass wir den Krieg ausgerufen haben. Das Volk der Ingadi wird heute Nacht gemeinsam den Ritus des Todes begehen. Fast dachten wir, du würdest dich vor deiner Verantwortung drücken. Es ist mehr als unklug von dir, einen unserer Gegner zu uns zu bringen."

Er wartete auf eine Reaktion seines Sohnes, doch der rote Prinz schaute ihn nur unverwandt an. Irritiert wandte sich Frodant an Jason: „Jason Lazar, Eure Frist läuft am morgigen Tage ab. Es hat sich nichts am Zustand von Tandoran geändert, im Gegenteil, die Lage hat sich weiter verschlimmert. Wir müssen nun dem Hinweis unserer Ahnen, dass die Menschen den Niedergang beschleunigen, folgen. Wer für Tandorans Tod verantwortlich ist, muss von unserer Heimatwelt getilgt werden. Darum werden wir morgen angreifen. Wer sich ergibt, wird durch die Sternentore auf Eure Welt zurückgeschickt. Wer kämpft, wird unsere Entschlossenheit spüren."

Traurig blickte er auf Jason herab. Dieser hielt seinem Blick zunächst stand und schaute dann herausfordernd auf Oscara. Er wollte sich verhandlungssicher geben. Etwas ungünstig war, dass er zu den Ingadi hochschauen musste.

„Seid Ihr fertig? Darf ich nun sprechen?", fragte er mit kräftiger Stimme.

Verwirrt von dem so gar nicht kleinlauten Ton zeigte Frodant Jason an, dass er reden möge.

Jason trat vor. „Ich fordere euch auf", begann er, „von euren Plänen abzulassen und den Angriff auf die Menschen zu unterlassen. Ich gehe noch weiter: Helft Rikania gegen den Überfall des dunklen Kaisers. Helft den Bewohnern der Südlande in der Stunde ihrer größten Bedrohung. Ihr Ingadi könnt den Kräften des Schlächters Paroli bieten. Er ist es, welcher Tandoran mit seiner Handpyramide die Energie entzieht und damit das Sterben des Planeten zumindest beschleunigt."

Jason endete mit zusammengefalteten Armen vor der Brust. Er schaute den König herausfordernd an.

Oscara sprang neben Frodant und geiferte: „Was erlaubst du dir, Erdling! Wie sprichst du mit unserem König! Seit wann dürfen Menschen Forderungen an die Ingadi stellen?"

Der Ingadikönig legte ihr beruhigend eine Hand auf die Schulter. „Ich danke Euch, verehrte Oscara. Wir müssen Verständnis für die Lage aufbringen, in der sich der junge Erdling befindet. Das erklärt seinen fehlenden Respekt." Er wendete sich an Jason: „Jason Lazar, deine Geschichte von diesem Mandratan hast du das letzte Mal schon vorgetragen. Auch diesmal antworten wir dir: Wenn es nicht er ist, wird es jemand anderes von euch sein. Wir kümmern uns nicht um eure Streitereien untereinander. Unser Leitstern sind die Weisungen der Alten, welche im letzten Krieg gegen eure Rasse eindeutig ausfielen: Wenn von den Menschen noch einmal eine Bedrohung für Tandoran ausgeht, werden sie von unserer Welt vertrieben. Und dieser Fall ist nun eingetreten. Ihr müsst von diesem Planeten verschwinden."

Oscara mischte sich ein: „Nur der Fürsprache durch Pendetron habt ihr es zu verdanken, dass wir euch einen Aufschub gewährten. Ich habe gleich gewusst, dass dies die Lage nur verschlimmern wird. Pendetron war auf seine alten Tage weich geworden und hat die Gefahr verleugnen wollen, die ich in den Menschen sehe. Wenn ihr euch gegenseitig umbringt, werden wir bestimmt kein Ingadileben riskieren, um euch davon abzuhalten."

„So ist es", bestätigte Frodant, „kein Ingadi wird wegen eines Konfliktes zwischen den Menschen sterben. Geh nun …"

„Ähm, Vater", unterbrach Fraitan, „was wäre denn, wenn Jason für unsere Hilfe etwas anzubieten hätte?" Er zwinkerte zu Jason hinüber.

„Was sollte das sein?", ging Oscara dazwischen. „Das Gefäß des Lichts? Hat er es gefunden? Weit her kann es damit nicht sein, Tandoran geht es fortwährend schlechter. Das darfst du behalten und mit auf deine Erde nehmen."

„Och", sagte Jason und beugte sich zu seinem Rucksack herunter. „Vielleicht mach ich es dann lieber gleich hier kaputt." In einem Schwung zog er das Gefäß des Lichts aus dem Rucksack und hielt es in die Höhe.

Alle umstehenden Ingadi wichen zurück. Das Gefäß des Lichts erstrahlte in den Strahlen der zwei Sonnen. Oscara war die Erste, die auf den Knien landete. Die übrigen Ingadi schlossen sich ihr an. Auch König Frodant ließ sich auf ein Knie herab. An den schnellen Lippenbewegungen der Flügelwesen erkannte Jason ihre stummen Gebete.

Oscara fand zuerst ihre Worte wieder: „Zafan", murmelte sie und erhob sich. „Ist er das Gefäß des Lichts?"

Statt Jason antwortete Fraitan im Flüsterton: „So ist es. Verehrte Vikarin, bedenkt den Ablauf der Ereignisse. Unsere Welt stirbt. Jason wird über eine Prophezeiung auf unseren Planeten gerufen. Er muss vier Aufgaben erfüllen und erhält als Lohn Zafan, welcher in der Weissagung der Menschen als Gefäß des Lichts bezeichnet wird und welches er bereit ist, uns zu übergeben, wenn wir ihm helfen. Wie können wir seine Bitte ausschlagen?"

Oscara blickte gar nicht auf den Prinzeningadi. Ihr Blick war starr auf das Gefäß des Lichts gerichtet.

„Zafan", flüsterte sie noch einmal.

Dann schüttelte sie den Kopf. „Junger Prinz, vergesst euch nicht. Die Ahnen haben klar verkündet, dass von den Menschen eine Bedrohung für Tandoran ausgeht. Außerdem ...", sie schielte zu König Frodant hinüber, „steht Zafan seit Urzeiten dem Volk der Ingadi zu. So ist es geschrieben. Jason Lazar mag ihn wiedergefunden haben, er hat aber nicht das Recht, ihn uns zu verweigern."

Sie drehte sich zu Jason. „Und wenn ich es richtig überschaue, haben wir leichte Vorteile, so du dich weigern solltest, Zafan seinen rechtmäßigen Besitzern zu übergeben."

Jason trat zurück und hielt eine Hand demonstrativ auf das Gefäß. Er hatte mit Widerstand gerechnet und sich den nächsten Schritt überlegt.

„Ich warne Euch, Oscara", sagte er mit drohender Stimme, „ein Limarblitz von mir genügt, und das Gefäß des Lichts ist zerstört. Der Hüter der vierten Prüfung hat es mir bestätigt - ich darf das Gefäß im Notfall zerstören." Eine kleine Notlüge, aber das wusste ja keiner. Jason vermied es, auf Fraitan zu schauen. Doch er bemerkte im Augenwinkel, wie dieser erschrocken die Hand vor den Mund hielt.

„Gemach, gemach, junger Erdenmensch", beeilte sich König Frodant zu sagen und trat zwischen Oscara und Jason, „Zafan zu vernichten wäre nun wirklich die ungünstigste Lösung. Wir werden ihn dir vorerst nicht wegnehmen. Bedenke auch", sagte er mit scharfer Betonung, „dass wir die Zerstörung Zafans durch dich mit deinem Tode bestrafen würden." Er wartete, ob die Botschaft bei Jason angekommen war. Dieser nickte zur Bestätigung.

Frodant wendete sich an Oscara: „Verehrte Vikarin, ich weiß Euer Eintreten für unser Volk zu schätzen. Aber die Worte meines Sohnes enthalten ebenfalls Wahrheit. Jason Lazar ist vom Geist des Lebens auserkoren worden, Zafan zu finden. Das muss eine Bedeutung haben. Wäre es nicht angebracht, die Ahnen ob dieser neuen Entwicklung zu befragen? Dann würden wir auch sehen, ob der äußere Eindruck uns nicht täuscht, ob Zafan wirklich wieder zu uns gekomken ist."

„Ja, das könnten wir in der Tat tun", bestätigte Oscara etwas milder gestimmt und trat dichter an das Gefäß des Lichts heran. Ihre Stimme enthielt für Jason aber weiterhin zu viel Gier. Er umfasste Zafan fester. Ganz vorsichtig schob Oscara ihre weißen Finger nach vorne und ließ sie über das kalte Metall gleiten. Mit offenem Mund fuhr sie über die Erhebungen der Lettern, welche der alte Hüter für Jason übersetzt hatte. So sieht also Ehrfurcht aus, dachte Jason bei sich.

Da bemerkte Oscara, dass alle Blicke auf sie gerichtet waren. Rasch zog sie ihre Hand zurück und räusperte sich. Sie sagte zu Frodant: „Ich stimme Euch zu. Wir sollten Zafan heute Nacht testen und mit den Ahnen das weitere Vorgehen besprechen."

„Nein!", rief Jason laut, „Das wäre vergebens. Die Endschlacht um Rikania ist in vollem Gange. Morgen wäre ein Eingreifen vielleicht zu spät." Drohend hielt er wieder seine Hand über das Gefäß des Lichts.

Jetzt schaute ihn Oscara beinahe mitleidig an und erwiderte: „Ich kann deine Eile verstehen, Jason Lazar. Doch was du forderst, ist unmöglich. Ich hatte noch einmal die überlieferten Schriften studiert, nachdem dies da", sie zeigte auf den Säulenpavillon in der Mitte der Ringstätte, „vor uns erschienen ist. Darum bin ich schon jetzt überzeugt, den Ahnenkelch vor mir zu sehen. In den Schriften steht unzweideutig, das Zafan auf die Kuppel dieses Gebäudes eingesetzt gehört. Und dies darf auf keinen Fall bei Tage erfolgen, sondern nur in der Nacht. Bei Tageslicht muss jeder einen Abstand von fünf Flügellängen zu Zafan einhalten - ansonsten bedeutet es den sofortigen Tod. Die Texte sind diesbezüglich eindeutig, sie sprechen von einer Entflammung, sollte man näher herankommen. In der Nacht aber ...", sie brach ab und schaute fragend zu König Frodant hinüber.

„Erzählt ruhig weiter, verehrte Vikarin", mischte sich Fraitan ein, „ich habe es Jason ohnehin schon verraten."

Oscara strafte Prinz Fraitan mit einem bösen Blick, fuhr dann mit rascher Stimme fort: „In der Nacht können die Ingadi mit Zafan die Alten befragen. Und nicht nur einmal alle 30 Tage wie mit dem verbliebenen Anahid. Nein, jede Nacht wird für jeden von uns die Verbindung zu den Ahnen offen stehen. Die Trennung von Toten und Lebenden wäre aufgehoben! Der Tag der Rückkehr von Zafan wird für ewig in unsere Geschichte eingehen." Sie strahlte zu König Frodant.

„Aber ...", stammelte Jason, „ihr könntet doch erst helfen und danach Zafan in den Säulenpavillon einsetzen. Ihr habt selbst zugegeben, sicher zu sein, dass Zafan zurückgekehrt ist. Wir dürfen nicht länger warten!"

Jetzt widersprach ihm auch Fraitan: „Das geht leider nicht, Jason. Wir brauchen mindestens eine Nacht der Meditation und des Gebets vor einem Kriegseinsatz. Ansonsten gefährden wir den Einzug unserer Seelen in die Halle der Ahnen. Das hat nichts mit Feigheit zu tun, Jason. Jeder Ingadi würde eher sterben, als seine Seele in den Weiten des Nichts zu verlieren. Sein Leben wäre in alle Ewigkeit verwirkt."

Jason konnte es nicht fassen. Überall irgendwelche seltsamen Gebräuche, auf die man Rücksicht nehmen musste. Das durfte nicht wahr sein. Er hatte alle Prüfungen gemeistert und würde doch den Sieg des Schlächters nicht aufhalten? Wozu denn das alles?

9. Ungeahnte Möglichkeiten

Ahimsâ-pratishthâyâam tat-samnidhau vaira-tyâgah
Wenn Gewaltlosigkeit fest begründet ist, verschwindet die Feindschaft.
Patanjali, Yoga-Sutren, Teil 2, Sutre 35

9.1 Die Entscheidung

Shalyna hatte den Punkt überschritten, ab dem Verzweiflung und Angst in völlige Ruhe übergingen. Sie würde hier sterben, da machte sie sich nichts vor. Ihr Körper diente nur noch als lebendes Schutzschild, welches nach Gebrauch vernichtet werden würde. Mandratan hatte sie heute Nacht extra geweckt, um ihr dies mitzuteilen. Irgendetwas schien ihn fürchterlich zornig zu machen und er wollte sich abreagieren. „Vielleicht", so hatte er geendet, „wird mir das Vergnügen vergönnt sein, deine Hinrichtung unter den verzweifelten Blicken des missratenen Balgs meines Bruders zu vollziehen. Er scheint einen Narren an dir gefressen zu haben." Seine wie wahnsinnig flackernden Augen hatten an der Endgültigkeit seiner Drohung keinen Zweifel aufkommen lassen. Dann war er lachend zwischen den Lagerfeuern verschwunden.

Wenn ich nicht mit Jason zusammen sein kann, ist der Tod nicht die schlechteste Alternative, tauchte als Idee in ihr auf. Nicht einmal die zwei Garonen in den Käfigen nebenan jagten ihr noch Angst ein.

Der Nachmittag war mittlerweile fortgeschritten. Mandratan hatte sie im Schutz der Limarglocke bis direkt an die Schlucht herangeführt. Dort konnte sie den Verlauf der Schlacht aus der ersten Reihe mitverfolgen. Noch hielt die Verteidigung ihres Volkes. Aber ein Blick auf die freudige Miene des dunklen Kaisers und der ihn umgebenden Wachen zeigte klar, wie nahe der Fall von Rikania herangerückt war. Auch der Zustand der Stadtmauern machte dies deutlich.

Über mehrere Stunden stürmten die Sarkoten bereits wieder gegen die Mauern. Am Vormittag hatten die mutigen Kleturer lange verhindern können, dass die Riesenechsen an die Stadt herankamen. Sie hatten sich den Sarkotenangriffen einfach in den Weg gestellt. Davon ließen sich viele der Tiere irritieren. Sie waren verwirrt hin und her gestapft. Als das nicht mehr half, war Rhodons Volk dazu übergegangen, mit ihren Hämmern die gewaltigen Tatzen der Sarkoten zu traktieren. Alles unter dem Pfeilbeschuss vonseiten der Nordländer. Es war ein schreckliches Schauspiel. Wenn ein Kleturer von einem dieser mannslangen Hörner erwischt wurde, sah man ihn in hohem Bogen davonfliegen. Einige von ihnen waren an der Mauer zerschmettert, andere sogar in die Schlucht geflogen. Und Shalyna musste im Käfig zusehen und konnte nicht eingreifen. Das Halsband aus Gaphiren saugte ihre Limarkräfte vollständig ab.

Sie waren ein tapferes Volk, die Kleturer. Shalyna fühlte Stolz, wenn sie Rhodon beim Kämpfen beobachtete. Er war einer der wenigen, der sein Leben bis zum Schluss behaupten konnte. Shaly hatte gesehen, wie er zunächst schwer humpelte und dann an der Sinithmauer hochgezogen wurde. In seinem linken Bein steckte ein Pfeil.

Zur Mittagsstunde waren zwei weitere der riesigen Brücken angekommen und über die Schlucht geführt worden. Sternenförmig zeigten nun drei Zugänge auf das Tor von Rikania. Sobald es fiel, würde die Nordlandarmee in die Stadt einfallen. An den zahlreichen Rissen der Mauer sah man, dass Rikanias Verteidigungswall nicht mehr lange standhalten würde. Und dann war es vorbei.

Wir hätten uns viel besser vorbereiten müssen, dachte Shalyna resigniert. *Wenn alle Völker der Südlande sich genau wie die Völker des Nordens auf den Krieg vorbereitet hätten, würde es anders aussehen. Obwohl ..., die Pfeilkanonen, die Tiere, die Handpyramide des Kaisers, ... es wäre selbst dann schwer geworden.*

In einer Mischung aus Trauer und Schmerz hatte Shalyna heute Nachmittag die Andari erblickt. Sie sah Maruk auf der Wehranlage, wie er Pfeile in Richtung der Sarkoten verschoss. Er trug eine Kriegsbemalung. So gut konnte sie es von hier hinten nicht erkennen. Wenn die Sarkoten durchbrachen, würde auch das Dschungelvolk sterben.

Wenigstens schienen die Feuer gelöscht. Jedenfalls sah Shalyna kaum noch Rauch über der Stadt. Am Vormittag war zeitweise der Himmel von den Rauchwolken verdunkelt. Die Feuervögel hatten zwar ganze Arbeit geleistet, waren aber gut abzuschießen gewesen. Bei jedem Vogel, der vom Himmel fiel, hatte sie innerlich triumphiert.

Was wohl mit Jason war? Sie konnte ihm wegen der Gaphire um ihren Hals nicht mehr mit dem Kalenzring erreichen. Sie spürte nur zart, dass er noch lebte. Aber warum war er nicht hier? Was war schiefgegangen?

※ ※ ※

All unsere Anstrengungen verzögern den Untergang bloß, dachte Allando kraftlos und blickte auf Faibanus. Der kräftige Ratsmeister keuchte vor Überanstrengung. Es gelang ihnen kaum noch, die Sarkotenangriffe zu behindern.

„Sie weichen das Sinith auf. Was ist das jetzt schon wieder für eine Teufelei?", fauchte Diestelbart völlig verausgabt.

Allando war es ebenfalls aufgefallen. Die Stellen, an denen die Kopfplatten der Sarkoten in die Sinithmauern einschlugen, wurden mit der Zeit matschig. Er hatte das eigenhändig an der Mauer überprüft. Die Einschlagbereiche fühlten sich warm an und waren durchtränkt mit Limar. Allando vermutete eine weitere Hexerei des dunklen Kaisers.

„Das ist nicht unser größtes Problem", entgegnete er seinem alten Freund. „Wir haben einen Bruch in der linken Torhalterung. Garvaron hat hundert Mann in diesem Sektor zusammengezogen. Die Kleturer lassen soeben flüssiges Sinith in die Bruchstelle ein. Es wird aber nicht schnell genug hart."

Mehr führte er nicht aus. Was sollte er auch sagen? Erschöpft lehnte er sich gegen die Wand. Es dauerte jetzt immer länger, bis er sich für den nächsten Einsatz erholt hatte. Und auch dann waren seine Kräfte nur ein Abklatsch im Vergleich zu seiner Stärke zu Beginn der Schlacht.

Sein Blick fiel auf den der obersten Richterin. Sie beobachtete mit gefasster Miene das Geschehen. Die meiste Zeit schaute sie dabei auf den Käfig von Shalyna. Sie wollte jeden der Augenblicke, die ihrer Tochter verblieben, auskosten.

Ein ohrenbetäubendes Quietschen zog seine Aufmerksamkeit auf sich. Ein Flügel des Tores hatte sich ein Stück aus der Verankerung gerissen und das Geräusch verursacht. Und schon wieder nahmen drei Sarkoten Anlauf auf diese Stelle. Ihr Durchbruch stand unmittelbar bevor.

Allando wendete sich nach hinten. Wie erwartet sah er kein Schiff auf dem Fluss. Die Evakuierung hatte gestoppt werden müssen. Die Nordlandarmee hatte Steinschleudern an den Ufern in Stellung gebracht. Damit entfiel die Möglichkeit, auf diesem Weg über die Fluchtboote der feindlichen Armee zu entfliehen. Mandratan wollte keine weitere Seele aus der Hauptstadt entkommen lassen.

Der Großmeister stützte sich kraftlos auf der Lehne eines Stuhles ab. Vielleicht sollte er noch einmal zu Callum schauen, bevor der dunkle Kaiser in die Stadt einfiel. Ein letztes Wort des Abschieds. Sein Meisterschüler war für ihn wie sein Sohn. Seit dem Tod seiner Frau war Callum seine Familie gewesen. Mandratan würde als Erstes den Lichtrat hinrichten lassen, da war er sich sicher. Der alte Limarmeister machte sich nichts vor. Es würde nicht mehr lange dauern. Er rechnete mit einem schnellen Ende. Sollte er jetzt zum Krankenflügel gehen? Ehe es für immer zu spät war?

„Seht", rief Ratsmeisterin Tradan und zeigte zum Himmel, „ein neuer Angriff von irgendwelchen Vögeln."

Allando stürzte ans Fenster. Da sah er die Wolke aus kleinen Flecken am Horizont, welche sich mit rasender Geschwindigkeit der Stadt näherten. Aber auch bei den Nordländern tat sich etwas. Was sollte das? Hörner bliesen auf dem Schlachtfeld. In großer Hektik wurden Pfeilschleudern gedreht und in Richtung der heranrasenden Formation gerichtet. Trompeten ertönten. Sogar Mandratan hatte sich aus seiner gelangweilten Haltung erhoben und starrte den dunklen Punkten entgegen.

ॐॐॐ

Jason blickte auf die riesige Armee unter sich. Das war schlimmer als er gedacht hatte. Und Sarkoten waren wahrlich ein imposanter Anblick. Die Menschen wirkten wie Hamster neben ihnen.

Vor dem Aufbruch hatte Jason den Rest der Goldwasserflasche ausgetrunken. Heute würde es sich entscheiden, so oder so. Er musste für die Endschlacht bei Kräften sein. Das Sternentor schloss sich ohnehin in ein paar Tagen. Kurz hatte er mit der Möglichkeit geliebäugelt, sich in Shambala absetzen zu lassen ...

Der Flug war auch diesmal gigantisch. Hunderte Ingadi flogen an seiner Seite in die Schlacht. So hatte er es mit Frodant und Oscara als Gegenleistung für die Überlassung des Gefäßes des Lichts vereinbart. Um sicherzustellen, dass die Ingadi ihn nicht hintergehen, hatte er König Frodant mittels seiner speziellen Fähigkeiten geprüft. Er fand dabei keinerlei Falschheit oder Lüge. Da hatte er ihnen Zafan übergeben.

Früher wäre ihm das peinlich gewesen, sein Misstrauen so offenkundig zu zeigen. Schließlich machte er damit deutlich, dass ihm des Königs Wort nicht genügte. Damals hätte er lieber mit dem Zweifel gelebt, als unangenehm anzuecken. Dieses Everybodys-Darling-Verhalten konnte er sich nicht mehr leisten. Jetzt hatte er einfach auf die Überprüfung bestanden und zu seiner Verwunderung hatte der Ingadikönig ohne zu zögern zugestimmt. Jason hatte sogar Respekt gespürt, als er Frodants Gefühle kontrollierte.

So weit, so gut. Die Sache besaß leider einen Haken: Die Ingadi würden nicht kämpfen. Sie durften es nicht.

Jason hatte einsehen müssen, dass kein Ingadi ohne diese Nacht der Vergebungsmeditation einen Menschen angreifen würde. Er hatte es ja schon bei Pendetrons Tod miterlebt - keiner der Flügelwesen hatte die Mörder zur Rechenschaft gezogen, obwohl sie Aran und seinen Begleitern weit überlegen gewesen waren.

Wie hilfreich wären ihre Bögen gegen diese Armee. Auch Mandratan wäre mit den Kräften der Ingadi zu schlagen. Da war sich Jason sicher.

Aber von diesen Problemen wussten die Nordländer da unten ja nicht. Es war ausgemacht worden, dass die Ingadi sich auf den Mauern von Rikania verteilen sollten. Sie konnten immerhin mittels ihrer Limarkräfte starke Schutzschilde um die Stadtmauer weben, zumindest für ein paar Stunden. Zudem trug er das Geschenk vom Wächter des Tales der Einsamkeit, das Amulett, welches ihn vor allen Limarangriffen schützt. Mandratan konnte ihm also mit seiner Pyramide nichts anhaben. Das musste er irgendwie einsetzen. Weiter hatten sie noch nicht überlegt. Er wollte erst einmal mit Allando, Callum und Rhodon die Kriegslage besprechen. Vielleicht hatten seine Freunde eine Idee. Außerdem ...

Da sah er sie.

„Nein!", stieß er flüsternd aus.

„Was ist?", fragte Fraitan. Die Ingadi besaßen gute Ohren.

„Sie ist bei Mandratan. Kannst du ...", begann Jason.

Da raste der erste Pfeil an ihm vorbei. Die Ingadi flogen in eine regelrechte Pfeilwand hinein, die sich senkrecht zum Himmel erhob. Doch es machte den Flügelwesen nichts aus. Ihre Limarschilde waren viel stärker als die der Menschen, selbst die Pfeiltrommeln der Nordländer konnten diese nicht durchdringen.

Jason war wie betäubt. Er hatte nicht bedacht, dass Mandratan Shalyna mit in die Schlacht führt. Was sollte er tun? Wie konnten sie Mandratan bedrohen, ohne Shalyna zu gefährden?

Eben war er noch so hoffnungsvoll gewesen. Nun überkam ihn Verzweiflung.

Stopp!, rief er sich in Gedanken selbst zu. *Wer aufgibt, hat schon verloren. Du würdest dir nie verzeihen, nicht alles gegeben zu haben. Denk nach!*

Doch ihm fiel auf die Schnelle nichts ein. Da besann er sich einer alten Schachregel: Angriff ist die beste Verteidigung. Vielleicht galt das auch hier.

„Fraitan", brüllte er gegen den Wind, „wir müssen den Plan ändern. Flieg mich vor die Limarglocke dort. Aber achte auf ein starkes Schutzschild."

Fraitan tat, wie ihm geheißen und drehte nach unten. Er hatte Shalyna ebenfalls erspäht. Die übrigen Ingadi flogen an ihnen vorbei und verteilten sich wie besprochen auf der Stadtmauer. Die Pfeilangriffe der Nordländer wurden eingestellt, die Sarkoten verharrten unschlüssig rund um das halb herausgebrochene Stadttor.

Der Ingadiprinz landete am Rande der Schlucht, direkt neben der Limarglocke des Kaisers, inmitten eines Meeres der von der Schutzkuppel abgeprallten Südlandpfeile. Auch Felsblöcke und andere Wurfgeschosse lagen herum. Die Rikanianer hatten alles versucht, die Glocke zu durchdringen. Ohne Erfolg.

Mandratan war aufgesprungen und starrte sie erwartungsvoll an. Er zeigte allerdings kein Anzeichen von Angst, eher von amüsiertem Interesse.

König Frodant landete neben Fraitan und fragte: „Was ist los, mein Sohn? Warum fliegt ihr nicht wie besprochen zur Stadt?"

Jason hörte nicht mehr, was Fraitan antwortete. Der Jubel auf den Mauern von Rikania übertönte alles. Die Männer dort oben dachten, die Ingadi waren gekommen, um zu kämpfen. Dabei brachte ihr Eintreffen höchstens etwas mehr Zeit. Aber nicht für Shalyna. Jason war wie in Trance. Was konnte er tun? Shalyna hockte nur wenige Meter entfernt in dem Käfig. Zwischen diesen Riesenraubkatzen. Mandratan konnte sie jederzeit töten lassen.

Er drehte sich zur Mauer herum. Es war eigentlich ein erhabener Anblick, wie die Ingadi auf den Zinnen der Wehranlage schwebten. Sie hatten ihre Schutzschilder bis zum Fuße der Stadtmauer ausgedehnt. Wie lange sie diese wohl aufrechterhalten konnten?

Der Jubel der Südländer klang ab. Alle Augen richteten sich auf Jason. Aus einem der Türme stürmte sein Vater auf die Mauerzinne. Jason konnte nicht verstehen, was er ihm zurief. Aber vermutlich sollte er zu ihm kommen.

Stattdessen wendete er sich wieder der Glocke vor ihm zu. Fraitan und Frodant standen immer noch neben ihm und warteten, was er zu tun gedachte. Sie waren bereits von mehreren Dutzend der Nordlandsoldaten umringt, die sie sofort angreifen würden, wenn das Schutzschild von Fraitan und Frodant einen Zugang ermöglicht hätte.

Jason zog sein Schwert aus Shambala und konzentrierte sich auf den dunklen Kaiser. Er kam sich nackt und wehrlos vor. Vielleicht hätte er das Gefäß des Lichts mitnehmen sollen, dann hätte er etwas zum Verhandeln einsetzen können. Aber Oscara hatte diese Forderung nicht akzeptiert, sie hätte Zafan niemals wieder aus Allabra hinausgelassen. Da das Gefäß des Lichts nicht als Waffe eingesetzt werden konnte, hatte Jason schließlich zugestimmt. Aber nun bereute er seine Nachgiebigkeit. Eventuell hätte er auch Mandratan mit der Zerstörung des Gefäßes drohen können.

Immer noch schaute Mandratan halb erheitert, halb interessiert. In Jason entbrannte schmerzhafter Hass gegen seinen Onkel. Er hatte in seiner letzten Prüfung zwar erkannt, dass jeder Mensch Schattenseiten in sich trägt, aber deswegen waren nicht alle gleich. Man konnte entscheiden, in welcher Welt man leben will und muss entsprechend handeln. Gräueltaten blieben immer noch Gräueltaten. Mandratan musste besiegt werden.

Doch wie?

„Hast du deinem Onkel ein Geschenk gebracht, Jason?", fragte Mandratan. „In dem Fall habe ich auch eines für dich." Mandratan zeigte mit seiner gesunden Hand auf Shalyna im Käfig. Sie klammerte sich an die Gitter, ihr Gesichtsausdruck war eine Mischung aus Hoffnung und Angst. Jason musste schnell wegschauen, er verzagte, wenn er Shaly so hilflos dort eingesperrt sah.

Mandratan dagegen fühlte sich offenkundig unter seiner Schutzglocke völlig sicher. Aran del Mark trat zwischen den Zwingern hervor und blieb in einiger Entfernung mit gekreuzten Armen stehen. Er wirkte wie ein Wrestlingkämpfer in Kampfmontur. Nur sein riesiges Schwert erschien noch gefährlicher als er.

Jason lief die Zeit davon. Er musste irgendetwas unternehmen. Mandratan würde schnell merken, dass die Ingadi nicht kämpfen konnten. Und wenn er jetzt, wo er noch von einem Eingriff in den Kampf durch die Ingadi ausging, so wenig verstört auftrat, dann würde er später bestimmt nicht mehr zu übertölpeln sein.

Jason kam eine Idee. Eine Hoffnung. Er ging auf die Limarglocke los. Kurz vor der flimmernden Luft verharrte er. Vorsichtig streckte er seine Hand in das Flimmern.

Seine Finger glitten widerstandslos hindurch.

Ein Gefühl des Triumphes flutete durch sein Herz. Sein Schutzamulett, das er vom Wächter erhalten hatte, bewahrte ihn vor der Limarglocke. Das hatte er sich erhofft. Mit einem resoluten Schritt trat er komplett durch die Limarwand und befand sich nun nur noch fünf Meter von Mandratan entfernt. Kein Limarschild trennte sie mehr. Rasch bildete er einen eigenen Schutzschild auf. Viel würde dieser nicht abhalten können, aber zumindest war er für kurze Zeit vor einem Pfeil aus dem Hinterhalt geschützt.

„Oh, Jason, was tust du?", rief Shalyna besorgt und glücklich zugleich zu ihm herüber.

Er ignorierte ihre Frage und konzentrierte sich auf den dunklen Kaiser. Jason sah jetzt, wie ein dünner Faden bläulichen Lichts von der Handpyramide Mandratans bis zu der Limarglocke reichte. Mit erschreckender Leichtigkeit hielt sein Onkel die Limarkuppel aufrecht. Welch Energiemengen wohl noch in dieser Pyramide stecken mochten? Jason dachte nicht weiter darüber nach.

„Was nun, Mandratan? Wenn du mich angreifst, wirst du deinen Schutzwall aufgeben müssen", sagte er provokativ und hielt dabei sein Schwert auf den dunklen Kaiser gerichtet. „Und dann ...", Jason zeigte mit dem Daumen hinter sich, „wirst du auf der Stelle von Hunderten von Pfeilen durchbohrt."

Mandratan lachte erheitert los. Gleich darauf wurde sein Gesicht mit einem Schlag ernst, beinahe traurig. Leise flüsterte er: „Jason, Jason. Du bist ein Narr wie dein Vater." In eiskaltem Ton fuhr er fort: „Leg sofort deine Waffe nieder oder ich lasse den Garonen zu Shalyna herein."

Wie um seine Worte zu unterstreichen, eilte ein Soldat an den Hebel der Klappe, die Shalynas Käfig von dem der sechsbeinigen Raubkatze trennte.

Jason schluckte und atmete tief ein. Er musste jetzt kaltschnäuzig klingen: „Wenn du das tust, verlierst du dein letztes Pfand, Mandratan. Siehst du nicht die Ingadi auf der Mauer, Onkelchen? Deine Truppen haben keine Chance gegen ihre Pfeile. Und du wirst, wenn deine Armee erst einmal vernichtet wurde, ebenfalls sterben. Was ist dann das Resultat deines Lebens? Wo ich auch hinschaue: Du hast überall versagt, im ersten Krieg, im zweiten Krieg, die Statue deines Mansils ist zerstört, die Nordländer werden wieder unter die Herrschaft der Südlande fallen - meinst du, so einen nimmt Gramon in Paraduja auf?"

Jason ließ seine Worte einen Moment wirken. Mit eindringlicher Stimme fuhr er fort: „Wenn du jetzt aufgibst, erhältst du die

Chance, deinem Leben noch einmal eine andere Richtung zu geben."

Für einige Augenblicke erkannte Jason Unsicherheit in den Augen von Mandratan aufblitzen. Dessen Blick zuckte zu den Ingadi auf den Mauern. Aber rasch verschwand der zögerliche Gesichtsausdruck wieder und Mandratan war wie gehabt in seinem Wahn gefestigt. Er bohrte die Fäuste in seine Taille und posaunte selbstherrlich heraus: „Jason, du wandelst auf den gleichen Irrwegen wie dein Vater. Gott Gramon selbst schenkte mir die Macht, ganz Tandoran unter sein Gesetz zu zwingen. Und das schließt auch deine Flügelfreunde mit ein. Sie haben keine Chance gegen mich!" Er zeigte auf Jason und befahl: „Aran - leg ihn in Ketten."

Der Hüne zog sein Riesenschwert, kam grinsend auf Jason zu und fragte: „Na, Jason, willst du mir wieder Sand in die Augen streuen? Oder beherrscht du noch einen anderen Trick?"

Jason nahm sein eigenes Schwert in beide Hände. Da schlug Aran auch schon zu. Kurz vorher flimmerte dessen Klinge bläulich auf. Funken sprühten, als das Bärentöterschwert in Jasons Limarschild eindrang. Dadurch wurde der Schlag abgemildert, aber Jason musste trotzdem energisch gegenhalten. Seine Limarkräfte wurden bereits schwächer. Der nächste Angriffsschlag würde um einiges härter durchkommen. Jason taumelte zurück.

„Weißt du eigentlich, was hier mit dir gespielt wird?", versuchte er Aran gegen Mandratan aufzubringen. „Hat er dir erzählt, wie die Macht nach dem Krieg verteilt werden soll?"

Aran ließ sich nicht beirren. Diesmal schlug er von der anderen Seite zu. Abermals parierte Jason. Es klirrte heftig, er spürte den Hieb bis zum Ansatz seiner Wirbelsäule.

„Hört auf. Flieh, Jason!", schrie Shalyna aus ihrem Käfig, doch keiner der beiden Kämpfer schaute zu ihr hin.

„Hat er dir auch den Posten als Fürst der Südlande angeboten?", fragte Jason und riss sein Schwert seitlich herum, um den nächsten Stoß von Aran abwehren zu können.

Der Schwerthieb von Aran war zu wuchtig. Jasons Limarschild war nahezu nicht mehr vorhanden. Ungebremst kam der Angriff des Hünen durch. Jason konnte seine Waffe nicht festhalten. Klirrend landete sein Schwert vor den Füßen von einem der Soldaten Mandratans, die einen Halbkreis um die Kämpfenden gebildet hatten. Mit einem Schlag wurde Jason klar: Auch wenn er gegen Aran gewinnen sollte, wären diese Gegner zur Stelle. Er würde so nicht weiterkommen.

Jason sprang ein paar Schritte zurück und sagte hastig: „Aran, er lügt dich an."

Aran folgte ihm, zögerte aber bei seinem nächsten Angriff.

Eilig sprach Jason weiter: „Er hat mir gesagt, dass du am Ende des Krieges nicht mehr gebraucht wirst. Dass ein Waisenbalg ...", Jason ließ das Wort wirken, „... nie ein Fürst werden könnte."

Damit schien Jason einen wunden Punkt getroffen zu haben. Aran hatte bei dem Ausdruck „Waisenbalg" sein Schwert zurückzucken lassen. Vielleicht war dies das Stichwort, dass Aran die Worte von Jason ernsthaft in Erwägung zog.

Jedenfalls senkte er seine gewaltige Klinge ab und wendete sich Mandratan zu.

„Stimmt das, was der Erdling sagt?", fragte er mit leiser Stimme, den Blick zu Boden auf die Spitze seiner Klinge gerichtet.

Mandratan kratzte sich an den Augenbrauen. Er überlegte. Nur kurz.

Doch es war schon zu spät. Allen Umstehenden wurde klar, dass Jason die Wahrheit sprach. Auch Aran.

Mandratan erkannte das ebenfalls. Seufzend gab er seinen Soldaten einen Wink: „Legt beide in Ketten."

Jason sprang zu seinem Schwert, nahm es auf und hob es drohend vor sich. Die Soldaten konzentrierten sich auf Aran, der näher beim Kaiser stand. Der Hüne hielt sein Schwert weiterhin abgesenkt und schien völlig fassungslos.

„Warum", hauchte er kraftlos hervor. Eine Stimme, der alle Hoffnung entzogen war.

„Aran, du hast mir gut gedient", gab sich Mandratan nun väterlich, während die Soldaten Arans Starre ausnutzten und ihm das Schwert aus den wehrlosen Händen entrissen. „Doch Fatina würde dich niemals erwählen. Selbst wenn du Fürst der Südlande wärest. Das hat sie immer wieder betont, ich sollte es dir sagen. Aber ich brachte es nicht übers Herz. Fatina ahnte wohl, dass ich dir den Fürstentitel niemals hätte zusprechen können. Gott Gramon hat dir das Leben eines Waisen zugewiesen, wie willst du mit den Ansprüchen der Fürstenhäuser der Nordlande mithalten? Ein Traum, Aran, es war ein Traum. Und ich habe ihn dir gegönnt. Wieso hätte ich dich schneller als nötig aufwecken sollen?" Dann blickte er noch kurz traurig auf den regungslos dastehenden Hünen. Schließlich befahl er: „Führt ihn ab."

Drei Soldaten zogen Aran, mittlerweile an den Händen mit einer Lederschlinge gefesselt, nach hinten zu den Käfigen. Jason hatte sich mehr Widerstand von seinem einstigen Widersacher erhofft. Damit stand nun er wieder im Fokus. Seine Limarkräfte hatte sich ein wenig regeneriert. Wie konnte er diese so wirksam wie möglich einsetzen? Er entsann sich einer Übung mit Nickala. In schneller Folge verschoss er gehärtete Luftbälle gegen die Stirn der fünf verbliebenen Nordlandkrieger.

Sein Plan ging auf. Einer nach dem anderen brach bewusstlos zusammen. Nun gab es nur noch drei Soldaten unter der Glocke, und die bewachten Aran.

Damit war der Weg frei zu Mandratan, der keine Waffe trug, um sich zu verteidigen. Es musste nun rasch gehen. Jason rannte auf den wehrlosen Kaiser zu. Scheinbar wehrlosen.

Ganz lässig öffnete dieser die Lederscheide an seiner linken Seite und zog einen eisblauen Stab heraus. Jason stockte. Das gleiche Material wie das der Handpyramide. Und tatsächlich. Mandratan lachte überheblich auf und schoss einen Blitz aus dem Stab auf Jason ab. Das Schutzamulett sog die Strahlung zwar völlig auf, der Aufprall ließ ihn aber trotzdem zurücktaumeln.

„Ich habe ein Vielfaches an Macht gegenüber dem ersten Krieg, Jason Lazar. Und darum werde ich siegen. Dieses Zepter speichert hundert Mal mehr Limar als meine Handpyramide. Ich werde deine geflügelten Freunde einfach wegpusten!", triumphierte der dunkle Kaiser.

Damit hatte niemand gerechnet. Jason sah aus den Augenwinkeln, wie sein Vater, Rhodon, Meister Allando und eine Frau, die offenkundig Shalynas Mutter war, von vier Ingadi getragen neben Fraitan und Frodant am Rand der Limarglocke landeten. Warum blieben sie nicht im Schutz der Mauern? Sie konnten doch ohnehin nicht zu ihm hineinkommen, um zu helfen. Kurz wunderte er sich, wieso Callum nicht mit dabei war. Dann konzentrierte er sich wieder auf den Kaiser.

„Du kannst mir nichts anhaben, Mandratan", widersprach er mit fester Stimme und drückte sich mit der Klinge voran gegen den Limarstrahl, der immer noch auf ihn gerichtet war.

Da entriss ihm Mandratan das Schwert mit einem gezielten Limarhieb. Seine Waffe landete drei Meter weiter am Rande der Schlucht.

Jason blieb standhaft. „Dann eben mit bloßen Händen", rief er und lehnte sich stärker gegen den Druck des auf ihn gerichteten Limarstrahles. Seine Kraft reichte, er kam seinem Onkel Schritt für Schritt näher.

Er schaffte es bis knapp vor den Schlächter. An diesem Punkt kam diesem leider ebenfalls eine kluge Idee. Er ließ den Strahl abrupt abbrechen, sodass Jason der Länge nach in den Dreck fiel. Sofort zog der dunkle Kaiser ihn mit den Limarkräften aus seinem eisblauen Zepter an den Füßen nach oben. Jasons Amulett schützte ihn vor der Energie des Limars, aber Mandratan hatte einfach eine Luftschlinge gebildet, die Jason hochzog. Dagegen half sein Schutz offenkundig nicht. Hilflos baumelte Jason, mit dem Kopf nach unten, zwei Meter hoch in der Luft.

Er wollte sich mit seinen Limarkräften aus der Umklammerung befreien. Es erschien ihm, als versuche er, mit einem Strohhalm ein Auto wegzudrücken. Er stieß auf stahlharten Widerstand. Im Drehen sah er, wie Meister Allando einen Blitz auf die Limarglocke schleuderte. Auch sein Vater und die Mutter von Shalyna konzentrierten ihre Kräfte auf die Glocke. Es flimmerte um sie herum, Lichtkaskaden zuckten.

Mandratan lachte nur. Er machte sich sogar den Spaß, Jason in der Luft baumelnd zu den Draußenstehenden hinfliegen zu lassen. Jason musste mit ansehen, wie jetzt auch Fraitan und Frodant versuchten, in die Glocke einzudringen. Ihre Limarkräfte schienen weitaus stärker, jedenfalls blitzte und funkelte es nun deutlich heftiger. Jason war ihnen dankbar. Sie wollten einen Durchgang für die Angreifer schaffen.

Aber es bewirkte nichts. Mandratan ließ Jason einfach vor den Köpfen seiner Freunde hin- und herpendeln, lachte, genoss seine Überlegenheit. Er verstärkte sein Gelächter mit Limar, sodass es über die gesamte Ebene schallte. Von hier oben erkannte Jason, dass sich die Fürsten der Nordlande um die Limarglocke versammelt hatten, hinter ihnen Tausende ihrer Männer. In ihren Augen stand gespannte Erwartung.

Als das Lachen des Kaisers verebbte, wurde es rundherum beängstigend ruhig. Was würde Mandratan mit dem hilflosen Jason anstellen? Es wurden keine Pfeile von Rikania mehr geschossen, die Sarkoten verharrten vor den Mauern. Alle warteten ab, was jetzt passieren würde. Nur die Limarblitze seiner Freunde, die sich mittlerweile verzweifelt auf einen gemeinsamen Angriffspunkt konzentrierten, sorgten für ein elektrisches Surren.

Auch Mandratan schien sich über die Stille seiner Männer zu wundern. Er hatte sich wohl Jubel erhofft. Mit einem mürrischen Wink aus seiner Handpyramide schoss er einen Limarschwall auf die Ingadi und Limarten vor der Glocke. Dieser schwappte einfach aus dem Schutzschild hervor. Die Ingadi, sein Vater, selbst Allando, alle landeten auf dem Rücken in der staubigen Erde.

Jason verlor die Hoffnung. Mit einer Geste konnte der Kaiser fünf Ingadi und den stärksten Limarten der Südlande abschütteln. Was könnte man jetzt noch tun, um Mandratan zu stoppen? So kopfüber in der Luft baumelnd fiel ihm nichts ein. Ethan und Allando waren bereits wieder aufgesprungen und guckten hilflos von der anderen Seite der Limarglocke zu ihm. Genauso ratlos wie er.

„Genug gespielt. Du hattest ausreichend Gelegenheit, dich für die richtige Seite zu entscheiden, Bruder. Und nicht genutzt. Sieh nun, wie dein Sohn sein Leben im Käfig der Garonen verliert."

Jason wurde in Richtung der nach oben offenen Garonenkäfige geflogen. Direkt über einer der Raubkatzen ließ ihn der Kaiser einen Moment baumeln. Ein Garone bäumte sich auf seine vier Hinterbeine und zeigte seine beeindruckenden Stoßzähne. Ihm schwappte ein Schwall seines fauligen Atems entgegen. Hätten diese Käfige doch bloß ein Dach gehabt. Stattdessen trennte ihn nur noch die nackte Luft von den aggressiven Tieren.

Jason blickte Hilfe suchend zu seinem Vater. So dicht bei diesen Riesenraubkatzen verließ ihn der Mut und machte der Angst Platz, der Todesangst. Ihn überkam Panik, als er sah, dass Meister Allando seinen Vater von der Glocke wegzog und Ethans Gesicht auf seine Brust zog. Jason suchte die Augen von Shalyna. Sie klammerte sich an die Gitterstäbe im Käfig nebenan und starrte zurück. Ihr linker Fuß hing schräg an einer Kette. Sie war tapfer, würde bis zum Ende in seinen Augen verharren.

„Seht", ertönte die Stimme von Mandratan an seine Untertanen gerichtet, „wie es ..."

Da lenkte ein Schrei alle Blicke auf sich. Aran riss sich von den drei Soldaten los und ergriff mit den gefesselten Händen sein

Schwert. Mit zwei Sätzen war er ununterbrochen brüllend beim Kaiser, der fassungslos auf den Hünen stierte. Aran schlug noch im Laufen zu, traf das Zepter und entriss es dadurch den Händen des Kaisers.

Jason fiel.

Aran nutzte den Schwung und attackierte in einer drehenden Bewegung gleich ein weiteres Mal. Er hämmerte auf die Handpyramide ein. Mit einem hässlichen Kreischen und einem Lichtinferno löste sich der Handstumpf vom Arm des Kaisers und flog, wilde Lichtblitze um sich ziehend, in die Schlucht hinein. Die Limarglocke brach zusammen.

Einer der Lichtblitze traf Aran, der hiervon taumelnd zurückflog und benommen auf der Erde liegen blieb. Mandratan sank nieder und hielt sich fassungslos den blutenden Armstumpf.

Jason prallte auf dem Boden des Garonenkäfigs auf und rollte sich ab. Nur weg von dem Untier. Dieses war durch Arans Brüllen abgelenkt worden, wendete sich aber nun sofort der Beute zu, die ihm da vom Himmel in den Käfig gefallen war. Mit einem Satz sprang der Garone auf Jason zu.

Shalynas Schrei schmerzte in seinen Ohren. Jason konnte sich nur noch zusammenkrümmen und auf den Biss des Tieres warten - der dann doch nicht kam. Stattdessen bremste der Garone derart ruckartig ab, als hänge er an einer Leine, die nun nicht mehr weiterreichte. Er flog im Anschluss an das andere Ende des Käfigs und Jason wurde gleichzeitig in die Luft gehoben. Diesmal aber von einem Freund. Sicher setzte Allando ihn außerhalb des Zwingers ab.

Jason ergriff sich sein Schwert und hetzte hinter dem davontaumelnden Mandratan her. Blut floss aus dessen Armstumpf, trotzdem wollte er sich sein Limar-Zepter holen, welches am Rande der Schlucht zum Liegen gekommen war.

Doch Fraitan stoppte das Vorhaben mit seinen Limarkräften. Er drückte den Kaiser einfach in die Knie und fixierte ihn am Boden. Gleichzeitig landeten Dutzende von Ingadi um sie herum und sicherten mit ihren Schutzschilden Jason und seine Freunde gegen die Armee der Nordlande ab.

Ethan kam auf Jason zugelaufen und umarmte ihn. Jason zitterte am ganzen Leib. Meister Allando und Shalynas Mutter eilten zum Käfig von Shaly und befreiten sie. Jason fiel ein Stein vom

Herzen, ach was, ein Gebirge bröckelte von ihm ab. Sorge und Angst wichen.

Und machten dem Zorn Platz. Wut gegenüber dem Mann, der ihnen das alles angetan hatte. Der für den Tod seiner Mutter, von Nickala, von Drivan und so vielen anderen verantwortlich war. Gemeinsam mit seinem Vater schritt er auf den am Boden knieenden, von Fraitan bezwungenen Mandratan zu. Sein Onkel klemmte mit einer Hand seinen Armstumpf ab. Er starrte Jason furchtlos an.

„Freu dich nicht zu früh, Missgeburt meiner Familie", warf ihm Mandratan entgegen. „Mich mögt ihr besiegen, aber die Armee der Nordlande wird fürchterlich unter euch wüten. Die Kraft unseres Gottes füllt sie mit Stärke. Ihr habt keine Chance gegen den göttlichen Willen." Nach seinen letzten Worten spie er vor Jason auf die Erde.

Sein uneinsichtiges Verhalten fachte den Jähzorn von Jason weiter an. Seine Mutter würde noch leben, wenn dieser Wahnsinnige nicht wäre. Er hielt die Spitze des Schwertes an den Hals seines Onkels. Das Zittern der Klinge ignorierte er. Ein kleiner Stich, und Mandratan würde keine Gefahr mehr bedeuten. Wäre der Anführer der Angreifer getötet. Wäre der Gerechtigkeit Genüge getan! Er müsste nur ein winziges Stück zustoßen, und dieses menschliche Übel wäre von der Welt getilgt.

„Du hast meine Mutter ermordet", presste er hervor. Sein Zorn schwappte über, alles in ihm wollte zustechen.

„Bereite diesem Lügner ein Ende!", forderte Aran, der sich aufgerappelt hatte und nun neben Shalyna, Allando, der obersten Richterin und König Frodant in einer Reihe stand. Fraitan befand sich hinter ihm. Alle starrten auf Jason.

Er spürte die Hand seines Vaters auf seinem Arm. „Nicht, Jason", flüsterte er, „mache dich ihm nicht gleich."

Das Zittern der Schwertspitze hörte auf. Jason atmete tief durch, schaute nach unten und ließ sein Schwert langsam sinken. „Du sollst im Gefängnis verrotten, genau wie du es Vater angetan hast. Der Tod wäre zu leicht für dich", raunte er dem knienden Kaiser entgegen, warf sein Schwert an die Seite und wendete sich um.

Das Zepter lag noch am Rande der Schlucht drei Meter hinter ihm. Er musste es an sich nehmen, bevor es irgendwer anders tat und damit weiteres Unheil anrichtete. Er ging darauf zu.

Ein dumpfer Rums ertönte hinter ihm. Shalyna schrie. Jason drehte den Kopf und sah Mandratan auf sich zustürmen. Fraitan hielt sich die blutende Nase, sein Vater lag auf der Seite.

Der dunkle Kaiser lief zu schnell, um ihn abzuwehren. Jason konnte nur noch die Arme hochreißen.

Doch sein wahnsinniger Onkel schaffte es nicht. Aran warf sich mit einem gewaltigen Satz in den Lauf des blutenden Kaiser und riss ihn mit sich. Fassungslos sah Jason, wie beide durch den Schwung über den Rand der Schlucht geschleudert wurden. Einen Moment schwebten sie ganz langsam in der Luft und sackten dann wie Steine in die Tiefe. Der Schrei von Mandratan verhallte zwischen den Wänden des Abgrunds.

Jason trat vor und sah eine Staubwolke an der Stelle aufsteigen, wo die beiden aufgekommen waren. Sofort flogen einige Ingadi dorthin hinab, aber Jason war sich sicher, dass sie für die beiden dort unten nichts mehr tun konnten.

„Er hööööt mer de Nade zerschschwaden", krächzte Fraitan neben ihm und hielt sich die blutende Nase.

„Und ich konnte ihren Fall nicht aufhalten", ergänzte Allando, „meine Kräfte sind vollständig aufgebraucht. Bei dir im Garonenkäfig hat es zum Glück noch gereicht."

Esmer al Tandora kam zu ihnen. Sie zeigte auf die Fürsten der Nordlande, die von ihren Männern umringt beratschlagten und meinte in Richtung Allando: „Wir sollten uns hinter die Mauern zurückziehen. Wer weiß, wie sie sich entscheiden."

Bevor der Großmeister antworten konnte, trat König Frodant vor sie.

„Oberste Richterin, Großmeister Allando, ich biete euch meine Hilfe an. Darf ich zu den Menschen der Nordlande sprechen? Ich habe ihnen ein Angebot zu machen, dass sie vielleicht davon abhalten wird, erneut zu den Waffen zu greifen."

Die Mutter von Shalyna gab nickend ihr Einverständnis und schaute gespannt dem sich in die Lüfte erhebenden Ingadikönig hinterher. Fraitan murrte neben Jason: „Das mätte meigentlich mich tachen sollen."

„Menschen von Tandoran", ertönte die kraftvolle Stimme des Königs über das Schlachtfeld, sodass sie auch von den Einwohnern Rikanias gehört werden konnte. Jason sah, dass sich viele Frauen und Kinder auf den Mauern versammelt hatten. Alle wollten eine Aussicht auf den fliegenden Ingadi erhaschen.

„Hört mich an", fuhr Frodant fort. „Ich bitte euch Menschen, den Bund mit uns Ingadi zu erneuern. Das Gefäß des Lichts oder Zafan, wie es bei uns heißt, ist zu uns zurückgekehrt und wird Tandoran retten. Wir Ingadi schulden euch Menschen Dank, dass ihr Zafan zu uns zurückgebracht habt. Und was ihr nicht wisst ...", Frodant schwieg einen Moment und ließ den Blick über die Armee der Nordlande schweifen. Er sprach weiter: „Zafan stellt den Kontakt zu den Ahnen her. Wir bieten euch an, dieses Geschenk mit uns zu teilen. Ihr könnt mit euren Verstorbenen sprechen und so direkt erfahren, was wirklich der rechte Pfad im Leben ist. Die Toten haben hinter den Schleier geschaut und werden uns wie auch euch weise leiten."

Gemurmel setzte unter den Soldaten ein. Viele hatten sicher in den letzten Jahren Verwandte und Freunde verloren und würden nur zu gerne noch einmal mit ihnen reden.

Frodant schloss mit den folgenden Worten: „Doch dazu fordere ich, dass ihr die Waffen des Krieges sofort niederlegt."

Jason starrte voller Freude auf die Armee der Nordländer: Zuerst nur vereinzelt, dann immer mehr warfen Bogen und Schwert auf den Boden. Die schönsten Geräusche seit langem. Sie verkündeten das Ende des Krieges.

Tat-jayât prajnâlokah
Aus deren Meisterung entspringt das Licht des direkten Wissens.
Patanjali, Yoga-Sutren, Teil 3, Sutre 5

9.2 Das Gefäß des Lichts

„*D*er Bote der Ingadi könnte frühestens am Nachmittag mit dem Goldwasser zurück sein, das ist zu spät", flüsterte Shalyna ihm in der Dunkelheit zu und lehnte sich dabei so nah wie möglich an Jason heran. Er würde diesen einen Tag schon noch ohne das Goldwasser aushalten. In den Nordlanden gab es einen kleinen Vorrat des wertvollen Trunks. Allando hatte gestern Abend sofort nach dem Sieg einen Trupp in Richtung Burg Saranam entsendet, die Männer waren noch in der Nacht fündig geworden. Allerdings wäre der Trank nicht rechtzeitig hier in Allabra, es war sicherer für ihn, direkt zum Sternentor aufzubrechen. Jason hätte sich zudem gerne von Seron verabschiedet, doch für einen Besuch bei seinem Wolfsfreund reichte die Zeit wirklich nicht mehr.

Er wollte nicht dran denken. Stattdessen konzentrierte er sich voll auf das Zentrum der Ringstätte, welches sich bisher kaum von der Finsternis abhob. Gleich würde die gelbe Sonne aufgehen. Dann würde sich zeigen, was die Prophezeiung der Rettung Tandorans durch das Gefäß des Lichts bedeutet.

Alles unterhielt sich gedämpft, die Ringstätte war gefüllt mit Ingadi und einigen Menschen. Trotzdem er sich fühlte, als hätte er seit Monaten nicht mehr geschlafen, waren seine Sinne hellwach. Er wollte hier auf Tandoran ohnehin nicht mehr schlafen. Jede Sekunde mit Shalyna war kostbar. Seit seine Freundin aus dem Käfig befreit war, hatten sie sich höchsten für wenige Minuten voneinander entfernt. Ihnen waren auf Tandoran keine 24 Stunden mehr miteinander vergönnt.

Beide besaßen die schwache Hoffnung, dass die Kalenzringe die Entfernung Erde - Tandoran überbrücken würden. Und natürlich, dass Jason irgendwann wieder zurückkehren könnte. Er würde sich auf der Erde umgehend auf die Suche nach dem verlorenen Torstein machen, um neues Goldwasser zu produzieren.

Die Ingadi hatten gestern Abend auf sofortigen Aufbruch bestanden. Alle wollten dabei sein, wenn Oscara das Gefäß des

Lichts in das Zentrum der Ringstätte einsetzt. Der verbliebene Lichtrat, Ethan, Rhodon, Shalyna, die oberste Richterin und Jason waren herzlich eingeladen worden, daran teilzunehmen. Garvaron war in Rikania geblieben, er leitete die Aufräumarbeiten in der Stadt und die Rückführung der Armee der Nordlande.

Ja, und dann war da noch Callum. Voller Entsetzen hatten Shalyna und er gehört, was ihrem Freund wiederfahren war. Doch zum Glück konnte Ratsmeisterin Tradan die frohe Botschaft überbringen, dass der kluge Rotschopf überleben wird. Großmeister Allando war in Tränen ausgebrochen. Jason wurde sein Herz eng im Angesicht der Zuneigung des Alten für seinen Schüler.

Callum wirkte zunächst gar nicht so erfreut, dass er den Kampf überlebt hatte. Kein Wunder, Nickala war gestorben und er würde den Rest seines Lebens als Invalide verbringen. Als ihm dann aber mitgeteilt wurde, was das Gefäß des Lichts noch vermögen soll, war er nicht mehr zu halten gewesen. Er hatte geradezu erzwungen, mit zum Ingadikontinent zu reisen. Ratsmeisterin Tradan hatte furchtbar geschimpft. Aber sie hatte ja vorher zugegeben, dass der Meisterschüler auf dem Weg der Besserung sei.

Callums Transport nach Allabra hatte einen skurrilen Anblick abgegeben. Der schwer verletzte Tandorianer war in einem eilig zusammengezimmerten Schutzkasten von zwei Ingadi durch den Himmel gezogen worden. Mit zusammengekniffenen Augen hatte die Konstruktion Jason an Raumschiff Enterprise erinnert.

Nun war der Meisterschüler dort unten in der Dunkelheit. Seit einer Stunde hielt er sich in dem Säulenpavillon auf. Die Ingadi hatten ihm Extrazeit gewährt.

Davor, zu Beginn der Nacht, einige Stunden, nachdem der letzte Nordländer seine Waffe niedergelegt hatte, waren die Flügelwesen an der Reihe gewesen mit den Ahnen zu sprechen. Oscara persönlich hatte Zafan zuvor auf der Kuppel des Säulenpavillions eingesetzt. Danach waren Hunderte von Ingadi in einer langen Prozession durch den Pavillon im Zentrum der Ringstätte Raskalnar geschritten. Das alles bei völliger Ruhe.

Im Anschluss hatten sie den Menschen den Weg freigemacht. Jason durfte als erster Mensch eintreten. Er und sein Vater hatten den Kontakt zu Franka, Jasons Mutter, gesucht. Jason war immer noch bewegt von den Eindrücken dieses „Gesprächs". Er hatte tatsächlich mit seiner Mutter geredet. Jedenfalls könnte es so gewesen sein. Die Stimme von Franka war gedämpft und verzögert in seinem Geist erklungen. Viel Zeit war ihm nicht geblieben. Er musste relativ rasch die Unterredung beenden, da schon der Nächste von hinten drängte. Vielleicht bekam er durch eine Rückkehr nach Tandoran die Gelegenheit, den Austausch fortzusetzen. Aber die größte Freude hatte er bereits hinter sich: Seine Mutter lebte. Irgendwie zumindest.

Natürlich hatte er nachgefragt, wo sie denn nun sei. Darauf dürfe sie nicht antworten. Seine Mutter durfte ohnehin vieles nicht verraten. Es würde auch nichts nützen, meinte sie, und er solle nicht weiter nachbohren. Danach wollte vor allem sie etwas wissen. Jason sollte ihr alles von Shalyna erzählen. Er tat es nur allzu gerne.

Als Nächstes war sein Vater an der Reihe gewesen. Jason hatte ihn seitdem noch nicht wieder gesehen. Ethan hatte sich direkt nach dem Zwiegespräch mit Franka in den dunklen Dschungel zurückgezogen. Er würde sicher bald zurückkommen.

Menschen kamen auf sie zu. Jason konnte in der Dunkelheit zwar niemanden sehen, erkannte jedoch die Stimme von Allando. Der Großmeister setzte sich direkt neben Jason. Mit ihm erschien sein Lichtratskollege Diestelbart.

„Faszinierend", sagte Allando in gedämpftem Ton, „das hätte ich nie für möglich gehalten. Es klang durchaus echt."

Jason wurde hellhörig und fragte: „Haben sie denn Zweifel, dass durch Zafan wirklich unsere Verstorbenen sprechen? Ich hatte schon den Eindruck, mit meiner Mutter zu reden!"

„Naja", zögerte Allando, „ich habe in meinem Leben bereits vieles erlebt. Es ist immer denkbar, dass uns unser Geist einen Streich spielt. Insbesondere, wenn wir Stimmen im Kopf hören."

Jason sah den Großmeister im aufkommenden Dämmerlicht grinsen.

„Erzähl ihm von der Wette", mischte sich Ratsmeister Diestelbart ein.

Allando lachte kurz auf und erklärte: „Ruger ist natürlich von der Echtheit der Verbindung mit den Toten überzeugt. Wir haben eine Vereinbarung getroffen, keine Wette, mein Lieber. Was willst du als Toter denn auch schon gewinnen?", stichelte er und wendete sich zu Jason, „Also, Ruger und ich wollen jeder einen Witz aufschreiben und das Schriftstück irgendwo in Sapienta verstecken. Derjenige, der zuerst stirbt, verrät dem andern das Versteck. Wenn das gelingt und der Witz gefunden wird, ist der Beweis erbracht: Alles ist echt. Wenn nicht ...".

„Alter Skeptiker", brummelte Ruger Diestelbart, „aber eigentlich ist es doch auch egal, ob die Verbindung echt ist oder nur im Kopf stattfindet, nicht wahr? Ich meine, die Wirkung bleibt beeindruckend. Ich habe mit Nihutana gesprochen, sie klang wie damals ..."

Er brach ab und versank in seinen Erinnerungen.

„Gleich wird es hell", wechselte Shalyna das Thema.

Darum kam nun auch Callum auf der Schulter von Rhodon gestützt auf sie zu. Er war offenkundig bis zum letzten Moment im Pavillon geblieben. Der Kleturer trug in der freien Hand das Tagebuch des einarmigen Meisterschülers. Sicherlich sollte er gleich wieder etwas von Callums Erlebnissen aufschreiben. Allando wusste zu berichten, dass der Zwerg alles für seinen verwundeten Schüler tat. Er wich nicht von dessen Seite.

„Es müsste gleich losgehen", flüsterte Ethan von hinten. Er kam aus dem Dschungel und stellte sich neben Jason. Seinen Arm legte er um die Schulter seines Sohnes. Wie gerne hätte Jason es bei Shalyna genauso getan. Gemeinsam harrten sie gespannt des Sonnenaufgangs.

In der beginnenden Dämmerung sahen sie, wie sich alle Ingadi von dem Säulenpavillon zurückzogen. Einige von ihnen flogen in die Luft und begannen einen gemurmelten Singsang. Die lauteste und schönste Stimme war die von Oscara.

Am Horizont erschien die oberste Kante der gelben Sonne.

„Es geht los", wisperte Shalyna.

Tatsächlich: Ein dünner Strahl zog sich von Zafan, der aus dem Dach des Säulengebäudes herausragte, bis zur aufgehenden Sonnenscheibe. Der gelbe Ball erhob sich über den Wald und verbreiterte dadurch den Verbindungsstrahl zu Zafan.

„Gigantisch", murmelte Jason und war völlig fasziniert von dem Lichtstrahl, der sich über den gesamten Dschungel von Allabra zog.

Der Gesang verstummte. Alle Ingadi nuschelten miteinander und beobachteten das vor ihnen stattfindende Wunder. Mit fortschreitendem Umfang des Strahles wurde der Säulenpavillon heller erleuchtet. Zafan lenkte den Sonnenstrahl direkt in das Innere des Gebäudes. Jason erkannte, wie sich in der Mitte des

Baus eine Säule aus gleißendem Licht bildete, die hinab in das Erdreich führte.

Aus den Augenwinkeln bemerkte er, wie Oscara aufgeregt mit König Frodant sprach.

„Man kann es fühlen, die Erde wird warm", sagte Ethan. Er hatte sich hingekniet und berührte mit beiden Händen den Grasboden.

„In der Tat", bestätigte Allando, „das Gefäß des Lichts scheint die Sonnenkraft zu bündeln und in die Erde zu lenken."

„Fast richtig, Großmeister", meldete sich eine Stimme von hinten.

Fraitan war herangeflogen und landete hinter ihren Rücken. Er erläuterte: „Unsere Vikarin meint, dass Zafan Tandoran mit dem Limar der beiden Sonnen füllt. So wird alles Leben unserer Welt mit neuer Lebensenergie gestärkt. Die Wärme, die Ihr spürt, ist nur ein Nebeneffekt."

Alle schwiegen und genossen den Anblick des sich Zentimeter für Zentimeter anhebenden Lichtstrahles in den Himmel. Der Strahl folgte dem Lauf der Sonne. Jason sah, wie sich das Gefäß des Lichts langsam aus seiner Schräglage auf dem Dach aufrichtete. Am Mittag würde es senkrecht stehen. Spannend würde es noch einmal werden, wenn die orangefarbene Sonne aufging. Würde sich der Strahl dann teilen?"

„Ähm", räusperte sich Fraitan, „ich wäre dann auch bereit für den Flug zum Sternentor."

Jason wurde der Brustkorb eng. War es schon so spät? Entsetzt suchte er Shalynas Augen. Und danach die seines Vaters. Beide hatten ihre Lippen zusammengekniffen. Callum atmete schwer aus. Rhodon schaute nur traurig zu Boden.

Jason schluckte gequält, Tränen fanden ihren Weg nach oben. Er antwortete Prinz Fraitan: „Ja, du hast recht. Wir ..."

„Jason", unterbrach ihn die Stimme von König Frodant, „bitte komme mit zu Vikarin Oscara. Sie hat dir ein Angebot zu machen."

Tatah klesha-karma-nivrittih
Daraus folgt Befreiung von allem Leiden und Karma.
Patanjali, Yoga-Sutren, Teil 4, Sutre 30

Epilog

Zwei Wochen später.

„Seid Ihr aufgeregt, Shalyna al Tandora?", wollte König Frodant neben ihr wissen.

Sie standen auf dem Gipfel des gläsernen Berges in der Kristallwüste. Unterhalb des Kristallbodens vor ihnen befand sich die unterirdische Menschenstadt Shambala. Die Nacht war hereingebrochen und hatte einen milden, warmen Wind gebracht. Sterne spiegelten sich in der weiten Kristallebene unter ihnen und sorgten für eine magische Lichtstimmung.

Hier, kaum eine Tagesreise von Rikania entfernt, lebte seit Jahrtausenden das Volk von Shambala. Shalyna konnte es noch immer nicht glauben. Wie hatten sie sich all die Jahrhunderte nicht begegnen können? Und möglicherweise würden diese Menschen bald Teil des Völkerbundes der Bewohner von Tandoran sein. Wenn dort unten in den Kristallhöhlen Shambalas alles gut ging.

„Wärt Ihr es nicht? Wer weiß, ob sich der Vorgang nach dreitausend Jahren wiederholen lässt. Vielleicht geht etwas schief oder die Umwandlung klappt nur halb."

König Frodant setzte sich auf eine Kristallfelsplatte. Sein Kopf war nun auf Höhe von ihrem. Er blickte in ihre Augen.

„Oscara meint, die größte Gefahr sei, dass sich überhaupt nichts tut. Dass der Anahid den Dienst verweigert. Wenn er sich aber zur Mithilfe entscheidet, würde es klappen. Auch bei sehr vielen Menschen. Das haben die Ahnen bestätigt", sagte er, wobei seine Stimme einen besonders tiefen Klang annahm. Er wollte wohl ermutigend klingen.

Shalyna knetete mit zwei Fingern ihre Oberlippe. Wann würde es endlich soweit sein? Unter ihr, in den weiten Höhlen der vor Urzeiten nach Tandoran versetzten Menschenstadt, nahmen gerade Tausende von Menschen an der Zeremonie der Vikarin der Ingadi teil. Und sie konnte hier oben einfach nur abwarten. Kein anderer Tandorianer durfte dort unten bei den mehr als 6.000 Männern, Frauen und Kindern sein, die vielleicht gleich ihre ersten Schritte an die Oberfläche Tandorans machen würden. Und Jason mitten unter ihnen. Wie gerne hätte sie das Wunder der Umwandlung an seiner Seite erlebt.

„Fällt es ihr eigentlich schwer, den letzten Anahid zu opfern?", wollte Shalyna wissen.

König Frodant wippte mit seinem dunkelroten Kopf hin und her. „Schwierig zu sagen", schätzte er, „ihre vorrangige Aufgabe als oberste Priesterin ist es, für das Seelenheil des Volkes der Ingadi zu sorgen. Und für dieses Gelübde wäre es sicherlich klüger gewesen, den Anahid für uns zu behalten. Als Reserve sozusagen, falls mit Zafan irgendwann mal irgendetwas passiert. Aber das Angebot an Jason war ihre eigene Idee. Ich wäre überhaupt nicht darauf gekommen. Oscara selbst hat den Vorschlag mit den Ahnen abgestimmt. Von daher ..., ich glaube, sie freut sich, den Menschen zu helfen. Schließlich habt ihr unsere Welt gerettet."

Shalyna stand noch einmal dieser Moment vor Augen, als wäre es gerade eben geschehen. Als Oscara ihren Vorschlag verkündet hatte. Als sie und Jason sich mit offenen Mündern angeschaut hatten. Als ihr Herz überquoll vor Freude und Hoffnung. Als sie Jasons Vater um den Hals gefallen war.

Sie hatte einfach jemanden drücken müssen. Ethan hatte geweint, stundenlang nur geweint. Für ihn, der schon lange mit dem Leben abgeschlossen hatte, waren die Entwicklungen unglaublich überwältigend.

Die einsetzenden Gesänge rissen sie aus der Erinnerung. Leise erklang der Choral der Menschen durch den Kristallboden am Fuße des Hügels. Der letzte Akt des Umwandlungs-Rituals, das hatte man ihr erklärt. Gleich würde sich zeigen, ob der Anahid noch einmal die Verwandlung der Erdenmenschen in Tandorianer vollzog. Shalyna wendete sich vom König ab und trat an die Felskante. Sie bildete sich ein, dort unten die Stimmen von Jason und seiner Oma herauszuhören. Aber das war selbst für tandorianische Sinne unmöglich.

Ihre Gedanken wanderten zur vorgestrigen Nacht. Ein Kribbeln prickelte ihre Wirbelsäule hinauf. Jason und sie hatten stundenlang nah beieinandergelegen. Nie hatte sie eine solche Sehnsucht nach Berührung verspürt. Beinahe wäre ihr alles egal gewesen und sie hätte sich ohne zu überlegen auf Jason gestürzt. Sie empfand die körperliche Trennung wie einen bohrenden Schmerz. Fast ...

Irgendwann, der Morgen graute bereits, waren sie dann doch eingeschlafen. Im Schlaf war Jason gegen sie gestoßen. Er hatte aufgeschrien und war vor Schmerz in Ohnmacht gefallen. Zum Glück hatte der nahezu völlig gesundete Callum diesen Schrei gehört und war zu Hilfe geeilt. Er hatte seine verbliebene Hand auf Jasons Herz gelegt und ihn mit seinem Limar wiederbelebt.

Vielleicht ... vielleicht waren all diese Probleme gleich nur noch ein Teil der Vergangenheit. Oscara hatte ihnen bereits offenbart, dass Jasons Kontaktschmerz von der Berührung der Haut eines Familienmitgliedes des Richterhauses mit der Umwandlung zum Tandorianer verschwinden würde. Sie würde Jasons Haut berühren können! Wenn es denn klappen würde. Shalyna biss sich nervös auf den Zeigefinger.

Wie auf ein Stichwort traten Rhodon und Callum neben sie. Auch ihnen war die Anspannung anzumerken. Der Kleturer wirkte nach wie vor erschöpft, er war erst gestern von der Erde zurückgekehrt. Seine rechte Hand war immer noch bandagiert. Nach Kriegsende hatte er tagelang nur geschrieben und sich dabei eine Sehnenscheidenentzündung zugezogen. Gemeinsam mit Callum hatte er alle Erlebnisse im Zusammenhang mit der Erfüllung der Prophezeiung aufgearbeitet. Jason hatte sich gewünscht, dass eine Freundin von ihm diese Texte erhielt. Er wollte die Menschen auf der Erde wissen lassen, dass es die Welt Tandoran gibt, sie zumindest eine Ahnung bekämen. Gegenseitige Besuche waren ja ohnehin für alle Zeiten versperrt, da es kein Goldwasser mehr gab. Da sollte wenigstens eine kleine Erinnerung auf der Erde zurückbleiben.

„Lief eigentlich alles reibungslos auf der Reise?"

„Oh, es musste schnell gehen. Den Torstein haben wir leider nicht gefunden. Jasons Oma wollte sich unbedingt noch von tausend Leuten verabschieden. Und dann diese Geschichte, die sie sich ausgedacht hat. Ich sei ihr verschollener Bruder mit einer eigenen Insel. Sie wüsste nicht, wann sie wiederkäme. Ich bin mehrfach rot angelaufen bei diesen Lügenmärchen. Na und diese Savien, Jasons Freundin, da musste ich Fersengeld geben. Das hab ich gespürt. Wenn ich da länger geblieben wär, hätte sie mich nicht mehr fortgelassen."

Shalyna musste schmunzeln. Allando hatte vehement protestiert, dass das Mädchen von der Erde die Aufzeichnungen von Rhodon erhalten sollte. Aber schließlich hatte sich Jason durchgesetzt. Er wollte sich nicht von seiner Heimatwelt zurückziehen, ohne eine, wenn auch versteckte Botschaft zu hinterlassen. Shalyna blickte zurück auf die Kristallfläche über der verborgenen Stadt.

Da passierte es. Ein unterirdischer Lichtblitz in der Kristallhöhle Shambalas.

Ja.
Es hat geklappt.
Er wird auf Tandoran bleiben!

Der Moment, in dem sich ihre größte Hoffnung erfüllte. Die Kristallwüste wurde für Sekunden von einem überirdischen Glanz aus Millionen von Kristallen erleuchtet. Die in der Luft schwebenden Ingadi erstrahlten wie Sterne und brachen in Jubel aus.

Shalyna sackte in die Knie, Rhodon fing sie gerade noch auf. Sie weinte und weinte und weinte. Eine Welle der Freude flutete ihr ganzes Wesen.

Nie hätte sie für möglich gehalten, dass sie einmal so glücklich sein würde.

„Gut aber der Puls ist sehr schwach" sagt Sonja, während sie bei den Patienten den Blutdruck misst. „Verdammt was ist bloß mit den Jungen los? Der Blutdruck wird immer schlechter. Kaum noch zu messen" stellt Sonja fest und prüft die Augenreflexe vom Patienten. „Die Pupillen sind enorm geweitet. Der Junge steht zwischen Leben und Tod". Sie kämpfen weiter um das Leben des Jungen. „Wir intubieren jetzt". Vorsichtig schiebt Sonja den Tubus in die Luftröhre des Jungen. „So das hätten wir geschafft. Jetzt wird er künstlich beatmet" erklärt Sonja und schließt ihn an das Beatmungsgerät an. Auf einmal piept das Parameter. „Mist sein Herz flimmert. Sofort den Dellifibrator her" ordnet Sonja an, während sie in kurzen Zeitabständen mehrere Stromschläge durch den Jungens Körper jagt. „Verdammt du muss noch mehr Power 360 draufgeben, sonst bringe ich ihn nicht durch". Als nach paar Minuten Sonja auf das Parameter schaut zeigen die Herzkurven wieder ganz schwache Ausschläge an. „Wir haben ihn wieder, aber der Kreislauf ist noch instabil. Und es kann wieder passieren, dass das Herz aufhört zu schlagen. Noch ist der Junge nicht über den Berg" erklärt Sonja ihr Team.

Als sie in der Professor Hess Klinik ankommen wird der Junge sofort auf die Intensivstation gebracht. „Es sieht nicht gut aus. Der Kreislauf ist im Keller und wir mussten reanimieren" schildert Sonja den Arzt, der heute Notdienst hat.

„Danke Sonja. Wir machen weiter. Ist wohl viel los heute?"

„Kann man wohl sagen".

„Wie lange hast du noch Dienst Sonja?"

„Bis Morgenabend".

„Dann alles Gute" wünscht der Arzt.

„Danke". Sonja geht wieder zum Notarztwagen zurück.

„Hat er überlebt?"

„Weiß man noch nicht. Puh bin ich geschafft. Es ist noch nicht mal Abend". In den Moment schrillt ihr Melder.

„Es geht weiter" erklärt Holger.

„Was ist los?" fragt Sonja per Funk die Leitstelle.

Entspannung lernen und lehren
Ihr Reiseführer durch die Welt der Entspannungstechniken

Entspannungstechniken helfen Ihnen dabei, Ruhe, Gewissheit und Lebensfreude in Ihr Leben zurückzuholen. Der Autor Peter Bödeker konzipiert seit vielen Jahren Entspannungskurse und hat in diesem Lehrbuch der Entspannungsverfahren seine Erfahrungen mit den jeweiligen Techniken zusammengefasst.

Diese Entspannungstechniken werden Sie genießen lernen:

- ❖ Grundentspannung
- ❖ Progressive Muskelentspannung
- ❖ Autogenes Training
- ❖ 10-Minuten-Kurzentspannung
- ❖ Atembeobachtung
- ❖ Körperreise (Body Scan)
- ❖ Yogische Tiefenentspannung (Yoga Nidra)
- ❖ Meditation

Zu jeder Entspannungstechnik erhalten Sie mit Kauf des Buches:

- ✓ Die **MP3-Audiodatei** zum Herunterladen (mit Anleitung zum Abspielen auch auf CD-Spielern).

Leserstimme
„Leicht zu erlernende Entspannungstechniken, zu denen es außerdem Audiomaterial gibt. Für alle, die vielleicht bis dato skeptisch waren: Es klappt tatsächlich."
Anna Blume